中國白話文學研究

――演劇と小説の關わりから――

小松　謙著

汲古書院

中國白話文學研究——演劇と小説の關わりから——

目次

中國白話文學研究

――演劇と小說の關わりから――

序　章

文學作品とは、言語により文字の形で表現されるものである。その言語が、文字を操る人々の間で用いられているものであることはいうまでもない。そしてそれは、當時の人々が日常的に使用していた言語と同一であるとは限らない。というより、前近代にあっては、むしろ同一ではないことの方が普通であった。たとえば、日本において正式の場で使用される書記言語は、少なくとも江戸時代以前には漢文であった。つまり、日本人にとって、公式に用いる言語は、長期にわたって中國語だったことになる。朝鮮半島においても事情はほぼ同じであった。西歐諸國においては、ルネサンス以前には、正式の書記言語はラテン語であった。ここでは、公式に用いられていたのは、もはや存在しないローマ帝國の言語だったことになる。

では、公式の言語としても自國語を使用していた中國ではどうだったであろうか。そこで用いられていたのは、確かに中國語ではあったが、宋・元・明の人々が日常的に使用していた言語とは異なっていた。當時書記言語として使用されていたのは、文言、つまり漢代ごろの語彙を主として用いる、唐代にほぼ完成を見た文字表記用の言語だったのである。それは、日本や朝鮮半島で使用されていた書記言語とほぼ同じものであった。

しかし、ある時期から、實際に日常的に使用されている口頭言語の語彙を文字化しようとする動きが生じ始める。書記言語がエリートの專有物ではなくなる方向に作用するこの動きは、近代の幕開けを告げるものといってよい。西歐におけるこの動きが、グーテンベルクによる印刷術の開始と深い關連を持って進展していったことに示されているように、大衆が使用する言語の文字化は、印刷による大量複製と不可分の關係にある。刊行者の側からいえば、商業目的による大量複製は、讀者數の增大を前提とするものであり、新たな讀者を開拓するためには、彼らが理解しうる言語で書かれた書物を用意する必要がある。この利益追求の姿勢が宗教改革と結びついた結果、西歐では俗語、つまり各國語による書籍が急速に增加することになったのである。そして、非エリート層が文化、更には政治に關與し始め、そこから社會變革が生じる。口頭言語語彙の文字化が近代に直結する所以である。(1)

中國においても、類似した狀況が認められる。というより、こうした狀況は中國で最初に發生したのである。中國は紙と印刷術誕生の地であり、他の地域より數百年早く大量複製が進行していた。當然の結果として、本格的な商業出版が最初に成立したのも中國においてであり、それに伴って、早い時期に口頭語語彙による印刷物が出現していた。そこで用いられていたのは、「白話」と呼ばれる口頭語語彙を使用する書記言語であった。

白話による文學作品の制作・刊行は、十三世紀から十四世紀にかけて、元代の頃から本格化する。そこに商業出版が關與していることはいうまでもないが、當時の中國において、宗教改革のような俗語の出版物を後押しする狀況が存在したようには見えない。知識階級、卽ち士大夫が支配層を構成するという、當時としては極めて特殊な體制を取っていた中國において、文字を操る人々である士大夫にとっては文言が唯一の書記言語であったはずであるにもかかわらず、なぜこの時期に白話文學が出現するのか。それが本書において問おうとする第一の問題である。

白話文學といえば、まず念頭に浮かぶのは白話小說、續いて元雜劇などの戲曲である。そして、語り物や歌謠がこれに續くことになる。從來の研究では、これらはそれぞれ固有のジャンルとして扱われ、小說研究と戲曲・演劇研究は別ジャンルのものと把握されがちであった。しかし、實演の場はともかく、文字の形で刊行されたテキストを讀む時、當時の人々、刊行者や讀者の間でも小說・戲曲・語り物は別々のジャンルと認識されていたのか。これが、本書において問おうとする第二の問題である。

また、小說と演劇は多くの場合同じ題材を取り上げる。兩者の間にはいかなる關係があるのか。更に、兩者がともに依據しているはずの原型となる物語とはどのような關係にあるのか。そもそも、原型となる物語とはどのようなものだったのか。その物語は、小說や演劇の形を取ることによって變貌していくのか。これが、本書において問おうとする第三の問題である。

これらの問題を解明することにより、中國においてはどのようにして白話、つまり俗語による文學作品が出現し、展開していったのか、その要因と過程を明らかにすることができるはずである。そこからは、中國においてエリート層以外の人々がどのように文化に關與し始めたかが浮かび上がってくるであろう。そして同時にそれは、今日私たちが「讀書」と呼ぶ行爲、一握りのエリートではなく、一般の人々が、勉強のためでも、實用のためでもなく、ただ樂しみのために書物を讀むという行爲がどのようにして始まり、定着していったかを描き出すことでもあるはずである。

かつて筆者は、「「庶民」の發見が近代文學の一つの定義たりうる」という問題意識のもとに、文體の面から庶民の生活を含む「現實」が描かれるに至る過程の再現を試みた(2)。本書においては、社會的な側面からのアプローチを試みたい。本書の目的は、文學の「近代」が始まる時を浮き彫りにすることにある。

注

(1) 西洋におけるこうした過程を具體的に描き出したものとしては、リュシアン・ルフェーブル、アンリ＝ジャン・マルタン『書物の出現』(關根素子・長谷川輝夫・宮下志朗・月村辰雄譯　ちくま學藝文庫一九九八)やアンドルー・ペティグリー『印刷という革命　ルネサンスの本と日常生活』(桑木野幸司譯　白水社二〇一五)などがあげられる。

6

（2）小松謙『「現實」の浮上——「せりふ」と「描寫」の中國文學史』（汲古書院二〇〇七）。

第一部　元曲について

まず第一部においては、白話文學が文字化されるに至った理由について論じてみたい。なぜ元代にそれが發生し、明代に大きく展開したのか。筆者はかつて『「四大奇書」の研究』（汲古書院二〇一〇）において、「明代に何が起こったのか」と題して、明代に白話文學の刊行が盛んになるに至った社會的背景を論じた。しかし、この問題について考えるためには、まず出發點である元代にいったい何があったのか、先行する北宋・金・南宋においては起きなかったことが、なぜ元代には起きたのかを論じなければならない。第一章では、まず元代に白話文學が文字化されるに至った事情について、先立つ時代、特に南宋の狀況を踏まえながら論じ、續いて第二章と第三章では、この時代に高度な發達を見た「元曲」、つまり歌である散曲と、それを歌詞に用いた演劇である雜劇がどのようにして擴大し、知識階級の人々に受け入れられていったのかを論じたい。近年モンゴル支配期について「大元ウルス」の觀點から研究することが盛んであるが、本書で取り扱うのはあくまでも金・南宋の延長線上にあった人々、非漢民族をも含みつつ、あくまで中國語による文學・藝能の傳統に立って創作し、それを受容していた人々に關わる問題である。

第一章　元代に何が起こったのか

白話文學作品は、元代から本格的に出現し、明代において爆發的な展開を遂げたといわれる。それは、客觀的に見てまぎれもない事實である。そしてその背景には、通常商業出版の發達や、識字率の擴大という社會的狀況が想定される。この點についても、特に疑問を差しはさむ餘地はなく、筆者もそのように論じてきた。

以上の、いわば定說というべき認識にはほとんど疑問の餘地がない。ただ、ここで白話文學作品が出現し、展開するというのは、無論それらの作品が文字の形で殘され、多くは印刷されたことを意味するものである。つまり、文字が基本的に知識人の專有物であった當時の狀況を考えれば、これは白話文學作品の制作に知識人が關與し、それが刊行されるようになったということを意味する。では、どのような經過を經てそのような事態が發生したのか。知識人は雅語である文言を用いて格調高い內容の詩文を書き、俗語である白話や、民間の卑俗な事柄には關わらないという樣式分化(1)が鮮明であった時代に、どのような經過を經てそのようなことが發生しえたのか。南宋・金・元の間に起きたこの變動の原因と過程について考えることは、明代後期に劇的に展開することになる白話文學の性格について考える上で不可缺の前提である。

にもかかわらず、從來この點に對する考察があまり行われてこなかったのは、そもそも資料というものがほとんど存在しないためであろう。確實な資料に基づく實證的な研究が困難である以上、研究に手をつけにくいのは當然である。しかし、これは無視してよい問題ではない。

資料がほとんどないのは事實だが、方法が全くないわけではない。まず、當時の社會・文化の狀況を示す資料については、歷史書や傳統詩文はその寶庫といってよい。更に、作品それ自體が最も重要な資料となりうることはいうまでもない。白話による文學作品に描かれている內容、その形式、更には刊行物であれば刊本の態樣などは、それぞれの作品が持つ意義を如實に物語るものである。

本章では、これらの材料を用い、足りない點については大膽な推測をまじえることをもあえて避けず、白話文學が盛んに刊行されるに至るまでの過程を描き出してみたい。ここで提示する枠組みがもし正しければ、元明期に成立したさまざまな白話文學作品に對しても、新しい光を投げかけることができるはずである。

一、北宋の狀況

本格的な白話文學の歷史は、宋代に始まるといってよい。もとより、いわゆる敦煌變文をはじめとして、宋代以前にも白話による文藝作品は存在した。しかし、文章を書く際に使用されるのはあくまで「文言」、より具體的に言えば古文と駢文であり、口頭語彙が公式に使用されるのは、法律・行政・軍事關係の現場にほとんど限定されていた。宗教や藝能の場においては變文のような口頭語彙を使用したうたやかたりが行われていたものの、それが印刷に付され、文字の形で廣く流布するという狀況にはなかった。

これはなぜか。印刷術は唐代後期にすでに發明されていたと思われるものの、宋代以前においては、まだ寺院や政府機關において、佛敎・儒敎の經典のような非常に公的な書籍を刊行するために用いられるにとどまっていた。また藝能にしても、藝人が報酬を受けて興行するという形を取るのであれば、貨幣經濟が一定以上進行しなければ本格的な展開は望みがたかったはずである。當初佛敎などの宗敎に依存する形で行われていた變文などの藝能が徐々に世俗化しつつあったことは、唐代後期以降、次第に貨幣經濟が擴大しつつあったことと連動するものだったに違いない。もとより、世俗化した藝能が發達したところで、そのテキストに興味を感じて抄寫する人間はいても、それが印刷に付されることなどは想像しがたい狀況だったはずである。

では、宋代に入ると狀況は變化するのか。藝能については、大きな展開が見られたことは間違いない。『東京夢華錄』巻五「京瓦伎藝」には、うた・雜劇・傀儡戲・曲藝・語り物・影繪芝居など、多種多樣な藝能とその演じ手の名が列擧されている。特に、雜劇の存在と、歴史物講談である講史、讀み切りの講談と推定される小說、歌と語りにより物語を語る諸宮調への言及は、いずれも後の白話文學の代表ジャンルに直結するものである。また講史の中でもおそらくは特別に重要なものとして別にあげられている「說三分」と「五代史」は、三國と五代の物語が以後發展していく點からも注目される。「說三分」の藝人が霍四究という多くの書物を究めた知識人らしき名を持ち、「五代史」の藝人が尹常賣、つまり「唱賣」という物賣りのまねごとを得意とするらしき庶民的な名を持つことも、後に三國物が知識人向けの史書に密着したものへ、五代史物が李存孝の破天荒な活躍を中心とした荒唐無稽なものへとそれぞれ發展していくことを思えば、この當時からそうした方向性がすでに存在したことを示しているようで興味深い(2)。

更に、蘇軾は次のように證言している(3)。

王彭嘗云、途巷中小兒薄劣、其家所厭苦、輒與錢、令聚坐聽說古話。至說三國事、聞劉玄德敗、顰蹙有出涕者。聞曹操敗、卽喜唱快。以是知君子小人之澤、百世不斷。

王彭がこう言っていたことがある。「下町の子供たちが腕白で、家で困ったときには、いつも錢をやって、集まってすわらせると、昔の話を語るのを聞かせる。三國のことを語る段になって、劉玄德が負けるのを聞くと、顏をしかめて涙を出す者がいるが、曹操の負けるのを聞くと、すぐさま喜んで『やった』という。君子と小人の影響は、百代たっても失せないということがよくわかる」。

つまり、霍四究のような一流の藝人以外にもおびただしい數の講釋師がいて、道ばたで子供相手に零細な營業を營んでいたのである。これは、講釋という娯樂がいかに日常化していたか、更には庶民の子供たちが小錢を支拂うという狀況からわかるように、當時の都市においては貨幣經濟がいかに浸透していたかを如實に物語るものである。また、當時すでに劉備が善玉、曹操が惡玉という構圖が定着していたこともここから見て取れる。

このように、北宋期になると、開封をはじめとする都市においては藝能が急速に發達し始めた。そこで演じられていた內容は、「三國志」をはじめとして、後に白話文學作品として發展していくものであり、元代に大きく展開する「雜劇」という名稱を持った演劇も上演されていた。そして、明代に刊行された『三國志演義』をはじめとする白話小說は、いずれも講釋師の語りの再現という形を取っていた。以上の事實を合わせれば、宋代に入って急成長した藝能を文字に寫すことにより白話文學が成立したという考えが出てくるのは必然であった。

しかし、そこでは非常に重要な事實が見逃されている。それは、北宋期の白話文學テキストが一つも現存しないということである。もとより、白話文學のテキストは、四部の書のようないわゆる堅い書物とは異なり、讀まれはしても重んじられることはなく、後世に殘りにくい一面を持っていたに違いない。明代に刊行された白話小說のテキストが、中國國內では失われてしまったものが多く、むしろ遠來の書物として珍重したであろう日本などの外國によく殘っていることは、その證左といえよう。從って、北宋期の白話文學テキストが現存しないのも、單に殘らなかっただけであると考えられないことはない。

しかし、北宋期に刊行された書籍全般の狀況を見れば、そうした可能性が高いとは思えない。周知のように、宋代の刋本は中國史上最高の水準を持つとされる。品質の低さを常にいわれる麻沙本などの建陽本といえども、刋行物としてのレベルは、明代の建陽本の比ではない。そして、刋行されているのは、ほとんどがいわゆる四部の書と、佛教などの宗教書である。この事實は何を意味するものか。

その時期に刋行された書籍のほとんどが高い品質を持つという事實は、決して出版技術の高さを示すものではない。これは、廉價な書籍を求める需要がなかったこと、それゆえ、必要を感じないためもあって、廉價な、つまりは品質の低い書籍をつくる技術がまだ開發されていなかったことを意味するものである。當時の意識はいまだに唐・五代の延長線上にあり、書籍とは高價かつ貴重な品物であって、濫造するという發想自體、暦など特殊な事例を除いて、ほとんど存在しなかったに違いない。つまり、印刷と抄寫の間に根本的な違いは意識されず、印刷とは、抄寫に比べて金と手間は掛かるが、その後は複製が容易になる書籍制作の手段としてとらえられていたのではないか。從って、刋行されるのが四部の書や宗教書のようないわば「堅い」書物ばかりであるのは、當然の歸結であった。

こうした狀況は、時代を追うごとに變化していったに違いない。たとえば、蘇軾の詩集が本人のあずかり知らぬところで刋行されていたという事實は、(4)おそらくは商業目的を持って出版が行われ始めていたことを示す。しかし、それとて出版の對象となったのはあくまで當代の人氣詩人蘇軾の詩集であり、不特定多數の樂しみのための讀み物とは根本的に性格を異にする。つまり、北宋期においては、勉強とは關わりなく、純粹に樂しむことを目的とし、しかも讀者層に非知識人を想定したような白話文學作品が刋行される餘地はほとんどなかった。假にあったとすれば、それは佛教・道教などの宗教團體による善書的刋行物であろうが、その事例も殘ってはいない。つまり、北宋期は、白話文學の題材が出そろいつつあった時期ではあるが、それらが本格的に書籍の形を取って刋行される狀況はほとんど存在しなかったものと思われるのである。

實際、今日のテレビドラマや映畫がほとんど文字の形で讀まれる機會を持たないことからもわかるように、元來耳で聞き、眼で見るものである藝能が演じられていたということと、それを文字の形で固定するということ、更にはそれを書籍として刋行するということ、これらそれぞれの段階の間には大きな懸隔が存在するはずである。この懸隔はどのようにして乘り越えられるのか。この點について考えるためには、續く時期、金と南宋のいわゆる第二次南北朝時代の状況について考えてみなければならない。

二、南宋の状況

一一二六年、開封の陷落とともに北宋は崩壞し、二十年ほどの戰亂を經た後に、北に金、南に南宋という南北朝體制が成立する。これ以降、一二七六年に首都臨安が陷落して南宋が實質的に滅亡し、中國全土を元が支配するに至るまで、南北朝體制が持續することになる。

今日、一二三四年の金滅亡以降をモンゴル・元の時代として考えがちであるが、金の滅亡後も四十年以上にわたって南宋が健在であったことを忘れてはならない。つまり、いわゆる中國地域（本書では今日省がおかれている部分に廣西を加えた地域のこととする）についていえば、一二三四年ではなく一二七六年が劃期となるのであり、特に文學を中心とする文化的側面については、金・モンゴル對南宋の南北朝體制として理解する方が實態に卽しているのである。

南宋における文學と出版の關わりについて考える前に、まず南宋の政治的狀況について、文學作品と關係する範圍で簡單に述べておこう。

南宋政權は、前後する他の王朝にはない際だった特色を持つ。皇帝以上の權力を握る權臣の存在である。高宗期の秦檜に始まり、寧宗期の韓侂冑、寧宗期から理宗期の史彌遠、しばらくの間をおいて理宗末以降の賈似道と、南宋百五十年のうち、孝宗・光宗の統治期間を除けば、ほとんど常に皇帝にまさる權力を握る權臣が政治を壟斷する狀態が續いていた。四代目にあたる寧宗の後嗣として、二百五十年前の先祖にさかのぼる皇族にすぎない理宗が、權臣史彌遠によって強引に擁立されたという事實は、こうした狀況の實態を何よりも雄辯に物語っている。

一方で、常に金・モンゴルと對峙していた以上、當然のことながら國境線上に強力な軍隊を置く必要があった。南宋初期には、張俊・韓世忠・劉光世（もしくは劉錡）・岳飛のいわゆる南渡四將に代表される軍閥がその役割を擔った。彼らは、劉光世のような北宋正規軍の名殘か、もしくは岳飛のような義勇軍組織が巨大化したものであり、いずれにせよ司令官と配下の軍人は極めて個人的な、任俠的といってよい關係で結ばれていた。中央政府はこれを危險視し、軍閥解體を圖る。秦檜によって岳飛が陷れられたのは、そうした流れの中で起きたことである。四將らの軍閥は解體され、殿前都指揮使、つまり禁軍總司令官であった楊存中を頂點とする中央政府の支配下に屬する軍隊に再編成されるが、その後も、國境付近において強大な軍事力を把握する司令官と中央の權臣の間には、微妙な關係が生じがちであった。

皇帝を意のままに操る權臣と、多く司令官と部下の個人的結びつきを基盤とする軍閥的軍團の存在、そして兩者の間にしばしば尖鋭な對立が發生したこと、これは、相前後する北宋・金・元・明のいずれにおいてもさして顯著には認めがたい南宋獨特の狀況であった。

他方、比較的小さくまとまった、しかし人口密度は高い地域で科擧制度や學校制度による登用が積極的に行われたことは、教育の普及と識字の擴大をもたらし、その結果生み出された官僚たちとその豫備軍、つまりいわゆる士大夫階級が強力な支配層を形成したことは、士大夫の表藝の一つである詩詞制作の流行につながった。その結果、都市住民を中心に、士大夫を氣取った一般市民が詩詞を作り始めるという狀況が生じ、各地に詩社が亂立することになる。元に入ってからのことではあるが、賞を設けて浙江周邊一帶から「春日田園雜興」の題で詩を募集し、二千首以上の應募を得て、上位入選者の謝辭つきの番付表を加えた詩集を刋行した月泉吟社の事例(5)は、南宋におけるこうした狀況の名殘であるに違いない。

臨安の書坊陳起のもとで『江湖集』シリーズに作品を掲載した通常「江湖派」の名により總括される小詩人たちは、こうした狀況のもとに出現したのである。彼らの中には高級官僚も含まれるが、多くは何ら身分を持たぬ人物である。詳しい經緯は不明だが、自身も詩人であった陳起は、自作を刋行したいという欲求を持ちつつも、經濟的に單獨での刋行は難しい小詩人たちのために、詩集を刋行したものと思われる。多樣な內容を持っていたために、最後には當局の忌諱に觸れて、版木廢棄處分にされたとはいうものの、次々と續篇が作られていったことは、この事業がある程度の成功を見たことを物語っている。

このような狀況は、必然的に商業出版の擴大をもたらす。あるいは、商業出版の擴大がこうした事態をもたらしたといってもいいかもしれない。兩者は相互に影響しあいつつ、相乘效果により加速度的に擴大していったのである。科擧受驗者の增大は、受驗參考書の出版を促し、商業化に成功した書坊が安價な受驗參考書を刋行することは、經濟的に受驗勉強が困難だった階層にも機會を與えることになり、受驗者がより一層增大し、作詩者も增加する。作詩人口の增大は、マニュアルの需要を生み、その結果詩話が大量に生產・刋行され、それが詩派の成立と作詩人口の增大をもたらし、それがより一層マニュアルに特化した詩話や、創作・鑑賞の手引きを伴うアンソロジーの刋行を導く。

このような過程を經て、科擧受驗者・詩詞制作者と商業出版は、南宋期に入って大きく擴大していった。その結果、商業出版が確立し、印刷された書籍を讀むという行爲が一般的なものになるとともに、知識人、及び知識人をもって自認する人間の數も急增した。この二つの現象がリンクしていることはいうまでもない。そこから、今までにはなかったタイプの書物の作り方や流布の仕方が生まれてくる。

南宋前期の政界で活躍した洪邁（一一二三～一二〇二）こそ、こうした流れを象徴する人物であった。(6) 膨大な量にのぼる彼の著作の多くは、出版との深い關わりのもとに生み出された。もとより、高級官僚であり、經濟的にも惠まれていた洪邁が、商業出版と組んで營利的著述活動を行っていたというわけではない。しかし、洪邁の著作の背景を探ると、そこから南宋における著述・出版に關わる社會の狀況がくっきりと浮かび上がってくるのである。

洪邁の編著作はいずれも大規模なものであるが、樣々な人からの傳聞をまとめた怪談・奇談集『夷堅志』は群を拔いて巨大な分量を持つ。『夷堅志』が甲から癸まで各二十卷十集、『夷堅支志』『夷堅三志』がそれぞれ甲から癸まで各十卷十集、それに『夷堅四志』が甲・乙の十卷二集の合計四百二十卷（うち現存するのは二百六卷）に及ぶこの巨大な著作の成立事情は、乾道二年（一一六六年）十二月十八日の日付を持つ「夷堅乙志序」に明確に記されている。(7)

夷堅初志成、士大夫或傳之、今鏤板于閩、于蜀、于婺、于臨安、蓋家有其書。人以予好奇尙異也、每得一說、或千里寄聲。於是五年間又得卷帙多寡與前編等、乃以乙志名之。

『夷堅志』ができあがると、士大夫にはそれを傳える者があり、今では閩（福建）で、蜀（四川）で、婺（金華）で、臨安（杭州）で刊刻され、どの家にもあるという狀態のようである。人は私が奇談を好むということで、一つ話を手に入れるごとに、千里の彼方からでも便りを送ってくれることがある。そういうわけで、五年の間に更に前と同じぐらいの分量がたまったので、「乙志」と名付けることにした。

ここに記されているのは、北宋期には到底想像しえなかった狀況である。乾道二年の五年前といえば紹興三十一年（一一六一）、金の海陵王の南征失敗により南北朝體制が確立した年であり、洪邁はこの時選拔されて最前線で參謀として活躍していた。そうした渦中にあってこのような書物を編集していたことは興味深いが、あるいはそのような機會なればこそさまざまな人々から取材することが可能だったのかもしれない。そして、『夷堅志』ができあがると、士大夫が「傳えた」というのは、抄本の形で寫して回し讀みしたということであろうか。するとそれが福建・四川・金華・杭州で刊行されて、廣く流布したというのである。これは、無論それだけの需要があったということを意味する。ここであがっている四つの地名は、いずれも南宋の出版地として著名なものである。刊行主體は分からない。南宋においては官刻が盛んであり、地方官がしばしば公費を使って書籍を刊行していたこと、また士大夫が書籍を刊行する例が多かったことを考えると、士大夫間の需要に應えるため、官廳もしくは富裕な士大夫（いずれも主體は洪邁の友人であったかもしれない）が刊行した可能性もある。ただ少なくとも、北宋以來商業出版の中心地として、粗惡な版本を出すという惡名のあった閩、つまり建陽の刋本は、書坊によるものであった可能性が高い。

更に、この序の後には次のような後年の追記がある。(8)

八年夏五月、以會稽本別刻于贛、去五事、易二事、其它亦頗有改定處。淳熙七年七月又刻于建安。

乾道八年（一一七二）夏五月、會稽本に基づいて贛（江西南部）で別に刊行した。五話を削り、二話を差し替え、その他にもかなりの改訂を施した。淳熙七年（一一八〇）七月、更に建安で刊行した。

これは『夷堅乙志』のことに違いない。具體的な狀況は不明だが、「會稽本」は今日の紹興で刊行されたテキストである。「會稽本」と銘打つ以上、他にも刋本は存在したものと思われる。それが江西、ついで建安で刊行された。建安は建陽地區に屬する地名である。

この一篇の序文は、南宋で新たに發生した事態を極めて雄辯に物語っている。まず、このような奇談集を士大夫が「傳えた」ということ、そして、その後「千里」のかなたからも士大夫たちが奇談を寄せてきたということ、これらの事實は、建國後四十年程度のこの時期にはすでに、南宋國内に士大夫による綿密なネットワークができあがっていたこと、彼らの間では、純粹に樂しむことを目的とする讀書という行爲が擴がっていたことを示す。そして、『夷堅志』に人氣があることがわかると、わずか五年の間に四つの地區で刋本が出されて、廣く流布したということは、需要があると判明すればただちにそれを印刷して大量複製する體制がすでにできあがっていたこと、少なくともその一部は利にさとい書坊の行うものであったこと、そして出版物が大量複製・大量流布の手段として確立していたことを意味する。特に、『夷堅志』『夷堅乙志』がともに建陽から刋行されていることは注目される。

更に、同じ洪邁の『容齋隨筆』も注目すべき書物である。より堅い内容を持つとはいえ、特に分類・整理を加えることなくさまざまな見聞や考えをとりとめもなく書き付けているという點で、『夷堅志』と似通うものがあるのみならず、最初の『容齋隨筆』が淳熙七年（一一八〇）に成立した後、『容齋續筆』が紹熙三年（一一九二）、『容齋三筆』が慶元二年（一一九六）、『容齋四筆』が翌慶元三年と、長期にわたって延々と書き繼がれていったという點でも兩者は類似している。そして、『容齋隨筆』の場合にも、その流布には明らかに出版・書籍販賣業者が介在していた。そのことは『容齋續筆』の序から明らかに見て取れる。(9)

是書先已成十六卷。淳熙十四年八月、在禁林日入侍至尊壽皇帝淸間之燕、聖語忽云、近見甚齋隨筆。邁竦而對曰、是臣所著容齋隨筆、無足采者。上曰、煞有好議論。邁起謝、退而詢之、乃婺女所刻、賈人販鬻于書坊中、貴人買以入、遂塵乙覽。書生遭遇、可謂至榮。

この書については、前にもう十六卷のものができあがっていた。淳熙十四年（一一八七）八月、翰林學士だった時、至尊壽皇帝（孝宗）のおくつろぎのお相手をしていると、陛下が突然こう言われた。「最近『何とか齋隨筆』を見たが」。私はぎょっとしてお答えした。「私めが著しました『容齋隨筆』で、取るに足らぬものでございます」。陛下は言われた。「ずいぶんよい議論があったぞ」。私は立ってお禮を申し上げ、退出してから尋ねると、婺州（金華）で刊行されたもので、商人が書坊で賣っていたのを、宦官が購入して持ち込み、叡覽を汚したのであった。書生がこのような幸運に遭うとは、光榮の至りといえよう。

『容齋隨筆』も、著者洪邁の知らない間に金華で刊行され、書坊の手を經て孝宗の手に入っていたのである。この經過から見て、金華でこの書を刊行したのも商業出版業者であった可能性が高い。

つまり、洪邁はいわば當時のベストセラー作家だったのである。彼が著した書物は、次々と各地の書坊により刊行され、著者のあずかり知らぬところで急速に擴まっていた。洪邁自身がこのことを不快に感じていたとは思えない。『夷堅乙志』や『容齋二筆』の序を讀む限り、彼はむしろ自分の著述が擴まっていくことに誇りを感じていたように見える。されぱこそ洪邁は、周圍の期待に應えるべく、『夷堅志』や『容齋隨筆』の續篇を次々に著したに違いない。いずれにおいても、後になるほど續篇執筆の時間が短くなっていることは、無論政界から引退して自由時間が増えた結果ということもあろうが、同時に彼が加速度的にこの作業にのめり込んでいったことをも物語っている。『萬首唐人絕句』を編纂し、自らの手で刊行していることからも分かるように、洪邁は出版というものの效用を深く認識している人物であった。

このように出版とかかわることによって自身の著述を流布させたのは、決して洪邁一人ではない。南宋の文人・學者には同樣の例が多く、その傾向は後になるほど強まるようである。南宋といわず、歷代を通じて中國最高の思想家・學者というべき朱熹はその一人であった。

この點については、中砂明德氏が詳しく論じておられるので(10)、ここで詳述することは避けるが、朱熹が常に出版を念頭に置きつつ著述を制作したこと、自らが出版を承認する以前に、草稿が漏れて各地で海賊版が刊行され（出版地はさきに見た『夷堅志』が刊行された場所とほぼ重複する）、その對策に惱まされたことが明らかに見て取れる。自分が趣味で書いた本が擴まることを無邪氣に喜んでいられた洪邁とは異なり、嚴密な學問的態度で著述にあたり、文言の正確さを重視する朱熹にとっては、自身の確認を經ない海賊版の存在は深刻な問題であった。

しかし、朱熹が海賊版を問題視したのは、學問的な理由のみによるものではなかった。彼は、自分と密接な關係にある出版業者の利益を守る必要があったのである。朱熹が居住し、研究活動の據點としていたのは、ほかならぬ建陽であった。

朱熹と建陽の書坊の關係については、具體的なことはわからない。ただ中砂氏は、婺州での『語孟精義』の出版を差し止めてほしいという朱熹の要望に對し、呂祖謙が「婺州の刊行物は高級なので、それほどさわりはないのでは」と、暗に朱熹が廉價な建陽刊本の賣れ行きにさわることを危惧しているのではないかと遠回しに述べていることを指摘しておられる。朱熹の學問が急速に廣まった背景には、建陽の出版業者と密接な關係を結んで、著述を廣く流布させることができたことがあったに違いない。

南宋における出版の急速な擴大の中で、最も重要な役割を果たしたのは建陽の書坊であった。詩話の出版を見ても、南宋初期に編集された大規模な詩話集『苕溪漁隱叢話』（前集が紹興十八年〔一一四八〕に出た後、二十年近くを經た乾道三年〔一一六七〕に後集が出ている。前集の好評を受けて後集が編集されたのだとすれば、洪邁の著作とパターンに似通ったものが感じられる）前集の現存する版本を刊行した陳奉議萬卷堂は、建陽の書坊である（ちなみに刊行年は「紹興甲寅」とあるが、十八年以降の紹興年間に甲寅はないため、紹熙五年〔一一九四〕の誤りではないかと見られている。[11]無論「甲寅」の方が間違っている可能性もある）。また、『苕溪漁隱叢話』よりはるかにはっきりと作詩マニュアルであることを打ち出した『詩人玉屑』の編者魏慶之も建安の人である。つまり、これらの大規模な詩話集は、建陽の書坊の主導下で編集されたか、少なくとも建陽の書坊から刊行されたことにより、世に廣まったことになる。これは、作詩人口の急速な増大を見て取った書坊が、賣れると見込んで知識人向け商業出版に本腰を入れはじめたことの反映であろう。

より重要な知識人向けの賣れ筋出版物は、いうまでもなく科擧の受驗參考書であった。建陽の書坊はこの方面でも重要な業績を殘しているが、本論において特に問題になるのは、『資治通鑑』を簡略化し、その一方で史論を展開するための材料となる評論を多く加えたいわゆる通鑑俗本の編集・刊行である。その早い事例である『陸狀元資治通鑑詳節』は、慶元三年（一一九七）建陽の蔡氏家塾より刊行されており、現存するもう一つの宋刊本もおそらく建陽で制作されたものと思われる。(12)

更に、この系統のテキストの中で最も廣く讀まれることになる『少微通鑑節要』は、南宋の江贄の著といわれるが、實際の成立年代は不明である。ただ、著者とされている江贄は崇安の出身であり、崇安は建陽・建安と同じ建寧府に屬する。そして、確認しうる最古の刊本である元の至治元年（一三二一）刊の趙氏鍾秀家塾刊本は、中砂氏によれば「版式から見て建陽本であると見てよい」とのことであり、(13)京都府立總合資料館所藏の明の洪武二十八年（一三九五）刊本には「西清書堂」、つまり建陽書坊の名門である詹氏西清堂の名が記されている。このように、著者が建陽の人物とされていること（事實かどうかは疑問だが、假託ならなおさら建陽で制作されたものであることを示すものといえよう）、確認しうる最初期の刊本がいずれも建陽で刊行されていることから考えて、この書も建陽で編纂されたものである可能性が高い。

『資治通鑑』を簡略化した書籍の中で、最も有名であり、かつ最も廣く深い影響を及ぼしたのが朱熹の『資治通鑑綱目』であることはいうまでもない。この書は、無論朱熹が自らの歴史觀を明らかにすべく心血を注いだ大著であり、凡百の通鑑俗本と同列に論ずべきものではない。しかし、朱熹が建陽で活動していたことを考えれば、兩者の間に一定の關係があることもまた否定できない。

『資治通鑑綱目』が建陽の書坊の依頼により制作されたものではないことは間違いない。朱熹は、死に至るまでこの書に手を入れ續け、彼の生前にはついに日の目を見ることもなく、死後十九年を經た嘉定十二年（一二一九）になってはじめて、泉州で眞德秀により公費で刊行され、版木は國子監に獻じられており、まず建陽で刊行されたというわけでもない。ただ、眞德秀もまた建寧府浦城、つまりは建陽地區の出身であり、泉州もやはり福建に屬する。官刻本とはいえ、建陽關係者のイニシアチブのもとに刊行されたことは間違いない。

ここで注意されるのが『陸狀元資治通鑑詳節』の刊行年代である。一一九七年は朱熹が沒する三年前に當たる。朱熹が『資治通鑑綱目』に取り組み續けていることは周知の事實であったことを考えると、朱熹が『資治通鑑』を簡略化した書物を作っているという建陽ではよく知られた情報がヒントになって、『陸狀元資治通鑑詳節』が編集された可能性もある。無論、それ以前に同種の書物が存在した可能性もある點からすると、逆にそうした書物を目にした朱熹が、自分の手でより充實したものを作ろうと思いついたとも考えられる。

いずれにせよ、『資治通鑑綱目』と建陽の通鑑俗本は、決して無關係なものではなく、いわば兄弟のような關係にあった。そして、元初の至元二十四年（一二八四）に建陽において刊行された『資治通鑑綱目』の刊行者は、詹光祖月崖堂である。[14] つまり、明初に『少微通鑑節要』を刊行した西清堂と同じ詹氏一族の手により『資治通鑑綱目』は刊行されていたことになる。

このように、南宋期の建陽においては、様々な形で『資治通鑑』節略本が制作・刊行されていた。そして『資治通鑑』は通史であった。もとより、科擧受驗のためには、斷代史では用をなさない。ここに、簡便な通史への需要が生ずる理由がある。建陽においては、急速に增加しつつあった科擧受驗生のために、そうした書物を制作・刊行していたのである。そして、すでに見たように、科擧受驗生の周邊には、知識人にあこがれ、自らを知識人の一員と認定することを求める多くの識字層が生まれつつあった。

一方、首都臨安では藝能が盛んに行われていた。その最も主要な場は「瓦舍」と呼ばれる臨安の盛り場であった。『夢粱錄』巻十九「瓦舍」によれば[15]、瓦舍は殿前都指揮使（禁軍總司令官）であった楊存中が、その配下の「軍士多西北人（軍人に西北の人が多かった）」ために設立し、「召集妓樂、以爲軍卒暇日娯戲之地（妓女や樂師を召集し、兵士たちが休日に遊ぶ場とした）」のだという。南方になじみのない西北の軍人のために設立された娯樂場がその起源であった以上、そこでは多く北方系の藝能が演じられていたに違いない。內容的にも、北方を舞台とする、軍隊と關わるようなものが多かったはずである[16]。

瓦舍の藝能については、『夢粱錄』『都城紀勝』などに述べられている通りであるが、白話文學との關係という意味で重要なのは、そこで語られていた講談の內容であろう。それを具體的に傳えてくれるのは、羅燁の『醉翁談錄』である[17]。講談の種本集と推定されているこの書物は、成立年代・刊行時期ともに不明であるが、その最初に置かれた「小說引子」「小說開闢」と題する二篇のおそらくは講談の枕（導入部）用と思われる文章のうち、後者に見える「新話說張韓劉岳（新しい話としては張・韓・劉・岳がある）」という記述がおよその年代を示してくれている。「張・韓・劉・岳」とは、いわゆる南渡四將、つまり張俊・韓世忠・劉光世（または劉錡）・岳飛という南宋草創期の四人の武將のことである。これが「新話」という以上、時期は南宋であるに違いない。もとより、四人が戰った敵である金においてこのような物語が語られるはずはなく、元であればもはや「新話」とは呼ばれるはずはない。無論、南宋初期の四人が生きていた時代にこのような物語が語られたとも考えがたい。『醉翁談錄』「小說開闢」に反映されているのは、中期以降の南宋における狀況と思われる。

「小說開闢」は、まず「小說」（おそらく讀み切り講談のことと思われる）を語る者は學識がなければならないと述べる。そこで讀んでおくべき書物として、『太平廣記』と並んで『夷堅志』の名があげられているのは、『夷堅志』が擴散した結果、藝能にも取り込まれるに至ったことを思わせて興味深い。しかし、ここで問題になるのは續くくだりである。そこでは「小說」の題名がジャンル別に列擧されており、その中には、『古今小說』「楊思溫燕山遇故人」の原話と思われる「灰骨匣」や、『警世通言』「三現身包龍圖斷冤」の原話と思われる「三現身」など、明代に刋行される小說と同じ內容のものが多數含まれている。

更に注目されるのは、「楊令公」「五郎爲僧」という明らかに楊家將物と思われるものが見えることである。北方を舞臺とする楊家將物が南宋の都臨安で語られるというのは、一見不可解に見えるが、先に述べたように臨安の瓦舍が元來「西北軍士」のために設立されたことを考えれば、このことは特に異とするには足りないであろう。しかも、設立者である楊存中は、實は楊家將の一族の出身と稱していた。[18] 西北の軍人たちのために、彼らのリーダーにまつわる傳說的な英雄物語が語り演じられるのは、むしろ當然というべきであろう。そして、その內容は宋と遼との戰いである。南宋の人々にとって、當然それは宋と金の戰いのアナロジーと感じられたに違いない。ことは金の人々にとっても同じだったであろう。楊家將物が南宋において成長したのは當然のことであった。そしてそこには、權臣と軍閥の對立という、南宋特有の政治狀況が明らかに反映されているのである。

「青面獸」「花和尙」「武行者」という『水滸傳』と同じ梁山泊物語が見えることについても同樣のことがいえる。梁山泊の物語は、金と南宋で別々に成長し、『水滸傳』につながるのは南宋の方だと思われる。[19] 實際、『水滸傳』にも權臣と軍閥の對立・對遼戰爭という楊家將と同じ構圖が含まれているのである。

このように考えれば、臨安をはじめとする南宋の都市で發達した藝能が、そのまま文字化され、そこから明代白話小說が生まれるという圖式を描きたくなる。實際、南宋においては商業出版が急激に擴大し、賣れ筋の書物については海賊版が横行する一方で、自らの作品を刋行することを求める人々が多數あらわれ、それを請け負う出版業者も出現するに至っていた。また、『夷堅志』の例に見られるように、樂しみのための讀書の習慣も擴まりつつあった。白話文學が文字化され、刋行される契機は深まりつつあったように見える。

しかし、ここでまたしても北宋と同じ問題に突き當たることになる。確かに南宋に入って出版量は急激に增加し、商業出版は確立を見たように思われる。しかし、現存する白話文學の刋行物はただ一つ、『大唐三藏取經詩話』（及びその異版『大唐三藏取經記』）を除いて、確實に南宋刋といえるものは殘っていないのである。しかも、この『西遊記』の原型といわれる書物は、表現において著しく未熟であり、その宗敎的性格から考えても、布敎的意味を持つ（一種の善書と見るべきかもしれない）パンフレット的なものではないかと思われる。

もとより講談の文字化が全くなされていなかったとは限らない。「三言」などの明代に刋行された白話小說の收錄作品には、しばしば「宋本」の存在に言及するものがある。無論その信憑性には大きな疑問があるが、ただその種の作品は通常古い語彙を使用し、文章的にも未熟な表現が目に付く點から考えて、ある程度古いテキストをもとにしているに違いない。ただ、それが刋行されていた形跡は、現在のところ見つけ出すことができない（いわゆる『京本通俗小說』は僞書と判斷して差し支えないであろう）[20]。

南宋文化の非常に特徵的な性格を考えれば、このことも容易に理解できる。南宋においては、確かに識字率が擴大し、商業出版が確立して、不特定多數を對象とする書籍が刋行されるようになった。しかし、本の書き手と讀み手は、徹底して「雅」の方向を志向していたのである。士大夫自身が高いプライドを持っていたことはもとより、士大夫以外の人々も、書物を讀むほどの者であれば、詩作を試み、必死で士大夫の仲間入りをすることを目指した。詩社の流行、自費出版詩集の刊行、マニュアルとしての詩話の大量生産・出版、ことごとくがその方向性を示している。詞も、南宋に入ると著しく「雅」の方向に向かうようになり、柳永の作品に認められたような「俗」なものはほとんど見られなくなっていく。樂しみのために讀む書物といっても、『夷堅志』は知識人のネットワークの中で作られた、知識人のための讀み物であった。それが藝能の種本になっていくということは、逆に藝能にも「雅」を志向するという傾向があったことを示している。

こうした中では、いかに商業出版が發達しようと、宗教など特定の目的があるものを除けば、「俗」な方向の出版物が刊行されることは望みがたい。藝能の發達に伴い、それを文字化しようとする動きもあったかもしれないが、少なくとも藝能と關わるものが大々的に刊行されることはなかった。この時期に刊行される白話文獻は、やはり『朱子語類』のような堅いものに限られていたのである。ただ、こうして白話を文字化する技術が發達したことは、通鑑俗本の編集・刊行とあわせて次代の動きを準備することになる。

では、なぜ明代の白話文學には南宋藝能の直系の子孫と思われるものが多いのであろうか。元代に生じる新たな狀況ゆえということになるのだが、その新たな狀況を導いたのは、南宋と同時期、北方の金において生じていた事態であった。

三、金の狀況

北方の金においては、商業出版は南宋ほどの發達を見なかった。これは、金の文化程度が南宋より格段に低かったということを意味するものではない。異民族王朝とはいえ、時期による變化はあるものの、金王朝は文教政策に熱心であったといってよい。科擧も實施されており、條件的に南宋より大きく劣っていたとはいいがたい。それにもかかわらず、出版の發達という點で大きな差があるのは、一つには元來人口が南方より少ない上に、初期には北宋滅亡後の混亂、末期にはモンゴルの侵入による戰亂の影響があったこと、もう一つには、北宋期にすでに顯在化していた南北の文化的・經濟的格差が主たる原因と思われる。

しかしその一方で、南宋では生じなかった重要な事態が金において進行していた。曲を知識人が制作するようになったのである。

曲が元來どのようなものであったかはわからないが、後の展開から考えれば、かなり大衆的な藝能に用いる音樂だったに違いない。この音樂の歌詞を、金代のある時期から、知識人が制作するようになった。

こうした新しい事態が生じた原因については、おおよそのところは推定が可能である。この點については、別に詳しく論じたことがあり(21)、また次章でもふれるので、ここでは簡單に述べるにとどめよう。

北宋期、詞が知識人のジャンルとして定着すると、詩との棲み分けが生じ始める。詩は士大夫の表藝として、その思想・意見を表明し、知識人的生活の樣相を、中庸の美德に從って抑制された方法で表現するものとなり、日常生活のさまざまな細部にまで題材が擴がる一方で、戀愛感情を詠むことや、過度にセンチメンタルな表現は避けられるようになる。しかしそうした方向の題材・表現への欲求が失われたわけではなかった。多くの詩人は、詞において詩ではできない表現を行ったのである。

しかし、詞は歌唱されるものであり、當然實際に發音される音聲と密接な關わりを持つ。そして、すでに北方では入聲が消滅しつつあったと思われる北宋期にあっても詞では入聲韻が多用されることからもわかるように、詞は南方系の言語を基本とするものであった。從って、北方では入聲音がほぼ消滅していたであろう金・南宋期にあっては、北方のみを版圖とする金において詞が盛行することは言語的に困難だったに違いない。實際、南宋ではおびただしい數の詞が作られているのに對し、金における詞の作例は、道教教團で用いられた宗教的なうたを除けば、南宋に比してはるかに少なく、しかもその中には北宋の詞への次韻・模作が多く含まれる。これらの作品については、實際に歌唱されたか自體に疑問がある。

しかし、詞でうたわれていたような內容の作品を作りたいという欲求は、金の知識人の間にも根強くあったに違いない。そこで代用品として採用されたのが、外形的には詞と類似し（おそらく一部の音樂は共通していたであろう）、しかし韻は北方音で踏む曲という形式であった。

おそらくはこうした經緯で、元來は大衆的な藝能の形式であった曲を知識人が制作するという新しい事態が金の領域において發生した。當然そこで作られるのは、音樂こそ曲を使用していても、盛り込まれた內容・措辭は詞と同様のものであった。しかし、一方で曲は本來持っていた大衆的な藝能としての性格をも失わなかったのである。曲は、演劇や語り物の音樂として用いられていた以上、さまざまなことを、耳で聞いてわかるように表現できなければならなかった。そこから必然的に、耳で聞いて理解可能であり、文言では表現不可能な庶民的な事柄を敍述しうる白話語彙の多用、饒舌な敍述を可能ならしめる襯字（字餘り）の許容、そして複數の曲の組み合わせにより長大な內容をうたいうる套數形式という、詞とは大きく異なる條件が生じてくる。そして、こうした詞にはなかった新しい條件は、どうやら新たな表現を模索する一部の知識人にとって、特別な魅力を持っていたらしいのである。

そのことを證しするものこそ『董解元西廂記諸宮調』（以下『董西廂』と略稱）にほかならない(22)。この實に四百五十四の曲牌からなる巨大な語り物作品は、本格的白話文學の出發點に位置するものでありながら、最初の段階からすでに最高の水準を達成しているという、一種奇跡的な存在である。突然このような作品が生まれえた背景には、詞の存在があることはいうまでもない。實際、『董西廂』には詞の痕跡が多く認められる。通常曲においては同じメロディを二回繰り返すことは少ないのに對し、『董西廂』の曲は原則としてすべて二回繰り返されている。これは、前闋と後闋という形で二度繰り返されるのが通常である詞のスタイルに合致するものである。元代の曲には、【么篇】と題して繰り返す例が時にあるものの、むしろ例外的である點から考えれば、これが曲の本來の形であったとは考えがたい。これは、曲が詞の代用品として採用された結果、初期においては詞の形式に合わせていたことを示しているに違いない。

そのことは內容からも見て取れる。知識階級に屬する男女の主人公である張生と鶯鶯に關わる部分は、多く詞の語彙と言い回しを用いて語られる。その內容はほとんど詞と選ぶところがないといっても過言ではない。例えば有名な卷六の別れの場面、【玉翼蟬】の後闋から【尾】をあげてみよう。

【玉翼蟬】……雨兒乍歇。向晚風如漂冽。那聞得衰柳、蟬鳴悽切。未知今日、別後何時重見也。衫袖上盈盈、搵淚不絕。幽恨眉峰暗結。好難割捨。縱有千種風情、何處說。

【尾】莫道男兒心如鐵。君不見滿川紅葉。盡是離人眼中血。

【玉翼蟬】……雨あがり、夕暮れに風寒く、聞くに耐えぬは、衰えゆく柳に蟬の切なく鳴く響き。今日別れれば、再會の日はいつ來ることか。上着の袖はぐっしょりと、絕え間もなしに淚を拭う。今より後、たとえいかに多くの風情ありとて、いずこにて語るべき。

【尾】男子の心は鐵の如しとはいいたもうな。君見ずや一面の紅葉、ことごとく別れ行く人の眼中の血なるを。

全體に詞と共通するイメージを持つことは一見して明らかである。措辭の面を見れば、例えば「雨兒乍歇」と「那聞得衰柳、蟬鳴悽切」は柳永【雨霖鈴】の「寒蟬悽切。對長亭晚、驟雨初歇」を、「縱有千種風情、何處說」は同じ詞の「便縱有、千種風情、更與何人說」を、「君不見滿川紅葉。盡是離人眼中血」は蘇軾【小龍吟】の「細看來不是楊花點點、是離人涙」を踏まえており、すべて詞の先行作品を繼承している。

巻一の【虞美人纏】についても同じようなことがいえる。

　霎時雨過琴絲潤。銀葉龍香燼。此時風物正愁人。怕到黄昏。忽地又黄昏。○花憔月悴羅衣褪。生怕旁人問。寂寥書舍掩重門。手捲珠簾、雙目送行雲。

　　やにわに雨よぎって琴の絃うるおい、銀の香爐に龍涎の香を焚く。この時の風物もまことに人をして愁わせるもの。黄昏になってはたまらない。たちまちまた黄昏となる。○花月の姿は憔悴して薄絹の衣はゆるくなり、人に問われることを恐れる有様。寂しい書齋に戸を固く閉ざし、手にて珠のすだれを巻き上げ、二つの目にて行く雲を送る。

これもほとんど詞における常套語の組み合わせといっても過言ではない。しかし、さきの巻六の例とは決定的に異なる要素がここには含まれる。「花憔月悴羅衣褪」といえば、當然美女の形容のはずである。實際、詞では秦觀（蘇軾ともいう）の【點絳唇】「月轉烏啼畫堂、宮徵生離恨。美人愁悶。不管羅衣褪（きれいな部屋に月は巡り鴉は鳴き、樂の音に別れの悲しみは生ず。美人は愁い悲しみ、薄絹の衣のゆるくなるのも心に掛けぬ）」のように用いられる。また「捲珠簾」も、李白「怨情」に「美人捲珠簾」と見えて以後、美人の形容である。ところが、「書舍（書齋）」の語にさりげなく示されているように（とはいえ、詞では女性の寝室に用いる「掩重門」が伴っている）、ここでうたわれているのは張生、つまり男なのである。

詞における美女を形容する語を用いて男性を描くというのは、つまりは詞のパロディということになる。實際、この後内容は急速に下世話な方向に碎けはじめ、「這些病何時可、待醫來却又無箇方本。飲食毎日湌三頓。不曾飽喫了一頓。一日十二箇時辰。沒一刻暫離方寸（この病はいつになったらよくなるのやら、治そうにも處方がない。一日三度の飯も、一度たりとも滿腹せず、一日十二の刻限にも、一時たりとも心を離れず）」と、喜劇的な口調になってしまう。こうしたパロディは、無論詞にはなかったある意味斬新な表現であり、今後曲の特徴となっていくものである。これはどのようなところから生まれたのであろうか。ここで問題になるのが作者董解元の素姓である。

董解元についてわかっていることは、ごくわずかしかない。元代後期に鍾嗣成が著した曲作家の傳記集『録鬼簿』(23)には、まっさきに董解元の名をあげ、「大金章宗の時の人。創始者であるがゆえに、最初に名をあげる」と注記する。つまり曲の創始者、より正確にいえば、知識人が曲を作り始めるその元祖と考えられていたことになる。「解元」とは科擧の地方試驗である「解試」に首席で合格したことを意味するが、實際には知識人に對する尊稱として宋金期には一般に用いられていた。つまり董解元は「董さん」といった名稱であり、名前も不明ということになる。ただ、『録鬼簿』によれば關漢卿に「董解元醉走柳絲亭」という雜劇があったとのことであり、元代にはすでに傳説的人物となっていたようである。雜劇の內容は不明であるが、題名から推察するに、妓樓とかかわる內容だったものと思われる。次章で論じるように、曲が唱われる主たる場は無論妓樓や宴席であった。「解元」という肩書きのみが殘ることといい、董解元は、柳永と同じように、妓女の世界に浸り、そこで名聲を博して傳説化した人物だったに違いない。

そのように考えれば、彼が曲の祖、つまり知識人でありながら曲を作るという行爲を創始した人物であったことは理解しやすくなる。妓樓にあって、常に曲と接していれば、おのずと曲を作るという行爲に對する抵抗は少なくなるはずである。そして、妓樓の遊戲的雰圍氣を考えれば、美女を形容する語彙で歌い出し、實は男だったというパロディが發生することも理解しやすい。

更に、張生はヒロイン鶯鶯の小間使紅娘と接觸する時、更にくだけた姿を示す。巻五で、戀患いの張生のもとに、鶯鶯が忍んでくると告げる手紙を紅娘が屆ける場面をあげてみよう。

【碧牡丹】小詩便是得效藥。讀罷頓然痊較。入時衣袂、脱體別穿一套。煞㪍㪍地做些鶩軀老。問紅娘道。韻那不韵、俏那不俏。〇鏡兒裏不住照。把鬚鬢掠了重掠。口兒裏不住、只管喫地忽哨。九伯了多時、不覺的高聲道。叽囉日齋下、啞日轉角。啞日西落。

短い詩こそは特效藥、讀み終わるやたちまち病は癒えた。はやりの衣裝というわけで、全身別のものに着替え、くねくねと妙なポーズ。紅娘にたずねるには、「すてきかい、かっこいいかい」。〇鏡の中にたえず寫しては、ひげや鬢を何度もなでつけ、口の中では絶え間なく、ヒューヒュー口笛吹き續け、さんざん馬鹿をやった末、我知らず大聲で言うには、おや、日は眞晝時。やや、日が下がった。やや、日が西に落ちる。

ここでは張生はほとんど道化であり、前後で紅娘にさんざん揶揄されることになる。實際、ここで「忽哨」、つまり口笛を吹くというのは、金代の墳墓から多く出土する演劇の場面をかたどった人形や浮き彫りにおいては、淨と呼ばれる道化役の特徴的な動作なのである。では、なぜ張生は道化になるのであろうか。

この前のくだりで、張生は紅娘に「合いの手を入れてくれ」と要求し、張生が鶯鶯から贈られた詩を一句讀むごとに、紅娘が「哩哩。哩哩囉。哩哩来也（リーリー、リーリーロー、リーリーライイェ）」とうたうという場面がある。つまり、ふたりは日本でいう夫婦漫才を演じているのである。これは、「一丑一旦」と呼ばれる中國の基本的な藝能樣式の一つである。おそらくは豐饒祭祀の一環として行われた男女の戯れという形の、世界的に分布する藝能の一例であるこの形式は、中國においても藝能の基本形式の一つとして廣く行われている。張生と紅娘の場面では、常に道化的な張生を紅娘がやりこめるというパターンが見られるが、これはそうした藝能の形式が導入されたものと思われる。

そして、藝能由來であることに應じて、右の曲辭からも明らかなように、白話語彙を多用し、表現は著しく卑俗かつ喜劇的である。つまり、ここでも庶民（紅娘は奴婢、つまりは非自由民である）を扱う時は卑俗な語彙で喜劇的な描寫がなされるという様式分化の原則は貫かれているかのように見える。
しかし、ここで注意すべきことがある。それは、歴とした士大夫である張生が、その喜劇的な場面の一員として登場し、被差別階級である紅娘と同列の人間として描かれ、彼女にやりこめられること、そして、これらの場面は物語の構成上重要にして缺くべからざるものであって、決して無理に插入された喜劇的場面というわけではないことである。つまり、『董西廂』全體として見た場合、様式混合が發生し、庶民が上流の人々と對等の存在として描き出されているのである。

同様のことは、巻二の合戰の場面を中心に活躍する法聰についてもいえる。『水滸傳』の魯智深の先祖ともいうべきこの人物は、山賊から足を洗った惡僧であり、當然ながら詞の世界とは最も縁遠い存在である。そして、彼が活躍する場面は、曲という韻文形式で、戰鬪の様子を生き生きと具體的に語ったという意味で畫期的な意義を持つ。これもまた、合戰物の藝能から生まれたものであるに違いない。

更に、『董西廂』について注意すべきは、この書が成立後間もなく刊行されたらしいことである。現存するテキストは、すべて明代後期以降のものではあるが、どの本においても本文の末尾に「蓬萊劉汭題詩曰」として、「蒲東佳遇古無多、鏤板將令鏡不磨（蒲東のすばらしい出會いは古來稀に見るもの、版木に彫って鏡のように摩滅することのないようにしよう）」とある。これは現行テキストが出版物に由來することを示すものである。それがどのような形の出版であったかは、殘念ながら明らかにすることができない。

では、なぜ知識人の作る曲に民間藝能の要素が流入しえたのか。要因の一つとして考えられるのは、金王朝の文化的雰圍氣である。金の支配階層であった女眞人は歌舞音曲を好むことで知られ、元明期の演劇においても、たとえば「金安壽」雜劇（元曲選本）第四折の金母のセリフに「您則知您女直家會歌舞（おまえたちは、自分たち女直（女眞に同じ」人が歌舞が得意だということをわきまえていよう）」とあるように、一般的な常識になっていた。支配層が歌舞を好んだことは、他にも廣く影響したに違いない。實際、金代の墳墓からは、女眞人以外のものであっても、前述したように多くの演劇・藝能の場面を描いた彫刻・浮き彫り・壁畫が出土している。そのような立派な墓を殘せる上流の人々が、墓に持ち込むほどに藝能を愛好したことは、知識人層が藝能と直接的な關係を持つきっかけとなったに違いない。

もう一つは、推測の域を出るものではないが、さきにふれたように董解元が妓樓と關わりを持っていたのではないかと思われることである。藝能の演じ手の主要な部分を占めるのは妓女であった。妓樓に沈湎する知識人が、妓女のために藝能のテキストを制作するという狀況は、唐の溫庭筠や北宋の柳永に見られたところである。彼らが扱ったのは上品な詞であったが、金においてはそれが北方藝能である曲に變わっていた。そして、曲は本來より卑俗な性格を持ち、そこに詞の代用品としての性格をも賦與された結果、幅の廣い內容を持つようになった。これが、董解元のような知識人がこの種の作品の創作に關與した理由ではなかろうか。先にも見たパロディ的な性格や、全體に認められる諧謔的な基調は、妓樓での遊戲的雰圍氣が背景にあることを想定させるものである。

こうして、北方の金においては、一部の知識人が積極的に白話による創作を行うという、南宋には認められない新しい狀況が生じつつあった。續くモンゴル期には、この情勢が更に進行することになる。

四、モンゴル期の狀況

一二三四年に金が滅亡した後、北方はモンゴル支配下に入る。北中國はかなりの期間混亂狀態に陷り、特に北宋・

金を通じて文化の中心地であり續けてきた開封を中心とする河南一帶は、戰亂により激しく荒廢することになる。しかし、曲に關わる文化的側面についていえば、モンゴル期の狀況は、金の繼續といってよい。

金代後期から發生した知識人による曲の制作は、モンゴル期に更なる發展を見る。『錄鬼簿』が最初に掲げる散曲（雜劇の歌詞ではなく、單なるうたとしての曲）作家は、創始者たる董解元を別格としてあげた後には、世祖クビライの腹心だった劉秉忠を筆頭に、多くの政府首腦や、張弘範・史天澤のような大軍閥が名を連ね、中には不忽木のようなモンゴル人の高官も含まれている。彼らの作品は、基本的に詞の延長線上にあるものであり、このことは、この時期に北方においては詞の代用品として曲を用いることが定着したことを示している。[24]

その一方で、白話を多用する曲の制作と、その扱う題材も擴大しつつあった。たとえば、官職にこそ就かなかったものの、金末からモンゴル期にかけての文化界の名士であった杜仁傑の套數【耍孩兒】「莊家不識构欄」は、商業劇場の狀況というかつて文字で敍述されたことのない卑俗な題材を扱っている。劇場內部の描寫をあげてみよう。[25]

【五】要了二百錢放過咱、入得門上箇木坡。見層層疊疊團圞坐。擡頭覷是箇鍾樓模樣、往下覷却是人旋窩。見幾箇婦女向臺兒上坐。又不是迎神賽社、不住的擂鼓篩鑼。

二百文取っておれを入れてくれた。入って木の坂をあがれば、何段にも丸くすわっている。頭を上げて見れば鐘樓のようなありさま、下を見れば人の渦。何人かの女が臺の上にすわって、お祭りでもあるまいに、ひっきりなしに銅鑼や太鼓を打ち鳴らす。

過去の文獻には例を見ない詳細かつ具體的な描寫である。このような表現を可能ならしめたのは何だったのであろうか。

白話語彙を多用した、上品とは言い難い散曲の作例の多くには、ある程度共通した性格が認められる。モンゴル期

に活動した文化人王和卿の【小桃紅】「胖妓」をあげてみよう。(26)

夜深交頸効鴛鴦。錦被翻紅浪。雨歇雲收那情況。難當。一翻翻在人身上。偌長偌大、偌粗偌胖。壓匾沈東陽。

夜も更けたころ首を交えて鴛鴦をまね、錦の掛け布團は紅の波をたてる。雲雨の收まったそのありさまは、たまったものじゃない。ごろりと人の體の上に寢返り打って、こんなに長くて大きくて、こんなに太って肥えていたんじゃ、やせっぽちの色男は押しつぶされてぺしゃんこだ。

これは、妓樓で「胖妓」、つまり太った妓女をからかうために作った遊戲的作に違いない。白話語彙を多用した散曲には、この種の妓樓と深く關わるであろう作品が多い。

實は、この狀況は北宋期にもすでにある程度認められるものであった。柳永の詞には白話語彙を多用したものがかなりある。白話語彙が多くなる要因は、それらの詞が基本的に妓女の口說きという形を取っている點にある。敎養ある話し方が基本的には男性の專有物であった以上、女性の口吻を寫せば口語的になるのは當然ではある。また、その口說きの內容はかなり喜劇的なものであり、これは下層のものを描く時は、下層の形式により、下層の言語で、喜劇的に描くという樣式分化の原則に當てはまるものではある。(27)しかし、一見喜劇的な妓女の口說きにおいて、喜劇的な中に眞情と悲哀が見事にこめられている點には注意せねばならない。柳永は妓樓に身を置き、妓女と共感しあった人間であった。つまり、彼は上から見下ろすのではなく、妓女と對等の視點に立ち、嘲笑的にではなく、共感を持って妓女を描いたのである。これが柳永の詞の斬新さであり、彼の詞が俗だと批判される理由でもあった。柳永が士大夫社會から排斥された原因も、妓女の世界では神の如くに仰がれた原因も、ともにここにあったに違いない。

モンゴル期以降多く見られる妓樓に關わる白話的な曲は、こうした動きを承けて出現したものであった。詞の代用品としての「雅」な曲を作った高位の人々も、もとより妓樓で自分たちの作品を唱わせたはずだが、白話的な曲の作り手たちとは妓樓への關わり方に差があったに違いない。そのことを示すのは、兩者が作っている曲の形式の相違である。この點については、第二章で詳述するが、ここで簡單に述べておこう。

「雅」な曲の作者たちが作るのは、原則として一つの曲で終わる小令であって、套數を作っている例はほとんどない。一方、白話的な曲の作者たちは套數を多數作っている。しかも、その套數の多くは、散曲ではなく、雜劇の歌詞として使用するためのものだったのである。そして、當時雜劇を演じていたのは樂戸と呼ばれる人々であり、妓女は樂戸に屬していた。妓女の多くが雜劇の花形役者だったことは、夏庭芝の『青樓集』が傳える通りである。彼女たちは、女役はもとより、二枚目や、役者によっては梁山泊などの任俠の徒にまで扮した。つまり、「雅」ならざる曲の作者たちは單なる遊客ではなく、妓樓の樂戸たちのために雜劇や宴席のうたの歌詞を提供する人々だったのである。彼らは、妓女たちのいわば身内であった。それゆえに、白話的な曲が大量に作られることになったのである。

なぜこのような狀況が發生したのであろうか。金代に見られた一連の狀況を引き繼いだ結果としては、モンゴル期に擴大し、次の時代に引き繼がれるこの展開はあまりにも急激である。金の土壤に立ちつつも、モンゴル期に新たな事情が發生したのではないか。

その要因の第一は、常に指摘されるところであるが、科擧の廢止である。科擧はモンゴル治下では廢止された。その復活は、大元と國號を立て、南宋を併合した後のことであり、今問題にしているモンゴル期においては、科擧實施は見込みすら立たない狀態であった。それゆえに目標を失い、失業した知識人が雜劇制作に向かったというのが、元曲隆盛の原因についてよく見られる説明であるが、それも一面の眞理を示してはいるものの、この説明だけで十分であるとは思えない。實際、雜劇作家は概して散曲のみの作家より身分が低い傾向にあるものの、中には馬致遠のような歴とした官僚や、史九敬先のような軍閥の貴公子も含まれているのである。(28)

ここでもう一つの關連する要因が考えられよう。科擧廢止の結果というより、それと連動する動きとして、士大夫の特權意識が失われつつあったのではないか。モンゴルの政策として、知識人は儒戶とされ、たとえば妓女や役者といった、從來差別を受けてきた人々が所屬する樂戶より大きく上の身分とは見なされなかった。官僚になるためには、まず胥吏または學官となって年功を積むか、權力者の引き立てを得ねばならない。そして、通常中國文化に對する造詣が深いとはいいがたいモンゴル人・色目人や、必ずしも高い教養を持つとはいえない漢人（女眞・契丹を含む）の武將が支配層を形成した。つまり、宋金期までは特權階級である高級官僚の地位をほとんど獨占していた高級知識人であることは、モンゴル期においては必ずしも憧れの對象ではなくなった。

こうして、高級知識人を目標としてすべてが「雅」を志向していくという南宋における動きとは正反對の狀況が生じはじめた。「雅」な趣味を持つ知識人であることは絕對的な價値を失った。それゆえに、金における知識人による曲制作、特に妓樓と關係を持つ一部の知識人による藝能の影響を受けた白話的曲の創作という狀況を繼承したモンゴル期にあっては、全體に「俗」な方向に流れ、白話的な曲を制作する知識人も激增することになったのであろう。

しかも、知識人が特權身分ではなくなったことは、これまで特權階級と被差別階級という、ほとんど天地の差ともいうべき隔絕した身分關係にあった知識人と妓女・役者とを、對等の立場に立たせる契機となりうるものであった。もとより、政府の政策如何にかかわらず、長年の間に形成された差別意識がただちに拂拭されるはずもない。鄭思肖らが「八娼九儒十丐」と、儒戶が「娼」卽ち樂戶より下に置かれたと述べるのは(29)、被害妄想に基づく甚だしい誇張に違いない。しかし、この被害妄想のよってきたるところが、特權層であるはずの儒戶が、被差別階級であるはずの樂戶と同じ地平に置かれてしまったということにあるとすれば、それは兩者の地位が他の時代とは比較にならないほど接近したことの傍證となる。しかも、「八娼九儒十丐」を唱えるのは、いずれも南宋滅亡後の宋の遺民たちである。南宋文化の中で成長した彼らにとっては、この變化はまことに衝擊的なことだったに違いないが、モンゴル期の北方の人々にとっては事情はかなり違ったのではなかろうか。

そのことを示すのは、モンゴル期よりやや遲れるが、元前期の雜劇作者の中では比較的地位が高かったと思われる馬致遠と李時中の二人が、明らかに樂戶であった花李郎・紅字李二と「黃粱夢」雜劇を合作したことである。馬致遠の素姓については議論があるが、とりあえず『錄鬼簿』には「江浙行省務官」とあり、ある程度の地位にはあったようである（もし孫楷第が比定する馬稱德が馬致遠その人であるとすれば、吉水知州になっている）。李時中は工部主事だったといい、これもかなりの地位といってよい。その彼らが、ともに名優劉耍和の婿であった樂戶花李郎・紅字李二と合作した（『錄鬼簿』李時中の項）。しかも、第一折は馬致遠、第二折は李時中、第三折は花李郎、第四折は紅字李二が擔當したという點からすると、合作は全く對等の立場で行われている。これは、馬致遠と李時中が差別意識を持っていては生じえない事態である。『錄鬼簿』の曹楝亭本などでは、花李郎に「學士」という肩書きが附されている（李時中の項）(30)。もとより彼が學士だったとは思えないが、このようなあだ名で彼を呼ぶ雰圍氣、つまり樂戶が高い教養を持ち、一部の知識人がその教養を認めるという狀況が存在したことを示す事例といってよい。

第二章で述べるように、彼ら雜劇・套數を多く殘した作家たちの作品には、詩においては一般に認められる制作時の狀況を示す題名が附されている例が大變少ない。これは小令のみしか殘していない盧摯のような作家とはまことに對照的である。つまり、盧摯のような作家にとっては曲は詞の代用品であり、士大夫の立場で作るものであったが、雜劇・套數の作家、たとえば關漢卿にとっては曲とは妓女や樂戶に提供する歌詞だったのであり、雜劇もその一環として作られたものだったに違いない。馬致遠のように社會的地位もありながら、妓樓との交流も密だったものと思われる作家の場合、盧摯と唱和した作も殘しながら、やはり妓女や樂戶に提供する作品の方が主となる。

妓女や樂戸と密着した知識人が作った曲は必然的に、聞いてわかりやすい白話を多用し、曲という藝能が本來持っていたであろう諧謔と皮肉を多く具えた、それ以前の中國文學には例のないものになる。これが雜劇の歌詞となれば、芝居のためのものである以上、耳で聞いてのわかりやすさの必要性は一層高まり、また題材の多様さゆえに、さまざまな身分、さまざまな年齢の人々の口吻を寫さねばならない。實際、元雜劇の主人公は、皇帝から物乞いや流民に至るまで、社會のあらゆる階層に及ぶ。當然、皇帝は皇帝、物乞いは物乞いにふさわしい口調で語ることが求められる。それゆえ、かつて文字にされたことがないような卑俗な表現が絶えず出現することになるのである。こうした性格の曲辭を知識人たるものが文字化することを避けようとしなかったのは、右に述べたような社會狀況あればこそであった。

また、唱い演じるのが妓女であってみれば、作家たちは妓女にふさわしい歌詞を用意することになる。つまり、閨怨をはじめ、妓女の身の哀しさを訴える歌詞を作り、更にはそれを演劇の形に仕立てた雜劇を生み出す。男をだますのが商賣という悲しい立場を逆手にとって、暴虐な支配階級の男をやりこめる妓女を主人公とする關漢卿の「救風塵」のような斬新な作品は、こうした土壤から生まれたのであろう。今となっては實情を知るべくもないが、場合によっては主演を予定された妓女への當て書きということも行われたかもしれない。

こうして、モンゴル期に入ると、知識人が白話を使用して創作活動を行うことへのハードルは一氣に低くなった。しかし、出版は依然として活潑ではなく、盛んに制作された曲も、モンゴル期には刊行されていない。これは、先にも述べたように、南宋における狀況とはまことに對照的である。しかし、兩者が合流する時期は迫っていた。

五、元代の状況

北中國を支配したモンゴルは、やがて中國全域の支配を目指して、南宋と戰鬪を開始する。この過程で、一二七一年、中國を支配していたクビライは大元と國號を定める（以下「元」と略稱）。長い戰爭の果てに、南宋の都臨安が陷落したのが一二七六年、南宋の殘黨が崖山に亡んだのは一二七九年のことであった。ここに、中國全域は元の支配下に入った。南北中國は、ほぼ百五十年を經てここに再び統一された。こうして、南北で別々に展開してきた文化が融合することになる。

南北が大幅に異なる文化的土壤を持っていたことは、これまであまりにも輕視されてきた。すでに見てきたように、少なくとも書記言語としては同じ言葉を使用しながら、兩者は全く對照的な性格を持っていたのである。それが否應なしに融合することになる。融合の主たる場となったのは、杭州であった。

なぜ杭州が融合の場となったのか。この點については第二章で詳しく論じるが、ここで簡單に述べておこう。この問題についてまず考えるべきは、北方知識人の意識である。彼らは、白居易や蘇軾の詩詞の影響を受けて、杭州への憧れを抱いていた。南宋から傳わってくる杭州をうたうさまざまな詩詞は、その憧れを一層かきたてたであろう。事實、金の海陵王が杭州への憧れに衝き動かされて無理な遠征を實行した結果、破滅を招いたといわれるのは周知の通りである。しかし、對立關係にある別の國家である以上、使節にでも選ばれない限り、金やモンゴルの人間が杭州の地を踏むのは不可能である。南宋の滅亡とともに、その杭州への通行が自由になった。北方の知識人が大擧して杭州に赴いたのは當然の結果であった。

杭州は南宋の首都であった以上、南宋滅亡後もなお南方の文化的中心であることはいうまでもない。そこに大量の北方知識人がやってくる。元曲の大家とされる盧摯と馬致遠は西湖のほとりで唱和した散曲を殘している。彼らは官僚として南方に赴任したのである。杭州に向かった北方知識人には、彼らのようにいわば進駐軍として舊南宋領に赴いた官僚・軍人が多かったに違いないが、それ以外に、特に官位を持つわけではなく、杭州への憧れゆえに南下し、北來の高官や將軍の取り巻きとして生活した喬夢符・曾瑞卿のような人々もいた。

ともあれ、ここでは北方人たちが勝利者・支配者であったことが重要である。そして、そこに元の制度が施行される。科擧は廢止され、儒戶は樂戶と並ぶものとして位置づけられる。これがひたすら士大夫を志向していた南宋の人々にとって驚天動地の事態だったことに疑問の餘地はない。さきに見たような鄭思肖らの不滿も、當然出るべくして出たものであった。

こうして、突然杭州に北方の文化が主流として押しつけられることになる。北方人は曲という形式で、しかもしばしば卑俗な語彙を用いて、卑俗な事柄をうたい、果ては雜劇という、南宋では知識人たるもの決して手出ししなかったジャンルの作品すら制作する。これは、南宋の傳統的知識人にとっては衝擊的であり、輕侮の對象でもあったに違いない。しかし、支配者がこの形式を使用する以上、權力に接近しようとすればそれに從わざるをえない。妓樓でも、この時期の妓女は原則として官妓であり、官僚や高級軍人の接待をするのが任務であったからには、必然的に北來の權力者の嗜好に合わせて北曲を唱う必要が生じる。そうなると、これが南方の妓樓全體の風潮となるのは必然であり、妓樓で唱うたが北曲となれば、たとえ權力への接近を求めるわけではなくても、南方人も北曲を作るようになるのもまた必然である。北方音に通じない南方人でも北曲を作れるように、音韻の手引として編集された周德淸の『中原音韻』は、こうした流れの中で成立した書物であった。

こうして、北來の人士のみではなく、南方の、舊南宋領内で成長した人々も北曲を作るようになる。實際、元代中期以降、元雜劇後期の作家といわれる人々の作品を見ると、散曲についてはもはや前期のような作家による作風や制作ジャンルの違いはあまり認められず、妓樓に關わる作であればどの作家の作品もある程度白話的であり、小令・套數の兩方を作る作家も多い。そして、作品の多くは杭州で作られ、特に西湖を題材とするものが非常な數に上る。一方で、雜劇において鄭德輝のように北方出身でありながら著しく文雅な方向の作品を作る作家が現れること、全體に文雅な傾向が強まることは、南宋文化の影響と考えられる。そして、曲の作家には鄭德輝・喬夢符のような北來人士と、張可久・周德清・朱凱のような南方人が混じり合っている。

このようにして、元の統一に伴い、杭州を中心に南北文化の混合が發生した。南方人は白話の使用と藝能的要素を受け入れ、一方北方人は文雅な方向への傾斜を見せた。高明の『琵琶記』のような文人の手になる南曲の演劇作品が登場するという事實も、こうした流れの中で理解せねばならない。

そして、南宋で急激に發達した商業出版は、北來の新文化に對應していくことになる。ここに白話文學の刊行物が登場する。

まずあげられるのは、散曲の刊本の出現である。ともに楊朝英が編集した『樂府新編陽春白雪』『朝野新聲太平樂府』は、いずれも美しい版面の元刊本を殘している。(31) これは、すでに述べたように、散曲が詞の代用品であってみれば、詞集の刊行には出版最初期の五代における『花間集』以來の傳統がある以上、刊行されるべくして刊行されたものというべきである。ただ、やはり元代後期（明初のものも混じるかもしれない）杭州の刊行とされるいわゆる『元刊雜劇三十種』となると、これは初めての戯曲の刊行物であるだけに、見過ごすわけにはいかない。

しかしこの『元刊雜劇三十種』も、實は散曲集刊行の延長線上にあるものなのである。この點については別に詳しく論じたので[32]、ここで繰り返すことはしないが、版本の體裁から考えて、大字本と分類される四種を別にすれば、他のテキストはすべて、刋行者の關心の對象は曲辭にあり、演劇の脚本として讀まれることを期待して刋行されたものではなかった。つまり、このテキストの大半は、おそらく雜劇の曲辭を、散曲と同じように鑑賞しようという顧客を想定して刋行されたものだったのである。

白話文學の刋行においてより重要な動きは、やはり建陽において發生した。建陽の書坊にとっては、南宋の滅亡という事態は、營業面についていえば、必ずしも深刻な影響を與えるものではなかった。むしろ、元朝政府は舊南宋領內の産業を積極的に利用する方針を取っていたものと思われ、建陽の書坊は政府の出版物刋行を請け負っていたようである[33]。ただ、科擧の廢止は建陽の書坊にとっては打擊だったに違いない。科擧は仁宗の延祐二年（一三一五）に復活はするものの、順帝の初期に一時中斷されており、また實施された期間においても合格者はわずか百人、しかもモンゴル人・色目人・漢人（舊金領民）・南人（舊南宋領民）各二十五人と極端に狹き門であって、特に人口の多い南人にとっては、合格自體あまり期待のできないものであった。從って、科擧の受驗參考書は從來ほどの賣れ筋商品ではなくなっていたはずである。

そうした中で、全く新しいタイプの書物が建安の虞氏により刋行される。「全相平話」シリーズである。「全相平話」のうち現存するのは、『新刋全相平話武王伐紂書』『新刋全相平話樂毅圖齊七國春秋後集』『新刋全相秦併六國平話』『新刋全相平話前漢書續集』『至治新刋全相平話三國志』の五種である。更に、題名を一見しただけでも明らかなように、このほかに少なくとも『七國春秋前集（おそらく副題は「孫龐鬬智」）』、それに『前漢書正集（もしくは前集・後集）』が存在したことは確實である。「全相」とは全ページ繪入りを意味し、各葉とも上部の三分の一程度が插繪で下が本文という、いわゆる上圖下文形式を取っている。本文の內容は、一部に歷史書に基づく記述も見えるものの、多くは史實から大きく離れた展開を示す。使用言語は、平易な文言と白話が混じったものである。刋行時期は、『三國志』については「至治新刋」とあることから考えて、元の英宗の至治年間（一三二一～一三二三）、その他は不明だが、明らかに同一シリーズとして出版されている點から考えて、その前後の刋行である可能性が高いものと思われる。

以上のことからも明らかなように、通俗史書といっても、これは今まで刋行されていた通鑑俗本などとは次元を異にする書物であり、白話小説の元祖といって差し支えない。印刷術がまだ中國以外ではあまり行われていなかったことを考えれば、これは世界最古の口語小説刋行物といってよい。なぜこのような書物が刋行されたのか。

ここで考えるべきは、建陽の書坊が過去にどのような書物を刋行してきたか、そして現在どのような顧客を想定しているのかということである。南宋以來、建陽の書坊は『通鑑綱目』をはじめとする『資治通鑑』の節略本を刋行してきた。そして、『通鑑綱目』はともかく、『陸狀元資治通鑑詳節』『少微通鑑節要』などは、科擧受驗生向けの俗本であった。無論、現存最古の『少微通鑑節要』の刋本が元代のものであることからわかるように(34)、この種の書物は元代にも刋行され續けていた。しかし、もはや科擧受驗參考書としての性格は薄らいでいたのである。

前述の通り、元の統一後、南方に波及し、制度として定着していった北方の文化においては、高級知識人は絶對的な優位に立つものではなく、モンゴル人・色目人を中心とする官僚・軍人が權力を握っていた。營利目的の商業出版を主たる事業とする建陽の書坊は、この新たな顧客層に對應する商品を用意せねばならなかった。北來の官僚・軍人の教養レベルは千差萬別であり、科擧官僚のような均質性はない。更に、當然のことながら、モンゴル人・色目人は、中國的教養という點では、貫酸齋や廉希憲のような一流知識人も存在はするものの、一般的にいってそれほど高いレベルにはなかったに違いない。上圖下文本という形式の一致からも建陽刋本ではないかと考えられる『孝經直解』は、ほかならぬそのウイグル人の散曲の大家貫酸齋（彼こそ北方から杭州に移住した知識人の代表ともいうべき存在であった）が、いわゆる蒙文直譯體で『孝經』をわかりやすく解說し、仁宗に獻上したものであったとされ、その後仁宗により頒布されたという。(35) 現存するテキストがオリジナルの形を傳えているとすれば、これは建陽の書坊が元朝政府に關わる仕事を請け負った事例ということになる。『孝經』は經書の中でも最初に學ぶべきものとされる。つまりこの書物は、モンゴル人が中國的教養を身につけるための入門書として作られたものと考えられる。

南宋滅亡と元による支配の結果、建陽の書坊は營業方針を變えざるをえなかった。機を見るに敏な彼らは、新たな顧客のための書物を刊行し始めたのである。新たな顧客とは、北方からやって來た（というより、建陽の書坊の販賣網はおそらく北方にも延びていったであろう）新たな支配者たちとその周邊の人々である。軍人はもちろんのこと、文官についても南宋における科擧とは異なる基準で登用された彼らは、そもそも異文化の人であったモンゴル人・色目人はもとより、漢人であっても、古典的教養を豊かに持っているとは限らなかった。(36)

一方、舊南宋領民が官職に就こうとすれば、少數の科擧合格者と、緣故や武功による立身を別にすれば、胥吏から年功を積んで官に昇格するか、もしくは學官、つまり學校の教官として年功を積んだ上で官に轉ずるかの二通りしかなかった。この二途をたどる場合、『元典章』巻十二「吏部六　吏制」の「令吏」「司吏」に見えるように、「儒吏兼通」、つまり胥吏出身の者は「儒」に、學官出身の者は「吏」に通じること、つまりそれぞれが缺けているはずの能力を身につけることが求められたのである。讀みやすい儒學や歷史の書物が要請される所以である。一方で、『吏學指南』のような胥吏のための手引が刊行されているのは、(37) 胥吏の實用書であるとともに、學官ルートから立身しようとした人々のための參考書としての需要に應える意味もあったのかもしれない。

更にいえば、こうした體制が南方にも及んだ結果、舊南宋領民の意識も變化せざるをえなかった。特に、士大夫に憧れる準知識人ともいうべき人々が大量に存在した南宋社會のことを考えれば、北方より識字率は高く、讀書の習慣も普及していたに違いない。そこに、士大夫的な「雅」を絶對視する考えとは異なる基準が持ち込まれたのである。知識人たるものひたすら「雅」を目指すべきであるという呪縛から解放された時、彼らは容易に身につけることが可能で、しかも娯樂性を持つ知識の獲得に向かったであろう。それは、胥吏から年功を積んで立身を目指す人々だけではなく、南宋社會の中で文化的志向を植え附けられていた識字能力のある一般都市住民や軍人にまで及んでいたに違いない。彼らは、自らの能力にとっては荷の重すぎる正統史書よりもわかりやすい歷史書を求めていた。支配層が高度な教養を誇るエリート集團ではなくなった以上、安易な手段で身につけたいささか怪しい教養でも、上流の人々と交わる上ではかなり役立つ可能性があったものと思われる。

「全相平話」はこうした動きの中で編集・刊行されたのである。教養のない人間でも（場合によっては字の讀めない人間でも）退屈しないように、全ページに繪が入れられる。そして、繪の下に記される本文は、通俗史書を援用しつつも、基本的には合戰や妖術に彩られる面白おかしい內容を持ち、白話混じりの平易な文言という、最も理解しやすいはずの（後述のように、實際に理解しやすくすることには失敗しているが）文體で記されている。このような書物を建陽の書坊が刊行するに至った背景には、南宋以來培われてきた通鑑俗本制作刊行の豐富な經驗があったに違いない。彼らは、物語の骨格をなす歷史的記述を容易に入手することができたのである。しかし、通俗史書の歷史的記述だけでは、無味乾燥の極みであり、オリジナルの『資治通鑑』が持っていた生き生きとしたおもしろさは失われている。そこで必要になるのが、讀者の興味を引くおもしろい內容である。ここで初めて、不特定多數を對象とする出版物において、讀者の興味を引きつけるおもしろさが要請されることになる。これは書物の歷史において畫期的なことといってよい。では、「全相平話」の制作者たちは、どこから「おもしろい」內容を持つ素材を入手したのであろうか。

その答は、題名と內容に示されている。「平話」とは何か。現在見られる用例は明代以降のものだが、いずれも講談、もしくはその文字化（つまり白話小說）のことを指す。『永樂大典』に「平話」という項があり、本文は殘っていないものの、記錄されている題名から見て、おそらく講談に基づく小說が記錄されていたものと思われる。そして、「全相平話」の本文はそれに見合ったものである。

「全相平話」の文については別に論じたので、ここで詳しく述べることはしないが[38]、その本文は、敍述が簡略すぎる上に、文法的にも整備されておらず、しばしば意味が不明確な舌足らずなものである。その一方で、插入される詩は數多く記錄されている。これらは、細部は講釋師のアドリブに委ねるが、詩だけは既製のものを使用するという、講談の基本原則に見合うものである。つまり、講釋師が實演のために使用する文字テキスト、卽ち講談の種本とその特徵は合致する。その一方で、史書を流用した部分は完全な文言文であり、部位による文體の落差が極端に大きい。要するに、「全相平話」の本文は、讀者の讀みやすさというものを配慮していないように思われる。これは、この種の刋行物が歷史上ほとんど最初の試みであり、前例がない以上、ノウハウがなかったため、とりあえず既存の素材をそのまま流用した結果生じた事態であろう。

では、その流用した既存の素材とは何だったのか。通俗史書は建陽の書坊にとっては自家藥籠中のものである。「平話」部分はどこから來たのか。

推測の域を出るものではないが、建陽の書坊が入手しやすかった講談のテキストは、常識的に考えて南宋のものだったはずである。臨安、もしくはその他の主要都市（資料は臨安に關わるものしか殘っていないが、もとよりその他の町でも藝能は演じられていたはずである）において演じられていた講談の種本が利用された可能性が高い。

もしこの推定が正しいとすれば、高度に發達しながら出版されることがなかった南宋の講談は、ここについに文字の形で出版される機會を得たことになる。それをもたらしたのは、白話文學に對する抵抗の少ない北方文化の流入と、元朝政府の登用制度であった。それらが、高度に發達した商業出版と藝能という、同居しながら結びつきえなかった南宋の二つの要素を結びつける觸媒となって、「全相平話」の出版、つまりは白話文學の刊行に至ったのである。

とはいえ、すでに述べたように「全相平話」は、插繪はともかく、本文については甚だ水準の低い書物であった。にもかかわらず、かなり賣れたであろうことは、『三分事略』と題する『全相平話三國志』を翻刻した非常に粗惡なテキストの存在から見て取れる。(39) 原本の版木がすり減ってしまったのか、あるいは別の書坊が便乗商品を出したのか、いずれにせよ、原本が賣れなければ、このような粗惡な刋行物が出現するはずはない。そして、賣れるとなれば、更に賣れる商品を開發に向かうのは、商業出版の本家たる建陽の書坊においては當然のことだったはずである。すでにノウハウを獲得していた彼らは、ただちに改良版の制作に着手したに違いない。

よりレベルの高い歴史讀み物はどのようにして作ればよいのか。基本的な手法は「全相平話」と同じ、つまりは歴史書と藝能テキストの結合體である。しかし、「全相平話」より高いレベルを目指すためには、高度な歴史知識と白話運用能力を兼備した人材が要求される。そのような人材をどこに求めればよいか。すでに述べた當時の狀況を考えれば明らかである。元代後期の杭州こそは、それにふさわしい場であった。すぐれた白話運用能力を持つ人物は、南方人より北方人に求めやすかったであろう。杭州には、西湖に憧れ、またこの地に駐在する高級官僚や將軍に寄生しようとする北方文化人が集まっていたのである。その中から選ばれたのが羅貫中だったのではないか。

今日に傳わる數少ない羅貫中に關する情報を見れば、彼こそはこの條件にもっともぴったりと當てはまる人物であったことがわかる。『錄鬼簿續編』によれば、彼は太原人であった。一方、明代の資料には彼を錢塘、つまり杭州の人とする例が多い。また東原、つまり山東東平の人とする例もある。これらをあわせれば、金文京氏が指摘しておられるように、羅貫中は太原から東平經由で杭州に來たという、當時の知識人の典型的な軌跡をたどった可能性が高い

ということになる。(40)

事實、『錄鬼簿續編』に記錄されている作家たちは、元末には杭州にいた例が多く、同書の著者（賈仲明か）も、「陸進之」の項に「與余在武林會於酒邊花下（私と武林の妓樓で會った）」とあるように、杭州にいたことは明らかである。そして羅貫中は、宋の太祖趙匡胤を主人公にする「風雲會」という歷史物雜劇を書いている。この作品は、『元曲選』に收錄されていないためあまり廣く知られてはいないが、實は古名家本・顧曲齋本など、現存する『元曲選』以外の元雜劇選集のほとんどに收錄されている點から見て、おそらくこの時期の雜劇中有數の人氣作であった。

建陽の書坊は、この羅貫中をスカウトして『三國志演義』の原型（原型がこの書名であったとは限らない。以下便宜的にこの名稱を使用する）を作らせたのではなかろうか。一方で、羅貫中が歷史物の雜劇を創作している點からすると、書坊の依賴を受けた結果ではなく、彼が獨自に平話をより水準の高い作品に書き換えた可能性もあるが、その場合にもやはり建陽の書坊が羅貫中が書いたものをもとにして、『三國志演義』の原型を刊行したのではなかろうか。

建陽の書坊が『三國志演義』を生み出したと推定するのは、以下のような根據によるものである。

①建陽の書坊は、『陸狀元資治通鑑詳節』『少微通鑑節要』という通鑑俗本を編集・刊行しており、歷史書の通俗版の編集・刊行には豐富な經驗と意欲を持っていた。更に、「全相平話」のような、それほど教養が高くない讀者のための歷史書を刊行してもいる。啓蒙書としての性格が強い『三國志演義』を制作・刊行することを企圖しうるのは、建陽の書坊以外には考えがたい。

②『全相平話三國志』と『三國志演義』の間には、文言の面で直接的關係を見出すことは困難であるが、大まかな展開は合致しており、『三國志演義』は平話を下敷きにした可能性が高い。『三國志演義』は、建陽において平話の改良版として作られた可能性が想定される。

③井口千雪氏の研究によれば、(41)『三國志演義』は『三國志』（裴注を含む）と『資治通鑑綱目』を利用して作られており、一部では趙居信の『蜀漢本末』を利用した形跡もある。すでに見てきたように、『資治通鑑綱目』は建陽とは深い因縁を持つ書物であり、元代には詹光祖月崖堂をはじめ、複數の書坊から刊本が出ている。また『蜀漢本末』は至正十一年（一三五一）に建安書院が刊行したものだが、刊行業務を擔當したのはやはり詹氏一族の詹璟であった。この書はそれほど擴がった形跡はない。

④筆者と井口氏の研究(42)が明らかにしたように、『三國志演義』諸版本の中で、建陽で刊行された葉逢春本以下の諸本は、他の嘉靖壬午序本をはじめとする諸本に比べて明らかに古い本文を傳えており、しかもその本文は建陽においては淸初まで維持され續ける。これは、原型が成立した建陽に古い本文が殘存した結果と考えられる。

建陽の書坊が刊行するために『三國志演義』の原型を作ったという考えは、『三國志演義』は抄本で流布していたものが、明代後期に至ってはじめて出版されたという從來の通説とは完全に矛盾する。『三國志演義』が當初抄本として流布していたという説は、嘉靖壬午序本に附された「弘治甲寅（七年、一四九四）」の日附を持つ「庸愚子」の序に「書成、士君子之好事者、爭相謄錄以便觀覽（書物が出來上がると、容易に讀めるように物好きな人たちが爭って寫し取った）」とあり、「嘉靖壬午（元年、一五二二）」の日附を持つ「修髯子」の序に「客」の言葉として「簡帙浩瀚、善本甚艱、請壽諸梓、公之四方可乎（分量が多く、善本も得難いのだから、印刷に付して各方面に公開してもらえまいか）」とあることを根據とする。

『金瓶梅』『聊齋志異』『紅樓夢』のように、當初は抄本の形で出回って、後に刊行されたことがわかっている小説は存在するが、これらはいずれも知識人の手になり、『金瓶梅』『聊齋志異』は高級知識人の間で回し讀みされ、『紅樓夢』は沒落貴族の一族の間で懷古的に回しながら書き繼がれていたのであって、『三國志演義』とは書物の性格が異なる。

後に述べるように、『三國志演義』の古い形態を傳える葉逢春本などの版本は、明らかに商業性の高い教養讀み物の體裁を取っており、そもそも書物の制作目的自體が『金瓶梅』等とは異なるものと思われるのである。

まず想定されるのは、これが商業出版物の序文のパターンに則って書かれた可能性である。序文における「入手困難なので刋行してほしいとの要望に應じて出版する」という記述は、商業出版物においては常套というべきものであり、かつて筆者もそのように論じたことがある。(43)しかし、嘉靖壬午序本が現存する明代の白話小説刋行物としては最古のものである可能性が高いこと、そしてこの二つの序が周曰校本・夏振宇本といった他の『三國志演義』刋本にも附されていることから考えれば、逆にこれらの序が非常に重要視された結果、遲れて刋行された他の作品の序にも影響を與えたと考えた方がよいかと思われる。

では、この序にはなぜ抄本の形態で行われていたと書かれているのか。ここで考えておくべきは、嘉靖壬午序本の本文が、葉逢春本などの建陽本とは明らかに異なり、おそらくはある程度教養のある讀者の鑑賞にも堪えるように改良されていることである。(44)そして、嘉靖元年序を書いた「修髯子」とは、『三國志演義』『水滸傳』『雍熙樂府』等を刋行した嘉靖帝の寵臣武定侯郭勛その人であった可能性が高い。(45)つまりここで述べられているのは、建陽で刋行されたテキストを改良した「善本」のことであり、卽ち郭勛らによって制作された改良版のテキストを指すものと思われる。郭勛周邊の武官（張獻忠は『三國志演義』『水滸傳』を軍事の參考書として使用したといわれる。(46)滿洲族についても同様のことがいわれる。(47)つまり、『三國志演義』は軍事に關する實用書としての側面を持っていたわけであり、これが郭勛らの制作目的の一つだったのかもしれない）、更には宦官などがこの系統のテキストの初期の讀者であったとすれば、この改良版が當初彼ら上流階級の人々の間で抄本で流通しており、それがこの序の段階で刋行されるに至ったという、改良版に限定した事情がここで述べられているものと思われる。

以上の諸點から考えて、『三國志演義』は建陽の書坊がいわば「全相平話」の改作版として企畫し、羅貫中が依頼を受けて制作を擔當したか、もしくは羅貫中の書いた改作版が建陽の書坊によって利用されたのではないかと思われる。羅貫中の名は、『三國志演義』諸版本に例外なく作者としてあげられており、彼が『三國志演義』の成立に何らかの形で關わったことは間違いないであろう。ただ、原型が現在の形のように晉による統一までを扱っていたかには大きな疑問がある。やはり井口氏が論じておられるように、(48)文體や版本間の異同狀況、また歴史書の利用法などが部位により大きく異なる點から考えて、原型は主人公である劉備らの死の前後までしかなかった可能性が高いように思われる。では、なぜ今の形になったのか。これについては、次節で論じたい。

以上のように、元において南北文化が融合した結果、白話小說が刋行されるという新たな事態が發生した。その主體となったのはおそらく建陽の書坊であり、利用されたのは『資治通鑑』俗本と『資治通鑑綱目』、そして臨安をはじめとする南宋で演じられていた藝能のテキストであった。このように考えれば、幾つかの疑問が氷解する。

まず、なぜ「全相平話」のようなシリーズ物が作られたのか。この點については、『資治通鑑綱目』が目標として存在したと考えれば容易に理解できよう。『資治通鑑』『資治通鑑綱目』は通史である。建陽の書坊は、大衆向けの『綱目』を目指したのであろう。隨所に白抜きで講談の題名らしきものが記されているのは、もしかすると「綱」のつもりなのかもしれない。

第二に、なぜ『水滸傳』『楊家將』などの明代に刋行された小說の題材は、いずれも南宋の藝能において語られていた物語と內容的に合致するのか。これも、白話小說の刋行が建陽から始まったものであり、建陽の書坊は舊南宋領內にあって、元明における出版活動はいずれも南宋における活動の延長線上にあるものであったこと、建陽が杭州とは比較的近い位置にあったことを考えれば、建陽の書坊が南宋の盛り場で語られていた物語に題材を仰ぐのは當然のことといえよう。むしろ建陽の書坊にとってそれ以外の取材源はなかったはずである。

明代に刋行された歴史小説に南宋の影が濃く見られるのもここから説明できよう。楊家將や岳飛の物語、更には『水滸傳』も、すべて權臣と軍閥の對立という南宋特有の政治的狀況を當然の前提の如くに描いている。實際にはこうした狀況は元明にはほとんど存在しなかった。また、『三國志演義』については、南宋の置かれていた狀況が蜀漢と酷似しているという指摘(49)が想起される。元來劉備が善玉とされていたことは、北宋期の狀況を傳える蘇軾の證言にも見える通りであるが、南宋期にその傾向は一層強化されたのではないか。特に諸葛亮の理想化には、士大夫全盛であった南宋における輿論の影響があるかもしれない。

以上のように、元代後期ごろから、建陽の書坊により白話小説の刋行が開始された。明代に入ると、それがいよいよ本格化することになる。ただ、現在わかっているのは明代後期以降の狀況であって、明代前期にどのような事態が進展していたかについては、はっきりしたことはわからない。この點については、以前に詳しく論じたことがあるが(50)、ここでは特に歴史小説について、明代前期から中期にかけて起こったであろうことを簡單に述べて結びとしたい。

六、明代前期・中期の狀況

明代前期における出版活動は、全般に低調であった。少なくとも、今日殘っている明代前期の刋行物の數は少なく、明代中期、嘉靖年間以降の隆盛に比すべくもないのはもとより、元代に比べても明らかに出版事業は低調だったものと思われる。

殘された刋行物の數が少ない以上、明代前期の出版狀況を知る手だては少ない。ただ、元から明に王朝が變わろうと、建陽の書坊は大きな影響を受けはしなかった。全般的に出版がふるわない中で、建陽の書坊だけは活潑な出版活動を繼續しており、元代に引き續いて、中央政府の刋行物も含めた官刻本の請負も行っていた。(51)

では、元の「全相平話」の後を嗣ぐような書籍は刋行されていたのであろうか。これについては、現物が殘っていない以上、何ともいえない。ただ、少なくとも明代前期から中期にかかる時期、正統（一四三六〜四九）から成化（一四六五〜八七）の頃には、小説と呼びうる書籍が刋行されていたことは間違いない。それを示すのは、葉盛（一四二〇〜七四）の『水東日記』卷二十一に見える「小說戲文」と題する一文である。(52)

今書坊相傳射利之徒、僞爲小說雜書。南人喜談如漢小王光武、蔡伯喈邕、楊六使文廣。北人喜談如繼母大賢等事甚多。農工商販抄寫繪畫、家畜而人有之。癡騃女婦、尤所酷好、好事者因目爲女通鑑、有以也。

いま書坊の金目當てに話を傳える輩は、「小說雜書」をでっち上げている。南の人間が語るのを好むのは「漢小王光武」「蔡伯喈邕」「楊六使文廣」、北の人間が語るのを好むものとしては「繼母大賢」といった類が大變多い。農民・職人・商人・行商人らは寫し取り繪を描き、どの家もどの人も所有しているというありさまである。愚かな女どもは特にこれを好むので、物好きな人が「女通鑑」というのももっともなことである。

『水東日記』には著者による序跋の類はなく、著者生前に刋行されてもいないようであるため、葉盛がこの記事を書いた時期は定かではないが、彼が沒した成化十年（一四七四）より前のものであることはいうまでもない。ここで問題にされている「小說雜書」は、「書坊」がでっち上げるという以上、刋本であったことに疑問の餘地はない。內容は、後漢の光武帝にまつわる傳說、『琵琶記』の物語（またはその原型）、そして楊家將の物語である。(53)これらは、いずれも歷史的人物を主人公にしながら、內容的には史實とは全くかけ離れたものである。そして、「抄寫繪畫」という以上、その刋本は繪入りであったに違いない。讀者は「農工商販」、つまり庶民が中心であり、更に注目すべきことには「癡駿女婦」が特に重要な讀者であった。女性の識字率が低かったに違いないことを考えれば、ここでは插繪を主たる媒介とする讀書というパターンが存在しえた可能性が高い。そして、「抄寫」というのは、印刷されたテキストは値段が高すぎるため、手書きで寫し取る例が多かったことを意味する。これは、都市においては「農工商販」でも版本を寫し取ることができるほどの識字能力を持つ者がかなり存在したこと、そして彼らが、手書きで寫し取ってまでテキストを手元に置きたいという、讀書に對する強い欲求を持っていたことを示すものである。ここに我々は、樂しみのための讀書を求め、大量複製された史實とはかけ離れた讀み物のテキストを入手しようとする人々、つまり近代的讀者の原像を見出すことができる。明代に入っても、一度讀書の樂しみを知った人々は、それを手放そうとはしなかったのである。

では、「小說雜書」が刊行されていたのであれば、なぜそれが殘っていないのか。答はそれらが「小說雜書」と呼ばれていること自體に求められよう。これらの書物は、四部の書のように重視されることはなく、讀み捨てられたため、殘らなかったのである。明代後期、出版量が激增した萬曆年間（一五七三～一六二〇）に刊行された小說ですら、現存する刊本の多くは日本・韓國・西歐などに殘っており、中國國內に存在するものは意外なほど少ない。刊行量が少なかったであろう明代中期までの刊本が殘っていないことには、特に不思議はあるまい。

しかも、明代初期には日本と明の貿易は途絕狀態であり、十五世紀に入ると勘合貿易が始まるものの、明が海禁を實施した結果、民間貿易は振るわず、日本に流入する書物の量も少なかった。この種の書籍が日本に多く殘されていることを考えれば、この時期には日本に傳わる機會を得にくかったことも、明代前期から中期に刊行された小說類がほとんど現存しない原因の一つであろう。資料がないため、確實なことはいえないが、おそらく明代前期に元の狀況を承けて、白話による歷史讀物の刊行と、その改良が進行したのではなかろうか。明代後期に、明らかに「全相平話」

と直接的に關係を持つ小說が刊行されている點から考えて、元代の實績を承けた作業が、續く明代前期になされなかったとは考えにくい（通鑑俗本について言えば、前述したように、『少微通鑑節要』が洪武二十八年（一三九五）に詹氏西淸堂から刊行されている）。明代後期に刊行された小說の內容から、そこで行われたであろう作業の內容を推定してみよう。

前節で述べたように、元代末期ごろにおそらく『三國志演義』の原型と思われる作品が成立したものと思われる。ただ、それは前章でも述べたように、現在の『三國志演義』よりはるかに短いものだったであろう。

『三國志演義』の制作は、「全相平話」シリーズ改良版の試金石だったのかもしれない。明代後期には『列國志傳』『全漢志傳』といった名稱で知られる歷史小說が刊行されており、それらは『三國志演義』とは違って、いずれも「全相平話」の本文を直接的に流用して作られている。これらの小說の成立年代は不明だが、あるいは明代前期、『三國志演義』の原型が成立した後を承けて、シリーズの一環として原型が作られたのかもしれない。更に、隋唐・北宋についても『隋唐志傳』『南北宋志傳』（實際には北宋だけを扱う）『大宋中興通俗演義』（南宋を扱う）といった小說が明代中期以降刊行されており、これらの原型の成立も明代前半にさかのぼる可能性がある(54)。

これらの作品には共通して認められる傾向がある。それは通史化である。たとえば、前漢についていえば、平話で扱われていたのは文帝の卽位までであった。そして、刊行年こそ遲れるが、內容的には古いものを傳えていると思われる『兩漢開國中興傳誌』（『資治通鑑綱目』『少微通鑑節要』『蜀漢本末』同樣、詹氏により刊行されている）の前漢部分も、やはり同じ部分で終わっている。ところが、余氏三台館が刊行した『全漢志傳』になると、文帝以降、前漢の滅亡までの全史が語られるのである。當然ながら、文帝卽位以降の部分は通俗史書などのつぎはぎからなり、全く面白みに缺ける(55)。

「兩漢」「全漢」と銘打つ以上、『全漢志傳』『兩漢開國中興傳誌』には後漢の歷史の部分も存在する。「全相平話」に後漢部分が存在したか否かについては議論のあるところである。假に存在しなかったとすれば、ここでわざわざ後漢の部分を附け加えたことになる（さればこそ「兩漢」「全漢」が宣傳文句となりえたのではないか）。一方、平話に後漢の部分が存在したとしても、『全漢志傳』に關していえば、後漢部分においてやはり末期までが語られるという點で通史志向は明らかに認められる。光武帝の卽位までの部分の內容は、荒唐無稽な民間傳說と史書の記述が無秩序に混ざり合ったもので、史實と一致しない部分が多いが、それ以降はやはり前漢同樣の無味乾燥な史書の要約ともいうべき內容になる。(56)

『列國志傳』も、「全相平話」には「武王伐紂」「孫龐鬪智」「樂毅圖齊」と、殷周革命と戰國時代の一部しか存在しなかったものを、史書や『吳越春秋』（原本かどうかはわからない）などに基づいて春秋時代の記事を加え、更に戰國についても通俗史書のつぎはぎで間を埋めている。(57)

そもそも、さまざまな朝代を題材とする小說が續々と現れること自體が、何よりも通史志向の存在を物語るものである。これはなぜか。

一つの原因として考えられるのは、『資治通鑑綱目』の影響である。これらの小說の多くには、各卷の最初にその卷で扱う期間を示す記述が置かれている。たとえば『三國志演義』葉逢春本（現存最古の『三國志演義』の建陽刊本）の卷一の初めには「起（漢靈帝）中平元年甲子歲　止（漢獻帝）興平二年乙亥歲　首尾共一十二年事實」と記される。これを『資治通鑑綱目』卷一卷頭の「起戊寅周威烈王二十三年　盡乙巳周赧王五十九年、凡百四十八年」と比較すれば、前者が後者を眞似ていることは明らかである。『三國志演義』に限らず、建陽刊の歷史小說の多くには共通してこうしたパターンが認められる。つまり、一連の歷史小說は明らかに『資治通鑑綱目』に範を取り、同書の大衆版という意識を持って作られたものなのである。そして『資治通鑑綱目』が穴のない通史である以上、『綱目』の大衆版であるはずの歴史小説にも穴があってはいけない。

もう一つ考えに入れておくべきなのは、中砂明德氏が指摘しておられる明代中期における「綱鑑」の登場である。(58)「綱鑑」とは、『少微通鑑節要』のような通鑑俗本の缺けた部分や論評の不足を『資治通鑑綱目』で補ったもので、余象斗三台館が刊行した『歴史大方綱鑑』などがこれにあたる。これらの書物が持つ最大の意義は、中砂氏が強調されるように、中國すべての歴史の通史であることである。この種の書物を生んだのも建陽であった。そして、中砂氏の指摘によれば、綱鑑に先立って、明代前期宣德年間（一四二六～三五）に活動していた建陽の劉剡（彼は『資治通鑑綱目』の刊行者でもある）が『少微通鑑節要』にその前の時代を扱う『外紀』と後の時代を扱う『續編』を附け加えて、三篇で中國通史という形を完成させているという。

ここまで見てくれば、通史化の理由は明らかであろう。建陽には強烈な通史志向が、換言すれば、すべての時期について語らねば完全とはいえないという強迫觀念的な思い入れがあった。それゆえに、すべての時代が語られねばならなかったのである。

この事實は重要な意味を持つ。前述のように、『三國志演義』の劉備の死以降は、遲れて成立した可能性が高い。それ以降も、一度にできたかは疑問である。『三國志演義』は幾つかの段階を經て成立した。その作業が行われた原因は、この通史化志向にあったのではないか。井口千雪氏が指摘されるように、より古い本文を持つと思われる建陽系の刊本においては、諸葛亮死後の部分の文章は、最初の部分の文章とは比較すべくもない劣悪なものとなっており、通史化のため、かなり間に合わせ的に最後の部分が制作されたことがうかがわれる。(59)

これは歴史小説の範圍のみに留まる問題ではない。『水滸傳』にしても、百八人集結までの部分、招安の部分、征遼の部分、方臘討伐の部分でそれぞれ文體・語彙に差が見られる。(60)この事實は、『水滸傳』においても、やはり物語を完結させねばならないという歴史小説の場合と同様の意識のもとに後半が附け加えられていったことを示すものではないか。これが正しいとすれば、やはり內容・文體的な差異が指摘されている『金瓶梅詞話』の最後の部分についても同様のことがいえる可能性が生じ、ことは四大奇書全體に及んでくるのである。(61)

以上の概觀を踏まえた上で、まずは元代に起きたことについて、具體的に見ていくことにしたい。

注

（1）「樣式分化」と後に出る「樣式混合」は、エーリヒ・アウエルバッハ『ミメーシス』（篠田一士・川村二郎譯。ちくま學藝文庫一九九四）において示された概念による。

（2）「三國」と「五代史」の違いについては、元雜劇においても「紫雲庭」（元刊本。『古本戲曲叢刊四集』の影印に依據する）第一折【混江龍】に「我唱的是三国志先饒十大曲、俺外便五代史續添八陽經（私が唱うのは『三國志』の前にまず「十大曲」、おっかさんは「五代史」に續けて「八陽經」）と、「三國志」は上品な「十大曲」、「五代史」は騷々しい『八陽經』と組にする例などがある。

（3）『東坡志林』はテキストにより內容の出入りが大きい。ここでは唐宋史料筆記叢刊本（中華書局一九八一。ここでは二〇一〇の第六次印刷による）に依據する。このテキストでは、巻一「懷古」七頁にこの記事を收める。

（4）井上進『中國出版文化史』（名古屋大學出版會二〇〇二）本編第七章「印本時代の幕開け」「蘇東坡と出版」一二〇～一二三頁。

（5）吳渭編『月泉吟社詩』（『叢書集成新編』所收の詩詞雜俎本による）。月泉吟社については、早くは吉川幸次郎『元明詩概說』（岩波書店一九六三）第二章第四節「市民の詩」に言及がある。

（6）洪邁については近年多くの研究が生まれつつある。最近のまとまった成果としては、伊原弘・靜永健『南宋の隱れたベストセラー『夷堅志』の世界』（アジア遊學一八一　勉誠出版二〇一五）がある。

（7）『夷堅志』の本文は中華書局一九八一の排印本に依據する。
（8）この改訂に關する詳細については、潘超「上海圖書館所藏明鈔本『夷堅志乙志』について――洪邁の改作經緯に着目して――」（『日本中國學會報』第六十七集〔二〇一五年十月〕）參照。
（9）『容齋隨筆』の本文は唐宋史料筆記叢刊本（中華書局二〇〇五）に依據する。
（10）中砂明德『中國近世の福建人　士大夫と出版人』（名古屋大學出版會二〇一二）「序說」の（4）「編集人朱子」三〇～三四頁。
（11）『苕溪漁隱叢話　前集』（廖德明校點　人民文學出版社一九八一）「前集序」の校記。
（12）中砂明德前掲書第四章「不肖の息子――『少微通鑑』」「四　「陸狀元本」・『綱目』・『少微』」三一六頁。
（13）中砂明德前掲書第四章「不肖の息子――『少微通鑑』」「三　元刊本の存在」三一三頁。
（14）中砂明德前掲書第三章「教科書の埃をはたく」「七　凡例の浮上」二三四頁。
（15）『夢粱錄』の本文は浙江人民出版社一九八〇の排印本による。
（16）小松謙『中國歷史小說研究』（汲古書院二〇〇一）第六章「『楊家府世代忠勇通俗演義傳』『北宋志傳』――武人のための文學――」一九八頁。
（17）『醉翁談錄』の本文は「中國文學參考資料輯小叢書　第一輯（古典文學出版社一九五七）」に依據する。
（18）注（16）に同じ。
（19）本書第五章參照。
（20）長澤規矩也「京本通俗小說の眞僞」（初出は『安井先生頌壽記念書誌學論考』〔松雲堂書店・關書院一九三七〕。ここでは『長澤規矩也著作集　第一卷　書誌學論考』〔汲古書院一九八二〕による）。
（21）小松謙『「現實」の浮上――「せりふ」と「描寫」の中國文學史』（汲古書院二〇〇七）第六章「白話文學の確立」「曲の登場」一四三頁～一四五頁。
（22）以下『董西廂』の引用は嘉靖本（一九六三年中華書局による上海圖書館藏本の影印による）に依據する。
（23）以下『錄鬼簿』については、中國戲曲研究院編『中國古典戲曲論著集成』二（中國戲劇出版社一九五九。ここでは一九八〇年の第二次出版による）に依據する。
(24) 本書第二章を參照。
(25) 以下散曲の引用は隋樹森『全元散曲』（中華書局一九六四）に依據する。杜仁傑の作品は同書三一頁。
(26) 『全元散曲』四四頁。
(27) 樣式分化については、アウエルバッハ前掲書が全體にこの問題を扱っている。中國におけるこの問題については、小松『「現實」の浮上――「せりふ」と「描寫」の中國文學史』が、やはり全體にこの問題を扱う。
(28) 小松謙『中國古典演劇研究』（汲古書院二〇〇一）Ⅰ　第一章「元雜劇作者考」一五〜一九頁。
(29) 鄭思肖「大義略敍」（『心史』卷下。『心史』については、『叢書集成續編』所收の明辨齋叢書本に依據する）・謝枋得「送方伯載歸三山序」（『謝疊山集』卷二。『謝疊山集』については、『叢書集成新編』所收の正誼堂全書本に依據する）。
(30) 『叢書集成續編』所收の楝亭藏書本に依據する。
(31) 『陽春白雪』については、元刊本は一部を殘すのみだが、元刊本に忠實に基づいたものといわれる抄本が現存する。『太平樂府』については、元刊本・明刊本の兩説がある。
(32) 赤松紀彦ほか『元刊雜劇の研究――三奪槊・氣英布・西蜀夢・單刀會』（汲古書院二〇〇七）「解説」（小松執筆）二一〜二四頁。
(33) 宮紀子『モンゴル時代の出版文化』（名古屋大學出版會二〇〇六）第一部第一章「『孝經直解』の出版とその時代」六一〜六二頁・第二章「鄭鎭孫と『直説通略』」一二六〜一二七頁。
(34) 中砂明德前掲書　第四章「不肖の息子――『少微通鑑』」「三　元刊本の存在」（三一三頁）。
(35) 宮紀子前掲書　第一部第一章「『孝經直解』の出版とその時代」（三五〜三七頁）。
(36) 非漢民族の高級官僚の間に、わかりやすい歴史書の需要があったことは、宮紀子前掲書第二章「鄭鎭孫と『直説通略』」で詳述される通りである。同書は、監察御史の地位にあった高級知識人鄭鎭孫が、非漢民族と思われる兩浙運使世傑の依賴により、蒙文直譯體に近いスタイルで書いたものであった。

(37) 中國國家圖書館に元刊本がある（書影は『續修四庫全書』に收められている）。刋記等はないが、體裁は建陽本に類する。
(38) 小松謙『「現實」の浮上』第六章「白話文學の確立」「小説の誕生――全相平話」（一八三～二〇〇頁）。
(39) 入矢義高「解題　至元新刋全相三分事略」（天理圖書館善本叢書『三分事略・剪燈餘話・荔鏡記』（八木書店一九八〇））三～八頁。
(40) 金文京「羅貫中の本貫」（『中國古典小説研究動態』第三號〔一九八九年十二月〕）及び『三國志演義の世界』（東方書店　初版は一九九三、增補版は二〇一〇。ここでは增補版による）「四　羅貫中の謎」　四〇～一四八頁。
(41) 井口千雪『三國志演義成立史の研究』（汲古書院二〇一六）第一章「成立と展開――段階的成立の可能性――」・第五章「執筆プロセスに關わる考察」・第七章「終盤の後補――結尾の部分を中心に――」。
(42) 小松謙『「四大奇書」の研究』（汲古書院二〇一〇）第二部第三章「『三國志演義』の成立と展開――嘉靖本と葉逢春本を手がかりに――」・井口千雪前揭書第一章「成立と展開――段階的成立の可能性――」及び第三章「三系統の異同の全體像から見た成立過程の考察――序盤・中盤・終盤の成立時期の違い――」。
(43) 小松謙『「四大奇書」の研究』第二部　第三章「『三國志演義』の成立と展開――嘉靖本と葉逢春本を手がかりに――」。
(44) 注（41）に同じ。
(45) 井口千雪前揭書序章第二節「修髯子の正體――明代の家藏目錄に見られる『三國志演義』の記錄から――」五〇～五三頁。
(46) 劉鑾『五石瓠』「水滸小説之爲禍」（『叢書集成續編』所收の昭代叢書本に依據する）。
(47) 王嵩儒『掌固零拾』卷一「譯書」（原本未見。『三國演義資料彙編』（百花文藝出版社一九八三）七〇八頁の引用による）。
(48) 井口千雪前揭書、特に第三章「三系統の異同の全體像から見た成立過程の考察」の「小結」二七一～二七五頁。
(49) 金文京前揭書「八　『三國志演義』の思想」二四六～二四八頁。
(50) 小松謙『「四大奇書」の研究』第一部「明代に何が起こったのか」。
(51) 井上進『中國出版文化史』（名古屋大學出版會二〇〇二）第十二章「出版の冬」二〇二～二〇四頁、『明清學術變遷史』（平凡社二〇一一）第二章「明代前半期の出版と學術」六五～六七頁。

(52)『水東日記』の本文は元明史料筆記叢刊本（中華書局一九八〇）に依據する。
(53)小松謙『中國歷史小說研究』第四章「劉秀傳說考――歷史小說の背後に橫たわる民間傳說――」九九～一〇〇頁。
(54)以上の諸點については小松謙『中國歷史小說研究』第一・二・五・六章を參照。
(55)小松謙『中國歷史小說研究』第二章「『全漢志傳』『兩漢開國中興傳誌』の西漢部分と『西漢演義』――平話に密着した歷史小說とその展開――」五三～五六頁。
(56)小松謙『中國歷史小說研究』第四章八八～八九頁。
(57)小松謙『中國歷史小說研究』第一章「『列國志傳』の成立と展開――『全相平話』と歷史書の結合體――」一六～一七頁。
(58)中砂明德前揭書第五章「『通鑑』のインブリード――「綱鑑」」。
(59)井口千雪前揭書第三章「三系統の異同の全體像から見た成立過程の考察」第三節「終盤」。
(60)小松謙『「四大奇書」の研究』第三部第二章「『水滸傳』成立考――語彙とテクニカルタームからのアプローチ」二二九～二三三頁（この章は高野陽子氏との共著）。
(61)この問題については、荒木猛『金瓶梅研究』（佛教大學研究叢書　思文閣出版二〇〇九）第二章「『金瓶梅』の成立に關する一考察――特に八十一回以降について――」に詳しい。

第二章　「元曲」考（一）——散曲について——

中國文學における各王朝を代表する文學ジャンルとして「漢文・唐詩・宋詞・元曲」があげられることは周知の通りである。この四つは、それぞれのジャンルが完成を見た時期であると同時に、それぞれのジャンルにおける最高の作品を生み出した時期でもあるということも、ほぼ共通の理解といってよかろう。

元末に始まるものと思われるこの認識は、明代後期に復古派による「漢文・唐詩」の鼓吹と連動する形で一般化したものと思われる。(1)では、ここでいう「元曲」とは、具體的にはどのような作品を指すのであろうか。

明末清初の大詩人である吳偉業が、李玉の北曲譜『北詞廣正譜』のために書いた序においては、

而元人傳奇又其最善者也。……眞可與漢文唐詩宋詞連鑣竝轡。

そして元人の戯曲は中でも最もすぐれたものである。……まことに漢文・唐詩・宋詞と並び立つことができるものである。

と述べており、この場合は明らかに主として雜劇を指している。しかし、吳偉業より前の世代に屬する王世貞は『藝苑卮言』で次のようにいう。(2)

而諸君如貫酸齋、馬東籬、王實甫、關漢卿、張可久、喬夢符、鄭德輝、宮大用、白仁甫輩、咸富有才情、兼喜聲律、以故遂擅一代之長。所謂宋詞元曲、殆不虛也。

そして、貫酸齋・馬致遠・王實甫・關漢卿・張可久・喬夢符・鄭德輝・宮大用（天挺）・白仁甫といった人々

は、いずれも才と情にあふれ、しかも音樂をも愛好していたので、一時代のすぐれた點を極めることになったのである。「宋詞元曲」といわれるのも、中身のないことではないといってよかろう。

ここで名が上がっている顔ぶれのうち、貫酸齋・張可久は散曲專門の作家である。一方で、王實甫・宮大用のようにもっぱら雜劇で知られる作家の名も見え、王世貞は兩者をあわせて評價しているものと思われる。

更に時代をさかのぼって、明代初期、寧獻王朱權の『太和正音譜』においては、「古今羣英樂府格勢」(3)として元曲の作家百八十七人を列擧する中で、筆頭にあげられるのは雜劇散曲雙方の大家馬致遠、次が張可久である。この順序は、朱權の價値判斷を含んでいるに違いない。事實、筆頭の馬致遠に「宜列羣英之上」と別格であることを明示し、張可久については「誠詞林之宗匠也」と最大限の讚辭を捧げているのである。

雜劇の評價が高まるのは、明代後期における白話文學評價の高まりの影響によるところが大きく、明初、更には元代當時においても、曲については散曲の方が重視される傾向にあった。第一章で述べたように、元代に刋行された唯一の雜劇の刋本である『元刋雜劇三十種』が、程度の差こそあれ、いずれも劣悪な版本といわざるをえないものであるのに對し、散曲については『陽春白雪』『太平樂府』のようなかなり美しい版面を持つ版本が刋行されていることは、高價な書籍を購入するだけの經濟力を持っていた階層における兩者の評價の違いを示すものといってよい。そもそも、『元刋雜劇三十種』自體、筆者が以前に述べたように(4)、ほとんどが曲辭以外の要素をあまり掲載していない點から考えて、演劇の臺本という意識を持って刋行されたものではなく、たとえば馬致遠のようなすぐれた散曲作家が雜劇の方面で殘した業績をも讀みたいという讀者の需要を當て込んで刋行された可能性が高いのである。

以上述べてきたような諸事實を踏まえれば、「元曲」の研究を行う場合には、散曲をも研究對象に含めないわけにはいかないことは明らかである。しかも、右に述べたように、雜劇作者は散曲をも殘している例が多く、兩者の間には密接な關係が存在するはずである。更にいえば、散曲と雜劇が唱われる場は、後述するように必ずしも別々というわけではなかった。歌い手や場という點からも、兩者の間には深い關係があったに違いない。つまり、雜劇を研究する上でも、散曲の理解は不可缺ということになる。

本論では、こうした問題意識に立って、元代に作られた散曲について巨視的に論じてみたい。これは同時に、散曲をも含めた「元曲」という觀點から、雜劇の性格を再檢討するための前提となる作業でもある。

一、元代散曲の何を問題とすべきか

日本における元代散曲に關する研究は決して多くはないが、その筆頭としてあげられるのは、やはり田中謙二氏の大作「元代散曲の研究」(5)である。田中氏の問題意識は、冒頭の部分に鮮明に示されている。

過去の研究の多くは、歌曲ジャンルとして先行する「詞」の文學に對する評價の尺度とまったく同じものを用いて、「散曲」を計量している。……そういえば、明代の批評家たちの「詞曲」に對する批評の態度がすでにそうであった。……筆者が興味を覺える作品、これこそは元代の散曲が開拓した新らしい文學の領域だと認める作品は、かれらに無視されているか、言及されてもごく簡單にかたづけられているのである。

このように述べた上で、田中氏は「詠物詩」という尺度から元代散曲の研究を展開していく。筆者も、基本的には田中氏に同感であるが、ただ、田中氏自身が次のように述べておられるように、これが「元代散曲」というものについて考える上で十全の態度といえるかという點については問題なしとしない。

ただそのかわり、筆者の論考ではおのずから、元代散曲の全般を掩うことが不可能であった。いわば詞の連續乃至亞流としてある作品群には、ほとんどふれる餘地がなかった。具體例を擧げるなら、特に明代の人たちに欣賞された作品、たとえば張可久（小山）・貫雲石（酸齋）らのそれである。筆者の考えによれば、彼らの作品は、元代散曲の文學としてはあくまで次要的なものである。

問題は、張可久や貫雲石の作品が本當に次要的なものであるかである。隋樹森氏の編になる『全元散曲』（中華書局一九六四）を見れば、收錄されている小令三千八百五十三首、套數四百五十七套のうち、張可久の作品は小令八百五十五首、套數九套を數える。つまり、小令に限っていえば全體の四分の一に近いことになる。これほどの割合を占めるものを「次要的」といってよいのか。また、「詞の亞流」であるとすれば、なぜそうなのか。更に、貫雲石の作品は眞實「詞の亞流」なのか。元代散曲を全體としてとらえる場合、こうした視點を缺くことはできまい。

筆者は、恩師である田中氏の見解を心から尊重するものであり、こと「新しい文學の領域だと認める作品」についていえば、ほとんど異論はないといってよい。ただ、ここでは、田中氏とは違った視點から散曲の全體像の見直しを試みることにより、雜劇との關係について考える第一歩としたいのである。

まず、個別の作品を論じるのではなく、巨視的に全體を見るという點から、テキストとしては『全元散曲』を使用する。隋樹森氏の收集・校訂作業は、全體としては十分信頼に値するものであり、さまざまな文獻に見える散曲を可能な限り集めたという點で、全體像を見る上では同書によることが最も有效と判斷されるためである。

次に、扱う作品の範圍を確定しておきたい。以下の議論は、作者の問題に重點を置くものであり、また時期の問題がかなり深く關わってくる點から、まず無名氏の作は當面對象外とする。また、元代の狀況にしぼるという點から、『全元散曲』のうち、湯式以下の、主な活動時期が明代に入ってからであろうと推定される作家の作品は對象から除外する。これは、後の議論を見れば明らかなように、元代當時の時代狀況が議論に關わってくるからである。

二、「曲」の二面性

「新しい文學の領域だと認める作品」とはどのようなものであろうか。それは「元代散曲の研究」や、田中氏の著書『樂府・散曲』（筑摩書房一九八三）を一見すれば明らかに見て取れる。田中氏がいわれる「新しい文學」とは、白話を多用し、詞ではうたわれることのなかった題材を、詞ではうたわれることのなかった態度でうたうもの、『樂府・散曲』の各章の副題に従えば、嘲謔・諷刺・饒舌・くどき・不平をその特性とするもの、たとえば關漢卿の【一枝花】套「不伏老」、馬致遠の【耍孩兒】套「借馬」、姚守中の【粉蝶兒】套「牛訴冤」といった作品である。これらは確かにこれ以前に例を見ない性格を持つ、全く「新しい」文學作品といって差し支えない。大規模な白話の使用、襯字の多用といった、詞にはなかった環境がこうした斬新な作品を生み出したことも、田中氏の説かれる通りである。

では、こうした作品は元代散曲の主流を占めるものなのであろうか。元代散曲を通見すれば、決してそうはいえないことは明らかである。ここで對象とする三千數百首のうち、この種の作品はその一割に滿たない。他は、原則的に詞の延長線上にあるといってよい。扱われる題材も、作品數を基準に見れば、第一に閨怨、つまり戀しい男を待ち續ける女性（多くは妓女）の悲しみであり、第二に退隱、つまり世俗的成功を否定して、逸民生活をすることをうたうものということになる。元代散曲の三分の二程度はこの二つのテーマのいずれかに含まれるといってよい。表現も相當に類型的であり、閨怨においては、詞ですでにおなじみであった鴛鴦・翡翠・簾幕・雲雨といったモチーフが常に認められ、退隱においては、陶淵明・范蠡・張良・張翰などが肯定的に、屈原・項羽・韓信などが否定的に現れることは多くの作品に共通している。閨怨はもとより詞の出發點から最も重要なテーマであり續けたものであり、退隱も詞の文人化に伴って次第に重視されるようになったテーマである。

こうしたテーマの作品が散曲の主流を占めることになったのは、知識人が曲の創作を開始した事情を考えれば、當然のことであった。この點については、別に論じたことがあるので、ここで深くは述べないが、(6)詞は入聲韻を踏むとから明らかなように、南方系の藝能に由來しており、事實北宋における主要詞人はほとんどが南方の出身者である。從って、金と南宋の南北朝體制になると、南方を領域とする南宋では盛んに詞が作られたが、北方のみを領域とする金では詞は衰退せざるをえなかった。王世貞の『藝苑卮言』における次の發言は、こうした狀況を踏まえてはじめて理解できるものである。

三百篇亡、而後有騷賦。騷賦難入樂、而後有古樂府。古樂府不入俗、而後以唐絕句爲樂府。絕句少宛轉、而後有詞。詞不快北耳、而後有北曲。北曲不諧南耳、而後有南曲。

『詩經』三百篇が失われたので、騷や賦が現れた。騷や賦が音樂に乘りにくいので、古樂府が現れた。古樂府が俗耳には入りにくいので、唐の絕句が樂府の役割をするようになった。絕句は變化に乏しいので、詞が現れた。詞は北方人の耳に快くないので、北曲が現れた。北曲は南方人の耳に快くないので、南曲が現れた。

詞が北方の音韻に適合しないので北曲が作られるようになったというのである。少なくとも、明代後期の南方を代表する大文人にして、演劇にも深く通じていた王世貞は、このように認識していた。

つまり、金になって文人が曲を作りはじめるのは、詞の代用品が求められた結果と考えられる。北宋期、詩においては抑制的な態度で堅い題材を扱い、戀愛などは原則として對象としない一方で、詞においては感傷的な態度をあらわにして戀愛などを直接的にうたうという表現の棲み分けが定まった。それゆえ、北宋の滅亡後も、知識人は詩ではうたうことが許されない內容をうたうことを求め、北宋期において詞でうたわれていた題材を、詞の手法でうたうことを求めた。しかし、北方のみを領域とする金では、南方系の詞の音樂は使用しがたい。そこで、詞と類似したものとして、當時民間で行われていた曲という形式を採用したのであろう。無論、曲が金に始まるというのは、知識人が曲を作るようになったということを意味するに過ぎず、曲という形式自體は早くから民間のうたとして行われ、語り物・唱い物・演劇などの藝能に利用されていたはずである。曲を作るようになったというのは、その音樂を、知識人が自分たちの作る歌を乘せる具として採用したということにすぎない。

この結果、曲は相反する二つの性格を身に帶びることになった。詞の代用品である以上、詞と全く同じ性格の作品が大量に生み出されるのは理の當然である。實際、當時の人々の間では詞と曲の區別が明確に意識されてはいなかったのではないかという指摘もある。(7) しかし一方では、曲は詞よりもはるかに大衆的な藝能から拾い上げられたものであった。それゆえ、元來の曲が持っていたいわば卑俗な性格が殘ることになる。金代に成立した『董解元西廂記諸宮調』においては、この兩面の性格が見事に融合しているのを看て取ることができる。この點についても別に詳しく論じたことがあるので、(8) ここで改めて述べることはしないが、この作品においては、崔鶯鶯をめぐる上品な戀愛の部分と、紅娘や法聰をめぐる喜劇的・活劇的な部分とで、全く異なる表現が用いられている。前者については詞の世界の延長ともいうべき文言的な語彙によりロマンティックな内容がうたわれ、後者においては、白話を多用した、よくいえば生き生きとした、惡くいえば卑俗な表現が多用されているのである。そして、兩者に關わる張生は、前者を相手にするときは上品な知識人の戀人、後者を相手にする時は衝動的に行動するほとんど道化的な存在となる。後者は本來曲が持っていた藝能としての性格を、前者は詞の代用品として知識人の創作の具となった結果生じた新たな性格をそれぞれ示している。

『董解元西廂記諸宮調』は、史上最初の大規模白話文學作品であり、第一章で述べた通り、後世董解元が曲の創始者と仰がれることからも明らかなように、曲の出發點に位置する存在でもあった。曲は、知識人がその創作に關與し始めた最初の段階から、こうした二面性を持っていた。今日殘る散曲は、その大半が『太平樂府』『陽春白雪』といった選集に記録された結果今日にまで傳わったのであり、こうした選集は知識人を主たる讀者と想定して編集・刊行されたものである以上、當然の歸結として詞的な作品の方が多くを占めているが、一方ではやはり曲が持つ二面性を受け繼いだ結果として、その中に「新しい文學」と呼びうる作品も確かに出現してくる。兩者はどのような關係にあり、どのような場で生み出されたのであろうか。また詞的な作品は、詞の亞流に過ぎないのであろうか。

三、散曲作家の二類型

元雜劇の作家が通常前期・後期に大別されることは周知の通りである。その境目について、吉川幸次郎氏は『元雜劇研究』において、『錄鬼簿』巻上に收錄されているのが前期、巻下に收錄されているのが後期という基準を示された。(9)これは、『錄鬼簿』の作者鍾嗣成と同時代の人間であるか否かという、彼の個人的な事情による區分ではあるが、客觀的に見てもおおむね妥當な基準と認めてよい。具體的にいえば、前期の作家たちは、元の成宗の元貞（一二九五～九六）・大德（一二九七～一三〇七）あたりまでに北方で活動した人々、後期の作家たちは、時期的には前期と少しだぶるが、世祖の至元末（三十一年が一二九四年）あたりから南方を中心として活動した人々ということになる。

この基準に從って現存する散曲を區分してみると、後期のものの方が壓倒的に多く、前期に分類しうるのは、套數も一首とした數えた場合、おおむね三百首前後にすぎない。ここで注意すべきは、前期・後期とはいうものの、兩者の間には本質的な違いがあることである。モンゴル・元を基準にすれば前期・後期となるが、通常「中國」という名稱で意識される地域の狀況を考えれば、前期の大部分はモンゴル・南宋の南北朝體制であった時期に當たり、南宋滅亡以前には曲の作家は北方で活動していた人間に限定されるのに對し、後期においては中國全土が元によって統治されており、曲の作家の活動範圍は南方にまで及んでいた。つまり、こと文學を中心とした中國文化について考える限り、前期は金・南宋による南北朝體制との連續性の方がはるかに強い時期であり、後期から新しい時代が始まると見る方が適切と思われる。

さて、「新しい文學」と呼びうる作品としてはどのようなものがあげられるであろうか。ここではっきりと指摘できる事實がある。「新しい文學」と呼びうる內容を具えている散曲は、そのほとんどが套數なのである。

これは、考えてみればある意味當然のことといえよう。まず、小令は形式上詞に非常に近い。違いをあげれば、詞は原則として前闋と後闋からなる、つまり二回反復される形式を取るのに對し、曲は【人月圓】【小梁州】のように必ず么篇（前の曲牌をもう一度繰り返す場合の呼稱）を伴う、つまり前後闋のスタイルを取るものも存在はするものの、基本的に一度しかうたわれないのが普通である。この點では、曲はむしろ詞以上に簡潔な形式を要求するものであり、通常曲が具えると認識されている饒舌という特徵は、實は小令の多くには當てはまらないことになる。

從って、「新しさ」が白話を運用する饒舌な表現にあるとすれば、それを小令に見出しがたいのは當然である。無論小令にも白話を多用し、襯字を多く伴う、饒舌にして卑俗もしくは諧謔的な內容の作品が存在することは確かであるが、本格的な事例となると、套數に求めねばならない。もとより、「新しい」要素は、新しい器にこそ盛られねばならない。詞には存在せず、曲において新たに出現した要素といえば、何といっても套數をあげねばならない。しかし、すべての散曲作家が套數を作っているというわけではない。

元代散曲を通見していくと、幾つかの點で作家による差が際だっていることに氣づく。まず、套數を作っているか否かである。いうまでもなく、すべての作品が残されているわけではない以上、套數の作品があっても失われてしまった可能性を否定することはできないが、とりあえず現在残っている作品のみについて見ていくと、十首（套數も假に一首と數える）以上の作品を殘している中で、套數が皆無なのは次の人々である（以下これをAグループと呼稱する）。

劉秉忠・商挺・胡祇遹・王惲・盧摯・滕玉霄・馮海粟・鮮于必仁・阿魯威・趙善慶・馬謙齋・徐再思・孫周卿・曹德・查德卿・吳西逸・王愛山・李德載・楊朝英・陳德和・王擧之・孟昉・倪瓚

滕玉霄あたりまでが前期の作家ということになる。

一方、四套以上の套數を作っているのは以下の人々である（以下これをBグループと呼稱する）。

楊果・商衟・關漢卿・白仁甫・庾吉甫・馬致遠・鄧玉賓・貫雲石・曾瑞卿・周仲彬・喬夢符・劉時中・張可久・王仲元・呂止庵・朱庭玉・孫季昌・李致遠・宋方壺・劉庭信

鄧玉賓は年代がはっきりしないが、とりあえず馬致遠までは前期の作家といってよい。傍線を附したのは雜劇作家である。Aグループに雜劇作家が皆無であるのに對して、Bグループには多くの雜劇作家が含まれている。雜劇は、いうまでもなく四套の套數の組み合わせからなるものである以上、套數を多く作る作家に雜劇作家が多いのは當然ともいえよう。ただ、この事實は一面では套數というものの性格を物語るものでもあるのである。

二つのグループについて、前期の作家を比較してみよう。Aグループに屬する劉秉忠・商挺・胡祇遹・王惲はすべてモンゴル・元の政權中樞にいた政府首腦といってよい人々であり、盧摯もそれには及ばぬもののかなりの高官である。一方、Bグループのメンバーは、楊果と商衟（もっとも商衟については『錄鬼簿』に「學士」とあるのみで詳細は不明である）を例外として、他はいずれもそれほど高い地位にはなかった人々である。白仁甫・庾吉甫はいずれも名士ではあるが、無官の處士であり、關漢卿については實態がよくわからず、馬致遠はそれなりの地位にはあったようであるが、もとよりAグループの人々とは比較にならない。

ここであげた人々以外に、散曲の作品數が十に滿たない作家の中には、前期雜劇の大家の名が散見されるが、彼らの殘した數少ない散曲の內譯を見ると、高文秀（套數二のみ）・王實甫（小令一と套數二〔うち一は存疑〕）・王伯成（小令二と套數二）と、套數の占める割合が高い。そして、彼らもいずれも無官の身であった。

筆者が以前に論じたように、(10) 散曲作家は全體に雜劇作家より身分が高い傾向があり、そのことは『錄鬼簿』において前者が名士を敬意を込めて呼ぶ「名公」、後者が藝能の作者をやや輕視するニュアンスで呼ぶ「才人」という名稱でまとめられていることからも明らかに見て取れる。そして、右で見たように、前記の作者についていえば、散曲作家の中においても、小令しか作らない作家は、套數をも作る作家より身分が高い傾向がはっきりと認められるのである。これは、套數が性格的に雜劇に近い、大衆的な藝能のにおいを色濃く殘したものだったことを物語っていよう。

では、後期の作家についてはどうであろうか。Bグループに喬夢符をはじめとする雜劇作家が何人か含まれることは同じであるが、それ以外は、Aグループに阿魯威のような高官や倪瓚のような一流文化人が含まれているものの、前期のような差は認められない。これはなぜであろうか。

この點を解明する手がかりは、曲が生み出された狀況にありそうである。散曲はどのような場で作られていたのであろうか。

四、散曲制作の場と作家の姿勢

散曲が作られた場を最も明確に示すものは、當然ながらそれぞれの作品に附された題名であるはずである。しかし、題名について考える前に、まず題名の有無が持つ意味について考えなければならない。

周知のように、初期の詞には題名がなく、文字の形で記録される際には、詞牌名のみが記されるのが常であった。詞に題名を附すのは北宋の張先に始まる。張先は、制作した状況を示す題名を詞に加えた。これは、詞が知識人の表現手段として認められたことを示すものであるとともに、詞が詩に近づいていく傾向のあらわれでもあった。

詞が題名を持つ過程に關する以上の説明は、詞の性質の變化に關する定説といってよいであろう。同じことが曲にもいえるのではないか。散曲にも題名のあるものと、曲牌名以外は知られないものがある。無論、記録される過程で題名が失われた可能性はあるが、基本的には題名があるものの方がより詩詞に近い性格を持つと考えてよかろう。

更に、題名にも二種類あることを見逃してはならない。たとえば、前にあげた馬致遠の「借馬」、姚守中の「牛訴冤」などは、いずれもうたわれている內容やテーマを示すだけで、曲が作られた状況を示すものではない。これは、たとえば盧摯の【黑漆弩】の「晩泊采石醉歌田不伐黑漆弩、因次其韻、寄蔣長卿僉司・劉蕪湖巨川（采石に夜停泊し、酔って田不伐の【黑漆弩】を唱った。そのついでに、この作品に次韻して、僉判の蔣長卿・蕪湖の長官の劉巨川に贈った）」という題名とは、根本的に性格を異にする。

本來詞や曲（おそらくは詩も）は、その出發點においては、音樂に乘せて様々な人に唱われる「うた」であった。「うた」というものの特質は、無名性にある。今日一般に唱われている「うた」の多くを見ても明らかなように、「うた」とは特定の個人を主役にするのではなく、ごく曖昧に一般化された感情をうたうものであり、たとえば戀愛を主題にしていても、戀愛の當事者は漠然とした男もしくは女であって、いつ、どこで、誰がといったことは決して明示されない。さればこそ、多くの人々が自らに引きつけて共感しうるのである。「借馬」のような內容を示すだけの題名は、作品が作られた状況や、作者の心情などを示すものではなく、作品を記録する際に他の作品と區別し、どんなテーマかを明示するために便宜的に附されたものか、もしくはあるテーマをもとに競作されるといった状況のもとに制作されたことを示すものであるに違いない。こうした散曲には、通常は作者の個人的心情が詠み込まれることはない。

それに對して、盧摯の作品に見られるような、誰が、どのような状況下で、いかなる意識を持ってその作品を作ったかを具體的に示す題名は、詩詞曲が知識人の表現手段となる過程で、「うた」から離れて、個人の表現の具となったことを示すものである。張先以降、詞の中に知識人の表現手段というべき性格を持つ作品が現れた以上、詞の代用品であった散曲にも同様の性格を持つ作品が出現するのは當然のことであった。そうした散曲を作るのが知識人であることはいうまでもない。

従って、題名のある作品をどれだけ作っているかは、套數の數とともに一つの目安となりうる。套數においては、曲が作られた狀況を示す題名が附されている例は皆無であり、その一方では題名を附さない例も非常に少ない。套數はほとんどが內容を示す題名を持つということの事實を確認した上で、小令のみについて數えると次のようになる。なお、連作は當然一つの題名しか持たないので、まとめて一作品と數えることにする。A・B各グループに屬する前期の代表的作家各三名について對比してみよう。

	作者	小令数	題名あり	状況の題名
A	胡祗遹	5	4	1
	王惲	20	10	9
	盧摯	63	47	31
B	關漢卿	19	8	0
	白仁甫	13	9	1
	馬致遠	24	20	2

作品數の少ない胡祗遹を別にすれば、兩者の相違には歴然たるものがある。王惲には題名のない作品が10あるが、これについては流傳の過程で失われた可能性があることはすでに述べた通りである。そして、題名がある10のうち9までが詠まれた際の狀況を示すものである。盧摯の作品數は63、このうち47が題名を持ち、そのうち31、つまり全作品の半分が詠まれた際の狀況を示す題を持つ。それに對して、關漢卿は題名のある

もの自體少なく、しかも狀況を示す題名は一つもない。白仁甫・馬致遠も、狀況を示す題のものはそれぞれ1・2と、非常に少ない。

これは、前期の作家についていえば、小令しか作らない作家と、套數も作る作家の間で、身分のみならず、創作態度もしくは目的においても大きな違いがあることを示すものである。小令のみしか作らない作家は、基本的に詞と同じ態度で曲を制作したものと思われる。一方、套數も作る作家は態度を異にする。では、彼らはどのような態度で、もしくはどのような目的で曲を書いたのであろうか。ここで、先に提起したどのような場で曲が作られたのかという問題について考える必要が生じてくる。

AグループとBグループの作家の間は、もとより完全に斷絶しているというわけではない。Bグループの中では社會的地位が比較的高かったものと思われる馬致遠には、「和盧疎齋西湖」と題する四首からなる【湘妃怨】の連作がある。盧疎齋とは、Aグループの代表作家である盧摯のことである。つまり、馬致遠と盧摯は唱和して曲を制作していたわけであり、兩者は親しい關係にあったものと思われる。おそらく曲が作られる場は、どちらのグループにおいても大差なかったであろう。

では、それはどのような場なのか。この點については、田中氏もすでに述べておられるところであるが、次のような題名を見れば、基本的な狀況は明らかであろう。

胡祇遹【沈醉東風】「贈妓朱簾秀」
盧摯【喜春來】「贈伶婦楊氏嬌嬌」
【梧葉兒】「贈歌妓」
【蟾宮曲】「廣帥餞別席上贈歌者江雲」

【蟾宮曲】「醉贈樂府珠簾秀」
【蟾宮曲】「贈歌者劉氏」
【蟾宮曲】「贈歌者蕙蓮劉氏」
【壽陽曲】「別珠簾秀」
白仁甫【小桃紅】「歌姫趙氏常爲友人賈子正所親。攜之江上、有數月留後。予過鄧徑來侑觴、感而賦此、俾卽席歌之」

套數も含めれば、關漢卿にも【一枝花】套「贈朱簾秀」の作がある。

ここに曲を贈った相手として名があがっている朱（珠）簾秀は當時著名な妓女であり、他の人々もすべて「歌妓」「歌者」である。つまり、A・Bを問わず、妓女とのやりとりが行われていることになる。この他にも、Aグループの作家の手になる狀況を示す題名を持つ作品についていえば、宴席で制作されたものが全體の半分ほどを占めている。彼らの多くが高級官僚であり、當時の妓女は原則として官妓であって、官僚の宴席に出ることを任務としていたことを考えると、曲が作られる主たる場は妓女のいる世界、つまり官妓の侍る官僚の宴席や、妓樓であったことが明らかに看て取れる。

無論、もう一つの曲の重要テーマである退隱をうたう作や、旅先における敍景の作なども多くあるが、これらが宴席や妓樓における座興としてうたわれたものである可能性ももとより排除はできない。特に、いわゆる收心物、つまり色の世界から足を洗うという内容のものは、當然ながら作者の眞意を示すものではなく、妓女の前であえてこれを歌うことによって受けを狙った可能性が高いであろうから、それに近い性格を持つ色の道からも引退しようとうたう退隱物、また俗世の名利を否定して、酒色の世界に歸ろうとうたう退隱物も、いずれも妓樓の世界と結びついたものであったに違いない。老いようと死ぬまで遊びはやめぬと豪語する關漢卿の有名な【一枝花】「不伏老」は、そうした遊戯的に作られたであろう收心物を更にひっくり返してパロディ化するという手の込んだ作品であった。

つまり、散曲が作られる主たる場は、かつての詞と同様、妓女と妓樓の世界であった。曲を唱うのが妓女たちであった以上、これは當然のことである。

こうした狀況を踏まえた上で、先に提起した問題についてもう一度考えてみよう。Aグループの人々とBグループの人々にはどのような差があるのか。唱和するような親密な間柄であり、ともに官僚であった盧摯と馬致遠には、どのような違いがあるのか。

ここで考えるべきは、兩者の意識の差である。ともに妓女と慣れ親しんでいたとしても、妓女を含む樂戶の人々に對する兩者の意識にはおそらく差があった。馬致遠は、やはり高級官僚だった李時中とともに、樂戶であった花李郎・紅字李二と對等の立場で雜劇「黃粱夢」を合作した人物である。元代が最も差別の緩やかな時代であったとはいえ、やはり意識における差別をぬぐい去ることは容易ではなかったであろう當時にあって、被差別階級である樂戶と對等に劇作に從事した馬致遠は、單なる妓女や樂人として宴席でのみ樂戶の人々と親しくやりとりしていたであろうAグループの人々とは、根本的に異なる意識を持っていたと見るべきであろう。そして、馬致遠の場合のような明證こそないものの、關漢卿や白仁甫も、雜劇の制作に從事する以上、彼に近い意識を持っていたに違いない。

また套數とは、その長さから考えても小令とは演じ方を異にするものだったはずである。小令は、宴席で氣樂に唱うことができようが、套數は、宴席の場であれ、その他の場であれ、かなり改まった形で唱われたに違いない。歌い手との打ち合わせなども事前に求められた可能性がある。

そして、何より重要な事實として、散曲の歌い手は、雜劇の演じ手でもあったことを見逃してはなるまい。『青樓集』

に明示されているように、妓女たちは同時に雜劇の俳優でもあった。彼女たちにとって、四つの套數からなる雜劇と散曲の套數とは、本質的に性格を異にするものとは思えなかったであろう。そして、曲の作り手にとっても、兩者は同じようなものと感じられたのではないか。

つまり一部の元雜劇は、妓樓という場において、妓女と客との交渉の中から發生したことになる。これは、次章で論じるように、雜劇の性格について考える上でも非常に重要な問題を提起することになるが、當面散曲のみを問題にするとしても、こうした事情を考慮すれば、Bグループの作家の多くが雜劇作家でもあることは容易に理解できる。そして、彼らの手になる散曲の多くが白話的な饒舌さを持つ「新しい文學」であることも、妓女や俳優と密接な關わりを持ち、雜劇をも書く作家の作品という目で見れば、やはり理解しやすい。「新しい文學」である套數は、藝能の一種である雜劇と同じ形式を持ち、雜劇と同じ作者が、雜劇と同じ演者のために書いたものである以上、雜劇に近い性格を持つのは當然の歸結であった。

では、後期の作はどうなのか。前期とは狀況が異なるように見えるのはなぜなのか。

五、後期の散曲作家

後期の作者については、前述したように、AグループとBグループの間にそれほど大きな差は認められない。Bグループには雜劇作家が多いという事實は認められるが、これは雜劇が套數から構成される以上、當然のことであろう。身分の面でも、Aグループに大官や名士が多少含まれてはいるものの、その他のメンバーについて見れば、徐再思は無官、査德卿・吳西逸・王擧之に至っては經歷不明である。一方、Bグループに含まれる貫酸齋は、世祖クビライの功臣阿里海牙の公子であり、翰林侍讀學士として皇帝の側近であったこともある人物である。また、張可久は九套の套數を殘している（ただしうち四套は春夏秋冬の連作）ということでBグループに含めたものの、彼の小令の作品數が八百五十五首に及ぶことを考えれば、張可久の作品全體において套數が占める割合は極めて低いといわざるをえない。つまり、彼は小令を主體とするが、套數も作るという作家であった。こうした事例を見れば、Aグループ・Bグループという分類自體あまり意味を持たないように見えてくる。

つまり、後期になるとAグループとBグループの間には、前期に認められたような格差は少なくなるのである。これはなぜであろうか。

ここで注意されるのが、A・Bを問わず、後期の大部分の作家の作品にほぼ共通して認められる傾向である。まず第一に、題名のない作品が減少していくこと。この傾向は後になるほど顯著になるように思われる。たとえば、後期の作家でも比較的早い時期に屬する貫酸齋は、小令33（連作は1としてカウントする）中16と、題名を持つものは半分程度である（ただし連作が多く、連作を構成する作品も一首としてカウントすると、49中32となる）。ところが、少し遲れる曾瑞卿になると54中53、喬夢符は163中160、張可久に至っては、全855首のうち、題を持たないものは12首にすぎず、うち2首（【水仙子】）については、『全元散曲』においては彼の眞作であるかについて疑問が呈されている。こうなると、殘りの題がない10首についても、元來あった題名が流傳の過程で脫落しただけなのではないかという疑問が生じてくる。實際、張可久以降の作家については、題名がない作品の方がむしろ例外的という狀況になり、この點については、A・Bどちらに屬する作家であろうと違いはない。

無論、選集に收錄する際に編集者が便宜的に題名を付けた可能性もあるが、喬夢符や張可久の作品に多く見られる具體的な作品成立の場に關する記述（喬夢符【折桂令】の「上巳遊嘉禾南湖、歌者爲豪奪、扣舷自歌、鄰舟皆笑（上巳の日に嘉興の南湖に遊んだところ、歌い手が權勢のある者に橫取りされてしまったので、船緣を叩いて自分で唱っていたら、周りの船が皆笑った」」など）については、そうしたことはまずありえない。後期の作にはこうした事例が多く目に付く。

もう一つは、西湖を背景とする作品が非常に多いことである。こうした事例は、先に述べたように、前期に屬する盧摯・馬致遠の【湘妃怨】による「西湖四時歌」連作あたりに始まるものと思われる。盧・馬兩人には西湖をうたう作品が複數あるほか、關漢卿にも「杭州景」と題する【一枝花】套があるなど、南宋滅亡後間もない時期に、北方人士の間で、西湖の風景を曲に詠むことが流行しつつあったことが看て取れるが、西湖を散曲に詠む傾向は後期になると急激に進むことになる。實際、本論で扱っている範圍内で、題名に「西湖」と明示している散曲は三十六、そのうち三十四までが後期の作なのである。

おそらく西湖へのあこがれに突き動かされて、皇帝側近の地位にあるウイグル名門の公子でありながら、官職を棄てて杭州に退隱した貫酸齋はそのさきがけというべき人物である。彼には西湖の四季をうたった【小梁州】「春」「夏」「秋」「冬」と、いずれも西湖と絡めて妓女の閨怨をうたった【蟾宮曲】四首の連作、更には西湖の風光をうたった【粉蝶兒】套がある。長沙で生まれ、南昌・大都等で官僚生活を送った劉時中も【水仙操】（【湘妃怨】の別名）により「西湖四時歌」を作っており、盧摯・馬致遠に後から和したものではないかと推定される。彼にはこの他にも西湖を題材とした作品が多い。またウイグル人で三衢路ダルガチであった薛昂夫、江西饒州出身で、占卜に通じて陰陽學正（敎授ともいう）に任じられた趙善慶にも西湖に關係する作が多い。更に張可久に至っては、西湖と關わるであろう作品だけでも六十首ほど（張可久は慶元、卽ち今の寧波の人である關係上、紹興の鑑湖をうたうことも比較的多く、「湖上」などという場合、どちらであるか區別できない事例があるため、正確な數値はあげがたい）に及び、その他冷泉亭・吳山といった杭州の名勝を詠み込む例が複數あるほか、杭州を象徵する詩人林逋を唱う作品も五首にのぼる。こうした明らかに杭州を舞臺とする作品以外に、地域を特定できない宴席や妓樓に關わる作品にも、杭州を舞臺とするものが多く含まれているに違いない。張可久より後の作家においても、同樣の傾向は強く認められる。

興味深いのは、彼らがいずれも杭州出身者ではないことである。杭州に比較的近い慶元の出身であった張可久は、公務でか私用でか、頻繁に杭州に足を運んでいたことになる。各地を巡っていた劉時中は、終焉の地に杭州を選び、ここで死んだ。後期の重要作家である曾瑞卿・喬夢符は、いずれも北方出身者でありながら杭州に移住し、ここで高等遊民としての暮らしを送った人物であった。彼らの作品には、意外に直接的な西湖や杭州への言及が少ないが、そこで詠まれている妓樓や宴席は、後にもふれるその生活狀況から考えて、大半が杭州のものである可能性が高い。

つまり、後期の作品はその多くが杭州において制作されたものなのである。その他の地域において作られたものも、たとえば喬夢符が他の地域に行って作った作品のように、杭州を根據地とする人間がたまたま出かけたという形のものが多くを占め、張可久のように杭州在住ではない人間も杭州に來て作品を作り、劉時中のように各地を轉々とした人間も、杭州を思い、杭州で死んだ。これはなぜであろうか。

まず第一に想起すべきは、南宋滅亡とともに、北方人が大擧して南方に移住したことである。官僚や軍人の身分で、いわば敗戰國に乘り込む進駐軍として多くの北方人士が南下した。南宋の都にして政治・經濟・文化の中心であった杭州がその主たる行き先になったのは當然のことであった。しかし、すでに見たように、後期の作家に高級官僚や高級軍人はそれほど多く含まれてはいない。高級官僚であった貫酸齋は、官職を棄て、隱者となって杭州に來た。なぜ彼らは杭州に吸い寄せられたのか。

ここで第二に考えるべきは、北方文化人にとって杭州が持っていた魅力である。金と南宋の南北朝に分裂して以來百五十年、北方人士は特別な機會に惠まれない限り杭州に近づくことはできなかった。しかし、唐や北宋の詩人たち、白居易や蘇軾が讃えた杭州の美しさは、彼らのあこがれを驅り立ててやまなかったに違いない。南宋領内から傳わってくる詩詞にうたわれる杭州讃美は、そのあこがれを一層驅り立てたかもしれない。それゆえに、南宋が滅亡し、杭州へ自由に行くことが可能になると、北方の文化人は競うように杭州に向かうことになる。盧摯と馬致遠が西湖のほとりで唱和したのは、そうした動きの一環であろうし、關漢卿が杭州の風光をうたう套數を作ったのは、彼が本當に杭州に赴いたのか、それとも想像で詠んだのかはともかく、北方の妓樓においても杭州と西湖が一つのブームになっていた可能性を示唆するものである。實際、後期の主要作家の中で杭州と全く關係を持たないのは、過勞で倒れるまで誠實・有能な官僚と隱者の間を行き來してその實態を散曲に詠んだ、つまりは散曲を士大夫の內面表出の手段として眞劍に用いた張養浩以外にはほとんどいないといってよい。中國の文化が、南宋の滅亡を畫期として、南北が融合する全く新しい時代に移行することは、こうした面からも如實に看て取ることができる。

こうした北方人士における杭州ブームの結果として、杭州には北人の文化サークルが幾つも誕生したに違いない。薛昂夫のような高級官僚も含まれるものの、彼らの多くは、雜劇の大家鄭德輝が杭州路吏であったことに見られるように、高い身分を持たず、曾瑞卿・喬夢符に至っては無官の身であった。しかし、杭州には彼らの生活を保障する要素があり、それがまた彼らを杭州に引きつけたのである。彼らの作品には、高官や將軍の宴席における作が多數含まれている。當然ながら北方の言語・音樂になじんでいた北來の高級官僚・軍人（その多くはモンゴル人・色目人であった）は、彼ら北曲作家たちの重要なパトロンであった。さればこそ、南方の杭州において、北方の言語に卽した北方系藝能である北曲が大いに行われたわけである。そして、南方人もそうした趨勢の中で、一つには流行に乘って、一つには權力者に接近しうるという自らの利益のために、北曲を作ることになった。張可久が南方人であり、薛昂夫の任地であった三衢に關わる作が多いことから考えて、ウイグル人だった薛昂夫が彼のパトロン的存在だったと思われることは、その間の事情を示すものである。

さればこそ、曾瑞卿や喬夢符のような高等遊民が生活しえたのである。曾瑞卿について『錄鬼簿』（曹楝亭本）[11]が

大興人。自北南來、喜江浙人才之多、羨錢塘景物之盛、因而家焉。……志不屈物、故不願仕、自號褐夫。江淮之達者、歳時餽送不絕、遂得以徜徉卒歳。臨終之日、詣門弔者以千數。

大興（つまり大都）の人。北から南にやって來て、江蘇浙江にすぐれた人物が多いのが氣に入り、杭州の風物のすばらしさを慕って、そのまま住み着いた。……人に頭を下げるのが嫌いだったので、仕官することを望まず、褐夫（平民という意味）と自ら號した。長江南北の高位にある人々から、毎年贈り物が絶えることなく、そのおかげでいつものんびりしていられた。亡くなると、弔問に來た人は千人もいた。

というのは、まさにその間の事情を明瞭に物語っている。

このように考えれば、特に後期の作に詞的なものが多いのは當然の結果ということになる。彼らがあこがれていたのは、北宋の蘇軾や、南宋の詩人・詞人たちであった。その故地で作品を作る以上、彼らが宋の文學者たちの強烈な影響から逃れることは困難だったに違いない。西湖を詠む散曲に、西湖を西施になぞらえる蘇軾の有名な詩を踏まえた表現が執拗なまでに繰り返し出現することは、そのあらわれであろう。特に、臨安に近い慶元（いまの寧波）に生まれ、南宋の傳統下で育ちながら北曲を作った張可久の作品が詞的なのは當然のことであった。そして、それらの作品を受け入れた人々、つまりは北來人士とその周りの南方人が北宋・南宋文學の流れを受け繼ぐ作品を希求していた以上、そうした詞的作品の評價が高くなるのもまた當然であり、明初の寧獻王朱權もそうした傳統を引いた南京の文化界で教育を受け、南方人が北曲を作りやすいように編まれた『中原音韻』の編者周德淸の出身地江西の南昌で生活していた以上、同様の評價をするのは必然であった。彼の手になる『太和正音譜』において、散曲については張可久、

雑劇については馬致遠についで鄭徳輝が高く評價され、關漢卿の評價が「可上可下之才」と低いのは、それだけの理由のあることだったのである。

では、散曲は詞の亞流に過ぎないのか。よく見ると、一見詞と同じように見える作品であっても、實は詞とは異なる性格を持つ要素が入り込んでいることがわかる。たとえば、汪元亨の【朝天子】「歸隱」二十首連作の第二十首。

染風霜鬢斑。際風雲興闌。耽風月心全慢。天公容我老來間。且喫頓黃虀飯。並處賢愚、同爐冰炭。怪先生歸去晚。拜韓侯上壇。放張良入山。誰身後無憂患。

風霜に染められて鬢はまだらになり、立身の志にも興味は失せかけ、色の道にふけることにもまるで氣が進まぬ。お天道様が年を取ってからのどかに暮らすことをお許しくださったからには、とりあえず粗末な食事でも食べていよう。賢愚が場を同じうするのは、氷炭が同じ爐にいるようなもの。先生が退隱するのが遲いのはいかがなものか。韓信を元帥任命の壇に登らせ、張良を山へと入らせる。今後の憂いがないのはさて誰か。

これは、世俗の危險を避けて退隱することをよしとする、詩詞にも多く見られるパターンに屬するものであり、表現的にも詞に近い。ただ、詞にはほとんど見えない要素がこの曲には含まれている。「韓侯」と「張良」である。宋詞においては、韓信・張良の名はなじみのあるものとはいいがたい。たとえば、張天覺の【南郷子】の後闋に

彭越與韓侯。蓋世功名一土坵。名利有餌魚吞餌、輪收。得脫那能更上鉤。

彭越と韓信、無雙の手柄も墓が殘るばかり。名利は餌にて魚は餌を呑み、釣り絲にて捕らえられるもの。逃れた身でこの上針にかかれようか。

という例があるものの、實はこれは小説『大宋宣和遺事』に引用されている詞であって、眞實張天覺の手になるとは信じがたく、元以降の作である可能性が高い。他には趙長卿【水龍吟】「自遣」の一例程度しかなく、張良にしても、

箸を使って戦略を論じたという『史記』に見える故事に基づいて「留侯の箸」といった形ですぐれた戦略家として詠まれる例がいくつかあるのみで、引退したというイメージはほとんど出てこない。

一方、元の散曲においては、本論で問題にしている範圍内に限定しても、功名を得た結果身を亡ばした事例として韓信をあげるものが11、退隱した例として張良をあげるものが8ある。

同様に、項羽は宋詞では、項羽廟自體をテーマにするもの以外では、南宋末元初の王奕の【沁園春】「題新州醉白樓」に「也莫論高皇、莫論項羽、誰爲黃帝、誰爲蚩尤」と興亡の一幕として名が出る程度であるのに對し、散曲では韓信同樣の惡い手本として用いられている作品が9に及ぶ。(12)

つまり、內容的には類似していても、あげられる事例に違いがあるのである。これは何を意味するものであろうか。韓信・張良・項羽は、いうまでもなく歷史上の有名人だが、同時に時代物雜劇でおなじみの登場人物でもある。彼らの武張った物語は、確かに詞の世界にはなじみにくい。しかも、散曲において常にあげられる張良が山中に退隱したという話は、『史記』『漢書』にはなく、王仲文の「張良辭朝」雜劇（佚）や無名氏の「賺蒯通」雜劇、『前漢書續集平話』、更には語り物テキストに由來すると思われる『淸平山堂話本』所收の「張子房慕道記」に見えることからわかるように、史實ではなく、おそらく民間傳說（道教と關わるかもしれない）をもとに、藝能の世界で傳えられてきた物語である。(13)傳統的教養を踏まえて作られる宋詞には、張良の名が見えても、山中退隱と關わるものがないのはこのためであるに違いない。

つまり、散曲は雜劇をはじめとする藝能の世界と密接な關わりを持っているのである。それは、ＡＢどちらのグループの作品にも共通することといってよい。

更に、雜劇とは關わりのない作家にも、詞にはまず見られないタイプの作品を作っている例は多い。田中氏から張可久とならんで詞の亞流の代表としてあげられている貫酸齋の【上小樓】「贈伶婦」を見てみよう。

靦着你十分豔姿。千年心事。若不就着青春、擇箇良姻、更待何時。等箇悾伺。尋箇掙四。成就了這翰林學士。

おぬしの豔姿と、千歳に變わらぬその心を見るにつけ、もし若いうちに、良い相手を見つけねば、この上いつまで待つつもりか。よい折（?）を待ち、素敵な者を探すのだ。この翰林學士の思いをかなえてくれよ。

言葉は徹底した白話であり、「悾伺」のように他に用例がなく、意味がわからない語もある（譯は單なる推定である）。內容は、要するに妓女に對する求愛であり、このような直接的な表現は詞にはまず認められない。また諧謔的な口調は、やはり曲に獨特のものといえよう。

更にもう一首、【塞鴻秋】「代人作」二首之二をあげよう。

起初兒相見十分忺。心肝兒般敬重將他占。數年間來往何曾厭。這些時陡恁的恩情儉。推道是板障柳靑嚴。統鏝姨夫欠。只被這俏蘇卿抛閃煞窮雙漸。

初め會った時は大喜び、とても大切にして買いきりにして、數年間行き來してあきることとてなかったものを、このごろどうして急に愛情の出し惜しみをするのやら、取り持ち婆の邪魔が激しいとか、金を集める亭主がえげつないとかにかこつけて、この粹な蘇小卿さんに貧乏な雙漸は抛り棄てられてしまったよ。

雜劇でおなじみ「販茶船」の故事を踏まえつつ、多くの襯字を加えて白話的に妓女への恨みごとを述べたものである。

貫酸齋にはこの種の例が多い。つまり、白話を巧みに運用し、多くの襯字を加えて饒舌に語るスタイルである。これは詞とは異なる曲獨自のものといってよい。では、なぜ貫酸齋は新しいといわれないのか。それは、右の二作品に明らかに看て取れるように、彼のその種の作品はほとんどが妓樓と直接的に關わるものだからであろう。「贈伶婦」は、

「倚婦」つまり女役者（大抵の場合妓女でもある）に贈った作であり、直接本人に對して、おそらくは遊戯的に求愛して見せたものである。「代人作」は、長年付き合った妓女からつれなくされた男にかわって恨みごとを述べたものである（これもあるいは遊戯的な作かもしれない）。いずれも、妓樓における客と妓女との交流の場で、戯れの中で（無論一方では戯れの中に眞實を含むかもしれない）作られたものである。

こうした傾向は、貫酸齋に限らず、元代散曲全般に認められる。明らかに妓樓を場として、もしくは妓女に當て込んだであろうと思われる作品は、今問題にしている時期に作成された散曲二一七〇ほど（小令の連作と套數はいずれも一として數える。概數をあげるのは、連作か否かを特定しがたい作品がかなりあるためである）のうち五五〇ほどにのぼる。閨怨の作の多くが妓樓と關わるとすれば、この割合は大きく跳ね上がり、半分以上が妓樓と關わりを持つことになる。

そして、妓樓と關わりを持つ作品は白話的であるという傾向が鮮明に認められる。例えば、貫酸齋と並稱される散曲の大家張可久は、おそらく散曲作家の中でも最も詞に近い作風を持つが、その彼にして次のような作品を殘しているのである。【寨兒令】「妓怨」三首の二。

　緣分薄。是非多。展旗幡硬併倒十數合。赤緊地板障婆婆。水性嬌娥。愛他推磨小哥哥。腆著臉不怕風波。睜着眼撞入天羅。雄糾糾持劍戟，磣可可下鍬钁。呵。情願將風月擔兒那。

　男女の緣は薄く、トラブルは多く、旗を押し立て合戰すること十數度。本當にお邪魔蟲の婆さんに、浮氣者の美女なれど、せっせと貢ぐ兄さんが氣に入って、赤い顔して波風立つのも恐れはせず、目を見張りながら罠の中にまっしぐら。雄々しく劍戟持ち、むごくもシャベルを振り下ろす。ああ、喜んで戀の重荷を背負いましょう。

文雅な趣きを特徴とする張可久の他の作品とは全く異なり、白話を用いた自在な表現は關漢卿の雜劇を思わせる。

怨」二首などは、程度の差こそあれ、いずれも同じ傾向を持つのである。

こうした傾向は、特に後期の大家である曾瑞卿と喬夢符において顯著に認められる。兩者の作品は、その大半が妓樓や妓女と何らかの意味で關わりを持つと推定されるものであり、それら散曲の多くは、白話を多用して、しばしば諧謔的に實際の妓樓や妓女の狀況をうたっている。そして彼らの實態は、さきに述べたように、杭州とその周邊の高級官僚・將軍などの有力者に寄生する高等遊民であった。事實、喬夢符の作品には、權力者や有力者の供をして、あるいは彼らとの宴會の席上で作った作品が多く認められる。同樣のことは張可久にもいえる。胥吏から首領官程度の身分であった張可久は、やはり妓樓を舞臺に、その文學的才能で權力者と親密な關係を築いていたようである。更に元の最末期になると、妓樓において「黑劉五」の名で知られていたという劉庭信のような作家が現れる。彼の作品は、ほとんどすべてが妓樓と關わるものと推定される白話的なものである。

なぜ妓樓に關わる作品は白話的なのか。無論、それは宴席という碎けた場で、非常に遊戲的な態度で作られるからであるに違いない。先にあげた一連の作品も、現實の妓女を當て込んで、戲れに作られた可能性が高いものと思われる。しかし、それだけではない。ことはアウエルバッハのいう「樣式分化」の問題と關わる。[14]より卑俗なものを描寫する時は、卑俗な言語により、多くは諧謔的な調子で語られるのが常なのである。

實は、同樣の傾向はすでに北宋の詞においても認められていた。一般に「俗」という批判を受けることが多い柳永の詞の中でも、妓樓がらみのものは特に「俗」といわれることが多い。昇進運動に訪れた柳永を「まだ詞を作っているのかね」とあしらおうとした晏殊に對して、「殿樣同樣作っております」と切り返したものの、「私は『綵線慵拈伴伊坐』などと言った覺えはないね」と言われて、柳永が一言もなく引き下がったという張舜民『畫墁錄』の傳える逸話は、眞僞の程はともかく、この間の事情を傳えるものである。[15]

ここで引かれている【定風波】（ただし一般的なテキストではこの句は「針綫閒拈伴伊坐（針と絲をのんびりひねくり回しながらあなたと一緒にすわる）」となっている）に代表される柳永の妓女をテーマとした一連の作品は、確かに晏殊の作品とは比べようもないほど「俗」なものであり、かつ語彙の面でいえば、詞の中でも最も口頭語語彙を多用しているといってよい。これは、これらの作品がいずれも妓女の口説きという形式を取っていることに由來する。女性が教育を受ける機會に乏しかった當時、女性の口吻を寫す以上、口語的になるのは當然であった。これは、さきにふれた樣式分化のパターンに合致するものであり、そこに描かれる妓女たちの愚痴は、多く諧謔的であって、下層の者は喜劇的に描かれるという樣式分化の原則はここにもあてはまる。しかし、一見喜劇的な妓女の口説きにおいて、その中に眞情と悲哀が見事にこめられている點に注意せねばならない。これは、それ以前の樣式分化には見られなかった狀況である。なぜ柳永の詞には新しい動きが認められるのか。

それは、作者のスタンスの問題であろう。周知の通り、柳永は妓樓に身を置き、妓女と共感しあった人間であった。それゆえに、彼は士大夫社會から排斥されたが、妓女の世界では傳說となり、元曲においては、「曲江池」（顧曲齋本）第三折【滿庭芳】に「檢着這樂章集依法施行（この『樂章集』を調べて、おきて通りにしてもらいましょう）」と見えるように、彼の詞集『樂章集』が聖典とされるに至る。つまり、柳永は上から見下ろすのではなく、ある程度の共感を持って、妓女に近い目線で彼女たちを描いた。それゆえ、嘲笑的にではなく、眞情をこめたものとして妓女の口說きを描きえたのである。すでに述べたように、前期の作家においては、妓樓とより深い關係を結んでいたものと思われる關漢卿や馬致遠の作品にそうした傾向が顯著に見られるのも、同樣の事情によるものと推定される。

一方で後期においては、こと妓樓に關わる作品については個人差が少なくなる。そして、套數を作るという行爲も、より一般的なものになり、前期のような套數を作る作家とその他ではっきりとした違いが認められるという傾向もなくなる。これはなぜであろうか。

六、「元曲」とは

この點については、これまで述べてきた後期の狀況を踏まえて考えねばならない。後期の散曲は、その大部分が杭州において、しかも妓樓及び妓女の關わる宴席を主たる場、北來の權力者を主たる受容者として生み出されたものであった。そこから生じる結果は二つある。第一に、受容者は北來のある程度身分と教養のある人物であり、作り手もやはり北來の彼らに寄生する人物、及び權力者への接近を圖る南方人であった。つまり、受容者・作者ともに相當な教養を持ち、かつ南宋の文化に對する強いあこがれを持っていた。その結果、彼らの作品の多くは、詞に近い文雅な性格を持ち、西湖とその周邊を題材とするものになった。第二に、主たる場が妓樓と宴席であった結果、作者の身分を問わず妓樓における遊戲的な作品が多くなり、かつ北方から移植された形式であったため、前期のような套數と小令の區別を意識する傾向も少なかった結果として、妓樓に關わる場合には、小令・套數を問わず白話的な作品が生み出された。

このように考えれば、一見妓樓と關係がないように見える作品も、實は妓樓を場としていたのではないかという推定が浮上してくる。實際、退隱をテーマとする作品の半ばほどが、俗世の危險を避けて退隱し、酒色の世界で靜かに暮らそうと結ぶのは、退隱の作にも實は妓樓における受けを狙って作られたものが多く含まれることを示している。

また、曾瑞卿には【哨遍】套「羊訴冤」の作がある。羊が自分に對する人間のやり方の不當を訴えるというこの套數は、田中氏のいわれる「新しい文學」の代表的なものといってよい。しかし、曾瑞卿の一連の作品の中に位置づけてみた時、異なる見方が浮上して來る。これは妓樓における遊戲的な場で、座興として作られたものなのではないか。「羊酒」が豪華な食事の代名詞であった當時、その羊料理が並んでいる宴席において、羊をテーマにその不平を訴えてみせるということは、ブラックユーモア的な效果を持って、洗練された遊び人たちに受けるものだったに違いない。もしそうであるとすれば、姚守中の【粉蝶兒】套「牛訴冤」や劉時中の【新水令】套「代馬訴冤」も同樣の性格を持つ可能性があることになる。

そして、そこから散曲の新しい展開が生じることにもなる。劉時中の「代馬訴冤」は、成り上がり者への批判など、明らかに社會性を帯びている。これは彼自身が高い教養と相當な地位を持っていたことに由來する。つまり、遊戲の中から、眞劍な社會的訴えが浮上してくるのである。その時、世俗的な事柄については、文言よりはるかにすぐれた表現能力を持つ白話は、その威力を遺憾なく發揮することになる。ほかならぬ劉時中の手になる當時の社會矛盾を容赦なく告發した【端正好】套「上高監司」二套こそは、その顯著なあらわれにほかならない。

そして、妓女やその家族、つまり樂戶の人々が雜劇の擔い手だったことを忘れてはならない。ここで散曲を唱い、またその受容者、時によっては作者でもあった彼らは、雜劇においても演者であり、時には作者でもあった。そして、前記の曾瑞卿・喬夢符をはじめとして、散曲作者たちの多くは雜劇作者でもあった。雜劇の多くは戀愛を主題とする。妓女の戀愛劇において妓女を演ずるのは本物の妓女だったのであり、良家の令孃に扮するのもまた妓女であった。當然、そこには閨怨をうたう散曲との直接的關係が存在したはずである。更に、散曲のもう一つの重要なテーマである退隱もまた、雜劇における重要な題材となる。そして、社會性を持った散曲と連動するかのように、宮天挺の「范張雞黍」という尖鋭な社會批判の雜劇が出現する。宮天挺がこの一作のみをもって雜劇を代表する作家の一人に數えられたことは、この雜劇がいかに當時の知識人に大きな衝撃を與えたかを物語っていよう。[16]

散曲と雜劇が「元曲」と總稱されるのは、單に同じ曲という形式を用いることのみに由來するものではなく、作者・演者・場を同じうして、本質的な關わりを持っていたためなのである。散曲を理解するためには雜劇を、雜劇を理解するためには散曲を理解せねばならない。散曲を踏まえて雜劇の性格を再檢討する時、何が明らかになるのか。この點については、次章で論じたい。

注

（1）小松謙『中國古典演劇研究』（汲古書院二〇〇一）Ⅱ　第四章「明刊本刊行の要因」一五三～一五六頁。

（2）この項目は『藝苑卮言』附錄に收められている。同書の曲に關する部分は、後に茅一相編『欣賞續編』に『曲藻』と題して收められて單行した。ここでは『中國古典戲曲論著集成』四所收の『曲藻』による。引用した部分は、『藝苑卮言』では通常の本文だが、『曲藻』では序とされている。なお、七二頁の引用は同書本文部分による。

（3）『太和正音譜』の本文は『中國古典戲曲論著集成』三所收の排印本に依據する。

（4）赤松紀彦他『元刊雜劇の研究――「三奪槊」「氣英布」「西蜀夢」「單刀會」』（汲古書院二〇〇七）「解說」の「六、『元刊雜劇三十種』の刊行要因」（小松執筆）二一～二四頁及び小松『「現實」の浮上――「せりふ」と「描寫」の中國文學史』（汲古書院二〇〇七）第六章「白話文學の確立」「本格的白話文學の成立――元曲（2）雜劇の展開」一六三～一六八頁。

（5）田中謙二「元代散曲の研究」（『東方學報（京都）』四十（一九六八年三月。後に『田中謙二著作集』第一卷（汲古書院二〇〇〇）所收）。

（6）小松謙『「現實」の浮上』第六章「白話文學の展開」「曲の登場」一四三～一四五頁。

（7）中原健二「元代江南における北曲と詞」（『風絮』第四號（二〇〇八年三月）。後に『宋詞と言葉』（汲古書院二〇〇九）に第三部「詞と北曲」第二章として收錄。次のページ數は單行本のもの）三〇九～三一二頁。

（8）小松謙『「現實」の浮上』第六章「白話文學の確立」「最初の本格的白話文學作品――『董解元西廂記諸宮調』」一四八～一五四頁。
（9）吉川幸次郎『元雜劇研究』（岩波書店一九四八。後に『吉川幸次郎全集』第十四卷（筑摩書房一九七四）所收）全集八六頁。
（10）小松謙『中國古典演劇研究』Ⅰ　第一章「元雜劇作者考」一五～一六頁。
（11）『叢書集成續編』所收の楝亭藏書本に依據する。
（12）『全宋詞』（中華書局一九六五）に依據する。
（13）小松謙『中國古典演劇研究』Ⅲ　第一章「「賺蒯通」雜劇考――平話と雜劇の關わり――」二四六～二四九頁。
（14）エーリッヒ・アウエルバッハ『ミメーシス』（篠田一士・川村二郎譯。ちくま學藝文庫一九九四）。
（15）『畫墁錄』本文は『全宋筆記』第二編（大象出版社二〇〇三）所收の排印本に依據する。
（16）赤松紀彥ほか『元刊雜劇の研究（三）――范張雞黍』（汲古書院二〇一四）「解說」（小松執筆）八～一七頁。

第三章　「元曲」考（二）——雜劇について——

元雜劇は、中國における戯曲の最高峰といわれる。事實、明清の南曲傳奇が長さゆえに冗長に陥らざるをえないのに對して、四折(1)という制約ゆえにかえって緊張感に富んだ物語を構成しうるという有利な點はあるにせよ、皇帝皇后から物乞いに至るまで、社會の全階層を扱う題材の幅の廣さ、白話による生き生きとした描寫から典故を踏まえた文雅な曲辭に至るまで、自在に繰り廣げられる表現方法の幅の廣さ、そこに描かれる人生の眞實、特に、かつて文字の世界で扱われたことがなかった庶民や差別に苦しむ人々の生活を生き生きと描いたこと、そして一部の作品に示されている尖鋭な社會批判、いずれも最高峰と呼ばれるにふさわしい。

では、なぜこの時期に突然かくも成熟した演劇が出現したのであろうか。この點については、吉川幸次郎氏の『元雜劇研究』以來、科擧制度の廢止もしくは縮小の結果として知識人が立身の道を失い、かつては近づこうとしなかった演劇創作に手を染めたからであるという說がとなえられてきた。(2)これについて筆者は更に、モンゴル・元の時期（以下便宜上「元代」と呼ぶ）においては、知識人に對する特別待遇がなくなる一方で、藝能者に對する差別が比較的緩やかであったため、文學的表現にすぐれる知識人と演劇關係者が協力することが可能であり、それゆえに文學的にも演劇的にもすぐれた作品が生み出されたのではないかと論じた。(3)ただ、いずれにせよ當時の社會狀況や作者の履歴に基づく推論にすぎない。

そもそもどのような土壤から、どのようにして雜劇は生み出されたのであろうか。本論では、雜劇の本文自體に密着した上で、この問題について考えてみたい。

一、元雜劇の謎

「救風塵」は、元雜劇最大の作家とされる關漢卿の代表作である。確かに、波亂に富んだ緊密な物語の展開、そこにこめられた社會性、見終わった後に訪れるカタルシス、どれを取っても傑作の名に恥じない。この雜劇の最大の新しさは、主人公である妓女趙盼兒の性格と言動にある。趙盼兒は、妓女という身の哀しさを嘆きつつ、男を手玉に取ることこそが稼業であるその腕をふるって、妹藝者を救うため、横暴な男性原理の權化ともいうべき周舍を罠にはめる。

從來文學作品に現れる妓女は、基本的に詞の世界に現れるいとしい男を待ち續ける可憐な女であり、その個性を最大限に認められたほとんど例外的な存在は、白行簡の手になる唐代傳奇「李娃傳」の李娃、男を騙しながら、後に後悔して男のために盡くし、科擧に合格させた上で添い遂げるその姿であった。しかし、これとても男に盡くす道を選んだ妓女を士大夫の立場から評價してやったという段階を出るものではない。「救風塵」においては、妓女は男を騙して財を巻き上げることを生業とする存在であり、横暴な男を欺くことは當然の權利として認められる。その一方で、男と添い遂げようとしても、所詮妓女の身では難しいという悲しみ、あるいは妓女だったという理由でまともに扱ってもらえない怒りも、特に第一折で延々とうたわれる。男の立場から描く都合のいい女ではなく、生身の妓女がそこに描かれていることが、「救風塵」の名作たる所以であろう。なぜ關漢卿はこのような新しい人間像を描き得たのか。

同じ關漢卿に「金線池」という作品がある。この作品の主人公杜蕊娘も妓女だが、男嫌いの趙盼兒とは異なり、最初の部分で知識人の韓輔臣と知り合って戀人になる。韓輔臣は學問にも遊藝にもすぐれた色男だが、杜蕊娘と結婚しようとして、金がないためその母に追い出され、それでも科擧受驗に行こうとせず、杜蕊娘に執着し續ける。つまり、韓輔臣は戀人としては非常に誠實な人間である。ところが、正旦の杜蕊娘は、第二・三折において男の不實を非難し續けるのである。これは不自然ではなかろうか。

更に、やはり關漢卿の「切鱠旦」（通常『元曲選』に基づいて「望江亭」と呼ばれるが、こちらの方が正式名稱であろう）の第一折は、正旦である出家志望の未亡人譚記兒が、親しくしていた女道士白姑姑の罠にはまって、結局白姑姑の甥白士中と結婚することになる場面であるが、前半で譚記兒は獨り身の寂しさと出家生活のよさをうたい、後で急に心變わりするのが不自然に見える。無論、豹變するところが面白いという評價も可能ではあるが、それにしても、その後夫を救うために魚賣りに變裝して權力者を逆に陷れるという大活躍を示す彼女の性格とはあまり合わないように思われる。

一方、作者不明の三國志劇「博望燒屯」元刊本の第一折においては、劉備から出馬を求められた諸葛亮は、【油葫蘆】【天下樂】の二曲にわたって俗世の名利に關わるのはごめんだと退隱の志を述べ、更に、功を立てても用濟みになれば抹殺されるだけだから隱居する方がよいと【那吒令】【鵲踏枝】【寄生草】【么篇】の四曲にわたってうたう。出馬を拒否するために退隱がよいというのはともかく、そうした側面をほとんど持たない劉備に對して功臣の抹殺に言及するのはやはり不自然であろう。しかも合計六つの曲牌にわたってこうした本題からかけ離れた內容をうたうのは、いかにも不可解であり、實際明朝の宮廷上演用テキストである內府本では、後の四曲はすべてカットされている。

ここにあげたのはほんの一例であり、同樣の事例は、元雜劇には枚擧に暇ないほど認められる。なぜこのように不自然に見えるうたが多數存在するのであろうか。この問題を解明するためには、雜劇の制作・上演の背後にあったものについて考えねばならない。

二、雜劇の演じ手

元雜劇の上演狀況については、詳細は不明といわざるをえない。ただ、場としては「构（构・句・勾）欄」と呼ばれる商業劇場、それに寺廟の舞臺があったほか、戯文「宦門子弟錯立身」などに見えるように、高官や富豪の屋敷における上演、つまりは明清の堂會演劇と同樣のケースもあったものと思われる。そして、いずれの場合であろうと、一部の素人演劇を別にすれば、演者は原則として樂戶であった。樂戶は、音樂・演劇を擔當する人々、つまり妓女・俳優・樂師らであり、彼らは身分を固定され、他の戶籍に屬する人間との自由な婚姻を禁じられていた。この狀況は歷代大きく變わることはないが、元代は、モンゴル人の職能主義の發想ゆえに、他の時代に比較すれば差別がはるかに緩やかであった(4)。とはいえ、固定した身分であり、社會的差別がある程度あったことは間違いない。實際、鄭思肖らがいう「八娼、九儒、十丐」（娼は樂戶、丐は物乞い）という被害妄想ゆえの言い回しが、樂戶に對する強い差別意識を前提とするものであることは間違いないであろう。

つまり、雜劇の演者は樂戶であり、その中心は妓女であった。妓女が多樣な役柄を演じていたことは、元一代の妓女列傳である夏庭芝の『青樓集』(5)にあげられた名妓たちの得意とする役柄を見れば明らかであろう。「雜劇爲當今獨步」という珠簾秀は「駕頭・花旦・軟末泥」すべてに通じたという。「駕頭」は皇帝役、「花旦」は妓女役、「軟末泥」は文弱な男性、つまり書生役をさす。同一人物の得意役として並列されている點からすると、「駕頭」の皇帝も「漢宮秋」の元帝のような軟弱な二枚目役だった可能性が高い。順時秀も「閨怨」に最もすぐれ、「駕頭・諸旦本」にも巧みであったというから、役柄は大差ないことになる。天然秀も同樣であり、美女と二枚目役を得意とする妓女が多かったことが看て取れるが、一方では國玉第（帶？）・天錫秀・賜恩深・平陽奴のように「緑林雜劇」、つまりアウトロー役を專門にしたという妓女もいる。おそらく、美しい妓女が荒々しいアウトローに扮することが特殊な魅力を釀し出したのであろう。

ともあれ、他にも趙偏惜・朱錦繡・燕山秀のように「旦末雙全」という表現が複數認められることから見て、妓女が男役に扮することは多かったものと思われる。無論、「藍采和」雜劇に見られるように、男役は男が演ずる方が多かったものと思われるが、やはり『青樓集』に妓女の夫が役者（末泥・副淨など）であった例がかなり見られるように、男の役者たちにしても妓女同樣、樂戶に屬する人間であった。

妓女は原則としてすべて官妓であり、官僚の宴席に侍るのはその重要な業務であった（この制度は明代には廢止され、公式の宴席に官妓を呼ぶこと自體が禁止されるに至る）。「藍采和」雜劇に具體的に描かれているように、「喚官身」は樂戶にとって絕對の義務であり、これに遲れると「誤官身」として處罰された。そうした宴席で唱われるのは散曲であった。そして、前章で述べたように、散曲の作者と雜劇の作者はしばしば同一人物だったのである。

同一の人物が作った作品を同一の人物が唱う以上、兩者の間に關係がないはずはあるまい。そもそも、雜劇とはどこから生まれたものなのであろうか。

三、雜劇の成立過程

雜劇の起源を知ることは不可能に近い。北宋にすでに雜劇という名稱があり、金では院本、南宋では雜劇と呼ばれる演劇が行われていたというのが通說であるが、詳細はもとより不明である。ただ、『東京夢華錄』巻五の「京瓦伎藝」

には、「教坊減罷幷溫習」、つまり教坊が削減・廢止された時や、十日に一度一般に公開された練習の際に、「弟子」の薛子大らが「般雜劇」、つまり雜劇を上演したとある。「弟子」は、元來は玄宗の「梨園弟子」から來た言葉かと思われるが、宋代以降妓女を意味する言葉として用いられるのが一般である。また、同書巻六「元宵」には、元宵節に宮城の正門である宣德門に向かい合う舞臺において、「教坊」と「鈞容直」つまり軍樂隊と「露臺弟子」が「更互雜劇」、つまりおそらくは入れ替わり立ち替わり雜劇を演じたとある。「露臺弟子」とは、おそらく外教坊所屬の普段は町中の妓樓にいた妓女のことでないかという。(6) つまり、北宋において雜劇は妓女によって演じられていたことになる。そして、妓女が公衆の面前で藝を披露することは、少なくとも町中の妓樓にいたであろう「露臺弟子」にとっては、重要な宣傳の意味も持っていたに違いない。

こうした狀況は、續く金・南宋の時期になっても大きくは變わらなかったであろう。そして、金代のある時期から、北方において北曲を知識人が制作することが始まり、それがモンゴル・元へと受け繼がれ、南宋の滅亡とともに南方にも波及することになる。ただ、曲自體はおそらく以前から藝能に用いられていたものであり、金代後期から知識人がその形式で創作を開始したというのが實態であろう。これらの狀況と、先に見た元の狀況を考え合わせれば、雜劇（及び院本）は一貫して妓女と深い關わりを持ってきたことになる。

ここで雜劇の內容を確認してみよう。元雜劇の內容は極めて多岐にわたるが、ごく大ざっぱに分ければ、日本演劇の用語でいうところの時代物と世話物、それに朱權の『太和正音譜』にいう「神仙道化」、つまりは神仙物に分類できよう。そして世話物は、戀愛・公案・悲歡離合などに更に分類することが可能である。では、これらはみな同じ場で生まれたものなのであろうか。

雜劇の內容の多樣さは、樣々な場で生まれた樣々な性格の演劇が、おそらくは都市の商業劇場という場でまとめられたものが元雜劇であることを示すものである。田仲一成氏がつとに指摘しておられるように、(7) 世界各地の演劇と同様、中國演劇も祭祀にその起源を有するものと思われる。時代物は英雄鎭魂祭祀、公案物や悲歡離合物は孤魂祭祀にその起源を持ち、世俗化する過程で祭祀とは無縁に思われる方面に題材を擴大していったという方向性は、ある程度の例外を持つものの、基本的には正しいものと思われる。また、戀愛物は豊饒豫祝祭祀に起源を持つという點もうなずける。ただ、特に戀愛物の場合、祭祀段階の性格を色濃く留めるのは、今なお民間に近い演劇・藝能に廣く見られるいわゆる「一丑一旦」形式の、二人一組の道化的男女が唱い踊りつつ戯れるというものであり、元雜劇においても、『西廂記』の張生と紅娘のやりとりなどにその名殘は認められるものの、大半は祭祀性からはすでに遠ざかっているといってよい。神仙物も、もとより道敎の祭祀と無關係であるはずはないが、元雜劇においては宗敎性がそれほど強くは感じられず、より洗練された、一方で娯樂性の強いものになっている。同様のことは、時代物や公案物においても、程度の差こそあれ、認められよう。

これは、世俗化・商業化が進行した結果、當然起こるべくして起こることであり、同様の狀況が日本や西歐の演劇においても認められることはいうまでもない。では、その世俗化はどのようにして實現されたのであろうか。これは、最初にあげた元雜劇はどのようにして生まれたのか、なぜ突然成熟した演劇が生まれえたのかという問題と關わるものである。本來娯樂性に乏しかったであろう祭祀演劇の名殘を留めた演目や、單なる笑劇・歌舞劇の類を、本格的な演劇へと生まれ變わらせる過程で、知識人の關與があったことは疑いない。彼らはどのような場で、どうやって關與したのであろうか。

四、妓女と雜劇

さきに北宋以降、敎坊の妓女たちが公衆の前で雜劇を演じていたことにふれた。つまり、「雜劇」と呼ばれる演劇は、その初期から妓女によって演じられていたのであり、それが元代にまで及ぶことはすでに述べた通りである。そして、そうした形で雜劇を演じることは、同時に妓樓の宣傳という目的をも持っていたであろうこともさきに述べた通りである。では、彼らが演じていた雜劇の內容はどのようなものだったのであろうか。

ここで參考になるのは、日本における歌舞伎初期の狀況である。地域・文化などに違いこそあれ、狀況は著しく類似している。江戸時代初期、歌舞伎のもととされるかぶき踊りにおいては、かぶき者の茶屋遊びが演じられ、その後發展した遊女による遊女歌舞伎においても、茶屋遊びは重要な演目であった(8)。こうした要素が今日の歌舞伎にまで受け繼がれていることは周知の通りである。遊女歌舞伎が遊郭の宣傳を兼ねており、役者が遊女そのものであった以上、そこで遊郭の狀況が演じられるのは當然のことであった。

中國においても同樣の狀況が存在したに違いない。妓女が役者だったことは前述の通りであり、明淸の堂會演劇と同じような形で、一種のお座敷藝として妓樓で雜劇の一部が演じられることもあったかもしれない。雜劇の曲辭が宴席でうたわれた可能性は更に高い。前章で論じたように、雜劇の曲辭と同じ形式である套數による散曲が存在し、小令に比べて白話的な語彙を多用して、より卑俗かつストーリー性のある內容をうたう傾向にあることは、妓女が唱う場においては劇套（雜劇の曲辭）と散套（套數による散曲）の區別がそれほどなかったことを思わせる。明代に刊行された『盛世新聲』『詞林摘豔』『雍熙樂府』といった曲選において、劇套と散套が區別なく收められていることは、その傍證となりうるものである。

雜劇に妓女と知識人の戀愛を主題とするものが數多くあることが、こうした實演の狀況と無關係だとは考えがたい。雜劇において妓女の役を演ずるのは本物の妓女であり、妓樓の客の多くは知識人であった。そして、知識人が散曲を作り、それを妓女が唱うという狀況が存在した。というより、知識人が散曲を作るという行爲自體、こうした妓樓という場から發生したに違いない。更に、戀愛劇にはもう一つ、『西廂記』に代表される良家の子女と知識人を主役とするものもある。ここで良家の子女を演ずるのも妓女であった。

つまり、妓女を演ずる妓女を觀客が見る時、それは實生活における妓女と客とのやりとりと重なったはずであり、時として現實と物語の境目がはっきりしなくなることすらあったであろう。觀客が妓樓におけるその妓女の客である場合には、普段の妓女とのやりとりが芝居を見る上での前提となり、時には觀客と俳優の間で暗默のやりとりが交わされることもあったであろうし、妓女と直接の交渉がない人間、たとえば一般庶民が觀客であった場合には、妓樓に上がって客となる樣が再現されている芝居を見て、そこにかなわぬ願望が充足される樣子を夢想したかもしれない。また妓女が令孃に扮する時には、普段とは打って變わった貞淑ぶった演技が、その妓女を知る客たちには新鮮だったことであろう。そして、『西廂記』の崔鶯鶯に典型的に示されるように、貞淑であった令孃たちが突然變貌するのは、演じている妓女たちの本性が表面化するように見えたかもしれない。いずれも推定の域を出るものではないが、戀愛物において演じ手が妓女であり、舞臺において演じられる內容が妓樓におけるやりとりの再現として受け取られることがあったことは確かであろう。

そして、妓樓では散曲が唱われていた。それを唱うのは、演者である妓女その人であった。とすれば、散曲の內容が雜劇とかぶってくるのは當然ということになる。冒頭にあげた一連の雜劇に見られる不可解な要素は、これと關わるものではなかろうか。

五、散曲を踏まえた雜劇

前章で述べたように、散曲の中でも數が特に多いのは、閨怨物（及び男性側からのいわば逆閨怨物）と退隱物（世の空しさをうたうものを含む）である。この二種で散曲全體の半分程度を占めるといってよい。また、それ以外の散曲の中ではかなり大きな割合を占めている宴席の作も、多くは妓女を詠み込んで閨怨的要素を含む。更に、閨怨物の變形としての妓女生活のつらさをうたうものや、逆閨怨物の變形としての「子弟收心」、つまり遊び人の改心をテーマとしたものがかなりの數存在する。

そして、雜劇の多くも、實はこれらのテーマと深く關わる內容を持つのである。こうした視點から見直してみると、最初にあげた一見不可解とも見える雜劇の內容も、理解することが可能になってくる。

極めて斬新に感じられる「救風塵」における趙盼兒のうたの內容は、實は閨怨物や妓女生活のつらさをうたう散曲と酷似している。たとえば古名家本第二折、【逍遙樂】の前半。(9)

那一个不因循成就。那一个不頃刻前程、那一个不等閑間罷手。他每一做一个水上浮漚。

だれでもみんな適當にできてしまって、誰でもみんな將來のことはあっけなく終わり、誰でもみんないい加減にやめてしまって、あの人たちはどれも水面に浮く泡に同じ。

更に續く【金菊香】の後半から【醋葫蘆】の前半。

……似這般燕侶鶯儔。暢好是容易恩愛結綢繆。【醋葫蘆】你鋪排着天長和地久。指望並肩携素手。

……こんな鶯燕のカップル、これが本當のお手輕な愛で、いい仲になるというものね。【醋葫蘆】天地の續く限り永遠にと計畫して、肩を並べ手を繫いでいようとしたが。

次に、同じ關漢卿の散曲【青杏子】套「離情」の【茶蘼香】（『太平樂府』卷七）(10)をあげてみよう。

記得初相守。偶耳間因循成就。美滿効綢繆。花朝月夜同宴賞、佳節須酹。到今一旦休。常言道好事天慳（慳）、美姻緣它娘間阻、生拆散鸞交鳳［友］。

覺えているのははじめて一緒になった時のこと、ふとしたことで適當にできてしまって、めでたい關係でいい仲になって、花の朝に月の夜をともにめでて、よい季節には飲み交わさねばと暮らしていたのに、今となってはおしまい。下世話にも好事魔多しとやら、すばらしいカップルもおっかさんに邪魔されて、むざと鸞鳳の交わりも引き裂かれた。

更に、馬致遠の同じく【青杏子】套の【淨瓶兒】（『太平樂府』卷七）。

莫効臨岐柳。折入時人手。許持箕帚。願結綢繆。嬌羞。試窮究。博箇天長和地久。從今後。莫交恩愛等閑休。

分かれ道の柳が、手折られれば人手に落ちるのを眞似ないでくれ。ちり取りほうきを持つ主婦の座を約束するから、いい仲になりたいもの。かわいく恥じらっているが、よく考えてみておくれ。天地の續く限り永遠の仲を勝ち取って、今より後は、愛情をいい加減にやめることはするまいぞ。

曲牌を同じくし、內容は表裏ともいうべき關漢卿・馬致遠の二套の散曲（同時代に、同じ曲牌で、內容的にも關わりがあることから考えると、兩者の間にはもしかすると直接的關連があるかもしれない）と語彙・表現が類似していることは明らかであろう。

次に「金線池」を検討してみよう。なぜ杜蕊娘は、不實ではない韓輔臣を不實といって責め、我が身の不幸を嘆くのか。まず第二折冒頭の【一枝花】の後半をあげてみよう（以下本文は古名家本による）。

愛你箇殺才沒去就。明知道你雨歇雲收。還指望他天長地久。

この禮儀知らずのろくでなしが大好きで、もう私には氣がないことはよく分かっているのに、それでもあの人といつまでもと望んでしまう。

さきの「救風塵」の【醋葫蘆】と馬致遠【青杏子】套の例を見れば、この「天長地久」がどのような理由でここに出るかは明らかであろう。この「長恨歌」を踏まえる句は、馬致遠の散曲では永遠の愛を誓う男の言葉、「救風塵」「金線池」ではそれを空しく期待していたという妓女の言葉として用いられている。關漢卿の二つの用例は、馬致遠の例の裏返しといえよう。つまり、「救風塵」「金線池」ではいずれも男の裏切りを嘆く閨怨の定型表現が用いられていることになる。

更にもう一つ、楔子の【么】を見てみよう。

既不呵那一片俏心腸那里毎堪分付。那蘊小卿不辨賢愚。

さもなくば粋な心をまかせる相手などいるものか。なのにあの蘇小卿は賢愚の區別もつかなかった。

蘇小卿は、當時非常に流行していた物語「販茶船」の主人公である。この「不辨賢愚」という句は、やはり「救風塵」にも見える。第一折【鵲踏枝】の前半。

俺說是賣虛脾。他可得逞狂爲。一個〻敗壞人倫、不辨賢愚、出來一個〻綽皮。

私たちが口にするのは不實なことばかり。男の方もやりたい放題。どいつこいつも人の道をめちゃくちゃにして、賢愚の區別もつかず、みんなろくでなしばかり。

そしてこの句は、大都の妓女王氏の作という【粉蝶兒】套「寄情人」の【耍孩兒】（『太平樂府』巻八）にも見える。

想俺愛錢娘喬為做、不分些好弱、不卞（辨）賢愚。

思えばうちのお金の好きなおっかさんの馬鹿な振る舞いときたら、善し悪しもわからず、賢愚の區別もつきはしない。

王氏の散曲は、欲張りな母に縛られて、金稼ぎの道具にされ、思う男と結ばれることもならない妓女の悲しみを、やはり「販茶船」の蘇小卿になぞらえてうたったものである。つまり、その內容は「救風塵」の第一・二折や「金線池」においてうたわれているものと重なる。

更に、この二つの雜劇と語彙が多く重なる散曲としては、宋方壺の【一枝花】「妓女」（『太平樂府』巻八）があげられる。次に示すのはその冒頭の部分である。

自生在柳陌中、長立在花街內。打熬成風月膽、断送了雨雲期。只為二字衣食。賣笑為活計。毎日都准備。〱下些送旧迎新、安排下過從的見識。

柳の小道に生まれ、花街の中で育ち、色の道の度胸を鍛え上げ、本氣の戀はあきらめて、ただ衣食の二文字のために、笑顔を賣るのを生業とする。毎日いつも支度するのは、支度するのは前の客を送り出して新しい客を迎えること、めぐらせるのは相手を持ち上げる悪知恵。

この散曲は、金のあるものだけを相手にして、金が盡きれば容赦なく棄てる妓女の實態を暴いたものである。この套數と「救風塵」「金線池」は、語彙・內容の多くにおいて共通する。宋方壺は元代後期の人であり、その作品は「救風塵」「金線池」より後にできたものである。しかし、類似した內容の作品が多數存在することから考えて、宋方壺が兩作品の影響を受けて散曲を制作したと考えるよりは、このパターンが一般化していた結果、類似した表現が現れたと見るべきであろう。

つまり、「救風塵」は散曲における閨怨や妓女のつらさを訴える作品の内容を、そのまま妓女の本音として演劇化した作品だったのである。宋方壺のように妓女を批判する内容も、妓女の口から出れば、そうした行為を強いられる妓女の悲しみを訴える内容になる。そして、その悲しい立場を逆手にとって、悪い男をはめた上で、「これが私たちの商賣さ」と開き直る趙盼兒の行爲は、觀客のみならず、演じている妓女たちにとっても、痛快であるとともに、その立場に對する深い悲しみをもうちに祕めたものとなったであろう。こうして、妓女の立場に立つことによって、「救風塵」は眞に斬新な作品となりえたのである。

「金線池」の場合は、閨怨と妓女の歎きによって組み立てられた雜劇といってよい。戀人が誠實であるにもかかわらず、杜蕊娘は相手を一方的に不實と決めつけ、怨みの歌を唱い續ける。これは、端的にいえばこの雜劇が、妓女をテーマにした散曲と同じ內容のものを組み合わせて作られたものであることを示していよう。散曲が閨怨を主たるテーマとする以上、ヒロインである妓女は男に對する怨みを唱い續けねばならないのである。從って、「救風塵」の場合のようには曲の內容は劇情と密着しない。ただ觀客は、見知った妓女が、宴席でおなじみの例に沿ったうたを雜劇の中で唱っているだけに、格別の違和感を覺えることはなかった可能性が高いであろう。ここでは、現實の人物と劇中の人物にあまり區別が付かなくなっていたのかもしれない。

では元刊本「博望燒屯」第一折で、諸葛亮が突然出世の危險性と退隱願望を唱いはじめるのはなぜであろうか。問題箇所最初の曲である第一折【哪吒令】の初二句には次のようにある。

常想起卞和般獻璧。能可孛（學）韓信般喫（乞）食。你也枉了似張子房進履。

卞和のように璧を獻上することを想うにつけ、それぐらいなら韓信のように物乞いをする方がまし。あなたも張良のように靴を差し出したとて無駄なこと。

これを次の二首の小令と比べてみよう。まず薛昂夫【朝天曲】（『全元散曲』による）。

卞和。抱璞。只合荊山坐。三朝不遇待如何。兩足先遭禍。傳國爭符、傷身行貨。誰教獻與他。切磋。琢磨。何似偷敲破。

卞和は、磨かぬ玉を抱えて、荊山にすわっていればよかったものを。三人の王にすべて認められなければどうするつもりだったのやら。兩足がまず災いにあった。傳國の璽となれば帝たるしるしの争い招き、身を殺す道具だ。それを誰が王に獻上させようとしたというのか。せっせと磨き上げるよりは、こっそりたたき割った方がよかったものを。

次に、無名氏【胡十八】（『全元散曲』による）。

吹簫的楚伍員。乞食的漢韓信。待客的孟嘗君。蘇秦原是舊蘇秦。買臣也曾負薪。負薪的是買臣。你道我窮到老、我也有富時分。

簫を吹いた楚の伍子胥に、物乞いをした漢の韓信に、客をもてなした孟嘗君。蘇秦はもとは昔ながらの貧乏蘇秦、朱買臣も薪を背負っていたことがあるもの。薪を背負ったのは朱買臣。おれは老いぼれるまで芽が出ないと思うか、おれとて金持ちになる時は來ようぞ。

「博望燒屯」が二つの散曲と同じ故事を同じように用いていることは明らかであろう。だが、第一句の事例が權力に接近することの危険性を述べているのはいいとして、第二句に共通する内容を持つ【胡十八】は、むしろ立身出世を宣言するものである。これは元代散曲においては例外的といってよい。

實は韓信といえば、散曲の世界では通常、前章でも引いた汪元亨の【朝天子】「歸隱」二十首連作の第二十首（『雍熙樂府』巻十八）(11)に拜韓侯上壇。放張良入山。誰身後無憂患。

韓信を元帥任命の壇に登らせ、張良を山へと入らせる。今後の憂いがないのはさて誰か。

と張良と對比し、張養浩の【朝天曲】（『全元散曲』による）に

嚴子陵釣灘。韓元帥將壇。那一箇無憂患。

嚴子陵が釣り糸垂れる七里灘と、韓元帥の将軍任命の壇、心配事がないのはどちらの方か。

とあるように、出世の結果破滅を招いた事例として言及されるのが常なのである。一方ここでは、張良は功名のため黄石公に教えを請う人物として描かれているが、これも彼を功名を棄てて隱遁した賢者とする散曲の通例とは異なる。

しかし、續く【鵲踏枝】では

早安排下見識。便剥官罷職。早向未央宮里萬剮凌遲。

はや悪だくみをめぐらされ、官職剝奪されて、未央宮にて一寸刻みの刑受ける。

と韓信が殺された未央宮の名をあげ、また【么】では、

張子房知興廢。嚴子陵識進退。

張子房は興廢を知り、嚴子陵は進退をわきまえていた。

と、出處進退をわきまえて巧みに身を引いた事例として張良と嚴光をあげる。これらがさきにあげた汪元亨と張養浩の事例と合致することはいうまでもない。では、なぜ「博望焼屯」では韓信と張良があえて逆方向に用いられているのか。

これは、韓信・張良兩人の評價が固定した世界において、あえてそれを逆轉させることにより、パロディ的な効果をあげることを狙ったものであろう。つまり、「博望焼屯」のこのくだりは、退隱をテーマとした散曲を觀客が知って

いることを前提として作られているのである。この他にも、續く【寄生草】の

能可耕些荒地。撥些菜畦。和這老猿野鹿為相識。共山童樵子為師弟。伴着清風明月爲交契。則這藥炉経巻老生涯、竹籬茅舎人家住。

荒れ地耕し、畑を掘り返す方がまし。老いた猿や野生の鹿を仲間とし、山の子供やきこりと師弟となり、清風明月と友の契りをかわす。仙薬作る爐や經巻をたつきとして、竹のまがき結うあばら屋に住まいしよう。

は、「菜畦」は張養浩【寨兒令】「綽然亭獨坐」、「老猿野鹿」は「山猿」「野鹿」という形でやはり張養浩の【雁兒落兼得勝令】、「藥爐經卷」は貫石屛の【村裏迓鼓】「隱逸」、「竹籬茅舍人家」は盧摯の【沈醉東風】「閒居」と、すべて退隱をテーマとする散曲に見える語句によって構成されている。

ここまで來れば、なぜ「博望燒屯」のこのくだりで、諸葛亮が不自然にもこれらの曲を唱うかは明らかであろう。これは、當時流行していた散曲パターンのはめ込みなのである。諸葛亮を唱う役者（妓女であったか、男の俳優だったかはわからないが、いずれにせよ樂戶）がこうした散曲をよく唱っていたとすれば、その普段の姿と、ここで演じる諸葛亮とが、觀客の目には二重寫しになったことであろう。しかも、諸葛亮自身も、散曲においては、時には隱者として肯定的に、時には隱者を棄てて功名を求めた事例として否定的に唱われるおなじみの人物である。それが、通常の散曲の内容を反轉させた部分を含む退隱の歌を唱う。つまりこのくだりは、當時の觀客にとってさまざまな重層的意味を持つものだったに違いない。

このように考えれば、「切鱠旦」第一折の意味も明らかになってくる。ヒロイン譚記兒がはじめに孤獨のつらさを唱うのは閨怨、續いて出家生活のよさを唱うのは退隱の類型にほかならない。そして、第一折後半で豹變するのは、演じる妓女の本性が表面化するということになるであろう。とすればこの場面は、ある程度演じる役者のことをあて

こんで書かれた可能性があるかもしれない。

六、演じ手が持つ演劇的効果

以上のように考えてくると、雜劇のさまざまな側面が新たな相貌を帯びて見えてくる。原則として一人しか曲を唱うことができない雜劇には、女性を主唱者とする旦本と、男性を主唱者とする末本の區別がある。今まで見てきた作品は、「博望燒屯」以外はすべて旦本であった。しかし、元雜劇においては、實際には末本の方が格段に多い。そうした末本についても、妓女との關わりからその性格を明らかにしうるものが多く含まれているように思われる。

部位により二人の旦と一人の末が主唱者を分け合うという變則的な形態を持つ『西廂記』の中でも、弘治本の第一巻（後のテキストでは第一本）は正末の張生が一貫して主唱者であり、この部分だけを見れば雜劇の定例には抵觸しない形態を持つ。その第三折終わりの部分のうたを見てみよう。

【拙魯速】對着盞碧熒〻短檠燈。倚着扇冷清〻的舊幃屏。燈兒又不明。夢兒又不成。窓兒外淅零〻的風兒透踈櫺、忒楞〻紙條兒鳴。枕頭兒上孤另。被窩兒里寂靜。你便是鉄石人、鉄石人也動情。

【么】怨不能。恨不成。坐不安、睡不寧。有一日柳遮花映。霧障雲屏。夜闌人静。海誓山盟。恁時節風流嘉慶。錦片也似前程。美滿恩情。咱兩箇畫堂春自生。

【拙魯速】碧く光る柄の短い燈火に向かい、冷え冷えとした古いカーテンにもたれ、燈火も暗く、夢も結ばず、窓の外からはヒューヒューと風が隙間の多い窓から吹き込み、バタバタとこよりが鳴る。枕の上でひとりぼっち、布團の中はひっそり寂しい、たとえ鐵や石でできた人間であろうと、心を動かそう。

【么】うまくいかぬのがつらく、望みかなわぬのが恨めしく、坐れど落ち着かず、眠れど安らかならず。いつの日にか柳と花のかげで、雲霧の如き屏風に隱されて、夜も更け人も靜まった時、海山の誓いをかわす、その時こそ戀の喜び、錦の如き未來、めでたい恩愛、我ら二人美しい部屋にて春がおのずと訪れることになろう。

これを侯正卿の【醉花陰】套（『全元散曲』による）の後半と比較してみよう。

【塞雁兒】牢成。牢成。一句句罵得心疼。據踪跡踈狂似浮萍。山般誓、海樣盟。半句兒何曾應。

……

【柳葉兒】冷落了綠苔芳徑。寂寞了霧帳雲屛。消踈了象板鸞笙。生踈了錦瑟銀箏。

【黃鍾】錦幃綉幕冷清清。銀臺畫燈碧熒熒。金風亂吹黃葉聲。況煙潛消白玉鼎。檻竹篩酒又醒。塞雁歸愁越添、簷馬劣夢難成。早是可慣孤眠、則這些最難打挣。

【尾】痛恨西風太薄倖。透窗紗吹滅殘燈。倒少了箇伴人淸瘦影。

【塞雁兒】嘘つきめ、嘘つきめ。罵るにつけ一句ごとに心は痛む。本當にでたらめな振る舞いときたら浮き草のよう。海山の誓い、半句たりとも守りはしない。

……

【柳葉兒】綠の苔と芳しい小道はひとけなく、雲霧の如き帳と屛風もさびしく、象牙の拍板に鸞凰の交わり呼ぶ笙ともご無沙汰、錦瑟に銀の箏とも緣遠いまま。

【黃鍾】錦のカーテンに刺繡したとばりは冷え冷えと、銀の燭臺に模樣のある蠟燭は碧く光る。秋風が黃葉を吹き散らす音、沈香の煙は白玉の鼎に消える。手すりの竹に酒を注がんばかりに飲んでは醒め、北に歸る雁を見れば愁いは募り、軒の風鈴がかまびすしく夢も結ばせぬ。はや獨り寢にも慣れはしたものの、これらばかりはげにも堪えがたい。

【尾】腹が立つのは西風があまりといえばあまりに薄情、窗に張った薄絹通して消えかけた燈火を吹き消し、なのに一緒にいてくれるほっそりした人の影もありはしないこと。

兩者の內容・措辭が類似していることは一見して明らかであろう。しかし、『西廂記』は戀に悩む男、侯正卿の散曲は女性、それもおそらくは妓女の閨怨をうたうものである。

さきに「逆閨怨」と呼んだこうした戀に悩む男をテーマとするうたは、宋詞以來珍しいものではなく、曲には特に多く見られるといってよい。そして、その措辭は多く女性の閨怨のものと共通し、ほかならぬ『西廂記』の粉本である金の『董解元西廂記諸宮調』においては、ほとんど閨怨のパロディといってよいレベルに達している。(12)なぜ男をうたうものに、女性をうたう語彙がそのまま使用されるのかという點については、詞曲のパターンと、パロディとしての意味という以上の説明はなされてこなかった。しかし、ここで演者は誰であったかという視點を導入するのも無駄ではあるまい。

おそらく、男を主役とする「逆閨怨」の散曲でも、歌い手は妓女だった可能性が高いであろう。そして、張生のような二枚目インテリの役は、『青樓集』に言うところの「軟末泥」に當たるであろう。つまり、その演じ手の多くも妓女だったものと思われる。妓女が唱う以上、設定の主體が男であっても、その言葉が女性のものになることは不自然ではあるまい。むしろ、妓女が男裝して、通常閨怨のうたとして唱うのと同じような內容のうたを、男の素振りで演じることは、獨特の演劇的效果をもたらしたのではあるまいか。

このように考えると、旦本のみならず、末本の戀愛劇もまた、妓女と關わり、妓樓で唱われていた散曲との密接な關係のもとに作り出されたのではないかと思われるのである。

七、元雜劇を生んだもの

以上見てきたように、元雜劇のうち、特に戀愛物は、演じ手である妓女とおそらくは深い關係を持つものであり、演じる人間の個性を前提に、彼女たちが妓樓で唱っていたであろう散曲を援用して作られていた。作者はある程度演じ手を想定して、彼女たち（もしくは彼ら）に當てて作品を書き、觀客も役柄を演じ手に重ねて劇を見、歌を聽いたに違いない。從って、雜劇の內容や曲辭は、ある程度妓樓の狀況や、そこで唱われていた散曲の內容・措辭に支配されることになる。兩者に共通する語彙・表現が認められるのは當然のことなのである。

同樣のことは、退隱をテーマとする作品にもいえよう。「陳摶高臥」「七里灘」のような退隱物、更には「竹葉舟」のような神仙道化物に見える俗世を否定し、隱遁をよしとする曲辭は、當然散曲の重要テーマであった退隱物と深く關わり、むしろその內容の具體化として演劇化されたという側面を持つかもしれない。更に、こうした要素が歴史物や戀愛物にまで持ち込まれる可能性があることは、さきに見た「博望燒屯」や「切鱠旦」の例が示すとおりである。おそらく、演じる役者や、演じられる場（觀客の性格も含む）によってそのような要素は決定されたのであろう。「博望燒屯」の內府本においてさきに見たくだりがすべてカットされているのは、劇場から宮廷へという演じられる場の變化の反映であるに違いない。

おそらく他のジャンルの作品についても、ある程度までは同樣のことがいえるであろう。例えば、「灰欄記」のような公案物の作品において、なぜ主人公は元妓女と設定されているのか。これは、「救風塵」で唱われるような、堅氣になった妓女の運命と關わるものではないのか。あるいは、樣々な梁山泊物などの「綠林雜劇」で、なぜほとんど常にといってよいほど搽旦が演じる悪女が現れ、多くは元妓女と設定されているのか。主人公の豪傑を演じるのが『青樓集』にいうように妓女であったとすれば、それは妓女同士による絡みの面白さを狙っていたのではないか。こうした可能性は、様々に想定可能であろう。

そして、これらの事實は、最初に提起した問題、即ちなぜ元代に突然こうしたすぐれた演劇作品が生み出されたのかという問いに對する回答の一つともなりうるものである。このような作品は、妓樓に深く關わり、樂戸の人々と密接に交わった人間にしか作ることはできないであろう。彼らは、ある意味では妓樓の宣傳に協力していたわけであり、いわば妓樓の身內ともいってよい存在だったに違いない。「救風塵」のような作品は、そうした意識なくしては生まれえないものである。そして、前章で詳しく論じたように、特に前期の作者についていえば、散曲作家の中でも套數を多く作っている人物は雜劇の作家でもあることが多く、白話を多用する作風を持ち、地位は比較的低い傾向にあった。彼ら妓樓に沈潛した作家たちが、樂戸の人々と密接な關わりの中でこれらの作品を生み出したのではないか。そこには、妓樓で唱われていた彼らにとって身近なうた、つまり散曲が用いられていた。こうした作家群の中では例外的に比較的高い地位の官僚であったと思われる馬致遠に、おそらく連作であろうと思われる小令【四塊玉】十首があり、次表のように、「巫山廟」以外は、馬致遠と時期を同じくし、おそらく交涉があったであろうと思われる關漢卿・白仁甫・庾吉甫・尙仲賢及び馬致遠自身の雜劇と重なる內容を持つ。これは、あるいは雜劇の內容を散曲にして妓樓で唱うことが行われていたことを示すものかもしれない。

天台路	劉晨	馬致遠に「劉阮誤入桃源洞」雜劇あり
紫芝路	王昭君	馬致遠に「孤雁漢宮秋」雜劇あり

潯陽江	琵琶行	馬致遠に「江州司馬青衫涙」雜劇あり
馬嵬坡	楊貴妃	白仁甫に「唐明皇秋夜梧桐雨」雜劇あり
鳳凰坡	簫史・弄玉	尙仲賢に「鳳凰坡越娘背燈」雜劇あり（ただし内容は異なる）
藍橋驛	裴航	庾吉甫に「裴航遇雲英」雜劇あり
洞庭湖	西施と范蠡	關漢卿に「姑蘇臺范蠡進西施」、趙明道に「陶朱公范蠡歸湖」雜劇あり。また內容は異なるが尙仲賢に「洞庭湖柳毅傳書」雜劇あり
臨筇市	卓文君	關漢卿に「昇仙橋司馬題橋」雜劇あり
巫山廟	楚襄王	楊景賢に「楚襄王夢會巫娥女」雜劇あるも時代は後
海神廟	王魁と桂英	尙仲賢に「海神廟王魁負桂英」雜劇あり

このように考えてくると、ことは戀愛や退隱に限られるものではなくなってくる。元雜劇は題材の幅廣さを特徴とし、特に「看錢奴」や「范張雞黍」のような當時の社會矛盾を尖銳に告發した作品は、他に例を多く見ないものである。これはどこから來たものなのか。もとより、「范張雞黍」などは明らかに作者宮天挺の個人的な怒りが原動力となって書かれたものと思われるが[11]、しかしこのような內容が、元來大衆的な娯樂であったはずの雜劇という形態で現れるには、しかるべき要因があるはずであろう。

前章でもふれたように、ここで注意されるのは、劉時中の二套からなる【端正好】套「上高監司」を代表とする社會的散曲の存在である。おそらくは高い教養と政治意識を持った人々が散曲の制作に參加し、世俗的な事柄に關しては白話が文言より表現能力においてはるかにまさることを發見した結果、こうした作品が出現したのであろう。散曲と雑劇の間に密接な關係を見出しうるとすれば、こうした散曲の出現が、雜劇において社會劇を出現させる契機となった可能性も想定しうるであろう（無論逆の事態も考えられる）。

このように、「元曲」と一括りにされながら、しばしば別個にとらえられてきた雜劇と散曲は、實は表裏一體ともいうべき存在であった。散曲の視點から雜劇を見直し、雜劇の視點から散曲を見直し、更には兩者をはぐくんだ場である妓樓という視點から散曲と雜劇を再檢討する時、そこに新たな姿が見えてくるかもしれない。

注

（1）「折」は元來雜劇における一つの套數を指すものであり、四折とは四つの套數からなることを意味する。しかし、實際には一折は一場面からなるのが一般的であり、實質的には一折は一幕に當たると考えても大きな問題はない。ただし、雜劇において折區分が示されるのは、明の弘治十一年（一四九八）に刊行された『奇妙全相註釋西廂記』に始まり、『元刊雜劇三十種』や、明の宣德（一四二六～三五）・正統（一四三六～四九）期に刊行された『周憲王樂府』には折の區分がないことから考えると、元の當時にこのような區分があったかについては疑問が殘る。ただ、雜劇には原則として四つの套數により構成されねばならないという嚴しい制約があったことは間違いない。

（2）吉川幸次郎『元雜劇研究』（岩波書店一九四八。後に『吉川幸次郎全集』第十四卷〈筑摩書房一九七四〉所收）全集一二九～一三九頁。

（3）小松謙『中國古典演劇研究』（汲古書院二〇〇一）Ⅰ　第一章「元雜劇作者考」二〇～二六頁。

（4）この點については小松謙『中國古典演劇研究』第一章「元雜劇作者考」一一～一五頁。

（5）『青樓集』の本文は『中國古典戲曲論著集成』三（中國戲劇出版社一九五九。ここでは一九八〇年の第二次出版による）所收の排印本に依據する。

（6）入矢義高・梅原郁『東京夢華錄』（平凡社東洋文庫一九九六）卷六「元宵」注（20）二一三頁。

（7）田仲一成『中國祭祀演劇研究』（東京大學出版會一九八一）以下一連の著作。
（8）藝能史研究會編『日本の古典芸能8 歌舞伎 芝居の世界』（平凡社一九七一）「歌舞伎――構造の形成」の「一 成立の基盤と背景 2女歌舞伎の實態」（服部幸雄執筆）。
（9）以下雜劇の引用は、『元曲選』以外は『古本戲曲叢刊』第四集所收の影印本により、文字表記は可能な限り原本に從う。
（10）『太平樂府』の本文は『四部叢刊』所收の蔣氏密韻樓所藏本に依據する。なお、（ ）は通常の字體、［ ］は原本の缺字を補ったことを示す。以下同じ。
（11）『雍熙樂府』の本文は『四部叢刊續編』所收の北平圖書館藏（現在は臺北國家圖書館藏）嘉靖丙寅序刊本に依據する。
（12）小松『「現實」の浮上――「せりふ」と「描寫」の中國文學史』（汲古書院二〇〇七）第六章「白話文學の確立」「最初の本格的白話文學作品――『董解元西廂記諸宮調』」一四八～一四九頁。
（13）赤松紀彦ほか『元刊雜劇の研究（三）――范張雞黍』（汲古書院二〇一四）「解說」（小松執筆）八～一七頁。

第二部　『三國志演義』『水滸傳』と戯曲

第四章　三國志物語の原型について——演劇からの視點——

『三國志演義』（以下『演義』と略稱）が三國志物語を題材とするさまざまな藝能をもとに形成されたことは周知の通りである。『三國志演義』という題名が「わかりやすい『三國志』」を意味することからすれば、歴史書『三國志』を核として、そこにさまざまな藝能の要素を附け加えることによって作り上げられたものであるかのように見える。しかし實際には、まず藝能で語られ演じられていた物語に通俗的史書の要素を加えることによってまとめられたであろうテキスト、具體的には『全相平話三國志』もしくはそれに類似したものが成立し、次に、そのテキストに『三國志』『通鑑綱目』などの歴史書の本文を順次追加して整備するという手順でできあがったことが明らかになっている。(1)とすれば、『演義』が今の形になるまで行われた作業とは、無味乾燥な史書の內容に藝能の要素を附け加えることによってより面白くすることを目指すというより、藝能で語られていた物語に對して歴史書による修正・整理を加えるという性格の方が強かったに違いない。

そうした觀點からすると、『演義』とは、藝能で語られていた物語に對して歴史書に基づき改變を加えた書物ということになる。つまり藝能の世界の三國志物語は、『演義』の成立に當たって知識人的觀點から修正を加えられているのである。もとより『演義』はいくつもの段階を經て成立したものであり、そうした修正は段階を經るごとにより顯著なものとなっていったに違いない。その最終段階ともいうべき毛宗崗本において、先行する嘉靖壬午序本等のテキストに對する知識人的觀點に基づく大幅な改變が施されていることは、その顯著な現れと見ることができよう。(2)

換言すれば、『演義』は發展の段階を逐うごとに藝能の原型から遠ざかっていったことになる。では、その原型を知ることは可能なのであろうか。ここで最初に想起されるのは、さきにもふれた『全相平話三國志』（以下『平話』と略稱）である。「全相平話」シリーズの一環として元代中期の至治年間（一三二一～一三二三）に刊行されたこの書物は、おそらく當時の藝能の場で語られていた三國志物語をかなりの程度まで反映しているものと推定されるが、(3) 殘念ながらその記述はあまりに簡略であり、詳細を知りえない憾みが殘る。

この點で注目されるのが演劇テキストの存在である。「全相平話」と同時代にあたる元代の作品であるいわゆる元雜劇はもとより、明代に制作され、明朝宮廷を中心に上演・傳承されていたいわゆる内府本の雜劇テキストも、古い時期に民間で知られていた物語をよく傳えていることは、筆者が以前に論じたところである。(4) また明代以降に成立した一連の南曲による戲曲（以下「傳奇」と呼稱する）も、その大部分は『演義』と並行して、もしくは遲れて成立したものではあるが、演劇の世界において傳承されている物語は、脚本自體は遲れて成立したものであっても、古い要素を殘していることが多いことは、おそらく清末以降に制作され、今日も上演され續けている京劇のテキストなどにおいて顯著に認められるところである。(5)

本論においては、戲曲の內容から『演義』に再檢討を加えることにより、藝能の世界で語られていた三國志物語の原型を探るとともに、『演義』の成立過程でどのような作業が行われたのかという點についても考察を加えてみたい。

一、呂布の金冠

『演義』は、この種の小說の中では群を拔いて入念に仕上げられているだけに、破綻はあまりないように見える。しかし、よく注意してみると、通常は何氣なく讀み過ごしてしまうが、改めて考えてみれば實は不自然と氣づかされる部分が散見するのである。例として有名な連環の計のくだりをあげてみよう。

毛宗崗本（以下毛本と略稱。以下『演義』における部位はわかりやすさを重視して毛本の回數で表示する）第八回に、王允が呂布に誘いを掛けるため贈り物をするという記述がある。(6) その際贈られるのは、「家藏明珠數顆」をはめ込んで職人に作らせた「金冠」であった。特に不自然な點はないように見えるが、考えてみれば、金冠というものは男性へのプレゼントとしてそれほど一般的とは思えない。なぜ王允は呂布に金冠を贈るのであろうか。

この疑問に答えてくれるのが、明代中期、王濟（一四七四～一五四〇）の作とされる傳奇『連環記』である。同劇第十七出「三戰」、つまりいわゆる「三戰呂布」のくだりでは、劉備・關羽・張飛の三人に敗れた呂布が退場した後、張飛がこういう。(7)

大哥二哥、呂布的紫金冠、被俺挑在此了。

兄貴たち、呂布の紫金冠を突き取ってやったぞ。

そして第十九出「回軍」では、董卓から

你平日所喜戴的金冠、爲何不戴。

おぬしがいつもお氣に入りだった金冠をなぜかぶっておらん。

と問われて、敗戰をごまかしていたことがばれてしまい、人前で恥をかかされたところに、王允の贈り物として紫金冠が屆けられる。續く第二十出「小宴」で返禮のため訪ねてきた呂布に對し、王允は冠が貂蟬の手になるものであることを明かして、二人を引き合わせる。

つまり、呂布が張飛に金冠を奪い取られたことが前提となって、王允が金冠を贈るという狀況が發生したのである。

そして、その金冠は職人ではなく貂蟬の手になるものであった。つまり、この金冠は「連環計」の小道具として重要な意味を持っていたことになる。では、なぜ設定が變えられてしまったのであろうか。

この點で興味深いのは、清朝宮廷で演じられていたいわゆる宮廷大戯の一つである『鼎峙春秋』[8]第二本第二齣「虎牢關義師決勝」の內容である。別に論じたように、[9]『鼎峙春秋』においては、呂布と貂蟬に關わる物語の部分はほとんどが『連環記』に依據しており、この齣も例外ではないのだが、ただ他の場面がほとんど『連環記』をそのまま使用しているのに對し、この場面ではかなりの差異が認められる。『鼎峙春秋』においては、劉關張に追われた呂布が「三人戰一人、不爲好漢（三人で一人のかかるようでは、好漢とはいえぬ）」というのを聞いた張飛が、二人の兄を退けて單獨で呂布と戰い、呂布から紫金冠を奪うことになっているのである。

これは、『鼎峙春秋』の創作になるものでは決してない。『平話』においても「張飛獨戰呂布」という項目があって、やはり「三戰」の後で張飛が單獨で呂布を破ることになっており、また內府本の雜劇にも「張翼德單戰呂布」があって、やはり同樣の內容になっている。つまり、「三戰」の後に「單戰」が續くのが本來の形だったことになる。考えてみれば、「單戰」あっての「三戰」であって、現在の『三國志演義』では、なぜ「三戰呂布」という言い回しが用いられているのかがよく分からなくなってしまっている。『連環記』も、よく見ると一度退却した呂布が戻ってきて張飛と戰った上で、敗れて虎牢關に逃げ込むという展開がごく簡單に記されており、實演の際にはやはりもっとはっきりした形で「單戰呂布」の場面があったのではないかと推定される。金冠は、この「單戰呂布」の物語の重要な小道具だったのである。

では、なぜ『演義』においては「單戰呂布」の物語が消滅してしまったのであろうか。これは張飛の役割の後退[10]に由來するものであろう。『平話』においては、張飛は事實上の主人公といって差し支えない。內府本の雜劇においても、

「單戰呂布」以外に「石榴園」「三出小沛」という張飛を主人公とする作品が大きな割合を占めている。しかし三國志物語がより知識人寄りのものへと變化していく過程で、江湖の英雄の面影を背負った張飛の役割は小さくなっていく。その結果、張飛單獨の見せ場として設けられた「單戰呂布」の場面は、蛇足として削除されたのであろう。同時に、張飛が金冠を奪う話も消滅した。しかし、王允が金冠を贈るという部分は削除されなかったため、このように若干不自然に見える結果になったのであろう。

このように、一連の演劇作品をまとめて見ると、王允が呂布に金冠を贈るという行爲の背後にあるものが浮かび上がってくるのである。これが、『演義』の原型となった物語が本來持っていた姿に違いない。

二、孫堅の赤幘

こうしたことを意識して見直してみると、同様の事例は『演義』の各處に散見される。まず、右の例に先立つ『演義』第五回を見てみよう。ここでは、孫堅が董卓討伐の先鋒として名乗りをあげるが、孫堅が功を立てることを恐れた袁術が兵糧を送らなかったために華雄に破られる。華雄に追われた孫堅を救うため、部下の祖茂が身代わりになって孫堅の赤幘（頭巾）をかぶって華雄を引きつけ、更に焼け跡の柱にこの頭巾を掛けて注意をそらせている間に孫堅は逃げ延びる。その後、華雄は竿の先に孫堅の頭巾を掲げて挑戰に來ることになる（各本とも大筋に相違はなし）。

『演義』を讀む限り、孫堅は勇猛果敢な武將であり、彼の敗北は袁術の妨害ゆえであって、孫堅自身には責任がないように見える。事實毛本は、柱の先に掛けられた孫堅の頭巾に對して華雄の軍が「四面圍定、不敢近前（四方から取り圍むばかりで、近づく勇氣がない）」という箇所に、「可知孫堅英勇、敵所攝服《ママ》（敵が孫堅の武勇を恐れていること

がわかる）」と批評をつけている。(11)

しかし、よく考えてみれば、敵に追われて逃げまどい、頭巾を身代わりにして逃げ延び、後には奪われた頭巾を竿に掲げて侮辱されるというのは、どう考えても英雄的な行動とは考えにくく、むしろ道化的な振る舞いと見るべきであろう。なお、『三國志』巻四十六「孫破虜討逆傳」にも、祖茂が孫堅の赤幘をかぶって身代わりになり、柱に赤幘を掛けるという話は見えるが、華雄に侮辱されることは見えず、逆にその後孫堅は軍を立て直し、「大破卓軍、梟其都督華雄等（大いに董卓の軍を破り、都督の華雄らの首をさらした）」と見える（正史に華雄の名が見えるのはここだけである）。では『平話』ではどうなっているのであろうか。

『平話』には華雄のことはなく、虎牢關で呂布が寄せてきた時孫堅が出陣するがひとたまりもなく敗れ、孫堅は「今（金）蟬蛻殼計」、つまり袍と兜を木に掛けることによって逃げる。呂布は配下の楊奉に命じて孫堅の兜と袍を董卓のもとに届けさせるが、途中で出くわした張飛に奪われる。張飛は、前に袁紹が劉關張を用いようとした時に孫堅から「猫狗之徒、飯囊衣架（犬猫の類、飯袋の衣紋掛け（飯を食うだけが能のかかし））」と罵られたのを根に持って、兜と袍を持って行き、公衆の面前で見せつけて孫堅を侮辱する。孫堅は張飛を斬ろうとするが、袁紹・劉表・曹操に止められ、この後三戰呂布・單戰呂布という運びになる。(12)

これで見る限り、「猫狗之徒、飯囊衣架」という口汚い罵り言葉（しかもそれが孫堅自身にぴったり當てはまる點でドラマティックアイロニーを含む）を用いる點から考えても、孫堅は道化役としか思えない。そして、この場面を題材とした演劇作品においては、孫堅はまぎれもなく道化そのものなのである。

「三戰呂布」雜劇（內府本。鄭德輝の作といわれてきたが、實際には明の內府において制作されたものである可能性が高い）の內容はほとんど『平話』と合致する。これは、雜劇の內容がその成立年代を問わず、『平話』同様の古い物語を傳えている可能性が高いことを示すものである。そして、そこでは孫堅は淨、つまり道化役によって演じられる。更に「單戰呂布」雜劇（内府本）は、「三戰呂布」が終わったところから始まる續篇としての性格を明らかに持ち、そこでは張飛に侮辱されたことを腹に据えかねた孫堅が彼らの功績に言いがかりをつけ、張飛が一人で呂布を破れるか否かについて張飛は兄弟三人の首、孫堅は監軍（これが多く宦官の役職だったことは注意される）の印綬をそれぞれ賭ける。呂布を破って賭に勝った張飛は、孫堅を大いに侮辱する。前篇である「三戰呂布」がほとんど『平話』と合致する點から考えても、この物語が『平話』ではごく簡單に片付けられている「張飛獨戰呂布」の詳細を示すものである可能性は高いであろう。ここでも孫堅は淨である。

つまり、『平話』段階においては孫堅は張飛を引き立てる道化役だったことになる。空威張りして無能だが妙に狡猾という孫堅のキャラクターが、一連の歴史物雜劇における道化役（たとえば「博望燒屯」等における夏侯敦〔惇〕）とぴったり合致する點から考えても、これが演劇の影響に由來する可能性は高い。では、『演義』ではなぜ孫堅が道化役ではなくなり、彼が擔っていた身分故に劉關張を馬鹿にするという敵役的性格が袁術に振り替えられてしまったのであろうか。

この點については、『平話』段階から『演義』へと移行する過程における孫氏一族の扱いの變化を考えておくべきであろう。別に述べたように[13]、本來藝能の世界で語られ演じられていた三國志の物語は、あくまで劉關張を中心とするものであった。孫氏一族のことは、赤壁の戰いなど必要な部分で言及されるのみである。從って、孫堅が單なる張飛の引き立て役として單發で登場しても大きな問題はない。しかし、歴史書意識を持った「三國」の物語へと展開してくると、孫氏一族の歴史を語ることが不可缺になる。その結果、孫策・孫權兄弟は劉備・曹操と並ぶ英雄として浮上せざるをえない。そこでその父である孫堅を單なる張飛の引き立て役と位置づけるわけにはいかなくなったに違いない。一方では張飛の役割は後退するわけであるから、引き立て役の存在も必然的なものではなくなる。そもそも孫堅が張飛に侮辱されるという設定であれば、孫氏一族は劉關張の仇敵になってしまい、後に協力することが不自然になる。そこで孫堅の敗北がやむをえないものであったという理由付けが必要になり、『三國志』巻四十六「孫破虜討逆傳」や『資治通鑑』巻六十・『資治通鑑綱目』巻十二下に袁術が孫堅に兵糧を送らなかったという記事がある（實際には孫堅の抗議を受けて送っており、そもそも孫堅が敗れたという事實自體史書には見えない）ことを利用して袁術の妨害を持ち出し、あわせて劉關張に對する敵對者の役割まで袁術に擔わせてしまったのであろう。これは、おそらく後に帝位を僭稱して劉備に討たれるという、袁術の敵役的性格ゆえのことであろう。

ここで問題になるのは、『平話』と雜劇においては孫堅は呂布に敗れていることである。これは華雄に敗れる『演義』とは異なる。成立の順序から考えて、原型は雜劇や『平話』のように、孫堅は呂布に敗れるというものだったに違いない。それが『演義』では華雄に變わっていることになる。これはなぜか。

この問題を解くヒントを與えてくれるのは『鼎峙春秋』である。『鼎峙春秋』では、やはり道化的キャラクターの孫堅が、第一本第二十三齣では華雄に、第二本第二齣では呂布に、つまり二度にわたり華雄と呂布の兩方に敗北している。そして孫堅と張飛が賭けをするのは第一本第二十四齣、つまり三戰呂布より前に置かれ、しかも張飛が呂布に勝てるかではなく、孫堅が呂布を捕らえられるかどうかを賭けるという設定になっている。『演義』の原型においては、『鼎峙春秋』のように孫堅は二度にわたって敗北していたものが、重複を厭った結果、『演義』のある段階で呂布への敗北が削除されたのであろう。

なぜ孫堅は二度も同じパターンで敗北せねばならないのか。元來は呂布への敗北であった以上、華雄に敗れる展開が後から附け加えられ、結果的に孫堅の敗北が重複する結果になったのであろう。つまり、原型では華雄を斬る話がなく、三戰呂布・單戰呂布の物語の中に孫堅が張飛と張り合って恥をかく話があったものを二つに引き延ばしたものと思われる。前述の通り、『三國志』では華雄は孫堅に斬られており、孫堅が華雄に敗れるという事實はない（『資治通鑑』も同じ。『資治通鑑綱目』には華雄の名は見えない）。

一つの話を二つに增やすというのは、宮崎市定氏が『水滸傳』について論じられたように[14]、長篇白話小說を制作する際にしばしば用いられる手段であり、三國志物語においても「博望焼屯」と「火焼新野」、「黃鶴樓」と「蘆花蕩」（『演義』では「黃鶴樓」が消滅する）といった例がある。宮崎氏がいわれるように、その目的は二つの話の間に異なる要素を入れる點にあるのが普通である。この場合、付け加えられた新たな要素とは、有名な關羽が華雄を斬る話だったと考えてよかろう。關羽にこの見せ場を用意するためには、呂布を斬るわけにはいかない以上、呂布以外の武將を用意せねばならなかった。そこで華雄との戰いが設定されたが、敵將の名前だけを入れ替えて同じ話を繰り返した結果、孫堅の道化ぶりが兩方で展開されることになってしまった。そこで、呂布への敗北の方を削除し、あわせて、孫堅の地位向上に伴い、彼の道化性も拂拭してしまった。この措置には、歷史書の記述の順序に合致するという利點もあったに違いない。同時に、孫堅の道化性を重要な構成要素としていた單戰呂布の物語も削除された。これは、張飛から關羽に主役の地位が移行していく[15]という方向性にも合致するものであった。

實は關羽のもう一つの見せ場として名高い「刺顏良」についても、關羽の地位を向上させる方向へと書き換えられていった形跡が認められる。しばしば指摘されているように、嘉靖壬午序本には、顏良が關羽と連絡を取るよう劉備から賴まれていたため、敵對行動に出るとは思わず不覺を取ったという注記があるのだが、『鼎峙春秋』第三本第二十二齣には、劉備が顏良・文醜に八百長を依賴するせりふがあり、顏良を斬ったのは關羽の實力によるものではないことが嘉靖壬午序本以上に強調される結果になっている。このことが嘉靖壬午序本では注記にしか見えず、毛本ではその種の記述が一切ないことは、關羽に對する崇拜が高まった結果、本來の設定が消えていったことを意味するものであろう（なお葉逢春本はこの部分を缺く）。演劇では、關羽崇拜が貫かれているにもかかわらず、この設定が維持されているのである。他の部分における關羽の神格化と逆行する部分の存在は、この設定の古さを物語るものに違いない。

三、糜夫人の死

次にもう一つ、演劇の內容から『演義』の不可解な點を説明できる事例をあげてみよう。毛本第四十一回、有名な長坂坡のくだりである。

嘉靖壬午序本・李卓吾批評本等のいわゆる二十四巻系諸本や毛本では、(16)敵中で劉備の二人の夫人を捜し求めていた趙雲は、まず甘夫人を救出し、續いて阿斗を抱いた糜夫人にもめぐり會うが、足に傷を負っていた糜夫人は阿斗を趙雲に託して井戸に身を投げてしまう。趙雲は「曹軍盜屍」を恐れて、側にあった「土墻」を倒して井戸をふさぐ。しかし、考えてみれば井戸の中にある、つまりは容易に見つけることができないはずの死體を更に隱すために、一刻を争う狀況の中でわざわざ塀を倒すというのは不自然ではないだろうか。實は葉逢春本では、糜夫人は「墻」に頭を打ちつけて自害し、趙雲はそれを隱すために「土墻」を押し倒すのである。そして『平話』でも、やはり「於墻下身死。趙雲推倒墻、盖其尸（塀の下で死に、趙雲が塀を押し倒して死體をおおった）」とある。ただ『平話』では、ここで死ぬのは糜夫人ではなく甘夫人であり、梅（糜）夫人も相前後して死んでいるようだが、狀況はわからない。いずれにせよ、これなら趙雲の行爲のつじつまは合う。ではなぜ嘉靖壬午序本・毛本等には不必要な井戸が出てくるのであろうか。

この場面を題材として扱っている演劇作品としては、傳奇『草廬記』があげられる。[17] その第二十三折、長坂坡の場面では、まず甘夫人が「墻角」の井戸に身を投げて死に、續いて趙雲とめぐり會った糜夫人が、阿斗を託した上で、趙雲の足手まといになることを避けて金釵でのどを突き、墻にぶつかって死ぬ。そこで趙雲は泣きながら「土墻權作荒丘」、つまり墻を假の墓にしようとうたう。これは墻を崩して遺體を隱すということであろう。一方、『鼎峙春秋』第五本第七齣では、甘夫人が井戸に身を投げ、趙雲がそれを墻でおおう。

『平話』が原型に近いとすれば、おそらく甘夫人が墻の下で自害し、糜夫人については明記されていないが、その前に井戸に飛び込んで死ぬことになっていたのであろう。『草廬記』はその狀況を傳えていよう。ただし、甘夫人と糜夫人が逆になっているのは、すでに阿斗を趙雲に託すのが糜夫人であるというパターンができあがっていたことの反映と思われる。夫人の役割が入れ替わったのは、おそらく史實では甘夫人が死んではいないため、死ぬのが糜夫人のみとされる物語ができあがったことの反映であろう。葉逢春本はその段階の設定を示すものである。ではなぜ『草廬記』では甘夫人も死んでしまうのか。

『草廬記』は、多様な來源を持つ要素を組み合わせた結果、様々な設定が混在し、至るところで矛盾を來している作品である。おそらく、糜夫人が阿斗を託して自害するという設定を持ち込みながら、一方では古い設定に從って、もう一人の夫人は井戸に飛び込むことにした結果、役割を振り替えておきながら甘夫人も死ぬことになったのであろう。演劇の場合、井戸に飛び込む方が劇的効果が高いことも、この設定が殘された原因のひとつかもしれない。

甘夫人が死なないことになると、自害するのは糜夫人だけということになるが、なぜか嘉靖壬午序本等の諸本では、墻にぶつかって死ぬ葉逢春本とは異なり、糜夫人は井戸に身を投げる。『草廬記』のように井戸と墻が併存している狀況であれば、一人は井戸に身を投げ、もう一人は墻にぶつかって死に、その死體を隱すため趙雲は墻を崩す。死ぬのを一人にしようとすれば、葉逢春本のように井戸のくだりを削除してしまえば簡單だが、井戸に飛び込む方が劇的であること、死ぬのは糜夫人であり、井戸に飛び込んで死ぬというのが糜夫人の本來の設定であったことという二つの原因によって、墻にぶつかる部分が削除され、井戸を塀で埋めるという不自然な設定になったのではないか。こう考えれば、趙雲の墻を崩すという行爲も理解が可能になる。

なお、『鼎峙春秋』では甘夫人が阿斗を託して井戸に飛び込むことになっている。こうなった理由は判然としないが、おそらく古い設定と新しい設定が一つになる過程で混亂が生じた結果であろう。

四、龐統の死

もう一つ、『演義』内部では解決できない問題が、演劇の內容から解明される例をあげてみよう。『演義』第三十四回において、劉備は劉表のために反將張武を討ってその乘馬を奪い、劉表に獻じるが、これが「的盧」と呼ばれる乘り手に祟る馬であることを知った劉表は劉備に返す。そのことを承知で乘っていた劉備は、蔡瑁の罠にはまって檀溪で追い詰められ、「的盧、的盧、今日妨吾（的盧、的盧、今日こそわしに祟るか）」と叫んで鞭を當てると、馬は三丈を跳んで岸に上がる。これは三國志物語の中でも古來有名な話であり、原據となったのは『三國志』卷三十二「先主傳」裴松之注に引く『世語』に見える記事だが、そこには的盧が凶馬であることは見えない。『世說新語』「德行」には、東晉の庾亮が、的盧の馬は主人を害することを知りながら、他の人を害してはいけないとして賣ろうとしなかったという話がある。おそらく「的盧」という名稱が媒介となって、この話が劉備に結びついたのであろう。

しかし、ここで劉備を救ったからといって、的盧が凶馬ではないという結論に達したわけではない。續く第三十五回では、單福と名乘る徐庶がやはり的盧について、「必然要妨（必ず祟ります）」（嘉靖壬午序本による。毛本は「終必妨一主」。葉逢春本はこの部分を缺く）と指摘し、次のように言う（嘉靖壬午序本による）。

　有一法可禳。……使親近乘之、待妨死了那人、方可乘之、自然無事。

　祟りをはらう方法が一つあります。……側近の人に乘らせておいて、その人が祟りを受けて死んだら、それではじめて乘ることができるようになって、何事も起きません。

これを聞いた劉備が「便教作利己妨人之事（自分の利益のために人に祟りを及ぼすようなことをさせるとは）」と言って徐庶を追おうとすると、徐庶は實はあなたを試そうとしたのですと明かすという展開になる。つまり、的盧の祟りはまだ消えていないはずなのだが、結局的盧が劉備に祟ることは、『演義』の中にはついに出てこない。つまり伏線が生きていないのである。これはなぜであろうか。

ここで興味深いのは、『演義』第六十三回における龐統の死のくだりである。出撃に當たって龐統が落馬したのを見た劉備は、自分の馬を龐統に讓る。その際讓られる馬については、『演義』各本とも「白馬」と記すのみである。そして龐統は、白馬に乘っているはずの劉備をねらう張任によって、落鳳坡で射殺される。各本とも、龐統が「連人帶馬」、つまり人馬もろともに射殺されたということが劉備への報告の中で強調される。

これも有名な落鳳坡のくだりであるが、『鼎峙春秋』第七本第十四齣「軍師落鳳坡着箭」では、劉備が龐統に讓るのは白馬ではない。劉備のセリフにいう。

　我與軍師換了此馬、名爲的盧、當日曾跳潭溪。

　軍師にこの馬と換えて進ぜよう。名を的盧といい、昔潭《ママ》溪を跳んだことがある。

そして張任は「汝等只看騎的盧馬的就是劉俻（的盧の馬に乘っているのが劉備だから注意せよ）」といい、龐統が死んだ後、張任配下の兵士たちはやはり的盧を劉備と同格に扱って、「劉備的盧馬都被亂箭射死于落鳳坡下了（劉備と的盧馬はともに矢を浴びせて落鳳坡のもとで射殺しました）」と報告する。

劉備が、自らは意識することなく祟りを龐統に振り向けてしまうという皮肉な展開は、的盧の物語の結末としてはふさわしいものであろう。そして、『鼎峙春秋』がさまざまな演劇作品をつぎはぎして作られたものであり、獨自に周到な伏線を張るということは考えにくい點からすると、『鼎峙春秋』自體は後世のものではあるものの、やはり演劇の世界で引き繼がれていた古い三國志物語に基づいている可能性が高いものと思われる。

では、『演義』では龐統の乘る馬がなぜ的盧ではなくなっているのであろうか。劉備が的盧に乘っていた荊州時代は建安六年から十二年の間、そして龐統の戰死は建安十九年のことであるから、おそらく同じ馬とするには間隔が開きすぎているという合理的判斷があって改變したのではないか。もとより赤兔馬が二十年ほどにわたって活躍することに比べれば長いとはいえないが、赤兔馬の場合は神馬として別格と見るべきであろう。

五、藝能と小說

『演義』は、發展の過程で次第に藝能が持っていた樣々な要素、史實に反する展開や、キャラクターの統一上不都合な部分を切り捨てていった。毛本の成立に當たっては、史實に合わせる方向の改變が加えられる一方で、劉關張や諸葛亮の行爲の正當化や蜀の正統性の強調に關わる要素であれば、たとえ史實を無視しようと、強引かつきわめて意識的に改變が行われていることはすでに指摘されている通りであるが(18)、毛本以前の段階でも同樣の改變が意識的・無意識的に加えられていたのである。その結果、時を追うごとに『演義』は藝能の世界で語られ演じられていた三國志物語の原型からは遠ざかっていった。

しかし、藝能の現場では、藝能の世界における三國志物語が維持され續けた。その結果、はるかに時代を下る演劇作品の方が『演義』諸本より古い內容を傳えることになったのである。それゆえ、たとえば『演義』では消えた「黃鶴樓」の物語が、淸末頃にテキストが成立したであろう京劇では保持されているという逆說的な狀況が發生することになった。本章で考察してきたように、同じ物語について、演劇作品と『演義』が內容を異にする事例の中には、『演義』の矛盾を說明する鍵となりうるものが含まれている。このことは、演劇の中に三國志物語の原型がかなりのレベルで保全されていることを示すものであろう。

成立時期にとらわれることなく演劇や藝能のテキストを檢討することは、三國志物語の原型と變化について考察する上で大きな成果をもたらすに違いない。そしてこのことは、第三部で詳しく論じるように、三國志物語以外のさまざまな歷史物語についても共通する事實なのである。

では、『三國志演義』と並び稱される『水滸傳』についてはどうであろうか。次章以下では、演劇との關わりを鍵にして、『水滸傳』の成立過程を探ってみたい。

注

（1）この問題については、井口千雪『三國志演義成立史の硏究』（汲古書院二〇一六）第一章「成立と展開――段階的成立の可能性――」參照。

（2）この點について論及した硏究は多いが、筆者の見解については『「四大奇書」の硏究』（汲古書院二〇一一）第二部第二章「三國志物語の變容」八九～九六頁を參照されたい。

（3）『全相平話三國志』が當時語られていた講談と關係を持つであろうことについては、小松『「現實」の浮上――「せりふ」と

「描寫」の中國文學史』（汲古書院二〇〇七）第六章「白話文學の確立」の「小説の誕生——全相平話」參照。
（4）小松謙『中國歴史小説研究』（汲古書院二〇〇一）「劉秀傳説考——歴史小説の背後に横たわる英雄傳説——」九二～九六頁。
（5）注（4）所引書一一三～一二〇頁。
（6）本論では葉逢春本・嘉靖壬午序本・毛本の三つのテキストを對照・確認している。問題になる異同がない場合には特記しない。
（7）『連環記』の本文は中國國家圖書館所藏のいわゆる「竹林本」（『續修四庫全書』所收）に依據する。
（8）『古本戯曲叢刊九集』所收の影印本に依據する。
（9）小松謙「『鼎峙春秋』について——清朝宮廷における三國志劇」（磯部彰編『清朝宮廷演劇文化の研究』（勉誠出版二〇一四）所收）五六～五七頁。
（10）注（2）前掲論考八三～九一頁。
（11）毛宗崗本の本文は、京都大學文學部所藏の芥子園刊『第一才子書』に依據する。
（12）『三國志平話』の本文は瀧本弘之編『全相平話五種』（遊子館二〇〇九）所收の影印に依據する。
（13）小松謙『「四大奇書」の研究』第二部第二章「『三國志演義』の成立と展開——嘉靖本と葉逢春本を手がかりに——」三一頁及び注（9）所引の論考。
（14）宮崎市定「水滸傳的傷痕——現行本成立過程の分析——」（『東方學』六輯（一九五三年七月）。ここでは『宮崎市定全集』第十二卷（岩波書店一九九二）に依據する）『全集』三五二～三五八頁。
（15）金文京『三國志演義の世界』（東方書店一九九三、二〇一〇增補本刊行）「三　『三國志』から『三國志演義』へ」九八～一〇〇頁など。
（16）中川諭『『三國志演義』版本の研究』（汲古書院一九九八）「序論」第三節「諸版本の紹介」一九頁における名稱に從う。
（17）『草廬記』の本文は『古本戯曲叢刊初集』所收の北京大學圖書館藏富春堂刊本影印に依據する。
（18）金文京前掲書「三『三國志』から『三國志演義』へ」一二六～一三六頁など。

第五章　梁山泊物語の成立について――『水滸傳』成立前史――

梁山泊を根據地とした宋江とその配下の豪傑たちの物語は、今日では『水滸傳』によって廣く知られている。しかし、『水滸傳』がこの物語を傳える唯一の作品というわけではなく、すべての梁山泊物語が『水滸傳』と同じ內容を持つというわけでもない。『水滸傳』は、藝能の場でさまざまに物語られていた梁山泊物語がある一つの形にまとめられた姿を示しているにすぎないのである。

本論においては、『水滸傳』成立以前の梁山泊物語について考察することにより、『水滸傳』の成立過程について、一つの假說を示してみたい(1)。

一、初期の梁山泊物語

實在の宋江が活動していたちょうどその時期に、北宋王朝は崩壞へと向かい、金と南宋の南北朝體制が成立する。そして梁山泊物語は、この南北兩國でそれぞれに語り傳えられていった。しかし、半ば敵對關係にある全く別の國家であった以上、兩國の間に頻繁な往來があったはずもない。とすれば梁山泊物語は、金と南宋においてそれぞれ別個に發達していったに違いない。

現存する資料からは、宋江が梁山泊を根據としていたという事實を確認することはできないが、宮崎市定氏が指摘されるように、宋江を招安しようとした侯蒙が梁山泊を管轄區域内に含む東平府の知府に任じられていることから考えて、その時點で宋江が梁山泊を少なくとも活動の據點の一つとしていた可能性は高そうである。相互にそれほど連絡があったとは考えにくい金・南宋のいずれにおいても、宋江物語がすべて梁山泊を舞臺とすることは、實在の宋江が梁山泊と關係を持っていたこと、少なくとも當時からそのように認識されていたことを示しているのではないかと思われる。(2)

そして梁山泊は、山東東平府、つまり金の領域内にある。おそらく東平府周邊の地域では、梁山泊を根城として周邊の町や村を荒らしつつ、弱きを助け強きをくじく義賊の物語が、地元に密着した形で語られていたのであろう。東平から金の文化的中心地であった南京開封府までは、直線距離にして二百キロほどしかない。比較的近い地で擴まっていた江湖の世界の物語が、開封で演じられる藝能の中で發展していく可能性は高いであろう。金における梁山泊物語はこのようにして、現地と密着した物語として成長していったのではあるまいか。

では、南宋ではどうだったのであろうか。南宋における最も重要な藝能の場であった杭州臨安府は、山東からは遠く隔たっている。從って、ここで梁山泊の物語が語られる必然性はないはずである。おそらく臨安の人々にとっては、梁山泊自體が全く實感を感じさせない場所だったに違いない。

しかし、臨安における講談の狀況を反映しているものと思われる『醉翁談錄』(3)の「小說開闢」には、「花和尙」「武行者」「靑面獸」という、明らかに梁山泊物語と關わる題名が記錄されている。なぜ南宋の都において、自國の領土に含まれない土地の物語が語られていたのであろうか。また、梁山泊物語の中でも特にこの三つの物語名があげられているのはなぜなのであろう。(4)

この點について論じるためには、まず臨安における藝能のあり方について考える必要がある。どのような場で藝能が演じられていたのであろうか。

二、南宋臨安の梁山泊物語

臨安における藝能の中心は、瓦市もしくは瓦舍と呼ばれる盛り場であった。そして、『夢粱錄』巻十九「瓦舍」の記事によれば、それは次のような事情で設けられたものであった。

殿巖楊和王因軍士多西北人、是以城內外創立瓦舍、招集妓樂、以爲軍卒暇日娛戲之地。

殿前都指揮使の楊和王は、將兵に西北の出身者が多かったので、城內外に瓦舍を創設し、妓女樂人を集めて、兵士たちが休日に遊ぶ場としたのである。

つまり、元來瓦舍とは北方から來た軍人たちの娛樂施設として設けられたものだったのである。想定されていた顧客が北方人であること、そして軍人であること、この二點は注目に値しよう。

北方人であるとすれば、當然そこで扱われる內容も北方系のものが主體となる可能性が高いはずである。そして、軍人對象であれば、軍人の世界と關わる藝能が多かったに違いない。ただ、『夢粱錄』によれば、北方といっても東北ではなく西北であり、梁山泊とは方向が異なる。ここで注目されるのは、この瓦舍の主催者が「楊和王」だったことである。

以前に詳しく論じたように[5]、楊和王とは楊存中（もとの名は沂中）という人物のことである。楊存中は、確かではないものの楊家將の一族ではないかといわれ、山西省北部にあたる代州の出身で、對金戰の中で一族を失った身であった。そして代州は、五臺山の所在地である。

これらの地名・人名は、『水滸傳』の内容のある部分と深く關わるものである。『水滸傳』における五臺山は、魯智深が出家した場所であった。また、『水滸傳』の楊志は楊家將一族の出身とされる。『水滸傳』における魯智深と楊志は、元來格別關係を持っていなかったにもかかわらず、突然めぐりあい、協力して二龍山を乘っ取り、頭領に收まるという、いわばコンビを組む關係にある。そしてそれ以上に重要なのは、この二人だけが『水滸傳』において「洒家」という一人稱を使用するという事實である。

「洒家」については、「北方方言」「關西方言」といった説明がなされるのが常であるが、詳細は明らかではない。ただ、元雜劇では「薦福碑」「虎頭牌」に朴訥な「關西叟剌」（兵卒身分の下役のことだが、演劇では通常關西出身の粗暴だが率直な人間としてキャラクターが固定している）が登場して「洒家」という一人稱を用いていることから考えて、白話文學においてはその人物が武骨な北方人であることを示すためのいわば記號として用いられているように思われる（元雜劇における「關西」は、「單刀會」をはじめとする多くの雜劇において關羽と關係して用いられることから考えて、陝西・甘肅だけではなく、山西をも含むようである）。無論、北方人自身がこうした記號を要求するはずはない。つまり、逆にいうとこの語は、武骨な北方人以外の世界において用いられることが多かったに違いない。

右にあげた事例は、いずれも元代北方における雜劇（雜劇のセリフが成立した時期を確定することは困難であり、元から明にかけてというべきかもしれない）のものであるが、南宋においても事情は同じだったらしい。戯文『張協狀元』第五十一出[6]に登場する「關西人」の譚節使というやはり朴訥な軍人が「洒」という一人稱を使用しているという事實は、この作品が南宋から元にかけての時期に溫州で上演されていたものと思われる點からすれば、南宋もしくは元代の舊南宋領域において、この語が武骨な北方人（もしこの戯文が南宋期に成立したものであるとすれば、日常的に北方人に接する機會がない以上、それは非常に概念化されたものだったに違いない）を象徴するものとして用いられていたことを示すものと考えられる。

つまり、『水滸傳』における魯智深と楊志は、ともに「關西人」という記號を背負ったキャラクターであった。そして魯智深は、楊存中の出身地の名山である五臺山と結び付けられ、楊志はおそらく楊存中がその一員と稱していたであろう楊家將一族の出身とされる。つまり、この二人に限っていえば、梁山泊物語は西北の物語といって差し支えないことになる。そして「青面獸」「花和尚」は、梁山泊との關係を切り離してしまえば、西北人を主人公にした二つの物語ということになる。

更にもう一つ注目されるのは、楊志が實在の人物と思われることである。

宋江と同時代に楊志という人物が存在したことは、つとに余嘉錫氏によって指摘されている通りである[7]。この名前自體はそれほど珍しいものではないが、同じ時代に、同じ地域で、同じような來歴を持つ同姓同名の人間である以上、兩者に關係がある可能性は非常に高いといってよかろう。

『三朝北盟會編』卷四十七によれば[8]、實在の楊志は「招安巨寇」で、太行山周邊で金と戰った武將の一人であった。同書における楊志の評判は至って芳しくなく、卷三十に引かれた沈琯が李綱に送った手紙には次のようにある。

　楊志昨在燕曾受高托山賕賂、志貪財色、今聞在軍。可說之要擊。

　楊志は以前に燕で高托山（群盜の巨魁）から賄賂を受けたことがあります。楊志は金と女に汚い男ですが、今は軍中にいるとか。說きつけて攻擊させるのがよいでしょう(?)

最後のくだりについては、誰に說いて誰を攻擊させるのかがよくわからないものの、彼が士大夫から信賴されていなかったことは見て取れよう。そして同書卷四十七によれば、楊志は決戰にあたり、戰わずして間道から逃亡し、そのために宋軍は大敗したという。

楊志が高托山から大量の賄り物を受けたというのは、おそらく「賊」同士の關係によるものであろう。つまり、彼は招安を受けたものの、「賊」との關係は失っていなかったのである。敵前逃亡をしたというのも、あるいは官僚や正規軍との關係がよくなかったことに由來するのかもしれない。もとより歴史書の記録は士大夫の手になるものであり、彼が軍隊の中でどのような立場にあったのか、その逃亡がどのような事情によるものであったのか、楊志の側の言い分は知る由もない。

ともあれ、實際にどのような人物であったかはともかく、招安を受けた「賊」で、太行山で金と戰った楊志という人物が實在した。そして、後述するように『水滸傳』の原型を傳えるとされる『大宋宣和遺事』の梁山泊物語は、花石綱の運搬に失敗した末に殺人を犯してしまった楊志が、結局李進義以下とともに太行山で賊になる話から始まる。後に『水滸傳』において、他の花石綱メンバーは太行山との關係を失うが、楊志だけは登場に當たって花石綱運搬に失敗したという身の上を語ることに示されているように、この物語を背負い續ける。[9] これは、楊志と太行山の關係の深さを物語るものであろう。また、魯智深が出家した五臺山の僧侶が對金レジスタンスに參加していたことは、すでに松浦智子氏が指摘しておられる通りである。[10]

以上の事實を踏まえた上で、臨安の瓦市で「青面獸」と「花和尚」の物語が語られていたことの意味を考え直してみよう。臨安の瓦市の支配者は楊存中であった。彼は、五臺山の所在地である代州の出身で、金との戰いで勇名を馳せた武將であり、楊家將の一族と稱していた可能性が高い。そして、瓦市は楊存中配下に屬する西北出身の軍人たちのために設けられていた。そこで語られていた內容は西北に關わるもの、特に金との戰いを題材としたものが多かったに違いない。[11] 彼ら軍人たちの主將である楊存中の一族の物語、つまり楊家將物語がこの場で發達した可能性については、以前に論じた通りである。[12]

とすれば、やはり楊姓である楊志という人物が太行山で金と戦う物語も、この藝能の場の題材となりうるのではないか。そして、梁山泊のメンバーだった魯智深を、やはり楊存中の出身地に位置し、金と戦った僧侶を輩出した五臺山と結びつけることも、この臨安の瓦市で生じたものなのではないか。『大宋宣和遺事』における魯智深は、突然現れて梁山泊のメンバーに加わることになっている。これは、彼が全く別の話を背負っていたことを意味するものではなかろうか。

このように考えると、そもそも「青面獸」の物語自體が元來梁山泊物語に屬するものであったかについても疑問が生じてくる。招安を受けて方臘と戦う梁山泊の宋江と同様に、招安を受けて金と戦う太行山の山賊楊志の物語が獨立して存在したのではないか。もしそうであれば、『水滸傳』の中に認められる奇妙な矛盾も説明可能になる。

三、楊志と梁中書の謎

『水滸傳』第十二回(13)において、北京大名府に配流された楊志は、北京留守の梁中書に目通りする。高俅に復職を拒まれ、金に困って刀を賣ろうとしたところ、ごろつきの牛二にからまれて殺してしまったというそれまでのいきさつを楊志が説明すると、梁中書は次のように反應する。

梁中書聽得大喜、當廳就開了枷、留在廳前聽用。

梁中書はこれを聞くと大變喜んで、その場で枷を外させると、自分の側近として用いることにしました。

更に、楊志のまじめな勤めぶりを見込んだ梁中書は、彼を副牌軍（副隊長か）に取り立てようとするが、いきなり自分の一存で地位を與えては他の軍人が納得するまいと考えて、演習の場で腕を示させようとする。楊志は副牌軍の周謹を打ち負かすが、正牌軍の索超が納得せず、今度は索超と戦うことになる。すると梁中書はこう言う。

就叫牽我的戰馬借與楊志騎、小心在意、休覷等閑。

そこで命ずるには、「わしの戰馬を牽いてきて楊志に貸してやれ。心するのだ、油斷はならんぞ」。

そして、楊志は索超と互角の腕前を披露して、當初の予定より高い地位に取り立てられることになる。

このくだりを讀む限り梁中書は、人物を見拔く眼力を持ち、不運な豪傑を極めて好意的に遇してくれる度量の廣い名將であるように見える。

ところが、この後は思いがけない展開が待ち受けている。卽ち、有名な生辰綱の物語である。楊志は梁中書に命じられ、梁中書の妻の父である蔡京のもとに誕生祝いを屆けることになるが、晁蓋以下の面々に誕生祝いを強奪されてしまう。その結果、楊志は梁中書に合わせる顏がなく、やむなく魯智深とともに二龍山を乘っ取って山賊になるという展開をたどるわけだが、問題は蔡京が貪官汚吏の代表とされていることである。從って、その娘婿に當たる梁中書も貪官ということになり、事實誕生祝いは晁蓋の一黨から何度も「不義之財」と呼ばれている。

これは、楊志を引き立てようとする場面の梁中書とは全く矛盾した人間像というべきであろう。しかも、先に引いたように梁中書は楊志の身の上話を聞いて「大喜」するわけだが、その內容は高俅に不當な扱いを受けたと訴えるものであった。『水滸傳』の世界では、奸臣グループはいわば一心同體の運命共同體を形成しており、蔡京と高俅の間に矛盾は存在しない。とすれば、やはり蔡京と一心同體であるはずの梁中書が、高俅を非難する言葉を聞いて「大喜」するというのは、非常に不自然といわざるをえない。なぜこのような不可解な矛盾が存在するのであろうか。

隋唐を題材とする『隋史遺文』『隋唐演義』『說唐全傳』という三つの小說がある。この三篇は、以前に詳しく論じたように(14)、同じ源から出た兄弟ともいうべき間柄にあり、いずれも前半は秦叔寶の物語を中心に進んでいく。秦叔寶は實在する唐の建國の功臣だが、これらの小説においては、あたかも『水滸傳』の宋江の如く、江湖に名高い豪傑とされており、宋江同様、さまざまな苦難にあって各地を流浪するうち、多くの豪傑と結びつくという、いわば狂言回しの役割を與えられている。そうした流浪の過程で、『隋史遺文』でいえば第十五回において、幽州に配流された秦叔寶は幽州總管（『說唐全傳』では、隋の中にあって事實上の獨立を容認されている燕公）羅藝のもとに赴くことになる。對面してみると、羅藝の妻が秦叔寶の叔母に當たることが判明し、羅藝は秦叔寶を取り立てようとするが、いきなり地位を與えては他の軍人が納得するまいと思い、演習の場で腕を示させようとする。

一見して明らかなように、隋唐物語のこのくだりは、さきに見た『水滸傳』第十二回と酷似している。『水滸傳』の影響力の強さを考慮すれば、隋唐物語が『水滸傳』に影響された結果と見るのが常識的な判斷かもしれない。しかし、別に論じたように[15]、秦叔寶の物語も起源はかなり古いものと思われる。その點を踏まえると、『水滸傳』が隋唐物語に影響した可能性は高くないと考えざるをえない。この類似は、直接の影響關係によるものではなく、むしろ一つの類型が別々の物語に登場した結果と見るべきではないか。

少なくとも、設定が自然なのは隋唐物語の方である。羅藝はすぐれた武將とされており、しかも秦叔寶の義理の叔父である以上、彼を取り立てようとするのはごく自然なことといってよい。これと比較すれば、貪官汚吏のはずの梁中書が、突然現れた楊志にむやみに肩入れする『水滸傳』の不自然さは明らかであろう。

「青面獸」が梁山泊物語の一部ではなく、本來獨立した物語であり、たまたまそれが『水滸傳』の中に取り入れられたのだとすれば、この問題を説明することは可能になる。別に論じたように[16]、『醉翁談錄』では「青面獸」は「朴刀」という分類に入れられており、同じ分類に屬する物語には、楊家將の初代にあたる名將楊繼業の物語であるはずの「楊令公」など、甲冑を着けた武將が騎馬で戰う物語が多いことから考えても、「青面獸」が『水滸傳』における大名府のくだりと同じ内容を持っていた可能性が高い。「靑面獸」において、何らかの理由で流罪に處された楊志が配流先で司令官から認められるという展開が存在し、それがそのまま『水滸傳』に取り込まれたのだとすれば、矛盾が生じた理由も明らかになる。物語を丸ごと導入したために、「靑面獸」における司令官の性格（當然善玉であったであろう）がそのまま梁中書に當てはめられた結果、惡役のはずの梁中書が極めて好意的な人物として描かれてしまい、『水滸傳』内部で矛盾が生じたに違いない。

この推定が正しいとすれば、「靑面獸」は元來梁山泊物語の一部ではなく、太行山の楊志を主人公にした獨立した物語だったことになる。その内容は、楊志という豪傑が何らかの事情で罪を犯してアウトローになるが、招安を受けて官軍に參加し、太行山一帶で金の軍勢と戰うというものだったと推定される。その物語のいずれかの段階において、配流先でしかるべき將軍に認められ、官軍の將校となって金と戰うという展開があったのであろう。その將軍は、實在の楊志の上級司令官だった种師中かもしれない。『水滸傳』において、特に魯智深と絡む形で、西北に駐屯する老・小二人の「种經略相公」の名が何度も出ることは、种氏一族と、西北由來の魯智深・楊志の物語が關わりを持っていたことを示すものかもしれない。『三朝北盟會編』によれば、實際には楊志の敵前逃亡の結果、种師中は命を落とすことになるのだが、楊志主體の物語においては、そうした問題は回避されていたであろう。

四、南宋における梁山泊物語

以上のように、臨安の瓦市では北方の物語が語られていた。わけても、瓦市の支配者である楊存中と地縁的に關わる物語（「花和尚」）と、血緣的に關わる物語（「靑面獸」）は、おそらくそれぞれ獨立して語られる物語であった。もう一つ、『醉翁談錄』に名が見える「武行者」については、詳細は不明ではあるものの、『水滸傳』における武松の物語、いわゆる「武十回」が非常に獨立性の高いものであることから考えて、やはり獨立した話であった可能性が高いものと思われる。實は、もっとはっきりと獨立した物語が『水滸傳』に取り込まれている事例が存在する。同じ『醉翁談錄』「小說開闢」に見える「李從吉」「攔路虎」「徐京落草」の主人公と思われる李從吉・楊溫・徐京の三人は、『水滸傳』第七十八回において、梁山泊を攻擊する「十節度使」のメンバーという非常に中途半端な形で、やはり『水滸傳』に取り込まれているのである。この場合は、明らかに元來梁山泊とは無關係な話の主人公を『水滸傳』に登場させたことになる。そして、楊溫も楊氏同樣楊家將の一族とされる。(17)「靑面獸」「花和尙」「武行者」は、獨立した話がより本格的に『水滸傳』內部に取り込まれた事例なのではないか。

一方では、臨安の瓦市では、こうした個別の講談とは別に、『水滸傳』の本筋となる大規模な梁山泊の物語が語られていたはずである。『醉翁談錄』にその形跡が見えないのは、これが「小說開闢」だからではなかろうか。「小說」が何であるかについては諸說あるが、『東京夢華錄』『都城紀勝』『夢粱錄』では「講史」とはっきり區別されており、『醉翁談錄』に列擧されている題名から見ても、讀み切り、もしくはそれに近い短い講談のことだったものと推定される。宋江を中心とする梁山泊の物語は、延々と續く長篇語り物だったため、「小說」の項には引かれなかったに違いない。

南宋においても梁山泊物語が廣く知られていたことは、周密の『癸辛雜識』續集卷上に引く龔聖與の「宋江三十六贊」からも明らかである。龔聖與は南宋滅亡前後の人物であるが、その序には先輩の畫家李嵩も梁山泊の豪傑を題材にしたとあり、李嵩が活動していた南宋中期にはすでに宋江たちの物語は周知のものだったようである。自國の領域內にはない北方を舞臺とした梁山泊物語が南宋で擴まっていたのは、やはり臨安の瓦市が北方人のために設置されたものであったことに由來する可能性が高い。北方の軍人向けに、彼らの間で傳承されていた江湖の人々の物語が語られ、それが瓦市に集まる軍人以外の人々の間にも擴まっていった結果、梁山泊物語が南宋でも展開することになったのではなかろうか。

では、その內容はどのようなものだったのであろう。おそらく、南宋で行われていた梁山泊物語にもさまざまなバリエーションがあったに違いない。「宋江三十六贊」が、南宋末（李嵩が描いた三十六人も同一であったとすれば、南宋中期までさかのぼることができよう）におけるパターンの一つを反映していることは確實である。ただ、殘念ながらそこに付された「贊」はあまりにも曖昧模糊としており、その詳細は明らかではない。

『水滸傳』成立以前の梁山泊物語を具體的に傳える文獻としては、『大宋宣和遺事』が最も重要なものであることはいうまでもない。『大宋宣和遺事』は、さまざまな文獻をつなぎあわせて徽宗皇帝の一代記を綴っていく讀み物（文獻としての性格がはっきりしないため、あえて「小說」という語は用いない）であるが、その成立年代については南宋から明に至るまでの諸說があり、はっきりしたことはいえない。そこに見える梁山泊物語は、前後とは文體を異にした獨立したまとまりであり、明らかに藝能（もしくはその模倣）のスタイルを取っている。つまりここには、當時の藝能で演じられていた內容をある程度反映した物語が插入されているものと思われる。では、その藝能とはいつどこで演じられていたものなのであろうか。

これについても諸說あるが、『大宋宣和遺事』自體の成立年代がいつであれ、そこに含まれる梁山泊物語の基本的な枠組みは、おそらく南宋において行われていた藝能の內容を反映したものであろう。そのことを示唆するのが、金・元から明初に至る北方における梁山泊物語のありようである。

五、北方における梁山泊物語（1）――梁山泊物雜劇の作者――

先にも述べたように、梁山泊は開封から比較的近い位置にあった。宋江たちの活動が終わってから十數年後に金が北宋を打倒すると、開封は、楚・齊という傀儡國家の支配を經て、金の領域に入り、經濟・文化の兩面において、北中國の中心都市であり續けた。從って、金代の開封を中心とする地域、更には梁山泊の地元である東平などの都市においては、梁山泊の物語が語られていたものと思われる。この點については、殘念ながら金代の資料の中に梁山泊物語にふれたものがないため、確實なことはいいがたい。しかし、續くモンゴル・元の時期の狀況は、金代においてすでに梁山泊物語がある程度發展していたことを示しているように思われる。

金の滅亡（一二三四年）に前後する時期から急速に發達したものと思われる雜劇においては、梁山泊物語は重要な題材の一つであった。雜劇とは、北方の音樂である北曲を使用する演劇である（曲を單なるうたの歌詞として用いる場合には散曲と呼ぶ。しばしば誤解されるように元曲イコール元雜劇ではなく、元曲は散曲と雜劇の二種からなる）。中國の演劇は、基本的にすべて歌劇であり、雜劇・崑曲・京劇といった劇種の違いは、使用する音樂の種類によって區分される。ただし西洋のオペラとは違って、音樂は出來合いのものを使用するのが常であり、決まった旋律に歌詞をつけることによって作られる。從って、オペラにおいてはたとえばヴェルディの『椿姬』というように、作者卽ち作曲者であるのに對し、中國演劇においては、作者とは作詞者のことであって、作曲者というものは存在しない。

しかし、元代（嚴密には大元という國號制定以前はモンゴル期と呼ぶべきだが、便宜上モンゴル期も含めて元と呼稱する）以前には演劇の作者名が傳えられることはなかった。無論演劇は存在したのだが、名のある人物が歌詞を作ることはなく、テキスト自體、後世に傳えられることがなかったのである。これは、演劇というものの社會的地位が低かったことに由來する。しかし、元代になると、知識人が雜劇の制作に關與しはじめ、すぐれた雜劇が次々に生み出された(18)。こうして、中國史上初めて後世に殘る戲曲が生み出されたのである。それは同時に、口語語彙を主用する言語（白話）による文學作品の誕生をも意味するものであった。

歌劇とはいえ、雜劇においては唱う役者は一人（男なら「正末」、女なら「正旦」と呼ばれる）に限られ、構造も四つの折、つまり事實上の四幕に限定されるというという嚴しい制限があったため(19)、當然ながら複雜な物語を扱うことはできない。從って、梁山泊の顚末を全て扱う雜劇など存在すべくもなく、いわば一話完結形式の內容を持つことになる。では、その內容とはどのようなものだったのであろうか。

元から明初にかけて制作された雜劇の多くは失われてしまったが、第一章等ですでに述べたように、當時の曲の作者について、その略傳と作品名を列擧した『錄鬼簿』『錄鬼簿續編』という資料が殘されている。そこに記録されている元から明初までの作家の手になる雜劇のうち、題名から梁山泊物と推定されるものは十八種、そのうち現存するのは三種である。

これらは元から明初にかけて成立したものではあるが、その作者はいずれも北方人であり、當然ながら北方人の觀客を想定して、北方で傳承されている物語をもとに作られたものと思われる。その內容が南宋における藝能の影響を受けていることは狀況的にもほとんど考えられまい。まして、『錄鬼簿』に記録されているような前期の雜劇の中には、南宋滅亡以前に成立した可能性があるものも含まれている。この場合、交戰關係にある敵國のものである以上、南宋における梁山泊物語が北方の雜劇に影響すること自體、まずありえないといってよかろう。つまり、こうした雜劇が存在するという事實自體が、先立つ金の時代に、北方でもある程度梁山泊物語が成長していたことを物語っているのである。そして、前述したように、南宋・金の雙方で梁山泊における宋江一統の物語が成長していたという事實は、當時の資料にこそ記述がないものの、實在した宋江三十六人が梁山泊とかなり深い關係を持っていたことを示していよう。

梁山泊物雜劇十八種のうち八種は高文秀、五種は紅字李二と、大部分が二人の作家に集中している。つまり、梁山泊物には專門作家とも呼ぶべき人物がいたことになる。では、なぜ彼らは梁山泊物を多數制作したのであろうか。

高文秀については、梁山泊物の雜劇を大量生產した理由ははっきりしている。『錄鬼簿』によれば、彼は東平の人であった。東平はほかならぬ梁山泊の所在地である。つまり、高文秀はご當地物の芝居を作っていたことになる。しかし、『水滸傳』からも見て取れるように、東平は山東の片田舎の町である。このような町で、なぜ都市藝能の粹ともいうべき雜劇が盛んに行われていたのであろうか。しかも、『錄鬼簿』によれば、高文秀は大都（元の都、今の北京）において「小漢卿」、つまり元雜劇最大の作家關漢卿の小型版という異名を取っていたという。なぜ高文秀の名は大都にまで屆いていたのであろうか。

實は、元代における東平は田舍町ではなく、北方文化の中心都市の一つだったのである。モンゴルが中國支配を開始した時、當初は直接支配を避けて、「漢人世侯」と呼ばれる中國人軍閥に事實上の獨立政權を作ることを認めていた。東平は、三大漢人世侯の一つで、文化人保護に積極的だった嚴氏の本據地であり、北方における文化的中心の一つだったのである。これは、あるいは梁山泊物語が發達・擴散する要因の一つだったかもしれない。

一方、紅字李二は、その特異な名前からも察せられるように、役者の出身である。他の多くの地域と同樣、中國でも役者や樂師は「樂戶」と呼ばれて深刻な差別の對象であった。しかし、第一・二章でも論じたように、元代にはモンゴルの政策の影響で差別がゆるんだようであり、紅字李二は馬致遠・李時中といった身分のある知識人の作家との合作も行っている。こうした演劇人と知識人が對等の立場で協力しうる狀況が、元雜劇という演劇性と文學性を兼備した中國文學史上稀有の存在を生み出す母胎となったに違いない。そして、こうした狀況が存在したがゆえに、紅字李二は他の時代の役者兼業作家とは異なり、その名を後世に殘すことができたのである。彼は、當時名優として知られていた劉要和の婿として、大都で活動していた。元雜劇の觀客は、少なくとも元代前期においては、最上層から下層に至るまで、社會の多樣な階級の人々を含んでいたものと思われるが、紅字李二の作品は、作者の身分から考えて、それほど上流向けの物ではなかった可能性が高い。そして彼が著した雜劇は、さきにふれた馬致遠等との合作「黃粱夢」を別にすれば、すべて梁山泊物である。

『水滸傳』理解のキーワードともいうべき「江湖」という語がある。これは、『水滸傳』の好漢たちに代表されるような、定住民社會による既成秩序から外れた存在を總稱する言葉である。藝人も、定住民社會から差別される人々である以上、江湖の世界に屬する存在であった。紅字李二の雜劇がほとんど梁山泊物のみからなっていることは、彼が江湖の世界の住人であったことと無關係ではあるまい。『水滸傳』を讀んでいると、たとえば人肉饅頭を賣る張靑・孫二娘夫婦の行動が一切批判の對象にならないことなど、一般の人々とは全く異なる價値觀の存在が垣間見えることがある。これは、梁山泊物語の創作・發信者が江湖の人々であり、受容者の多くも江湖の人々や、彼らにシンパシーを持つ人々であって、そうした場で物語が形成された結果と思われる。

この點で、高文秀の今では失われた雜劇の中に「黑旋風敷演劉要和」という題名のものがあることは興味深い。「敷演」とは眞似ることであるから、この雜劇は、梁山泊の好漢黑旋風李逵が名優劉要和の眞似をする話だったに違いない。劉要和は、前述の通り梁山泊物を專門とする役者作家紅字李二のしゅうとであった。これも、梁山泊物語の形成と役者の世界が密接に關わりあっていたことを示す事例といってよい。そして、知識人だった高文秀もその世界とは無關係ではなかったのである。事實、彼の作風は豪放にして素朴、裏返していえば文雅とはいいがたいものである。梁山泊物の雜劇には、庶民的な客層にアピールするものが多かったに違いない。

六、金・元期北方における梁山泊物語（2）——梁山泊物雜劇の內容——

では、雜劇で演じられているのはどのような物語なのであろうか。

まず高文秀の作品を檢討してみよう。彼の手になるとされる八種の梁山泊物雜劇の題名は、『錄鬼簿』によれば次の通りである。

黑旋風雙獻頭
黑旋風鬪鷄會
黑旋風窮風月
黑旋風喬教學
黑旋風借尸還魂
黑旋風詩酒麗春園
黑旋風大鬧牡丹園
黑旋風敷演劉耍和

つまり、すべて黑旋風物であることになる。高文秀は、黑旋風物の專門作家だったといっても過言ではない。もっとも、黑旋風李逵を主人公とする雜劇が高文秀の專賣特許だったというわけではない。作者名が判明しているものについていえば、他にも楊顯之の「黑旋風喬斷案」と紅字李二「板踏兒黑旋風」、それに康進之の「梁山泊李逵負荆」と「黑旋風老收心」があり、更に作者不明ながら、おそらく明初までには成立していたものと思われる雜劇の中では、「大婦小婦還牢末」が、題名に名前こそ見えないものの李逵を主人公とし、「魯智深大鬧黃花峪」は魯智深と李逵の二人を主人公とする。つまり、作者が判明している梁山泊物雜劇十八種のうち、李逵を主人公とするものは十二種と實に三分の二を占め、作者不明の作品まで含めても、明初までに成立したと思われる梁山泊物雜劇二十二種のうち十四種が黑旋風物である。しかも、現存する明初までに成立した梁山泊物雜劇六種に限っても、やはりそのうち四種（「雙獻頭」「李逵負荆」「還牢末」「黃花峪」）と、黑旋風物が壓倒的な割合を占めている。また、明代前期を代表する雜劇作家である周憲王朱有燉（明の建國者である洪武帝朱元璋の孫にあたる）にも「黑旋風仗義疎財」雜劇の作がある。

どうやら元から明の初期にかけては、梁山泊の好漢の中でも黑旋風李逵が壓倒的人氣を誇っていたらしい。元の人は粗暴な人間が好きだったのだろうか。だが、雜劇に登場する李逵は、『水滸傳』の李逵とは全くキャラクターを異にするのである。

『水滸傳』における李逵は、前後の見境なく人を殺傷する亂暴者である。『水滸傳』に批評を付けた金聖歎は、その利害得失にとらわれない行動と純朴な性格を評價して、梁山泊中でも最高の人物と評價しているが、一般的な人氣においては、おそらく武松・林冲・魯智深などには及ばないであろう。これは彼があまりに單純・粗暴であるためかと思われる。ところが雜劇における李逵は、決して單純な亂暴者ではない。「李逵負荆」では花を愛でる風流な一面を見せ、「還牢末」では、無知な田舍者に變裝して牢屋の番人を欺き、一服盛って囚人を救出する狡知を示す。しかも彼は、「李逵負荆」において宋江が不正を犯したと信じるや徹底的に追究し、自分の誤りを悟るや率直に謝罪するという純朴さも失わない。亂暴者だが庶民的な狡知を持ち、しかも純朴さと率直さを身に具え、その率直さゆえの失敗により巧まざるユーモアをかもし出す。つまり、雑劇における李逵は、『三國志演義』の張飛や『說唐』の程咬金といった、中國で最も庶民に人氣のある顔ぶれと通じるキャラクターを持っているのである。前章で述べたように、「三國志」物語においても、庶民層が主な受容層だった元代には一番の人氣を誇っていた張飛が、讀者層に知識人が參入するにつれてその役割を後退させ、精彩を失っていく傾向が認められるが、李逵についても同様のことがいえるのかもしれない。あるいは魯智深のような類似したキャラクターの出現（後に述べるように、元代當時の魯智深は『水滸傳』とはかなり性格を異にしていたらしい）に伴って、差別化を圖るために、李逵の性格が變わったとも考えることができる。

では、黑旋風物の內容はどのようなものだったのであろうか。實は、李逵のみを主人公とする現存する三種「雙獻頭」「李逵負荊」「還牢末」は、他の黑旋風物とは性格を異にするようなのである。高文秀の八種を檢討してみよう。「雙獻頭」を別にすれば、他はおおむね類似した性格を持つ。

まず「敷演劉耍和」が、李逵が名優の眞似をする設定だったものと思われることは、すでに述べた通りである。[20]「喬教學」は、「喬」がふざけた動作、特ににせものめいたそれを指す演劇用語であることから考えて、無教養な李逵が寺子屋の先生になって、おかしな授業をするものだったに違いない。『水滸傳』第七十四回の壽張縣の學校で李逵がふざけた授業をする場面は、この雜劇の名殘かもしれない。「詩酒麗春園」と「大鬧牡丹園」については、麗春園が當時流行していた「販茶船」という戀物語の舞台となった妓樓の名であることから考えて、ともに李逵が妓樓に出かける話であろう。「鬧」とは大騷ぎをすることである。「窮風月」も、「風月」という語が「色の道」といった意味を持つことから考えて、李逵が色の道を窮める、または色の道に窮するということであろう。いずれも、女色とは緣のない無粋な李逵が色の世界に入り込むというところにポイントがあるに違いない。「借尸還魂」は、一度死んで他人の體を借りて再生することを意味する。李逵が似ても似つかぬ他人の體に生まれ變わった結果起こる騷動を題材とするものであろう。「鬪鶏會」は、『水滸傳』の簡本に見える李逵が仙界で鬪鶏を見る話を扱ったものであろうか。[21]

つまり、「雙獻頭」「鬪鶏會」以外は、すべて李逵がその朴訥な亂暴者という性格とは似ても似つかない色男や知識人などの行動を取ることから生じるミスマッチのおかしさを狙ったものと思われる。そしてこれは高文秀の雜劇に限ったものではない。楊顯之の「黑旋風喬斷案」も、「斷案」という語が奉行の裁きを意味することから考えて、李逵がふざけた裁判をすることであろうし（やはり『水滸傳』第七十四回に壽張縣で知縣に扮して裁判をするくだりがある）、康進之の「黑旋風老收心」は、遊蕩兒が年を取って色の道から足を洗うという「老收心」という語（第二章で述べたように、「收心」は當時の散曲の重要テーマであった）から考えて、色氣とは無縁の李逵が色の道から引退するというおかしさが眼目であったに違いない。

以上の點から見て、李逵を主人公とする雜劇の大部分は、李逵という純朴かつ粗暴な男を全く不似合いな狀況に置き、その結果生じるおかしさを描く笑劇だったものと思われる。つまりこれらの雜劇では、李逵は色男や知識人の「にせもの」なのであり、そのとんちんかんな行動が笑いを誘うと同時に、色男や知識人の持ついかがわしさをも浮き彫りにすることになる。こうした「にせもの」は、先にふれた「喬」という演劇用語の存在からもうかがわれるように、古來中國演劇における最も重要なテーマの一つであり、[22]雜劇・散曲を問わず、元曲全般における重要な構成要素であった。李逵は、その知名度と際だった個性ゆえに、こうした題材の雜劇で用いるには最も好適な素材だったのであろう。

つまり、裏返していえば、黑旋風物の多くは梁山泊物語自體をテーマとしたものではない。では、他の雜劇はどうなのであろうか。

先に見た「にせもの」テーマの一連の黑旋風物（すべて現存しない）以外の雜劇は、基本的に梁山泊の好漢の物語といってよい内容を持つ。しかし、これらの雜劇から『水滸傳』の原型を探ることは、やはり不可能なのである。

一連の梁山泊物雜劇の中に、『水滸傳』と內容的に合致するものはほとんど存在しない。唯一、「李逵負荊」のみは『水滸傳』第七十三回の內容とほぼ一致するが、この話は『水滸傳』の中では插話的なものであり、『水滸傳』が成立していく過程で雜劇から取り込まれた可能性が高い。では、なぜ雜劇と『水滸傳』の內容が合致しないのであろうか。

現存する梁山泊物の雜劇は、基本的に二つの類型に分けられる。「還牢末」「燕靑博魚」「爭報恩」は、いずれも梁山泊を出た好漢（それぞれ李逵、燕靑、關勝・徐寧・花榮）が民間人に恩を受け、その民間人が敵から迫害を受けているところに驅けつけて恩返しをするという、ほぼ同一のパターンを持つ。迫害者が密通關係にある妾とその情夫であるという點も一致している。「雙獻頭」においては、宋江の友人孫榮のもとにボディーガードとして派遣された李逵が、妻とその情夫の罠に掛かって投獄された孫榮を救出して、姦夫姦婦を殺すというもので、恩返しとは異なるが、パターンとしては近い。

これに對して「李逵負荊」「黃花峪」は、梁山泊から出た好漢（前者では李逵、後者では楊雄・李逵・魯智深）が、無法な目にあわされた庶民の訴えを聞いて惡者（前者では山賊、後者では權力者）を退治するという內容を持ち、周憲王朱有燉の「黑旋風仗義疎財」もこの類型に屬する。つまり、こちらは恩返しというより惡者退治のパターンであり、姦夫姦婦も登場しない。

しかし、全體に共通していることが一つある。これらの雜劇は、いずれも梁山泊という完成した世界から外に出た好漢が、外の世界で事件を解決して戻ってくるという構造を持つのである。

これが、これらの雜劇が『水滸傳』と直接の關わりを持たない理由であろう。『水滸傳』とは、梁山泊の成立と崩壞の物語である。第七十回まではどのようにして百八人の好漢が集結するかが描かれ、わずか四回の安定期を經て、第七十五回以降は招安から崩壞への物語へと進んでいく。つまり、『水滸傳』は安定期の梁山泊にはほとんど興味を示していないのである。では、なぜ梁山泊物の雜劇は、すべて安定期を舞臺としているのであろうか。

これは、これらの雜劇に反映されているのが、梁山泊という土地が身近に存在する北方において成長した物語だからであろう。梁山泊という場所に、宋江三十六人という安定した永續的な集團があり、そこから構成メンバーが外界に出て行って事件に巻き込まれ、それを解決してまた梁山泊に回歸する。視點を變えて、定住民社會の側から見れば、姦夫姦婦による夫または妻の迫害や、權力者の庶民抑壓などの深刻な事態が發生した時、突然現れた異世界の住人が事件を解決して去っていく。彼らは事件を解決するだけの役割を擔う存在であり、去った後、定住民社會はもとの狀態に還り、大きな影響は殘らない。

この構造は、實は世界各地に共通して見られるものである。たとえば、ロビン・フッドとその一統は、シャーウッドの森という場で安定した集團を營んでおり、その中でメンバーが外界に出て事件に巻き込まれ、最後に惡人を懲らしめてから森に歸ってくるという話が果てしもなく再生產される。個々の話の中では、この集團は時間を超越した永續的な存在であることが前提となっており、ロビン・フッドの死の物語は、全體を結ぶ必要があって附け加えられているに過ぎない。異世界の住人が定住民社會を訪問して事件を解決し、そのまま立ち去って二度と歸ってこないという構造は、騎士道物語や西部劇、更には日本の股旅物などでおなじみの構圖である。

これは、定住民社會の中で、非定住民である藝能者が、非定住民社會の英雄の物語を語る時に必然的に持ち込まれるパターンである。定住民は不幸な現狀の解決を求めるが、自身の社會を破壞されることは好まない。そこで、都合よく事件を解決し、後腐れなく消えてくれる存在として、非定住民社會の英雄を求め、藝人たちは自分たちの集團の英雄としてその物語を語ったのであろう。雜劇の梁山泊物語は、この要求に見事に應えているのである。

從って『水滸傳』のような大きな物語は存在すべくもなく、個々の豪傑の人間像も曖昧である。そもそも李逵にしてからが、前述のように、「李逵負荆」においては風流心を、「雙獻功」においては思慮分別と狡知を具えた人間とされており、ひたすらに粗暴な『水滸傳』における李逵とはかなり性格を異にするのだが、これはまだ差が少ない方といってよい。「燕靑博魚」における燕靑は「大漢（大男）」であり、性格的には格別の特徴を持たず、小柄で諸藝に通じた、目から鼻に抜けるような才覺の持ち主である『水滸傳』の燕靑とは全く異なる。更に、「爭報恩」に登場する三人に至っては、關勝は金に困って犬肉を賣り、徐寧は物乞いとなり、花榮は服が風にめくられて露出した短刀を警官に見とがめられて逃亡するという、いずれも全く情けない登場の仕方であって、『水滸傳』における關勝の儒將らしい重々しさや、花榮の颯爽たる若武者ぶりとは天地の差といってよい。

これはなぜであろうか。右にあげた李逵以外の四人相互の間にもキャラクターの違いがほとんど認められない點からすれば、雜劇においては、そもそも三十六人について、李逵のような特別な存在を別にすれば、個々の好漢の個性自體が定まっていなかったのではないか。つまり、雜劇の背景をなす金から元の前期にかけて成長した北方系の梁山泊物語は、『水滸傳』とは大きく異なる性格を持っていたものと思われるのである。

この事實と、『水滸傳』の大枠が『大宋宣和遺事』と合致するという事實を結びつければ、『大宋宣和遺事』は北方系の物語に基づくものではない、つまり南宋系の梁山泊物語の一形態であるという結論が導き出されよう。しかも、梁山泊物雜劇が『大宋宣和遺事』及び『水滸傳』とは別系統に屬することを示す更に明確な事例が存在するのである。

「還牢末」という雜劇がある。(23)これも李逵が登場する雜劇の一つであるが、他とは異なり、李逵は正末ではなく、重要性も薄い。ここで注目されるのは、劉唐と史進という二人の好漢が登場することである。劉唐は、『大宋宣和遺事』『水滸傳』のいずれにおいても、いわゆる生辰綱の事件、つまり蔡京の誕生祝い強奪の犯人の一人である。史進は、『水滸傳』では百八人中最初に登場する好漢であり、陝西の豪農の息子ということになっているが、『大宋宣和遺事』においては、三十六人の名簿に名が見えるのみで、詳細は不明である。ところが、「還牢末」における二人は、全く異なったキャラクターとして登場する。ここでは二人はともに東平府の五衙都首領、つまり胥吏である。しかも劉唐は、休暇の期限に遲れた時、この雜劇の正末である上司の李榮祖がごまかしてくれなかったことを逆恨みして陷れようとする惡人であり、史進は李・劉兩人の間でまごまごするだけの主體性のない男とされている。

つまり兩人とも到底好漢とはいいがたい人物であり、この雜劇の最後で李逵に連れられて梁山泊に仲間入りすることが理不盡にすら感じられる。これは一見すると、たとえば「酷寒亭」のようなよく似たストーリーを持つ雜劇の類型を無理矢理梁山泊に當てはめた結果のように見えるが、すでに高島俊男氏が指摘しておられるように(24)、實はそうではないのである。『水滸傳』第六十九回において、宋江が東平府を攻擊しようとした際、史進は「小弟舊在東平府時、與院子裡一個娼妓有染、喚做李瑞蘭（私が以前東平府におりました時、色街の妓女となじみになりました。名を李瑞蘭と申します）」と言う。『水滸傳』においては、これ以前に史進が東平に來る機會はなかったはずであり、これは不自然なセリフといわざるをえない。しかし、「還牢末」と並べてみれば、その疑問は氷解する。この部分には雜劇における、つまりは北方系の史進の履歴が顏をのぞかせているのである。金において成長したであろう梁山泊物語が、『大宋宣和遺事』『水滸傳』とは基本的に性格を異にするものであったことは、この史進の設定の違いからも明らかである。

北方で知られていた梁山泊物語が『水滸傳』とは大きく異なるものであったことを示す更に顯著な事例がある(25)。明代前期、宣德八年（一四三三）に刊行された周憲王朱有燉の雜劇「豹子和尚自還俗」である。太祖朱元璋の孫に當たる周憲王が著した一連の雜劇は、年代を確定しうる作者自身の手によって刊行されたテキストを傳えるという點で、演劇史上非常に重要な意味を持つ作品群であるが、また梁山泊物語の發展に關わる資料としても貴重な存在なのである。「豹子和尚」とは魯智深のことである。そして、ここに登場する魯智深は、『水滸傳』とは全く異なる素性と性格の持ち主である。彼の自己紹介を見てみよう。

貧僧姓魯、俗名智深、原是南陽廣慧寺僧人。因幼年戒行不精、被師嗔責、還俗為民、根着宋江哥哥、在梁山濼內、落草爲寇。帶着我親母、如今年老、朝夕奉侍。

拙僧は姓は魯、俗名は智深、もともとは南陽の廣慧寺の僧でありました。若い頃、僧の戒めをしっかり守らないということで、お師匠様に叱られて、還俗して僧籍を抜け、宋江あにきの配下で、梁山泊にて山賊となりました。母を連れておりますが、年を取ってしまいましたので、朝な夕なにお世話しております。

出身地は山西や陝西ではなく河南の南陽であり、智深は法名ではなく俗名、還俗して賊となったということは、僧侶ではなく、母と同居している。更にこの雜劇には魯智深の妻子も登場する。しかも、ここで魯智深は、宋江に四十回打たれたことを根に持ってまた出家しようとしているのだが、宋江に打たれた理由は「擅自殺害了平人（勝手に罪もない者を殺した）」というものであった。

つまり、「豹子和尚」における魯智深は、酒や肉こそ好むが、決して無意味な殺人は犯さず、天涯孤獨の出家の身である『水滸傳』の魯智深とは、全く異なるキャラクターなのである。

「豹子和尚」の最初にも三十六人の名簿があり、その內容が『大宋宣和遺事』に非常に近い點からすれば[26]、兩者は同系統に屬するようにも見える。しかし、「豹子和尚」と『水滸傳』が內容的に全く一致せず、一方で『大宋宣和遺事』は『水滸傳』とよく合致する點から考えて、おそらく文字の形になった名簿として『大宋宣和遺事』のそれと同一もしくはそれと類似したものが存在したため、「豹子和尚」がそれを利用しただけである可能性が高かろう。「豹子和尚」が北方系に屬することを示唆するのは、魯智深の出身地が南陽になっていることである。

周憲王の雜劇は彼の王府、つまり周王府で上演されていた。そして、周王府の所在地は開封であった。つまり、金代の開封において地元に密着した形で梁山泊物語が發展したのではないかというさきの推定が正しいとすれば、周憲王はその中心地で雜劇を作り、上演していたことになる。そして、「豹子和尚」で魯智深の出身地とされる南陽は、開封と同じ河南に屬し、開封府と南陽府は境を接して鄰り合う關係にある。つまり、西北の軍人を中心とする臨安の瓦市で形成された魯智深像が山西五臺山と關わりを持つものであったのと同じように、河南で知られていた魯智深は河南の人間とされていたのである。おそらく北方、少なくとも河南一帶の梁山泊物語における魯智深は、こうした履歴の持ち主と考えられていたものと推定される。

更にもう一つ、「梁山五虎大劫牢」という雜劇の存在も注目される。明の宮廷演劇のための上演用臺本と考えられる內府本のみが傳わることから考えて、おそらくこの雜劇は明の宮廷における上演用として制作されたものと思われる。(27)この雜劇の正末は三十六人の一人李應だが、そのキャラクターは『水滸傳』とは大きく異なっている。『水滸傳』第四十七回に登場する李應は、李家莊の主である富農で、年齢などは明記されていないが、彼とトラブルを起こした祝家莊の三男祝彪を「口邊胏腥未退、頭上胎髮猶存（口の乳のにおいも取れず、頭の産毛も殘る）」の若造と罵り、祝彪の父と生死の交わりをかわしたと言っているところから考えて、あまり若くはなく、威嚴のある人物と考えるべきであろう。ところがこの雜劇における李應は、第一折の宋江のセリフによれば「此人年小聰俊（この者は若くて頭の回轉が速い）」というキャラクターであり、第二折では韓伯龍からも「一箇好年小聰俊後生」と呼ばれている。「聰俊」とは、賢くて粹なことであり、つまりこの雜劇における李應は、『水滸傳』における燕靑と同じようなキャラクターを持つことになる。(28)一方、「燕靑博魚」における燕靑は、前述の通り大男とされており、兩者のキャラクターは『水滸傳』とはほぼ逆になっているのである。

明の宮廷演劇においては、民間では雜劇がすたれてからもずっと北曲の雜劇が使用され續けてきた。これは、元の宮廷で上演されていた劇種である雜劇を、いわば式樂として引き繼いだためであろう。周憲王が雜劇ばかり多數制作したのも、そうした流れの上で理解すべきことである。その內容は、おそらく北方で受け繼がれてきたものであったに違いない。李應のこうしたキャラクターも、北方系梁山泊物語の流れに屬するものと考えるべきであろう。

このように北方では、登場人物の名前こそ共通するものの、內容的には『水滸傳』とは全く異なる梁山泊物語が成長していた。その特徵は北方で育ったこと、つまり梁山泊という土地と密着して成立・展開した點にある。前述の通り、一連の梁山泊物雜劇の半分以上を作った高文秀は東平府の生員であった。そして、先に見たように、「還牢末」における劉唐と史進は、この東平府の胥吏とされていた。高文秀はこの地で活躍していた生員、つまりあまり身分の高くない知識人だったのである。また、これも前述の通り、「豹子和尙」と、更にもう一つ「黑旋風仗義疎財」という梁山泊物雜劇を書いた周憲王朱有燉は開封の王であった。このように地元の作者の手になり、地元で上演されていたであろう雜劇が多いという事實は、北方の梁山泊物語が東平・開封という物語の主要な舞臺と密接な關係を持って發達してきたことを示すものである。

雜劇の內容も地元との密着を示唆する。前述のように、雜劇における梁山泊は安定した永續的な集團であり、好漢たちはそこから離れて事件を解決し、また戻っていくのである。これは、好漢たちの集結過程、つまりは梁山泊の成立過程を描く『大宋宣和遺事』や、成立と崩壞ばかりを描く『水滸傳』とは根本的に違う視點であろう。

これは、雜劇の基本となった北方系の梁山泊物語の性格と關わるものである。北方、特に東平や開封では、梁山泊はどこにあるとも知れぬおとぎ話の國ではなく、具體的に、目の前にある存在であった。従って、そこに多くの好漢が集結し、官軍も手を出せないユートピア的な世界を作りあげるという『水滸傳』のような大きな物語、ほとんど幻想ともいうべき世界は出現すべくもない。ただ、地元の人々は身近な世界にいる「義賊」が、自分たちに降りかかった不正を解決してくれることを期待する。救いの神として絶望的な現實から救い出してくれる英雄は、問題が解決すれば、自分たちを巻き込むことなく、後腐れのない形で消えてくれるのが一番ありがたい。梁山泊はそうした英雄が出現し、吸い込まれていく場として存在する。[29]従って、物語は類似したパターンの繰り返しであり、好漢は強い男というだけで、格別の個性を持たない。

このように、金・元期に形成された北方の梁山泊物語は、南宋において形成された南方のそれとは全く性質を異にするものであった。この點から考えれば、『大宋宣和遺事』に見える梁山泊物語は、南宋で成長した物語の系統に屬する可能性が非常に高いことになる。北方では主役である李逵が、『大宋宣和遺事』においてはまことに影の薄い存在であることは、そのあらわれではないかと思われる。

七、「太行山梁山泊」の謎

『大宋宣和遺事』[30]は楊志の物語から始まる。楊志・李進義（『水滸傳』の盧俊義。以下括弧内は同じ）・林沖《ママ》・王雄（楊雄）・花榮・柴進・張青（張清）・徐寧・李應・穆横（穆弘）・關勝・孫立の十二人が花石綱運搬の「指使」に任じられ、義兄弟の契りを結ぶが、楊志は穎州で孫立を待つうちに路銀がなくなり、持っていた寶刀を賣りに出したところ、チンピラにからまれて相手を斬ってしまう。衛州の軍城に配流される途中の楊志に出會った孫立は、開封に行って李進義たちと相談し、護送の軍人を殺して楊志を救出すると、みなで太行山に行って「落草」する。ここまでが第一段である。

つまり、『大宋宣和遺事』は楊志の物語から始まる。そして彼らは太行山で「落草」、つまり山賊になる。實在の楊志が太行山で金の軍勢と戰った「招安巨寇」だったことは先に述べた通りである。このことを踏まえて考えれば、『大宋宣和遺事』のこの部分は、元來梁山泊とは無關係な、獨立した太行山の物語、つまり臨安の瓦市において、「青面獸」を中核に成長した太行山の楊志の物語だったのではないかと思われる。

この推定が正しいとすれば、ともに名の上がっている十一人は、元來は楊志物語の登場人物だった可能性が高いことになる。(31) ただし、梁山泊物語と合流した際、宋江のメンバーのうち獨自の物語を持たない者をこのグループに入れた可能性も否定はできまい。實際、「宋江三十六贊」の「贊」において太行山に言及されている盧俊義・燕青・張横・戴宗・穆横（穆弘）のうち、この十一人に含まれるのは盧俊義（李進義）と穆弘（穆横）だけである。(32) つまり、楊志・盧俊義・穆弘以外については、太行山のメンバーはあまり固定していなかったとみるべきであろう。

楊志たちが太行山に落草したことを述べた後、『大宋宣和遺事』は一轉して、北京留守梁師寶が蔡太師、つまり蔡京に贈る誕生祝いを晁蓋たち八人組が強奪する物語になる。これは、いうまでもなく『水滸傳』に見える生辰綱の物語とほぼ同じ展開であり、『大宋宣和遺事』が『水滸傳』と直接的な關係を持つことを示すものである。強奪グループのメンバーについても、合計八人のうち、晁蓋・吳加亮（吳用）・劉唐・阮進（阮小二）・阮通（阮小五）・阮小七の六人までは『水滸傳』と一致している。『大宋宣和遺事』の殘り二人、秦明・燕青は『水滸傳』では拔けて、代わりに公孫勝が入ってはいるものの、兩者はおおむね共通するといってよい。その後、鄆城縣の押司だった宋江がひそかに晁蓋に捕り手が來ることを知らせて、晁蓋が逃亡に成功するというところも、捕り手が董平であることを別にすれば『水滸傳』とほぼ一致する。つまり、兩者は明らかに密接な關係を持つ。そして、やはり『水滸傳』と同樣、『大宋宣和遺事』でも晁蓋たちは「落草」することになるのだが、その行き先は『水滸傳』とは異なり、「梁山泊」ではなく「太行山梁山泊」である。

これは、『大宋宣和遺事』が南宋で成立した物語の系統に屬することを示す事實といってよい。太行山は山西、梁山泊は山東に位置し、遠く隔たる以上、地元の人間、たとえば開封や東平の住人の中で生まれたものであれば、このような不可解な地名が登場するはずがない。つまりこれは、『大宋宣和遺事』の梁山泊物語が、北方の地理をほとんど知らない人々の間で成立したものであることを示しているのである。しかも、南宋併合後の元や明に入ってからであれば、いかに南方で成立したものであろうと、ここまで北方に無知であるとは考えがたい。自國領ではない山東や山西のことを全く實感できない南宋において成立した物語だとすれば、このような現象も説明可能となる。本來「南樂縣」であるべき誕生祝い強奪事件の發生地點が「南洛縣」と誤っていることも、やはりこの附近の地理に不案内な人間がこの話をまとめたことを思わせる。

では、なぜこのような不思議な地名が現れるのか。この時晁蓋たちは、犯行後、蔡太師の誕生祝いを強奪したことは「不是尋常小可公事（普通のどうでもよい事件とは譯が違う）」と考えて、「不免邀約楊志等十二人（やむなく楊志たち十二人を迎えて）」二十人で兄弟の契りを結んだということになっているのである。つまり、兩グループにかかわる地名をそのままつなげたのがこの地名であった。とすれば、逆にいうと、楊志は元來梁山泊と關わっていたわけではない可能性が高いことになる。

そして、『大宋宣和遺事』における誕生祝いの護送責任者は、縣尉（どこの縣かは書かれていない）の馬安國である。『水滸傳』では楊志がこの役に當たっていることはいうまでもない。『大宋宣和遺事』が『水滸傳』の原型であるとすれば、馬安國が楊志に入れ換えられたことになる。この事實と、先に見た梁中書のキャラクターが不自然であることを重ね合わせると、南宋における梁山泊物語が『水滸傳』へと展開していったおよその道筋が見えてくる。

晁蓋・宋江を中心とする話、つまり生辰綱強奪と宋江の閻婆惜殺しを中心とするストーリーが存在し、これは梁山泊の物語、つまり宋江がどのようにして三十六人の首領となっていくかを語るものであった。この梁山泊の賊宋江の物語とは別に、太行山の賊楊志の物語が存在した。それは、楊志が花石綱の運搬に失敗して處罰される話と、將軍の前で武藝を披露して取り立てられる話を含む、太行山への落草と、招安を受けての官軍入りを語るものであった。「青面獸」はその物語（もしくはその一部）だったのであろう。そして、おそらく三十六人（その名前がはじめからそろっていたかは大いに疑問である）をそろえる必要上、二つの系統が一つにされたのが『大宋宣和遺事』段階であった。そこでは、便宜上附け加えられた楊志の物語は簡略化されたらしく、武藝を披露する話などは記されていない。

その後に次のようなことが起きたものと推定される。まず、當然ながら二つの話が合體していることには無理があるため、物語は梁山泊系統、つまり晁蓋・宋江の方向へと一本化される。その過程で、太行山の方に名を連ねていた好漢には別の物語が與えられていったが、楊志だけはもとの物語を離れることはできなかった。そこで、花石綱の物語は背負った上で（『水滸傳』第二十回で楊志の身の上話としてその物語が語られ、續いて刀を賣ろうとして人を殺してしまう話になる）、馬安國のかわりに生辰綱の護送役に楊志が當てられることになった。そして、その間にはかつての太行山楊志の物語にあった演習における腕比べの物語が、司令官を梁中書に變更して無理に取り込まれ、楊志が護送役に當たる展開へとつなげるための手段とされたのであろう。

『醉翁談錄』に獨立した物語が見えた他の二人、「花和尚」の魯智深と「武行者」の武松の名も『大宋宣和遺事』には見えるが、武松は三十六人のリストの中に名が見えるのみであり、魯智深は三十六人の最後に「那時有僧人魯智深反叛、亦來投奔宋江（その時、僧の魯智深も反逆して、やはり宋江のもとに身を寄せてきた）」と取って附けたように述べるのみで、「反叛」の具體的内容も記されてはいない。おそらくこれは、三十六人の數をそろえるため、元來獨立した物語の主人公であった彼らが梁山泊のメンバーに取り込まれたことに由來しよう。それゆえに、彼らの物語は梁山泊（そして太行山）の物語を主として語る『大宋宣和遺事』には記されていないのであろう。これは一つには、『大宋宣和遺事』における梁山泊物語が、同書における脇筋的な插入の形を取っている點から考えて、本筋とは別の物語を詳細に語る場ではないためかと思われるが、魯智深への言及の仕方から考えれば、これらの人物をどのように梁山泊に結びつけるか自體がまだ固定していなかったのかもしれない。

そして、特に魯智深についていえば、先に述べたように彼が五臺山に結びつけられていることから考えて、楊志同樣に臨安の瓦市の主催者であった楊存中との關わりのもとに物語が發展した可能性が高い。おそらく元來親近性を持つ物語の主人公同士であったがゆえに、『水滸傳』段階に至って魯智深は楊志と組んで二龍山にこもることになる。二龍山は、『水滸傳』第十七回で魯智深が言うところによれば、孟州（洛陽の北東）からほど遠からぬところ、つまり太行山の南端あたりにあるはずである。ところが、第五十七回では青州（現在の山東省益都。梁山泊からは二百キロほど東になる）にあることになっている（ただし第十七回でも、二人に二龍山のことを傳える曹正は、自分は「山東」に流れてきたといっている）。この不可解な事實も、楊志・魯智深が太行山という一點において關わっていたため、兩人の話は太行山南端で合流するという形を取っていたが、後に梁山泊と合流するという物語とつじつまをあわせるため、位置が山東に變えられてしまったものと考えれば說明可能である。つまり、事情は『大宋宣和遺事』における「太行山梁山泊」と同樣であることになる。魯智深と關わりが深い李忠・周通の桃花山が同樣に太行山附近から山東に變わっているのも、同樣の經過をたどった結果であろう。(33) そして、武松も二龍山の頭領に加わることとされる。『醉翁談錄』に見える三つの獨立した物語の主人公がみな二龍山に入り、まとめて梁山泊に合流するのは、彼らが梁山泊に參加する物語が元來存在しなかったことのあらわれであろう。

八、『水滸傳』原型の成立

このように、『水滸傳』は南宋で成立した梁山泊物語、具體的には『大宋宣和遺事』に見えるような晁蓋・宋江の物語を基本にして、まず楊志の花石綱關係の物語を取り込み、更に魯智深・武松の物語も附け加えるという形で發展していったものと思われる。前述したように、北方における梁山泊物語において壓倒的な存在感を持っていた李逵が、『大宋宣和遺事』においては名前が見えるのみで、具體的なことが一切記されていないのはそのためであろう。『水滸傳』になっても、李逵は「主要人物の中で獨立した物語を持たぬ數少ない人物の一人」[34]であって、宋江に附隨する役割にほぼ終始する。わずかに彼が獨自の活動を示すのは、『水滸傳』中で安定した梁山泊、つまり北方系梁山泊物語と同じシチュエーションを持つ第七十三・四回においてのことだが、この部分は、前にもふれたように元雜劇に基づいて後から附け加えられた可能性が高いものと思われる。このことは、南北が統一された後、『水滸傳』がある程度成長した段階で、北方系の物語が取り込まれたことを意味するものであろう。

ただし、たとえば『錄鬼簿』に元代前期の俳優出身の雜劇作者紅字李二の「折擔兒武松打虎」という雜劇が著錄されていることに示されているように、南北である程度共通した物語も存在したものと思われる。ただそれが、梁山泊の武松の物語であったか、それとも獨立した豪傑武松の物語であったは定かではない。當初の三十六人の名前が宋江しか分からない以上、武松であれ魯智深であれ、初めから梁山泊の豪傑として認識されていたか否かについては、今となっては知る由もないのである。ただ、ある時期以降彼らの多くが南北雙方で梁山泊のメンバーと認識されるようになったことは間違いない。

このようにして、南宋で『水滸傳』の原型が成立したとすれば、『水滸傳』に見える家屋の構造が南方のものであること、南方の地理については正確に記述されているのに對し、北方の地理は全くでたらめであることといったすでに指摘されている問題[35]も説明が容易になる。第四十四回や第五十三回において、遼の領土であるはずの薊州に戴宗たちが赴くにも關わらず、全く別の國という意識が認められないのも、南宋においては山東も薊州も金の領內であったことの反映と見るべきかもしれない。

やがて、おそらくは元末明初以降、『水滸傳』物語は充實して今日の姿に近づいていくことになる。その過程についてては別稿で詳しく論じたところであるが[36]、戯曲との關係については、更に論ずべき問題が殘っている。次章では、その點について論じたい。

注

（1）『水滸傳』成立以前の梁山泊物語については、大塚秀高氏が「水滸説話について――『宣和遺事』を端緒として」（『中國古典小説研究動態』第二號（一九八八年十月））で「水滸説話」という名のもとに『大宋宣和遺事』との關わりを中心に論じられ、また笠井直美氏が「「義賊」の誕生――雜劇『水滸』から小説『水滸』へ――」（『東洋文化』第七十一號（東京大學東洋文化研究所一九九〇年十二月））で雜劇との關わりを中心に論じられたところである。本章は、兩氏の説に依據しつつ、異なる觀點からこの問題を見ようとするものである。

（2）宮崎市定『水滸傳――虛構の中の史實』（中公新書一九七二。ここでは『宮崎市定全集』第十二卷（岩波書店一九九二）所收の本文に依據する）第九章「宋江に續く人々」『全集』三三二頁。

（3）この點については、第一章の二四頁を參照。

（4）「公案」の項に「石頭孫立」「戴嗣宗」の名も見えるが、これらが梁山泊の孫立・戴宗と關係があるかは定かではない。

（5）小松謙『中國歴史小説研究』（汲古書院二〇〇一）第六章「『楊家府世代忠勇通俗演義傳』『北宋志傳』――武人のための文學――」一九八～一九九頁。

（6）『張協狀元』には出・齣・折などの區分はない。ここでは錢南揚校注『永樂大典戲文三種』（中華書局一九七九）の區分による。

（7）余嘉錫「宋江三十六人考實」（『余嘉錫論學雜著』（中華書局一九六三。ここでは二〇〇七年の北京第三次出版による）所收）。

（8）『三朝北盟會編』本文は光緒三四年許涵度刊本（上海古籍出版社二〇〇八の影印による）に依據する。

（9）この點については小松謙『「四大奇書」の研究』（汲古書院二〇一〇）第三部第一章「『水滸傳』成立考――内容面からのアプローチ」一五四頁・一六四頁を參照。

（10）松浦智子「關于楊家將五郎爲僧故事的考察」（『明清小説研究』二〇〇九年四期）。

（11）對金戰が臨安の瓦市における藝能の主要な題材であったことは、注（3）でふれた『醉翁談錄』の記事からも見て取れる。

（12）注（5）に同じ。

（13）以下『水滸傳』という場合は、すべて容與堂本をさす（底本としては中國國家圖書館所藏本に基づく上海人民出版社一九七三の影印本を使用する）。

（14）小松謙『中國歴史小説研究』第五章「『唐書志傳』『隋唐兩朝史傳』『大唐秦王詞話』『隋史遺文』『隋唐演義』『說唐全傳』――平話の存在しない時代を扱う歴史小説の展開」。

（15）注（14）所引の論考、特に一五八頁以下。

（16）小松謙『「四大奇書」の研究』第三部第二章「『水滸傳』成立考――内容面からのアプローチ」一六五頁。同論考は本章と相補う關係にある。『大宋宣和遺事』から『水滸傳』成立に至る過程に關する筆者の見解については、同論考を參照されたい。

（17）この點については、大塚秀高『中國小説史への視點』（日本放送出版協會一九八七）「7　短篇小説だった水滸傳――長篇小説の育たぬわけ」の「梁山にのぼれなかった好漢たち」八〇頁に指摘がある。

（18）小松謙『中國古典演劇研究』（汲古書院二〇〇一）Ⅰ　第一章「元雜劇作者考」。

(19) この點については、第三章注（1）參照。

(20) 田中謙二「院本考──その演劇理念の志向するもの」（初出は『日本中國學會報』第二十集〔一九六七年十二月〕。ここでは『田中謙二著作集』第一卷（汲古書院二〇〇〇）に依據する）八三頁。

(21) 『水滸志傳評林』卷二十、『水滸忠義志傳』第九十一回。この點は邵曾祺『元明北雜劇總目考略』（中州古籍出版社一九八五）四四頁の指摘による。

(22) 注（20）所引の田中論文は全體にこの問題を扱う。

(23) 脈望館抄本・古名家本・元曲選本があり、元曲選本のみかなりの異同があるが、設定などに相違はない。

(24) 高島俊男『水滸傳の世界』（大修館一九八七、後にちくま文庫二〇〇一）「十　講釋から芝居まで」文庫版一八一頁。また中鉢雅量氏も『中國小說史研究──水滸傳を中心として──』（汲古書院一九九六）第Ⅱ部第二章「水滸傳の成立過程」一四二〜一四四頁においてこの點を論じておられる。

(25) 「豹子和尚自還俗」の本文は『中國古代雜劇文獻輯錄』（一）（全國圖書館文獻縮微複製中心二〇〇六）所收の影印に依據する。

(26) 一部序列が異なる（たとえば『大宋宣和遺事』では最後尾にあった晁蓋が第二位になっている）ほか、一部の名前や綽號の表記が異なる（たとえば柴進が柴俊となっている）が、張岑・杜千が入っていて解珍・解寶がいない點など、多くの特徵が『大宋宣和遺事』と一致する。

(27) 明の宮廷演劇と內府本については、小松謙『中國古典演劇研究』Ⅱ　第三章「『脈望館抄古今雜劇』考」參照。

(28) 高島俊男前掲書「十　講釋から芝居まで」文庫版一八四頁にこの點に關する言及がある。

(29) 笠井直美氏は、前掲論文で「水滸雜劇では、梁山泊の好漢と結義した堅氣の人々は、一騷ぎおき、一命をとりとめ、親子夫婦團圓した後には、再び娑婆（一般人の世界）に還って行くらしく見える」と指摘しておられる。

(30) 『大宋宣和遺事』の本文は『士禮居黃氏叢書』（廣陵書社二〇一〇）所收の影印に依據する。

(31) この點については、小松『「四大奇書」の研究』第三部第一章「『水滸傳』成立考──內容面からのアプローチ──」一五七頁參照。

（32）高島俊男前掲書「十　講釋から芝居まで」文庫版一七五頁にこの點についての指摘がある。

（33）松村昂・小松謙『圖解雜學水滸傳』第2章「『水滸傳』物語の中から」の九八頁「二つの桃花山」・一〇〇頁「二つの二龍山」參照。

（34）高島俊男前掲書「五　人の殺し方について」文庫版八七頁。

（35）宮崎市定「水滸傳と江南民屋」（『文學』第四十九卷第四號〔一九八一年〕。ここでは『宮崎市定全集』第十二卷に依據する）。北方の地理がでたらめであることについては、小川環樹『中國小說史の研究』（岩波書店一九六八）第二章「「水滸傳」の作者について」の注（2）以來、多くの指摘がある。

（36）注（16）所引の小松論考。

第六章　『寶劍記』と『水滸傳』——林冲物語の成立について——

明代に『水滸傳』として集大成されることになる梁山泊物語は、北宋末における歴史的事實を受けて、南宋・金以降、演劇・語り物などの藝能の場で發展していったものと思われる。ただ、演劇からの影響という點では、元から明初にかけて制作された多くの梁山泊物語を題材とした雜劇が『水滸傳』にほとんど影響していないことは、第五章で論じた通りである。

では、明代においてはどうだったのであろうか。『水滸傳』の成立・展開と並行する形で生まれた明代の戲曲、特に南曲による傳奇(1)はどうなのか。四折・一人獨唱という嚴しい制約を課されていた雜劇とは異なり、數十の齣(2)を連ね、すべての登場人物が唱うことが許容される傳奇においては、雜劇とは異なった狀況が認められるはずである。しかも、多くの傳奇が成立した時期は、『水滸傳』が今日の形へと成長していった期間と重なる以上、兩者の間には一定の影響關係が存在するはずである。本論においては、梁山泊物傳奇の中でも最古のものと思われる李開先の『寶劍記』(3)について考察を加えることにより、『水滸傳』の中でも特に重要な位置を占める林冲物語の成立過程を解明することを試みるとともに、現行の『水滸傳』本文の成立時期についても一つの假說を提示してみたい。

一、『寶劍記』と『水滸傳』

梁山泊物語を題材とする傳奇の中に、明代前期に成立したものは存在しない。現在確認しうる中で最も成立が早いものと思われる梁山泊物傳奇は、李開先（一五〇二～六八）の『寶劍記』である。この作品の巻頭には、雪蓑漁者（李開先の門客だった書家蘇洲）の序が附されており、そこには「嘉靖丁未歳八月念五日」、つまり嘉靖二十六年（一五四七）八月二十五日の日附がある。この序は、李開先の文集である『閒居集』巻六にも[4]「改竄雪蓑之作」という注記を附して收錄されており、蘇洲の作といいつつ實際には李開先自身の手が入っているらしいことからすれば、この日附は成立の時期を忠實に反映しているものと見てよい。事實、同じく『閒居集』巻六に收められている「市井豔詞又序」には「登壇及寶劍記脫稿於丁未夏（『登壇記』と『寶劍記』は丁未の年の夏に脫稿した）」とあり、八月二十五日の日附を持つ『寶劍記』の序は、脫稿後間もなく書かれたものと思われる。ただし、末尾に置かれた王九思の「書寶劍記後」に「嘉靖己酉秋九月九日」、つまり嘉靖二十八年の日附があることから考えて、刊行自體は成立から少し遲れたようである。

『水滸傳』がいつ今の形になったかは、もとより不明である。その成立時期についても、元末から明代中期に至るまで多樣な說があるが、一旦成立を見た後にも改變が加えられ續けたに違いない。容與堂本以下の『水滸傳』に明代中期以降でなければ現れ得ないであろう記述が認められることは、筆者が以前に論じた通りである。[5]しかし、嘉靖年間の刋ではないかと推定されている殘本が容與堂本と大差ない本文を持つことから考えて、[6]遲くとも嘉靖年間のある時期には今日知られるものとほぼ同じ內容を持つ『水滸傳』が存在したと見るべきであろう。實際、有名な郭武定板『水滸傳』を刊行した郭勛は嘉靖二十年（一五四一）に失脚、翌年に獄死しており、また李開先自身が『詞謔』において唐順之・王慎中といった嘉靖年間の名士たちが『水滸傳』を讃えたと述べている點からしても、嘉靖年間には『水滸傳』がまとまった形で存在し、流通していたことは確實であろう。

とすれば、當然ながら『寶劍記』が成立した時には現行とほぼ同じ『水滸傳』が存在したことになる。先にふれた『詞謔』の記事からも彼自身『水滸傳』を目にしていたものと考えられる以上、李開先は『水滸傳』をもとに『寶劍記』を書いたと見るのが常識的な判斷であろう。

しかし、そこには疑問の餘地がある。ことは『水滸傳』の內容に關わる。

二、林冲の謎

『寶劍記』は『水滸傳』(7)第七〜十一回で語られる林冲の物語を題材とする。『水滸傳』では自害して果てることになっている林冲の妻が、『寶劍記』では小間使を身代わりに立てて生き延び、最後に林冲と團圓することや、林冲が指揮する梁山泊の軍勢の脅威にさらされた朝廷がその主張を認め、高俅父子を差し出して復讐させた上に官位まで與えるといった、ハッピーエンドという傳奇の定型に從ったがゆえの差異こそあるものの、大まかには兩者のストーリーは一致する。從って、『寶劍記』は『水滸傳』を演劇化したもののように見える。

しかし、林冲物語は『水滸傳』の中ではかなり特殊な性格を持っているのである。そもそも物語の基調自體、ブラックユーモアに滿ちた諧謔的雰圍氣を基本とする『水滸傳』の中にあっては異例の悲劇的なものである。それだけに特に知識人からは好まれ、林冲が雪をついて酒を買いに行く場面などは畫題としても多く用いられ、また京劇などでも多く演じられているが、全體を通して讀んだ場合、この部分が他から浮いているように感じられることは否めない。

更に、林冲の性格にも大きな問題がある。(8)そもそも、すでに何度も指摘されている通り、(9)林冲の綽號「豹子頭」は、『三國志演義』などにおいて張飛の容貌を形容する語であり、事實『水滸傳』第七回における初登場の描寫

那官人生的豹頭環眼、燕頷虎鬚、八尺長短身材。

その旦那は豹のような頭に丸い目、燕のあごに虎ヒゲ、八尺ほどの體。

は、嘉靖壬午序本『三國志演義』巻一「祭天地桃園結義」における張飛の描寫

身長八尺、豹頭環眼、燕頷虎鬚。

とほとんど合致する。そして、後に梁山泊五虎將の一人となってからは、「丈八蛇矛」を得物にするが、これも張飛の武器である。つまり林冲は張飛をモデルとしたキャラクターなのであり、そのことは第四十八回において

滿山都喚小張飛、豹子頭林冲便是。

梁山泊中の人が「小張飛」と呼ぶ、これぞ豹子頭林冲。

と明示されている通りである。第七十一回の石碣に見える百八人の名簿でも、第五位に置かれた關羽もどきの關勝とペアで第六位に置かれていることは、やはり林冲が小張飛というべき人物であることを示している。

とすれば、關勝が關羽の重厚さを模倣したキャラクターに造形されているのと同様、林冲も張飛に似た單純粗暴なキャラクターであるべきであろう。ところが、第七〜十回の物語を讀む限り、林冲は少しも張飛に似てはいないのである。

たとえば第七回、妻にちょっかいを出した男がいると聞いた林冲は、その男を毆ろうとして、相手が高俅の養子高衙內だと知った途端に手が出せなくなり、

林冲本待要痛打那厮一頓、太尉面上須不好看。

ぶん毆ってやるつもりだったんだが、太尉様の顔をつぶしてしまう。

と微温的な發言をして魯智深に批判される。これは直情かつ粗暴な張飛とは正反對といってよい。ところがその後、親友の陸謙にだまされたと知った林冲は、陸謙の家をたたき壞した上に、短刀を持って陸謙を探し回る。ここで一旦粗暴な側面が見えたようだが、あとは無實の罪で捕らえられ、配流の道中で董超・薛覇から理不盡な迫害を受けながら耐え忍び、あげくの果てに殺されかかったところを魯智深に助けられるが、それでも二人を殺そうとする魯智深を止める。更に柴進のもとで洪敎頭との試合を所望されたときには、

這洪敎頭必是柴大官人師父、不爭我一棒打翻了他、須不好看。

この洪敎頭は柴様の師匠に違いない。一打ちでやっつけてしまったらまずいだろう。

と、また分別を働かせる。

つまり、林冲はほぼ一貫してやや小心な律儀者として描かれているのである。そうした林冲の性格が一變するのは、彼の物語が終わりに近づく第十回でのこと、危ういところを助かって陸謙たち三人を返り討ちにした林冲は、雪の中を逃れるうち、百姓のグループに出會って火に當たらせてもらうが、酒を分けてくれと賴んで斷られると暴れ出して百姓たちを追い散らし、

都走了、老爺快活吃酒。

みんな行っちまったな。俺樣は樂しく飲ませてもらおう。

とうそぶく。この後林冲は、醉ってよろめきつつ歩いた末に、醉いつぶれて倒れたところを戻ってきた百姓たちに捕らえられてしまう。これは、この場面以前の林冲には全く似合わない行動といわざるをえない。

この林冲が暴れる場面について、高島俊男氏は、「このごく短い一節は、林冲の變貌を暗示する重要なエピソードである。……こうして林冲は、順良で折り目正しい軍人から、ならず者へ、そして盗賊の首領へと變化していく」とされる。(10) しかし、『水滸傳』においてそのような近代的文學技法が用いられるものであろうか。

考えてみれば、この粗暴かつ少々間抜けな行動は、張飛にはまことにふさわしいものである。つまり、この場面において林冲は、「豹子頭」という綽號にまことにふさわしい行動を取っているのである。そして、よく氣をつけてみると、それ以前の部分にも林冲が張飛のエピゴーネンであることを暗示する部分が存在する。

一つは、すでにふれた陸謙に對する彼の態度である。家をたたき壞すこともさることながら、その後の短劍を持って探し回るという行動は、他の部分の林冲の人物像とは合致しない。しかしそれ以上に問題なのは、第十回に見える李小二のセリフである。

李小二は、かつて東京で林冲に救われて、彼を恩人と仰ぐ男である。滄州で飲み屋の亭主になっていた彼は、配流されてきた林冲に會って喜び、何くれとなく世話を燒く。ある日、怪しい二人組（陸謙と富安）がやってきたのを見た李小二は、彼らの口から「高太尉」という言葉が漏れたのを聞いて妻に相談するが、妻から林冲を呼んできてはと提案されてこう言う。

　　你不省得。林教頭是箇性急的人、摸不着便要殺人放火。

　　おまえはわかっとらんな。林教頭様は氣の短いお人だ。何かというと人殺しや火付けをしようとなさる。

これが、ここまで描かれてきた林冲の性格とは全く一致しないことはいうまでもない。しかもこの言葉を發するのは、林冲をおとしめようとする敵ではなく、彼を恩人とあがめ、ひたすら肩入れする人物なのである。つまり、この評價は全く惡意なしに下されたものであることになる。しかし、これが張飛に對する評價であるとすれば、全く異とするには足りまい。

つまり第七～十回においては、林冲は律儀者として描かれつつも、時々彼の粗暴さが顔をのぞかせているのである。これは、彼の性格の兩面性の表現といった近代文學的な技法によるものではあるまい。おそらく林冲は本來「豹子頭」、つまり張飛まがいの亂暴者であった。李小二がいう「殺人放火」にすぐに走る人間像は、この張飛まがいの林冲のものに違いない。とすれば、小心で律儀者の林冲は何なのか。

林冲の正體を暗示するのは、演劇の世界における林冲像である。今日京劇・崑曲などに登場する林冲は、ここまで問題にしてきた悲劇の主人公の部分ではひげのない二枚目、梁山泊集團の成立後ではひげをつけた長靠武生、つまり老生による武將の姿を取っている。今日の演劇においては、張飛と同じ姿をした林冲が登場することはありえない。つまり、演劇の世界では林冲は生眞面目な二枚目であり、あるいは落ち着いた武將であって、粗暴な張飛もどきではない。これは、『水滸傳』第七～十回の主要部における林冲像と合致するものといえよう。では、演劇におけるこのイメージの元になったのは何であろうか。

今日崑曲・京劇など各地の地方劇で廣く演じられている「夜奔」という一段がある。古くは明の徐復祚の『三家村老委談』[11]ですでに言及されているこの一段が、演劇の世界における林冲のイメージを決定づけたものである可能性は高い。そして、この「夜奔」は、ほかならぬ『寶劍記』第三十七出に基づいているのである。

ここで議論をまとめてみよう。本來の林冲は、「豹子頭」つまり張飛まがいのキャラクターであった。第七～十回の林冲物語の最後に近いくだりで、林冲は張飛を思わせる行動を取る。そして、それ以降の林冲は、第十一回では「投名狀」がわりに旅人の首を取ってこいと王倫にいわれて出かけていき、第十九回の「林冲水寨大併火」では大勢の前で王倫を刺殺する。これらは張飛に近い行動といってよかろう。後半における林冲は、格別特徴的な行動を取るわけではないが、馬軍を率いる五虎將の一人として、「丈八蛇矛」を得物に戰う。五虎將は、いうまでもなく「三國志」の五虎將をモデルとしており、ここで關勝と林冲が五虎將の筆頭を占めているのは、關羽と張飛にならったものであるに違いない。つまり、第十回後半以降の林冲は、「小張飛」そのものである。

すると、第十回前半までの林冲は何であるのかが問題になってくる。この部分における林冲は、梁山泊物語における本來の林冲とは異なるキャラクターの持ち主である。第十回までの部分でも、ところどころで張飛に似通う性格の片鱗を示す點から考えて、おそらく張飛もどきの林冲の上に、全く異なった林冲の物語がかぶせられた結果、このようになったのであろう。では、上からかぶせられたキャラクターはどこから來たのか。

愼み深い二枚目という、張飛とは全く對照的な林冲は、おそらく演劇の世界から導入されたものと思われる。實際、この性格は通常の傳奇の男性主人公にほぼ共通するものといってよい。妻との愛情と、悲劇的な別離が強調されるのも、傳奇の多くと共通する。特に妻との別離の場面が延々と續くのは、傳奇の常套的パターンと完全に合致している。ただ、傳奇とは違って、結末が團圓に終わらないだけのことである。

とすれば、ここに『寶劍記』の影響を見出すのはごく自然な發想であろう。『寶劍記』の內容が『水滸傳』に導入された結果、この部分のみ林冲の性格が他とは異なるものになり、またここだけに他の部分とは違う悲劇的な雰圍氣が漂っているのではないか。最後が團圓に終わるとはいえ、『寶劍記』は中盤までは非常に悲劇的な調子を保ち續けている。

しかし、そこには大きな問題がある。前節で述べたように、『寶劍記』が成立した嘉靖二十六年には、現行のものと同樣の本文を持つ『水滸傳』がすでに存在していたものと思われるのである。『寶劍記』が『水滸傳』に影響することはありえないのではないか。

三、『寶劍記』の謎

『寶劍記』は、本當に嘉靖二十六年の成立なのであろうか。さきに見たように、作者李開先自身がそのように述べ、李開先自身が手を入れた序文にそのように書いてある以上、この事實には疑問の餘地がないように見える。しかし、序文をよく讀むと、そうは言い切れないことが明らかになってくるのである。

蘇洲の名で書かれてはいるものの、實際には李開先自身が手を入れた、つまり作者自序と見なしても大過ないその序文には、『寶劍記』について、蘇洲の口吻を借りて次のように述べられている。

予遊東國、只聞歌之者多、而章丘尤甚、無亦章人爲之耶。或曰、坦窩始之、蘭谷繼之、山泉翁正之、中麓子成之也。

私が東國（山東）に行ってみると、この戯曲が多く唱われているのを耳にした。特に章丘での流行ぶりが目立つことからすると、章丘の人の作品なのではあるまいか。一説には、坦窩が始め、蘭谷がそれを引き繼ぎ、山泉翁がそれを正して、中麓子が完成させたのだという。

「中麓子」は李開先のことである。つまり、この記述によれば、李開先は他の人の仕事を引き繼いで完成させたことになる。では他の三人は誰なのであろうか。

三人のうち、「蘭谷」については、この號を名乘る人は多いものの、李開先と關わりを持っていた可能性のある人物はなかなか見つからない。一方、「山泉翁」については、候補者を容易に絞り込むことができる。王士禛『古夫于亭雜錄』巻二「劉澄甫」にいう。(12)

余極喜山泉翁山藏柳市無車馬、水隔桃源有子孫之句、池北偶談載之矣。然不詳爲何許人。閲壽光縣誌、乃知山泉名澄甫、姓劉氏、字子靜、文和公翊之孫。正德戊辰進士、官御史、有直聲、與弟淵甫・范泉皆工詩。歸田後與馮閭山裕・黄海亭卿諸老爲海岱吟社。其叔銃號西橋、八歳通五經、成化中以神童召見文華殿、以廕累官太常少卿、與何李康邊諸公相唱和。有西橋集。

私は山泉翁の「山は柳市を藏して車馬無く、水は桃源を隔てて子孫有り」の句が大好きで、『池北偶談』にこの句を載せたものである。しかし、どういう人かは知らなかった。『壽光縣志』を見て、はじめて山泉の名は澄甫、姓は劉氏、字は子靜、文和公翊の孫だということがわかった。正德戊辰の進士で、御史となって剛直と評價され、弟の淵甫や范泉ともどもいずれも詩にすぐれていた。引退後は馮閭山（諱は裕）・黄海亭（諱は卿）といった長老の方々と海岱吟社を結んだ。叔父（諱は銃）は西橋と號し、八歳にして五經に通じ、成化年間に神童として文華殿に召されて皇帝に拜謁し、恩蔭により官位につき、昇進を重ねて太常少卿に至った。何景明・李夢陽・康海・邉貢といった方々と唱和しており、『西橋集』がある。

「文和公翊」とは、成化十一年（一四七五）に内閣大學士となった劉翊のことである。實は、李開先の『閒居集』巻七には、王士禛が言及していた劉澄甫の叔父劉銃のために書いた「資善大夫太常寺卿兼翰林院五經博士西橋劉公墓誌銘」が収められており、澄甫の名も文中に見えるのである。王士禛がふれている劉銃の逸話はいずれもこの墓誌銘に見えるものであり、そもそも『壽光縣志』が依據したのは李開先のこの文だったものと推定される。この文によれば、李開先は進士合格當時に世話になったということであり、壽光縣は李開先が居住していた章丘からはかなり東になるが、山東を代表する大族として北京官界で強い影響力を保持していたためか、李開先はこの劉氏一族と親しかったものと思われる。

劉澄甫は、ここで王士禛が述べているように正德戊辰、卽ち正德三年（一五〇八）の進士である（王士禛は『漁洋詩話』卷上でも劉澄甫にふれているが、そこではなぜか「嘉靖間進士」とする。これは單なる誤りであろう）。つまり、嘉靖八年（一五二九）の進士である李開先よりはかなり先輩ということになる。これは『寶劍記』の前身に關わった人物としては、世代的にもふさわしいものといえよう。號が一致し、李開先と確實に關係があり、年代的にも當てはまる以上、劉澄甫が「山泉翁」であることは動かないものと思われる。

一方、「坦窩」の素性を明らかにすることは容易ではないが、手がかりがないわけでもない。前七子の筆頭である李夢陽に「陳公六十壽序」という文がある（『空同先生集』卷五十六）[13]。そこには次のようにいう。

陳公者鄢人也。年六十矣。……公號其居曰坦窩、遂自稱坦窩道人。子某以名進士、官至山東參議。其壽之辰也、爲正德己卯八月一日。會參議君歸稱觴于家。

陳公は鄢の人である。歳は六十。……公はその家を坦窩と名付けて、坦窩道人と自稱した。子の某は進士に合格し、官は山東參議にまでなっている。陳公の誕生祝いの日取りは正德己卯（十四年（一五一九））八月一日である。ちょうどその時參議君は歸鄉して實家で祝杯を擧げた。

「坦窩」という號は比較的珍しいものではあろうが、これだけでは『寶劍記』との關わりの有無については知るよしもない。「陳公」についてより詳しい情報を得る手だてはないものであろうか。

名前が書かれていない以上、「陳公」の素性を探る鍵となりうるのは、出身地が「鄢」であることと、息子が進士になって山東參議の地位についたことの二點のみである。「鄢」とは河南の鄢陵のことに違いない。鄢陵は開封府に所屬し、開封の南六十キロほどに位置する。つまり、山東に鄰接した地域ではある。

では、山東參議で鄢陵出身の陳姓の人物はいるであろうか。幸いなことに、參議ほどの地位になれば、『山東通志』

巻二十五之一「職官志」に歴代在職者の名が列擧されている。(14)そこに次の記述を見出すことができる。

陳溥、河南鄢陵人。

姓・出身地・官職という三つの條件にすべて當てはまることは間違いない。問題は、『山東通志』ではこの後に「以上正統景泰天順間右參議」とあることである。正統から天順までの參議では、李夢陽が言う正德の山東參議とは年代が合わない。しかし、『山東通志』の正德年間における山東參議の名簿を見ても、陳姓の人物は見あたらないのである。更に、『河南通志』巻五十七「人物一」には次のようにある。(15)

陳溥、字一卿。鄢陵人。弘治乙丑進士。授大理寺評事、以忤逆瑾、謫武鄉縣丞。稍遷陽曲知縣。瑾誅、陞戶部主事、轉山東參議、守海右道。歲饑、溥冒雪賑䘏、全活甚衆。感疾請歸。子棐見選擧志。

陳溥、字は一卿。鄢陵の人。弘治乙丑（十八年（一五〇五））の進士。大理寺評事の職を授けられたが、劉瑾に楯突いたため、武鄉縣丞（山西の沁州に所屬する縣）に左遷され、少し昇進して陽曲知縣（陽曲縣は太原府の府城を管轄する縣）となった。劉瑾が誅殺されると、戶部主事に昇進し、山東參議に轉じて、海右道（布政司參政・參議が業務を分轄するに當たり、山東は濟南道・東兖道・海右道に分けられた）を擔當した。飢饉の年に當たって、陳溥は雪を衝いて救濟活動を行い、非常に多くの人命を救った。病となって引退した。子の陳棐のことは「選擧志」に見える。

明らかに『山東通志』にいう陳溥と同一人物であるが、弘治十八年の進士で、正德年間に權力を握った宦官劉瑾と對立したという以上、正統から天順の人ではありえない。つまり、『山東通志』の記述は明らかな誤りである。では、陳溥と李開先または劉澄甫との間には何らかの關わりを見出しうるであろうか。『河南通志』には陳溥は山西で官途に就いていたとあった。そこで『山西通志』を調べると、まず同書巻三十六「學校」にいう。(16)

　　武鄉縣儒學、舊在縣治西南。明正德四年縣丞陳溥徙建於按察分司、卽今縣治。

　武鄉縣儒學は、元來は縣廳の西南にあった。明の正德四年（一五〇九）、縣丞の陳溥が按察司の分司に移した。今の縣廳である。

また卷八十八「名宦」にいう。

　陳溥、鄢陵人。正德四年以進士任陽曲縣知縣。性剛貞而勤愼、措施務洽民心、擢監察御史、祀名宦。

　陳溥は鄢陵の人。正德四年、進士として陽曲縣知縣に任じられた。剛直廉潔にして愼み深く、政務をとるに當たっては民心を得ることにつとめて、監察御史に拔擢され、陽曲ではすぐれた官吏として祀られた。

更に、卷七十八「職官六」には次のようにある。

　陳溥、進士、正德時任戶部督餉郎中。河南鄢陵人。

　陳溥、進士。正德年間に戶部督餉郎中に任じられた。河南鄢陵の人。

つまり、陳溥は弘治十八年に進士となった後、正德四年までは武鄉縣丞であったが、同年陽曲知縣に昇進し、その後やはり正德年間に戶部督餉郎中になったことになる。どうやら、陳溥は任官後一貫して山西で勤務していたらしい。

そして、劉澄甫の名も同じ『山西通志』卷七十八「職官六」に見えるのである。

　劉澄甫、進士。正德時任右參議、爲僉事、前任巡按宣大御史。山東壽光人。

　劉澄甫、進士。正德年間右參議に任じられ、僉事となった。その前には巡按宣大（宣府・大同）御史であった。山東壽光の人。

これだけでは詳細がわからないが、『山東通志』卷二十八之三「人物三」には次のようにいう。

　劉澄甫、字子靜、壽光人。大學士珝孫。正德戊辰進士。以監察御史、巡鹺兩淮、豪商李宣納貲爲指揮、橫行江淮、澄甫擒治之。巡按大同、首劾代藩與鎭巡相結爲害。太監張忠提軍出塞、澄甫監之、兵得勿擾。擢山西參議、駐偏頭關。武宗西巡、澄甫供事惟敏、地方賴之。武宗無嗣、疏請選擇宗室之賢者育宮中。後致仕歸。著有山泉集。

劉澄甫、字は子靜、壽光の人である。大學士珝の孫に當たる。正德戊辰（三年）の進士。監察御史として兩淮地方の鹽政を巡察した。豪商李宣は金を上納して指揮の肩書きを手に入れ、江淮一帶で横暴な行爲を働いていたが、澄甫はこの者を逮捕して裁いた。大同の巡按御史となり、代王が總兵・巡撫らと結んで悪事を働いていることを最初に彈劾した。宦官張忠が軍を率いて北方に出撃したとき、劉澄甫は監察を擔當し、彼の力で軍は問題を起こさなかった。山西參議に拔擢され、偏頭關に駐屯した。武宗が西を巡幸した際には、澄甫の對應が早かったので、地元は助かったものである。武宗には嗣子がなかったので、宗室からすぐれた人を選んで宮中で養育するよう上疏して求めた。その後致仕して故鄕に歸った。著書に『山泉集』がある。

つまり、劉澄甫と陳溥は同じ時期に山西で官職についていたことになる。前述の通り、陳溥は弘治十八年（一五〇五）、つまり劉澄甫より一回前の科擧に合格し、以後山西で地方官を務めていた。一方、劉澄甫は正德三年（一五〇八）に進士になり、そのあと兩淮の監察御史を經て、宣府大同の巡按御史から山西右參議になっている。これだけ見ると、二人は同じ時期に山西で勤務していた可能性がある程度で、兩者の間に關係があると斷定することは困難に思える。しかし、別の史料がこの二人の間に親密な關係があったことを示しているのである。そして、そこに浮かび上がる彼らの人間像は、『山東通志』『山西通志』のそれとは大きく隔たっている。

四、『寶劍記』の原作者たち

『明實錄』のうち『大明武宗承天達道英肅睿哲昭德顯功弘文思孝毅皇帝實錄』（以下『武宗實錄』と略稱）巻一百四十五の正徳十二年（一五一七）正月の記事に、[17]

錄獲口北姦細馮敬等功。

北方のスパイ馮敬らを捕らえた功績を賞した。

として、このとき賞を與えられた人々の名前を列擧した中に、

巡按御史劉澄甫・錦衣衞千戶王福各銀五兩紵絲一表裏、僉事盛鵬・孔公才、都指揮王本・宋文、郎中李志學・陳溥、主事曹聰・馮洙幷都指揮段錦等二十一員各紵絲一表裏。

巡按御史劉澄甫・錦衣衞千戶王福にそれぞれ銀五兩と紵絲（からむしで織った上質の麻布）を服一着分、僉事の盛鵬と孔公才、都指揮の王本と宋文、郎中の李志學と陳溥、主事の曹聰と馮洙、それに都指揮の段錦ら二十一人にそれぞれ紵絲を服一着分與えた。

と見える。つまり、劉澄甫と陳溥は同じ事件に關係していたわけである。そして、この時の「功績」は、實にいかがわしいものであった。『武宗實錄』には續けていう。

時張忠旣出師不見虜而還、因執馮敬等、以文其功、遂皆受賞。

この時張忠は出撃しながら敵に會わないまま歸ってきたので、馮敬らを捕らえて自分たちの手柄をでっちあげた。それでみな賞を受けたわけである。

前後の事情を述べれば、前年の正徳十一年（一五一六）にモンゴルの小王子という部族が白羊口という地點から進入して北京に迫るという事件があった。そこで宦官張忠を提督軍務、左都督劉暉を總兵官として出撃させたが、會敵せずに終わった。功績がないことを恥じた張忠は、スパイの馮敬なる者を捕らえて（詳細は不明）、それを自らの功績と

して主張し、關係者一同が恩賞を受けた。こうしたいわゆる「冒功」の悪習は、正德・嘉靖期には枚擧にいとまがないほど蔓延していたが、これはその一例ということになる。

更に、同書卷一百四十六の正德十二年二月、つまり右の記事の翌月には、

錄大同打魚王山及鎭西南山莊坪等處功。

大同打魚王山ならびに鎭西南山莊坪（これらの地名については詳細不明）などにおける功績を賞した。

として、やはり張忠以下の名前が列擧される中に、

紀功御史劉澄甫・管糧郎中陳溥・參議孫清・僉事劉澤・試知事田畲陞一級。

紀功御史劉澄甫・管糧郎中陳溥・參議孫清・僉事劉澤・試知事田畲を一級昇進させた。

と、やはり二人の名が、しかも今度は肩を並べて見える。この件について、同書は次のような說明を加えている。

先是太監張忠旣班師、諸將杭雄等乃有此捷、澄甫勘奏、因以調兵制勝爲忠功。瓊爲覆請、故忠再受賞、而併及瓊。是時瓊與權倖相結納、四方奏捷率歸功本兵、數承廕敍云。

以前に宦官の張忠が軍を返した後になって、杭雄ら諸將がこの勝利をあげた。劉澄甫が功績の內容を確認して上奏することになり、その機會を利用して、軍を動かして勝利をもたらしたという理由で張忠の功績としたのである。王瓊（當時の兵部尙書）が確認して上申したので、張忠はまた賞を受けることになったのだが、王瓊にも賞が及んだ。當時王瓊は權勢を握っていた帝のお氣に入り（錢寧・江彬らのこと）と結んでいたので、各地から屆く勝利の報告はみな兵部尙書の功績としていた。それで何度も恩蔭や敍任を受けたのだという。

更に、この件について『明史』卷一百七十四「安國傳」には次のように見える。

帝遣中官張忠・都督劉暉・侍郎丁鳳統京軍討之。比至、已飽掠去。忠・暉恥無功。紀功御史劉澄甫攘國等功歸

之。大行遷賞、忠等悉增祿、予世廕。尙書王瓊亦加少保、廕子錦衣。國時以署都督僉事爲寧夏總兵官、僅予實授。

帝は宦官張忠・都督劉暉・兵部侍郎丁鳳に命じて、京軍を率いて小王子を討たせたが、到着した頃には存分に略奪した上で立ち去っていた。張忠と劉暉が功がないのを恥としたので、紀功御史の劉澄甫が安國たちの功を奪い取って張忠らのものにしたのである。昇進と恩賞の沙汰が大々的に行われ、張忠たちはみな俸給を增されるとともに、恩蔭として世襲の官職が與えられ、兵部尙書王瓊も少保の肩書きを加えられ、恩蔭として子に錦衣衞の官職が與えられた。安國は當時假の都督僉事という肩書きで寧夏總兵官の地位にあったが、わずかに假ではなく正式の都督僉事になっただけであった。

正德十一年の冬、安國と杭雄が小王子を打ち破ったとき、劉澄甫は紀功御史という功績を確認する役職にあったことを利用して、その手柄を張忠たちのものにしてしまったわけである。つまり、『山東通志』が述べていることは實態とは異なり、劉澄甫は張忠に媚びて出世したことになる。おそらく『山東通志』は、嘉靖年間に入って張忠が失脚してから、劉澄甫の關係者が事實を粉飾するためにこしらえられた記述に基づいているのであろう。そして管糧郎中（食糧を管轄する役職。邊鎭の司令部などに置かれた）の地位にあった陳溥もこの時ともに賞を得ていることから考えて、劉澄甫と陳溥はともに張忠の司令部にあって、張忠に接近することにより利益を得ようとするグループを形成していたものと推定される。劉澄甫は、張忠に功績を歸するとともに、そのついでに自分と陳溥にも賞を與え、昇進させたのである。

こうして昇進した結果手にした地位が、劉澄甫においては山西參議、陳溥においては山東參議だったらしい。『武宗實錄』卷一百六十六、正德十三年（一五一八）九月にいう。

甘肅兵備副使戴書・山東右參議陳溥倶以不職爲巡撫都御史所劾、令致仕。

甘肅兵備副使戴書と山東右參議陳溥は、ともに職務を果たす能力がないとして巡撫都御史に彈劾されたため、致仕させることとなった。

更に同書卷一百六十七、正徳十三年十月にいう。

南京給事中易瓚等・御史謝源等劾論廣西副使陳伯獻・山西右參議劉澄甫・山東右參議陳溥・瑞州知府宋以芳・夔州知府章槩・漢中知府賈銓・嚴州知府王雲・岳州知府黃巽宜罷黜。吏部奏覆、溥・巽已致仕、銓已黜爲民、澄甫・槩當坐不謹令冠帶閒住。伯獻・以方《ママ》・雲誠如所劾、罪不止罷官、請再移勘。制可。

南京給事中易瓚等らと御史謝源らは、廣西副使陳伯獻・山西右參議劉澄甫・山東右參議陳溥・瑞州知府宋以芳・夔州知府章槩・漢中知府賈銓・嚴州知府王雲・岳州知府黃巽は免職すべきであると彈劾した。吏部が調査して上奏するには、「陳溥と黃巽はすでに致仕し、賈銓はすでに官籍を削って民の身分にされております。劉澄甫と章槩は、不謹愼という罪で、官の身分のまま退職歸鄉させるべきです。陳伯獻・宋以芳・王雲については、本當に彈劾された通りのことであれば、その罪は免職ではすみませんので、更に文書を送って調査させるのがよいでしょう」。陛下は裁可された。

先の論功行賞があった正徳十二年二月の翌年、正徳十三年の九月と十月に二人は參議の地位から追われている。その間わずか一年半に過ぎない點から考えて、彼らの參議という役職は、「陞一級」の結果手に入れたものであった可能性が極めて高い。「不職」「不謹」といった理由で二人がともに退職させられていること、特に十月の記事で、すでに致仕しているにもかかわらず、陳溥が再度劉澄甫と並べて彈劾されていることは、彼らがいわばコンビとして認識され、言官から敵視されていたことを示している。宦官に媚びて地位を手に入れたものの、結局彼らはいわゆる清議に罪を得て、わずか一年あまりで官職を奪われることになったのである。李夢陽の「陳公六十壽序」に、正徳十四年八月に「參議君歸稱觴于家」、つまり陳姓の參議が河南鄢陵に歸郷して父の六十の誕生日を祝ったとあるのは、彼が十三年に免職されたことと符合する（在任中でなくても、過去に就いた最高の官職でその人物を呼ぶのは、極めて一般的なことである）。この點から見て、「坦窩」と號した陳公が陳溥の父であることは間違いない。

劉澄甫と陳溥は、いわば一つ穴の狢ともいうべき關係にあった。當然、兩人はかなり親密な間柄であった可能性が高い。更に、陳溥が山東參議の地位に就いた際、劉澄甫の紹介により、この時山東において勢力を持っていた劉氏一族（前に述べたように劉澄甫の祖父劉珝は大學士にまで上った大物政治家であった）と更に密接な關係を結んだ可能性も高い。こうした狀況から考えれば、坦窩の書いたものを劉澄甫が引き繼ぐということは何ら不自然ではない。もしかすると、坦窩と山泉翁の間に介在した「蘭谷」とは、陳溥その人だったのかもしれない。そして、李開先が劉氏一族と親密であったことは前述の通りである。

五、原『寶劍記』の成立年代

以上の考證から、『寶劍記』の制作に關與した四人、「坦窩始之、蘭谷繼之、山泉翁正之、中麓子成之」とあげられる面々のうち、三人までを具體的に特定することができた。「坦窩」は陳溥の父（名は不明）、「山泉翁」は劉澄甫、「中麓子」は李開先だったのである。

そして「坦窩」の年齢は、先に引いた李夢陽の「陳公六十壽序」から特定可能である。正德十四年（一五一九）に六十歳だったということは、その生年は一四六〇年、英宗の天順四年ということになる。つまり、坦窩は一五〇六年生まれの李開先より四十六歳年長であった。劉澄甫の生年は不明だが、前に述べたように正德三年（一五〇八）の進士であり、嘉靖八年（一五二九）の進士である李開先より二十一年早く及第していることになる。そして、李開先は二十八歳で及第しており、假に劉澄甫が同じ二十八歳で及第したとしても、李開先より二十一歳年長であることになる點からすると、劉澄甫は李開先より二十歳以上年長である可能性が高い。つまり、三人の年齢を考えても、坦窩の制作、劉澄甫の潤色、李開先による再改編という順番は實情に合致することになる。そして、重要なのは、最初の作者が坦窩だったとすれば、『寶劍記』の成立年代が大幅に繰り上がることになるという點である。

さきに述べたように、坦窩と李開先には四十六歳の年齢差がある。更に、現行『寶劍記』が完成した年代が嘉靖二十六年（一五四七）、つまり李開先四十六歳の時であることを考えれば、原『寶劍記』の成立年代は、坦窩晩年の作であったとしても現行『寶劍記』より三十年程度はさかのぼる正德年間（一五〇六～二一）であり、もし坦窩が若い時期のものであったとすれば、弘治年間（一四八八～一五〇五）頃である可能性もあることになる。

もし弘治から正德にかけて『寶劍記』の原型が成立していたとすれば、存在したことを確認しうる『水滸傳』のテキストが嘉靖以降のものばかりである點からすれば、『寶劍記』が『水滸傳』に影響を與えた可能性も出てくる。とすれば、ことは『水滸傳』の成立年代にも關わることになる。

しかし、原『寶劍記』の成立が『水滸傳』テキスト出現の記録に先立つとはいえ、それで現行の『水滸傳』（以下單に『水滸傳』という場合は、容與堂本とほぼ同じ本文を持つテキストをさす）成立以前に『寶劍記』が存在したと斷定することはできない。當然のことながら、テキストに關する記録が見える嘉靖年間以前に『水滸傳』が成立していた可能性は決して低くないからである。その場合は、從來からいわれている通り、『寶劍記』は『水滸傳』に基づいて作られたことになる。

この點を明らかにすることは困難だが、狀況證據からある程度考えていくことは不可能ではない。焦點は、『寶劍記』

が『水滸傳』に基づいているか否かという點にしぼられる。

六、『寶劍記』と明代の時事

さきに、ハッピーエンドに終わることを除けば『寶劍記』と『水滸傳』のストーリーは概ね共通すると述べたが、實は大きく異なる點がある。『水滸傳』においては、妻が高衙內に見初められたことがきっかけとなって、林冲は高俅に陥れられる。陥れる手段として用いられた劍は、高俅の手先が林冲に賣りつけたものである。一方『寶劍記』では、林冲は高俅を彈劾したために憎まれて陥れられる。高衙內に當たる高朋が林冲の妻を見初めるのは、林冲が配流された後に起きる出來事である。寶劍は林家傳來の家寶であり、何と林冲の祖父林和靖が朝廷から賜った品ということになっている。林和靖は宋初の詩人として名高い林逋のことである。林逋は西湖のほとりに住む高士として知られ、鶴を友に生涯獨身で終わったという以上、孫がいるはずも、朝廷から劍を賜るはずもないのだが、ここで林冲の先祖と設定されているのは、年代的に合致する林姓の有名人が他にいないからであろう。

このことに示されているように、林冲の身分自體も『寶劍記』と『水滸傳』では大いに異なる。『水滸傳』における林冲は單なる武人であり、格別の來歷のある人物とはされていないが、『寶劍記』の林冲は、林和靖の孫であるのみならず、第二出における自己紹介によれば、次のような經歷を持つ。

> 下官姓林名冲、字武師、本貫汴梁人氏。父乃林皋、官拜成都太守、不幸早亡、撇俺子母孤孀。……林冲早承父業、習讀詩書、爭奈時遭坎坷、身值亂離。方臘入寇、黄榜招賢、吾乃仗劍投於軍門、生擒斬首、次第成功、授我征西統制之職。因見圓情子弟封侯、刑餘奴輩爲王、小人撥弄威權、盜竊名器、因諫言一本、乃被奸臣撥置天子、

坐小官毀謗大臣之罪、謫降巡邊總旗。幸蒙張叔夜擧薦、做了禁軍敎師提轄軍務。

それがし姓は林、名は冲、字は武師、本籍は汴梁の出身です。父は林皋と申しまして、成都太守でありましたが、不幸にして早くに亡くなって、私ども母子を寄る邊なきままに捨て去ってしまわれました。……この林冲は、幼い時から父の遺業を受け繼いで學問に勵んでおりましたが、殘念ながら時節は惡しく、戰亂に遭うこととなりました。方臘が亂を起こして、朝廷は人材を求められましたので、私は劍を手に軍門に身を投じることとして、生け捕りしたり首を取ったり、次々に手柄を立てましたので、征西統制の職を授けられました。蹴鞠が得意な遊び人が爵位を受け、宦官風情が王となり、小人が權勢をほしいままにして、高い地位を盜み取っているのを目にしましたので、諫言の上表文をたてまつりましたところ、何と奸臣どもは天子樣に讒言して、大臣を誹謗した罪を犯したとの名目で、巡邊總旗に降格されてしまいました。幸い張叔夜樣のご推擧をいただいて、禁軍敎師提轄軍務となりました。

つまり、林冲は成都太守の地位にあった一流士大夫の息子であり、科擧受驗を目指したが、亂世に遭遇したため武官になったという設定なのである。これだけでも一介の軍人にすぎない林冲とは全く異なる。しかも林冲は武功により征西統制となったという。統制は、『水滸傳』ではおなじみの高級武官の肩書きだが、實際には南宋以降に用いられた名稱であるらしい。ともあれこの官職は、旅團長以上の將官クラスのものである。もっとも、明代にはこの名稱は用いられていないが、「征西」とつく以上、『寶劍記』の作者たちはこれを明代の總兵レベルに當たる地位と認識していたものと思われる。つまり、林冲は一時將軍にまで上っていた。

その彼が巡邊總旗に降格されたという。總旗は、統制とは逆に、宋代にはなく明代に用いられていた官職名だが、『明史』巻七十六「職官志五」に「覈諸將所部、有兵五千者爲指揮使、千人者爲千戶、百人者爲百戶、五十人爲總旗、十人爲小旗〔明初〕諸將の配下を確認して、兵五千を率いる者は指揮使、千人を率いる者は千戶、百人を率いる者は百戶、五十人を率いるものは總旗、十人を率いる者は小旗とした〔18〕」とあるように、五十人の隊長、卽ち小隊長に當たる。つまり、林冲は中將か少將から少尉レベルへと極端な降格處分を受けたことになる。その原因は「諫言」の上表文を出したことにあった。更にこの後、前述したように、彼は高俅たちを彈劾したために高俅に憎まれ、陷れられることになる。

皇帝に對する諫言や權臣の彈劾ゆえに處罰されるというこの種の事例は、明代、特に正德・嘉靖年間には非常に多く見られたものである。この點からすれば、林冲の出身に關するこの設定は、同時代の狀況を踏まえてなされたものと考えてよい。實際、たとえば蒲俊卿の南曲『雲臺記』においても、後漢の光武帝の兄にあたる劉縯が言官として王莽を彈劾するという無理な展開がなされていることに示されているように〔19〕、これは當時の時事を反映した明代中後期の演劇において流行していた設定であった。ただ、武官の身でこうした內容の上表文を出すということは、文武の境界が曖昧になったといわれる明代中期にあっても異例ではあり、特に高俅彈劾は、羽林軍提轄がどの程度の身分と認識されているにせよ、いわゆる「越職」、つまり自身の職務とは關わりのないことに口出しをした行爲として處罰の對象となるものである。とはいえ、林冲を文官と設定することは、さすがに後に梁山泊に投ずることからいって無理があり、不自然さを覆うために彼を士大夫の家の出身としたものと思われる。

更に、もう一つ興味深いのは公孫勝の扱いである。『寶劍記』第二十九出において、配流の道中驛に泊まった林冲は公孫勝にめぐり會う。『水滸傳』における公孫勝が超能力を身につけた道士であり、生辰綱強奪犯のメンバーであることはいうまでもないが、『寶劍記』では「參軍」という肩書きを帶びた官僚となっている。この場面で林冲を救った公孫勝は、第三十五出では林冲が陸謙たちを殺したことを聞いて、官職を棄てて隱退する。つまり、『寶劍記』における公孫勝は、『水滸傳』とは全く異なるキャラクターなのである。

このように、『寶劍記』は『水滸傳』と大きく異なる要素を持っている。これは、『水滸傳』の設定を當時の時事に合うように變えた結果なのであろうか。この點について考える鍵を提供してくれるのは、『寶劍記』以外の梁山泊物傳奇の内容である。

七、林冲物語の誕生

『寶劍記』は、明代に制作された梁山泊物傳奇の中では、知られている限り最古のものであり、それ以降梁山泊の物語を題材とした作品が更にいくつか生み出されている。そのうちテキストが現存するのは次の六種である。

沈璟『義俠記』
陳與郊『靈寶刀』
許自昌『水滸記』
沈自晉『翠屏山』
范希哲『偸甲記』
李素甫『元宵鬧』

これらのうち、『義俠記』『水滸記』は特に名高く、今日も崑曲で、また崑曲に基づく京劇などでも演じられることが多い。

ここで扱っている問題に關していえば、この中でも特に興味深いのは『靈寶刀』である。作者の陳與郊は萬暦二年

（一五七四）の進士、太常少卿にまで上った一流の士大夫だが、萬暦期に首輔申時行の意向に沿うべく動いて言官を攻撃したことなどの理由で、あまり評判の芳しくない人物である。彼は劇作家としての名聲が高く、雜劇・傳奇雙方で複數の作品を殘している。

さて、現存する『靈寶刀』萬暦丁巳（四十五年〔一六一七〕）海昌陳氏刋本の末尾には次のように記されている。[20]

山東李伯華先生舊稿重加删潤、凡過曲引尾二百四支、內修者七十四支、撰者一百三十支。

山東の李伯華先生（李開先）の舊稿に改變潤色を加えた。引子・尾と過曲（引子・尾以外の曲）全部で二百四、そのうち手を入れたものが七十四、自作が百三十である。

つまり、『靈寶刀』は『寶劍記』の改作版であることになる。實際に兩者を比べて見ると、確かに同じ句が散見するものの、陳與郊自身が述べているように、全く同じ曲辭を流用しているところは、「林冲夜奔」の一段として名高い『寶劍記』第三十七出を第二十七齣「窘迫投山」でほぼそのまま使用している例など少數に過ぎず、大部分は書き換えられているといってよい。興味深いのは、その改作のパターンである。

『寶劍記』と『靈寶刀』との間で一番大きく異なるのは、最初の部分である。『寶劍記』は第一出副末開場の後、第二出で林冲一家、第三出で高俅一家を紹介し、第四出は林冲劍を見て嘆くこと、第五出は高朋遊蕩のこと、第六出は林冲上書のこと、第七出は高俅陰謀のこと、第八出は林冲魯智深交友のこと、第九出は白虎堂に罠を張ること、第十出は林冲凶夢のこと、第十一出は白虎堂にて罠にはまることという展開である。一方『靈寶刀』は、開場は「開宗」として齣に數えず、第一齣は「閒居宴友」として林冲一家及び魯智深・陸謙の紹介、第二齣は「蕩子春游」として高朋遊蕩のこと、第三齣は「燒香啓釁」として高朋が林冲の妻を見初めること、第四齣は「權奸定計」として高俅陰謀のこと、第五齣は「差賺寶刀」として林冲寶刀を買うこと、第六齣は「節堂拷陷」として白虎堂にて罠にはまることとなる。つまり、一見して明らかな通り、『靈寶刀』は『寶劍記』の內容を『水滸傳』と合致するように改めているのである。林冲が陷れられる原因、寶劍の由來など、先に述べた『寶劍記』が『水滸傳』と異なる點はすべて改められ、林冲の身分も、「禁軍提轄」という『水滸傳』における林冲より高いであろう地位は『寶劍記』から引き繼いでいるものの、士大夫の出身でもなければ、かつて征西統制であったわけでもない、單なる軍人に過ぎない。

つまり陳與郊は、『寶劍記』の內容を『水滸傳』に合致させる方向で改作したことになる。實はこうした方向性は『靈寶刀』に限ったものではない。先にあげた六種の戲曲は、たとえば『義俠記』において武松の婚約者が登場し、また『元宵鬧』において、かつて閻婆惜と密通していた張文遠が北京大名府に登場して盧俊義の妻賈氏と密通するなど、いずれもある程度獨自色を出そうと試みてはいるものの、基本的に『水滸傳』の內容から大きくかけ離れることはないのである。これは、これらの作品が『水滸傳』の刋行後、その演劇化として制作されたことを意味する。

『水滸傳』のような強い影響力を持った作品から題材を取る場合、やはりその範圍から拔け出して獨自の展開を示すことは困難なのである。この傾向は知識人の手になる傳奇に限ったものではなく、京劇などより大衆的な劇種の演目を見ても、盧俊義と史文恭を同門の舊友と設定する「英雄義」のような例外もあるものの、基本的には『水滸傳』の內容から大きく外れることがない。三國志物の演劇についても同樣のことがいえる。やはり『三國志演義』の影響力が非常に強いためか、三國志物は楊家將物や隋唐物のような自由な展開を示さない。

逆にいうと、『寶劍記』は極めて例外的であることになる。陳與郊が改作しようとした理由の一端はそこにあったに違いない。では、なぜ『寶劍記』だけがこのような獨自の姿勢をとりえたのか。『寶劍記』の成立が『水滸傳』の現在の形の成立に先行するのであれば、『寶劍記』が『水滸傳』と一致しないのは當然のことになる。

『水滸傳』第七～十回における律儀な愛妻家という林冲の人間像は、本來のモデルであるはずの張飛からは全くかけ離れたものであるが、知識階級出身の二枚目武人という『寶劍記』の設定にはぴったりと一致する。そして、前述したように、この部分以外の林冲は、むしろ張飛と重なる性格を持つ。つまり、第七〜十回の林冲像は實は全體の中では例外的なものであることになる。この問題は、林冲像のうち、『寶劍記』の主要部と重なる第七〜十回のみが、『寶劍記』に基づいて作り上げられていると考えれば說明可能になる。この部分だけが後から插入されたため、林冲の性格が第十回以降突然激變するのである。

更に、先にふれたように、『寶劍記』には公孫勝が『水滸傳』とは全く異なった人物として登場する。『寶劍記』に登場する百八人のメンバーとしては、前述の魯智深のほか、梁山泊を象徵する人物として登場する宋江・李逵、それに第三十六出における徐寧があげられる。このうち魯智深・宋江・李逵はほとんど『水滸傳』と同じキャラクターであり、徐寧は指揮（大佐程度に相當する明代武官）の身分で林冲を追跡する役割を擔うが、『水滸傳』における徐寧より地位は高いものの、役割や性格は類似しているといってよいであろう。では、なぜ公孫勝だけが『水滸傳』とは全く異なるのか。

ここで注目されるのが、『大宋宣和遺事』『水滸傳』では三十六人の好漢に名を連ねていながら、周密『癸辛雜識』續集卷上に見える龔聖與の「宋江三十六贊」に名が見えない人物が二人だけいるという事實である。それが、ほかならぬ林冲と公孫勝なのである。そして、この二人は『大宋宣和遺事』においても、名前は見えるものの、林冲は『水滸傳』では消滅することになる花石綱物語の登場人物、公孫勝は全く正體不明の人物であった。この二人はおそらく三十六人の中でも獨自の物語を持たず、龔聖與が傳える系統の物語においてはこぼれ落ちてしまったキャラクターだったものと思われる。

こうして、名前はあれども物語を持たない登場人物を用いて新しい物語が作られた。それが原『寶劍記』だったのではないか。ただ、『寶劍記』における公孫勝はさすがに梁山泊とは結びつけにくい立場だったために、『水滸傳』では全く異なる魔法使いの道士となった（『大宋宣和遺事』における生辰綱強奪の物語においては、公孫勝は強奪犯のメンバーに入っていない）。そして、『寶劍記』のうち、林冲の悲劇的な物語の部分だけが『水滸傳』に取り入れられたのではないか。實際、林冲物語の部分は語彙やテクニカルタームにおいても特徴的であり[21]、この部分が他とは異質であることは言葉の面からも確認できるのである。

八、現行『水滸傳』の成立時期

狀況證據による推論が多く、決定的なものとはいえないが、このように考えれば『水滸傳』における林冲のキャラクターが前後で矛盾していることを問題なく説明することが可能になる。そして、もし本論で述べてきた假說が正しいとすれば、ことは『水滸傳』成立史に關わってくる。『水滸傳』の本文が成立した時期は、早くても坦窩が原『寶劍記』を制作した後ということになるからである。さきに述べたように、その時期は早くて弘治年間と考えられる。つまり、『水滸傳』本文の成立は弘治から正德頃、嘉靖にすぐ先立つ時期ということになる。この推論は、『水滸傳』には明らかに陽明學の影響が認められるという筆者が別稿で指摘した事實とほぼ符合しよう[22]。嘉靖前期にはすでに郭武定本が刊行されていることから考えて、容與堂本に見られる『水滸傳』本文の成立時期は、正德後期から嘉靖初ということになるのではなかろうか。あるいは、郭武定本の成立が『水滸傳』本文の確立に大きな意味を持っていたということになるのかもしれない。假に郭武定本を刊行した郭勛その人が『水滸傳』の改作に攜わったのだとすれば、先に引いた李開先が劉澄甫の叔父劉鈗のために書いた「資善大夫太常寺卿兼翰林院五經博士西橋劉公墓誌銘」に、嘉靖十三年（一五三四）、劉銃が校錄官として從事したとある『列聖訓錄』つまり『列聖寶訓實錄』の監錄官が郭勛であったことなど、兩者の間に直接的關係を想定しうることは注意される。(23)

以上、第二部では最も重要な長篇白話小說である『三國志演義』『水滸傳』について、戲曲との關係を鍵に、その成立過程に關わる考察を加えてきた。第三部では、なぜ戲曲が刊行されるようになったのか、その後どのようにして戲曲刊本は發達していったのかという點について插繪などの觀點を交えつつ論じ、續いて隋唐物・楊家將・『平妖傳』という「四大奇書」以外の作品の中では重要な地位を占める物語群について、小說と演劇の關わりを軸に論じることにより、出版・讀者・觀客との關わりの中で、白話による小說と戲曲がどのように展開してきたかについて考えてみたい。

注

（1）南曲による長篇の演劇作品についてはさまざまな呼稱があるが、本書では「傳奇」を使用することにする。

（2）南曲の場面區分については「齣」「折」「出」など多樣な用語が用いられる。本稿においては、一般的に場面を表す言葉としては「齣」を使用する。

（3）『寶劍記』については、『古本戲曲叢刊初集』所收の嘉靖刊本（王九思の後序に從えば嘉靖二十八年（一五四九）刊か）影印に依據する。

（4）以下李開先の詩文の引用は、卜鍵箋校『李開先全集』（文化芸術出版社二〇〇四）に依據する。

（5）小松謙『「四大奇書」の研究』（汲古書院二〇一〇）第三部第一章「『水滸傳』成立考――內容面からのアプローチ――」一四四～一四七頁。

（6）荒木達雄「〝嘉靖本〟「水滸傳」と初期の「水滸傳」文繁本系統」（『日本中國學會報』第六十四集（二〇一二年十月））。

（7）以下『水滸傳』の引用はすべて中國國家圖書館藏の容與堂本の影印（上海人民出版社一九七五）による。
（8）注（5）所引の小松論考一六三～一六四頁。
（9）この點についての指摘は、何心『水滸研究』（初出は上海文藝出版社一九五四だが、ここで問題にする部分は上海古籍出版社一九八五の修訂本で補われている）十二「元明雜劇中的梁山英雄」の「五　若有若無的林冲」一七二頁など、數多い。
（10）高島俊男『水滸傳の世界』（大修館書店一九八七、後にちくま文庫二〇〇一）「五　人の殺し方について」文庫版八六頁。
（11）ここでは同書から曲に關する記事を拔いて集めた『曲論』（『中國古典戲曲論著集成』四所收の排印本による）に依據する。
（12）『古夫于亭雜錄』の本文は清代史料筆記叢刊本（中華書局一九八八。ここでは一九九七年の第二次印刷本による）に依據する。なお、同書には五卷本と六卷本があり、ここで據ったのは六卷本である。
（13）『空同先生集』は『明代論著集刊』（偉文圖書出版有限公司一九七六）所收の嘉靖九年序刊本の影印に依據する。
（14）『山東通志』は文淵閣四庫全書所收の乾隆元年編纂のものに依據する。
（15）『河南通志』は文淵閣四庫全書所收の雍正年間編纂のものに依據する。
（16）『山西通志』は文淵閣四庫全書所收の雍正十二年編纂のものに依據するる。
（17）『明實錄』の本文は、中央研究院歷史語言研究所の校印本（一九六二。中文出版社の縮印本による）による。
（18）『明史』（中華書局一九七四）一八七四頁。
（19）小松謙『中國歷史小說研究』（汲古書院二〇〇一）第四章「劉秀傳說考」一〇四頁。
（20）『靈寶刀』の本文については、『古本戲曲叢刊第二集』所收の影印本による。
（21）小松謙『「四大奇書」の研究』第三部第二章「『水滸傳』成立考――語彙・テクニカルタームからのアプローチ――」（この章は高野陽子氏との共著）二二九頁。
（22）小松謙『「四大奇書」の研究』第三部第一章「『水滸傳』成立考――內容面からのアプローチ――」一四四～一四七頁。
（23）郭勛がこの職務に從事したことについては、井口千雪『三國志演義成立史の研究』（汲古書院二〇一六）序章「諸版本の體裁から見た刊行經緯と受容のあり方」五九頁及び一二二頁の注（47）に詳しい。

第三部　明清期における戯曲と小説

第七章　讀み物の誕生——初期演劇テキストの刊行要因について——

演劇とは目で見、耳で聞くものであって、文字の形で受容すべきものではない。實際、今日でもテレビドラマや映畫の脚本を文字で讀もうという欲求が生まれることはまれであろう。では、出版がはるかに困難であったはずの元明期に、なぜ芝居の脚本つまり戲曲が文字の形で刊行されえたのか。その點を解明することは、演劇テキストについて考える上で不可缺の作業ではあるが、もとより出版者や讀者の意圖についての資料は皆無に近い。我々に殘されている手段は、テキストそれ自體を考察することである。本章では、初期戲曲刊本の內容に考察を加えることにより、その出版意圖について考えてみたい。

一、二種類の「元刋雜劇」

現存最古の戲曲刋本は、元代末期に杭州で刋行されたものと思われる『元刋雜劇三十種』である。これより以前に成立したであろう首尾を備えた演劇テキストは一つも殘されていない。これは、さきにも述べたように演劇テキストは外部に出して公にするような性格のものではなかったことに由來するものと思われる。では、なぜ『元刋雜劇』は刋行されたのか。

この點については別に詳しく論じたことがあり(1)、また第一章でもすでにふれているが、ここで改めて簡單に述べておくと、そのきっかけとなったのは、知識人の間における曲の流行であった。元代の知識人の間では、入聲が北方では消滅に向かいつつあったため作ることが困難になった詞に代わるものとして、散曲が盛んに制作されていた。そこから、おそらくはより俗なものと見なされていたであろう雜劇の曲辭へも關心が向き始めた結果、雜劇テキストの刊行が利益を期待しうる事業となったものと思われる。『元刊雜劇』の多くがセリフをごくわずかしか載せず、中にはセリフとト書きが一切ない曲辭のみのものすら含まれていることは、刊行者が想定していた讀者の關心が曲辭にしかなかったことのあらわれに違いない。また、明代に刊行された『盛世新聲』『詞林摘豔』『雍熙樂府』といった曲選が、雜劇についても一折分の曲辭のみを收錄するという形式で、散曲と區別することなく、全く同じ掲載の仕方をしていることは、こうした流れがより洗練された形でまとめられた結果と考えれば理解しやすい。

そして、『元刊雜劇』にわずかに記錄されているセリフもほとんどが正末・正旦のものであること、それ以外の役柄の動きについては「等～……了（～が……してから）」と記されていることは、これらのテキストが正末・正旦のためのものであることを示している。もとより當時のセリフがどこまで固定されていたかは疑問であり、アドリブにゆだねられる要素が多かったであろうから、そもそも正末・正旦以外の役者のセリフが文字の形で記錄されていたかも疑わしい。つまり、正末・正旦以外の役者については動きのみしか指定していないものが唯一の文字化されたテキストであった可能性すら想定しうるのである。

ところが、『元刊雜劇』の中にも、正末・正旦以外のセリフをも記しているテキストが存在するのである。「三奪槊」「紫雲庭」「鐵拐李」「竹葉舟」「替殺妻」「焚兒救母」の六篇がそれにあたる。このうち「三奪槊」は、冒頭の一箇所に淨のセリフがあるのみであり、事情を說明するその內容から考えて、狀況說明として意圖的に入れた可能性がある。「紫雲庭」は短い一箇所のみであって、たまたま何かのミスで正旦以外のセリフが入り込んでしまったものと思われる。

從って、問題とするに足りるほど多くのセリフが入り込んでいるのは殘りの四篇ということになる。そして興味深いことに、「竹葉舟」を例外として、あとの三篇は『元刊雜劇』の中でも特殊なグループに屬しているのである。

『元刊雜劇』は雜多な出自のテキストの集成と思われるが、中でも右の三篇に「范張雞黍」を加えた四篇は、他とは全く異なる版面を持つ。他のテキストが半葉二十四～二十七行、一行の字數が十四～十六字であるのに對し、この四篇は半葉十九～二十三行、一行の字數が十字、つまり他に比べると格段に字が大きく、半葉あたりの字數は半分あまりしかない。しかも、このグループに屬するテキストは、誤字・當て字が他よりも多く、全體に作りが雜という印象を受ける。これは、これらのテキストが他の作品よりも文化レベルの低い刊行物であることを示すものである。そして、作品の內容もそれに見合ったものといってよい。

四篇のうち、「替殺妻」「焚兒救母」については作者不明で、特に後者は『錄鬼簿』『錄鬼簿續編』『太和正音譜』などにも著錄されていない。また「鐵拐李」については、作者岳伯川の名は『錄鬼簿』『太和正音譜』に見えるものの、その經歷などについての具體的記述はない。そして、「替殺妻」「焚兒救母」はいずれも庶民、それも屠戶という當時白眼視されていた人間を主人公に庶民の世界を描き、「鐵拐李」は胥吏から屠戶に轉生する人物を主人公に、胥吏と屠戶の世界の實態を赤裸々に描く。しかも曲辭はいずれも白話を多用した素朴なもので、ほとんど典故は踏まえない。つまり、いずれも元雜劇中でも最も庶民的性格の強い作品なのである。以上の事實を總合すると、これらの大字本は、他のテキストよりも文化レベルの低い讀者層を想定して刊行されたものと判斷される。ただし、非常に文雅な作品として知られる「范張雞黍」が同じグループに入っていることが問題になるが、これはこの雜劇が人氣作であったことに起因するものと思われる(2)。これらのテキストを刊行した書坊は、內容に關わりなく、賣れる作品であれば出版するという營業方針を取っていたのであろう。

では、これら大字本が想定していた讀者層はどのような人々なのか。「范張雞黍」以外の作品の曲辭が文雅とはほど遠いものである以上、知識人の曲鑑賞の欲求にこたえることを狙ったものではありえない。ここで問題になるのが、「范張雞黍」以外の三篇には正末以外の白が記録されているという事實である。正末のセリフしか記されていない場合、當然のことながら劇の內容を追うことは困難になる。たとえば「鐵拐李」[3]のはじめの部分、【油葫蘆】の前で正末は「我分開這人看他、〻(他)叫我做无頭鬼、張千、這廝好生无禮(人をかき分けて〔?〕そいつを見てみれば、そいつはおれを首なし幽靈と呼びおる。張千、こいつ何とも無禮な奴じゃ)」と言うが、これだけでは「他」がどのような人物かわからない。しかしこのテキストでは、その前に外末(張千であろう)の「我來到門看有一个酒醉先生大笑三聲、大哭三聲、罵俺嫂〻(嫂)是寡婦、罵俺福童孩兒一无爹的業種(戸口まで行って見てみれば、一人の道士が大聲で三度笑い、大聲で三度泣いて、うちの嫂さんを未亡人、うちの福童ちゃんを父なし子と罵りおる)」というセリフがあるので、理解は容易である。つまり、正末以外の人物のセリフがあることは、雜劇のストーリーを追うためには、換言すればこのテキストの內容を物語として追うためには、非常に有效なのである。ただし、これらの諸本においては、テキストの杜撰さが結果的には理解の足をひっぱっている。たとえば、先に引用した二つのセリフは、途中で話者が變わるにもかかわらずト書きなしで一續きに書かれているために、結局どこからが正末のセリフかがわからない。これは「鐵拐李」全體にいえることであり、セリフの話者の表示がひどくいい加減であるため、理解困難の箇所が多數生じている。これはもとよりテキストの作りが杜撰であることに由來しようが、しかし逆に考えると、まだ正末以外の役柄のセリフを表記するという習慣があまりなかった段階で行われた作業であるがゆえに生じたミスであるとも考えられる。

「焚兒救母」においては、「末將米二升到家(正末が二升の米を持って家に着く)」「員外與假朱砂(員外がにせの朱砂を與える)」、「母親將包袱與張屠看、張屠認得是神急脚李能的繫腰科(母が風呂敷を張屠に見せ、張屠は飛脚神の李能の帯だと見分けるしぐさ)」といった他に例の少ない詳細なト書きが付されており、これも讀んでストーリーを理解しやすくするための工夫と見ることができる。「替殺妻」には、正末以外のセリフとしては、旦の短い言葉が四箇所あるのみであるが、やはりかなり詳細なト書きを持つ。

以上の諸點と、これらが大字本、つまり今日の幼兒用の書籍と同様に、字を讀みつけない人間にもなじみやすい體裁を取っていることを重ね合わせると、これらのテキストの性格が見えてくる。「范張雞黍」以外の大字本は、雜劇を讀み物として受容しようとする人々を讀者に想定して刋行されたのではないか。「范張雞黍」には、最初の部分を除けばセリフ・ト書きともに少數しか記されていない。さきにもふれたように、この雜劇が文雅な曲辭を持ち、當時知識人の間で重んじられていた點からすると、これだけは他の書坊が出していた賣れ筋商品の本文を拜借して刋行されたのかもしれない。一方で大字ではない版面を持ちながら、正末以外のセリフを多く記録する「竹葉舟」は、逆にこの種の書坊が出していた讀み物向けの大字本を、たまたまより高級な書坊が借用した事例なのかもしれない。

このように考えた場合問題になるのは、大衆的な書物には通常付されている插繪がないことである。これは、これらのテキストがほとんど初めての大衆的讀み物の刋行物であるため、ノウハウが確立しておらず、とりあえず當時の雜劇刋本の一般的形式に從ったことに由來する可能性が高い。曲辭鑑賞用と思われる「范張雞黍」と他の三篇が同じ體裁を取っていることはその傍證となりうるものである。演劇テキストを讀み物として享受することが定着すると、當然そこには插繪が加わることになる。

二、雜劇『嬌紅記』の謎

第一部第一章でも述べたように、明代前期には出版が低調であったといわれる。事實、白話文學についてもこの時期の刊行物はわずかしか殘っていない。しかし幸いなことに、戲曲については二種類の貴重な刊本が殘されている。一つは明の太祖朱元璋の孫に當たる周憲王朱有燉が宣德（一四二六～三五）・正統（一四三六～四九）年間に自作の雜劇三十一種を刊行したいわゆる『周憲王樂府』であり、もう一つは宣德十年（一四三五）の序を持つ劉東生の雜劇（ただし二篇の雜劇により一つの物語が構成されるという形式を取る）『金童玉女嬌紅記』である。後者には序の後に「金陵樂安新刊積德堂刊行」と記されており、南京の書坊が刊行したものであることがわかる。(4)

右に述べた事實からも見て取れるように、この二種類のテキストは對照的な性格を持つ。『周憲王樂府』が、王の身分にある作者自身により、採算を度外視して刊行されたテキストであるのに對し、『嬌紅記』は書坊が營利目的で刊行した書物である。兩者の體裁はこうした違いに見合ったものといってよい。『周憲王樂府』が比較的整った版面を持ち、插繪を伴わないのに對し、『嬌紅記』は每葉ごとに半葉分（上圖下文ではなく、半葉全體を一枚の插繪に當てる）の插繪を持ち、本文には誤字・當て字が多く、脫落も散見される。これは、やはり兩者の讀者層が異なっていたことを示していよう。では內容はどうなのか。

『周憲王樂府』は「全賓」と銘打つ。これは「すべてのセリフ入り」という意味であり、ようやく雜劇を演劇として把握しようとする動きが出現したかと思わせるものである。しかし、本文を詳しく見ると、確かに正末・正旦以外のセリフも收められてはいるものの、それは骨格のみからなるような非常に簡略なものであることに氣づく。これは、かつて筆者が論じたように、(5)當時にあっては作者はあくまで曲辭の作者であり、セリフについては簡略に内容を記すに止まっていたことに由來するのではないかと思われる。同じ周憲王の雜劇でも、明の宮廷用と思われる實演用テキストにおいては、セリフの大幅な增補・改變が行われている。つまりこのテキストは、周憲王が作成した原本をそのまま刊行したものであり、實演用臺本の基礎を提供するとともに、『雍熙樂府』などに周憲王の作が大量に收錄されていることから考えて、曲辭を鑑賞する讀者をも對象とするものと思われる。

ところが、同時代の刊本でありながら、『嬌紅記』は全く樣相を異にするのである。セリフの量は多く、内容も詳細にわたり、更に『周憲王樂府』では省略されているものと推定される說唱と關わるであろう四六調の美文的部分(6)もれなく收められている。しかもそのセリフ、更にはト書きにも非常に特徵的な要素が含まれている。上卷十五葉b・十六葉b(7)から例を引いてみよう。旦が詞をとなえる後のくだりである。

念未畢、小慧云、夫人來了。末旦驚倶下。末上云…… 旦上云、恰纔申哥出去了。我且至書房里走一遭。至書房科。驚云、呀。它出去了。怎麼開着門里。我試看咱。做看科云、此出去了。

となえ終わらぬうちに、小慧（小間使いの名）がいう。奥方さまがお越しです。末と旦は驚いてともに退場。末が登場していう。……（詞を書齋に貼りつけて退場）旦が登場していう。さっき申兄樣は出て行かれた。書齋に行ってみましょう。書齋に着くしぐさ。驚いていう。あれ。出て行かれたのにどうして戸が開いているのかしら。見てみましょう。見るしぐさをしていう。出かけたんだわ。

まず、セリフが極度に說明的であることに驚かされる。もとより中國の古典演劇は幕・小道具・背景などを全く使用しないため、ある程度セリフが說明的になることは免れがたいのだが、ここまで極端な例はあまりない。そしてもう一つ、ト書きに「念未畢、小慧云」とあることである。これは芝居のト書きというよりは說明と見なすべきものであろう。

こうした例は随所に見受けられる。更に特徴的なのは、しばしば登場人物（多くは正末）による長い語りが入れられていることである。たとえば巻上二十五葉bから二十七葉bにかけて、正末が延々と詩詞を交えつつ（一々「念科（となえるしぐさ）」という卜書きがつく）、主人公たちが相手を裏切らないと誓いを立てたというストーリー上非常に重要な展開を語ったかと思うと、突然「末與旦相別科（末が旦と別れるしぐさ）」という卜書きが來て、その後わずかなせりふと卜書きで正末の旅を示した後、「末做別叔回到嬌娘宅上科（末は叔父と別れて嬌娘〔旦の名〕の家にもどるしぐさ）」というやはり非常に不自然な卜書きが續き、更に正末の語りと詞があって、やっと次の套數（第四折に該當）のうたに入る。これも演劇としては非常に不自然といわざるをえない。この種の場面も何箇所もあり、極端な場合には數葉にわたって語りと詩詞が續くことすらある。また不自然といえば、詩詞が非常に多數挿入され、登場人物が何の必然性もなく詩詞を詠む場面が多いことも目に付く。これらは何に由來するのであろうか。

これらの詩詞は、『嬌紅記』の粉本である元の宋遠の作とされる文言小説『嬌紅記』(8)に見えるものばかりなのである。この文言小説は、随所に詩詞をはさむ歌物語とも呼ぶべき性格を持ち、當然ながら登場人物により多くの詩詞が詠まれる。つまり雜劇は、文言小説にあった要素をあまさず收録しようとしたことになる。そして、全八折のみでは扱いうる場面に限りがあるせいか、雜劇の場面としては採用されなかったにもかかわらず原作で詩詞が詠まれる場面については、正末などが物語のつなぎとして講釋師のように語る形をとっているのである（文言の原文が、ここではかなり巧妙に白話に書き換えられていることは注目に値しよう）。しかし、これらの場面は、曲辭だけを鑑賞するためには全く不必要であり、また演劇としての實際の上演に當たっても、このような手法が用いられたとは考えがたい。そして全葉の半分は插繪からなる。積德堂なる書坊が刊行した雜劇『嬌紅記』は、ストーリーを追いつつ、曲と詩詞を樂しむため

の書物なのである。(9)

ここに、不特定多數を對象とする、完全に讀んで樂しむことを目的とする書物の刊行が確認される。この事實は大きな意味を持つ。これに先立つ白話文學のテキストの性格を確認すれば、「全相平話」は歷史教養書としての性格が強く、『大唐三藏取經詩話』は宗教的パンフレットに屬する可能性が高く、『元刊雜劇三十種』は、大字本については疑問があるものの、全體としては曲辭を鑑賞することを目的とする刊行物であった。つまりはいずれも單なる樂しみというよりは、何らかの「有益な」「役に立つ」目的を持って刊行されたものであり、その點では四部の書と選ぶところがない。また『遊仙窟』や唐代傳奇以來の文言小說は、娛樂目的ではあろうが、一部の知識人のサークルで回覽され、讀者の顏が直接作者に見える世界で受容されるものであった。雜劇『嬌紅記』は異なる。この書物は、不特定多數の讀者が物語を追いつつ樂しむために、營利目的で刊行されたものなのである。利益が期待できるということは、この種の書物を要求する讀者層が出現しつつあったことを意味する。では、それはどのような人々なのか。

具體的なことは知るよしもないが、每葉の半分が插繪であることは一つの手がかりとなろう。この事實は、讀者の中に非識字層が含まれていたことを示唆する。字を讀めないことと讀者であることは矛盾するようであるが、ここでいう讀者とは、必ずしも自分で文字を追って讀む者を意味しない。前近代における讀書においては音讀が普通であったことは世界各國について指摘されるところであり、(10)中國ももとより例外ではなかった。誰か字の讀める人間が音讀すれば、字の讀めない者も耳で聞いて物語を味わうことが可能であろう。極端な插繪の多さは、こうした受容形態の存在を示唆するようである。

では、どのような人々が、どのような場で、そうした方法で書物を受容していたのであろうか。物語や詩・詞・曲に興味があり、これだけの長さを持った多數の插繪入りのテキストを購入するだけの經濟力があり、しかも識字者が必ずしも多いとはいえない集團。詳しくは次章で述べるが、ここで想定されるのは裕福な商人や武官・宦官、高級官僚の家庭、更にいえばその妻妾の世界であろう。

そして『嬌紅記』の内容も、特に女性たちに歡迎されやすい要素を含んでいる。正末こそ申純という男性だが、強い意志を持つヒロイン王嬌娘が事實上の主役であり、正末のうたは基本的に彼女を讚える内容に終始する。また侍女でありながら權勢を握る飛紅との微妙な關係など、上流家庭の女性たちの樣相が活寫されていることも、同じ立場にいる女性たちの共感を得やすい要素だったに違いない。そして刋行地は金陵、つまり南京である。宣德年間の南京は、最近まで首都であった副都として大量の官僚を抱えていた。この書物は、そうした高級官僚の家庭向けに刋行されたものかもしれない。

三、『嬌紅記』を繼ぐものたち

『嬌紅記』は、明らかに讀み物として刋行された書物であった。それは、詩・詞・曲を大量に含んだ物語の書物として刋行され、受容されたのであって、決して演劇テキストという意識のもとに出されたわけではなく、讀み手も舞臺面を想像しながら讀むということはなかったに違いない。もとより、このテキストをもとに『嬌紅記』雜劇が上演されたとは考えられない。このような刋行物が例外的に出現するとは思えない點から考えて、おそらく殘っていないだけで、同類の書物は多數出版されていたものと推定される。

『嬌紅記』に近い性格を持つ刋行物として次にあげるべきは、『成化說唱詞話』である。一九六七年、上海郊外嘉定の宣氏という明代士大夫の夫婦合葬墓から發見されたこのテキスト群は、十一種の「說唱詞話」と南曲『白兎記』からなり、その多くに成化七年（一四七一）から十四年（一四七八）の間に刋行された旨の刋記が入っている。刋行者は北京の永順堂という書坊である。もとより題名にうたうように、十一種は說唱である。しかしここでも、讀者がこれを藝能と直結したものとして讀んでいたとは考えにくい。最も大部な「花關索傳」が上圖下文形式であることをはじめとして、多くの插繪が插入されていることは、やはりこれらの書物も『嬌紅記』同樣のやり方で受容されていたことを示すもののように思われる。內容的にも、基本的に女性を排除する三國志の世界を背景としながら、「花關索傳」で鮑三娘以下三人の女山賊がみな花關索に敗れて妻になるという設定があり、また包拯物の「張文貴傳」でも女山賊が美少年張文貴に戀してその命を救い、後に妻となるといった、後世の彈詞などの女性向け藝能と共通する設定が認められる。

そして、內容について言語的に南方の特徵が認められるにもかかわらず[11]、その刋行地は北京である。當時出版の中心地は南方の南京・蘇州・建陽であった。しかも「花關索傳」が建陽刋本の特徵である上圖下文形式を取る一方で、他はいずれも南京・蘇州刋本に一般的な半葉分の插繪という形式であることは、南方で刋行されたテキストを集めて北京の書坊が覆刻したものであることを思わせる。以上の諸點と、出土したのが官僚の夫婦合葬墓であったことを考え合わせると、これもまた政治都市北京で官僚向けに營業していた書坊が、高級官僚の家庭向けに刋行した書物なのではないかと思われる。

中に含まれる唯一の戲曲である『白兔記』は、『嬌紅記』のような極端に不自然なセリフやト書きは持たないが、少數ながら插繪を伴うこと、多數のセリフを收錄すること、そして他の說唱詞話と同じ書坊から一連のシリーズとして刋行されていることから考えて、やはり同樣の性格を持つものである可能性が高い。

續いて弘治十一年（一四九八）に刋行された弘治本『西廂記』が登場する[12]。この書物は上圖下文形式（ただし建陽のものより畫の比率がはるかに高く、版面のほとんど半分近くに及ぶ）を取り、多數の附錄をつけ、難解語や難字には「釋義」と稱する解說を加えた上に、注釋ずみの語には「詳見第～折……」とその箇所を明示する（ただしばしば誤っている）という入念なテキストである。しかも刋刻の狀態は插繪も含めて非常に美しく、白話文學において前例のないレベルに達しているといってよい。版型も大きい。要するに非常な豪華本なのである。そして刋行者は「金臺岳家」、つまりやはり北京の書坊である。これまで述べてきたことから考えれば、この書物が想定していた讀者層はおのずから明らかであろう。高價なこと、插繪が大量に入っていること、そして戀を中心として女性が活躍するその內容、刋行地、すべてが高級官僚の家庭を對象としていることを示している。

この書物の卷末に附された刋記の末尾にいう。

使寓於客邸、行於舟中、閑遊坐客、得此一覽、始終歌唱、了然爽人心意。

旅館にお泊まりのとき、船旅の道中、お出かけの折などにこの本を御覽になり、始めから終わりまで唱われたなら、すっきりといい氣分になりましょう。

「始終歌唱」とはいうが、旅のお供に最適というのだから、もとより上演を前提とするものではなく、歌を口ずさみつつ「一覽」するということに違いない。ここからもこの書物が曲入りの讀み物として受容されていたことが見て取れる。

そして以後、戲曲テキストはより讀みやすい方向を追究していくことになるのである。(13)

四、「白話文學」というジャンル

『盛世新聲』『詞林摘豔』『雍熙樂府』という演劇の曲辭のみを取り出して韻文として鑑賞するためのテキストの刊行に先だって、このように讀み物として味わうための、セリフを完備した刊本が出版されていた。『嬌紅記』が示しているように、これらは實演とは無關係であった。實演用テキストにすべてのセリフが入っていた可能性は低かろう。

そして讀者の受容のありようは、戲曲・說唱・いわゆる小說（男性向け教養書から展開したであろう正統的歷史小說は除く）のいずれにおいても大きな違いがあったとは思えない。實際、題名に自らが說唱の一形式である詞話であるとうたう『大唐秦王詞話』が、多くの說唱的部分を含みつつも、長い地の文は小說と大差なく、『大唐秦王演義』という歷史小說風の題名でも呼ばれていたこと、四大奇書のうち『水滸傳』『西遊記』『金瓶梅』の三種の初期刊本はいずれも大量の說唱的要素を抱えており、わけても『金瓶梅』は書名自體『金瓶梅詞話』であること、(14)『六十家小說』と題名に「小說」をうたっていたいわゆる『淸平山堂話本』に「快嘴李翠蓮記」「刎頸鴛鴦會」「張子房慕道記」のように明らかに說唱のテキストと思われる作品が含まれていることは、當時の讀者にとって小說と說唱は、ともに韻文と白話文を積み重ねることによって面白い物語を語っていく娛樂讀み物というにすぎず、兩者の間に明確な區分がなかったことを示している。戲曲テキストだけが例外ということはありえまい。形こそ登場人物のセリフというスタイルを取ってはいても、當時の讀者はうた入りの讀み物として享受していたのではないか。さればこそセリフが必要になる。

今日我々は、中國古典文學の世界において小說・戲曲といったジャンル區分を當然のように使用している。しかしこうした區分は近代西歐文學のジャンル意識に基づくものであり、西歐の影響を受ける以前の中國人がこのような觀念を持っていたとは考えがたい。たとえば、今日では文言小說と白話小說は同じ「小說」というジャンルに屬するものと意識されているが、前近代にあっては、多少の例外こそあるものの、文言小說が知識人の正統的營爲の中に位置づけられていたのに對し、白話小說は不特定多數の讀者を對象として書坊の手で制作されるのものであった。從って、制作者・讀者いずれの側においても、兩者が同一のジャンルであるという認識は存在しなかったに違いない。唐代傳奇を嗣ぐものとして白話小說を持ち出すのは、近代的な目を通した「小說」史の再構成に過ぎないのである。

前近代の人々の意識にあったであろう區分としてむしろ有效なのは、白話と文言という分け方であろう。我々は小說・戲曲・說唱を別個のジャンルとして把握しているが、當時の中國の人々が文字で讀む際にこれらを明確に區別していたとは考えがたい。特にその出版の初期段階にあっては、知識人を對象とする四部の書や、非知識人をもある程度對象として出回っていたであろう實用書、それに受驗參考書といったいわば眞面目な刋行物以外の、「樂しみ」という新たな目的をもって、高級知識人以外の人々（女性や子供を含む）を主たる對象として刋行されたジャンルとして漠然とまとめて認識されていたのではあるまいか。そこから新たな讀者が生まれ、そして不特定多數を對象として、利益を得るためにひたすら面白さを追求するという、從來とは全く異なる作品制作・出版のいわば近代的な手法が出現する。これこそ、明末から生じる白話文學の急激な展開を導いたものであろう。

注

（1）赤松紀彦他『元刋雜劇の研究――三奪槊・氣英布・西蜀夢・單刀會』（汲古書院二〇〇七）解說一八～二四頁（小松執筆）。

（2）明の高儒の『百川書志』巻六「外史」に「㑳梅香」「兩世姻緣」「范張雞黍」「王粲登樓」をあげ、「卽四段錦」と注する。『四段錦』という書物の存在か、この四篇が並稱されていたことを意味するのか不明だが、ともあれこれらの作品が當時の人氣作だったことを示す可能性は高い。また「范張雞黍」には息機子本・元曲選本・酹江集本と多くの刋本が殘されており、明代後期においても人氣があったことがわかる。このほか、「范張雞黍」の詳細については、赤松紀彦ほか『元刋雜劇の研究（三）――范張鷄黍』（汲古書院二〇一四）「解說」（小松執筆）參照。

（3）『元刋雜劇三十種』の本文は、『古本戲曲叢刋四集』所收の中國國家圖書館所藏本の影印による。

（4）『嬌紅記』の本文は『古本戲曲叢刊初集』所收の京都大學圖書館藏本の影印による。
（5）小松謙『中國古典演劇研究』（汲古書院二〇〇一）Ⅱ　第一章「明本の性格」七八頁～八九頁。
（6）注（5）に同じ。
（7）元から明初の雜劇の通例として、『嬌紅記』には折の區分がないため、引用部位は葉數で示す。
（8）趙景深「『嬌紅記』與『嬌紅傳』」（『中國戲曲初考』〔中州書畫社一九八三〕所收）・『今古奇觀下　嬌紅記』（中國古典文學大系三十八　平凡社一九七三）「解說」（伊藤漱平執筆）。おそらく萬曆年間に建安の鄭雲竹により刋行されたこの小說の刋本『申王奇遘擁爐嬌紅記』は、『東京大學東洋文化研究所藏　程甲本紅樓夢（下）』（汲古書院二〇一三）に大木康氏の解題を付して收錄されている。
（9）雜劇『嬌紅記』の特徵や小說『嬌紅記』との關係については、大賀晶子「雜劇『金童玉女嬌紅記』について」（『和漢語文研究』第十三號〔二〇一五年十一月〕）に詳しい。
（10）アルベルト・マングェル『讀書の歷史　あるいは讀者の歷史』（原田範行譯、柏書房一九九九）「2　默讀する人々」。
（11）古屋昭弘「說唱詞話『花關索傳』と明代の方言」（井上泰山他『花關索傳の研究』〔汲古書院一九八九〕所收）。
（12）正式な題名は『新刋奇妙全相註釋西廂記』。本文は『古本戲曲叢刊初集』所收の北京大學所藏本の影印による。
（13）この點については、土屋育子「戲曲テキストの讀み物化に關する一考察――汲古閣本『白兔記』を中心に――」（『日本中國學會報』第五十八集〔二〇〇六年十月〕、後に『中國戲曲テキストの研究』〔汲古書院二〇一三〕に第三章第三節「『白兔記』テキストの繼承――戲曲テキストの讀み物化に關して」として、改稿の上收錄）參照。
（14）小松謙『中國歷史小說研究』（汲古書院二〇〇一）第七章「詞話系小說考」二一〇～二一一頁。

第八章　明代戲曲刋本の插繪について

本章においては、戲曲の刋行物がどのような變遷をたどったかについて、插繪を絲口に論じることにより、白話文學の讀者の變化と、それに卽應する書坊との間の相互作用的關係を浮き彫りにしてみたい。

一、最初期の戲曲刋行物

戲曲の刋行は元代に始まる。しかし、現存最古の戲曲刋行物といわれる『元刋雜劇三十種』には、後世の戲曲刋本においてはほとんど必須のものである插繪が見られない。この三十種は、實はさまざまな版本の寄せ集めであるが、性格を異にするであろう多様な本のいずれにも繪はついていないのである。なぜであろうか。

これは、これらの書物の刋行目的と關わる問題である。以前に詳しく論じたように、(1)『元刋雜劇三十種』は、戲曲テキストであるにもかかわらず、ト書き・セリフといった曲辭以外の要素は、系統により程度の差こそあれ、ごく簡略に記されるのみ、もしくは皆無である。この事實は、これらのテキストが演劇の脚本ではなく、曲辭を鑑賞するための書物として刋行されたことを意味する。元代當時、曲は一流知識人も創作に關わる重要な文學ジャンルであった。『元刋雜劇三十種』は、いわば詩を鑑賞するのと同じように曲を讀みたいと考える人々のために刋行された書物だったのである。このような場合、書物の制作者は、讀者はストーリーにはあまり關心を持っていないものと想定して作業を進めたにちがいない。讀み物性を持たない以上、その體裁が詩文集と同様の插繪を持たない、いわば禁欲的なものとなったのも當然であった。

　つまり、插繪の有無やその形態は、讀者の性格や關心のありよう、より正確に言えば、書物の制作者が想定する讀者の性格により決定されるものなのである。明代に入って刋行された戯曲刋本における插繪の状況は、このことをはっきりと物語っている。

二、明代初期の戯曲刋行物——戯曲刋本插繪の誕生——

　明代における最初の重要な戯曲刋行物は、明の建國者朱元璋の孫に當たる周憲王朱有燉（一三七九～一四三九）による自作の雜劇集、いわゆる『周憲王樂府』である。この刋行物にも插繪はない。これは、周王の地位にあった朱有燉が、自らの王府の經費で自作の雜劇を刋行したものだったことに由來するものに違いない。商業目的ではない以上、讀者の興味をつなぎとめることを目的とする插繪は不要だったのである。

　これとは對照的な性格を持つのが、前章でもふれた劉東生の雜劇『嬌紅記』である。(2) 二篇の雜劇をつなげるという特殊な形態を持つこの作品には、宣德十年（一四三五）、南京の積德堂という書坊が刋行した版本が殘されている。そして、このテキストこそが、現存する限りでは中國最古の插繪入り戯曲刋行物なのである。

　『嬌紅記』が體裁・本文ともに非常に特殊な形態を持つことは前章で述べた通りであるが、本章の性格上、插繪についてここでより詳しく確認しておきたい。中國の書籍においては、一枚の版木で刷られる見開き一枚分を一葉と呼ぶ。『嬌紅記』本文は、その一葉の右側がすべて插繪なのである。本文と插繪の對應關係を見ると、一葉の左側の本文で語

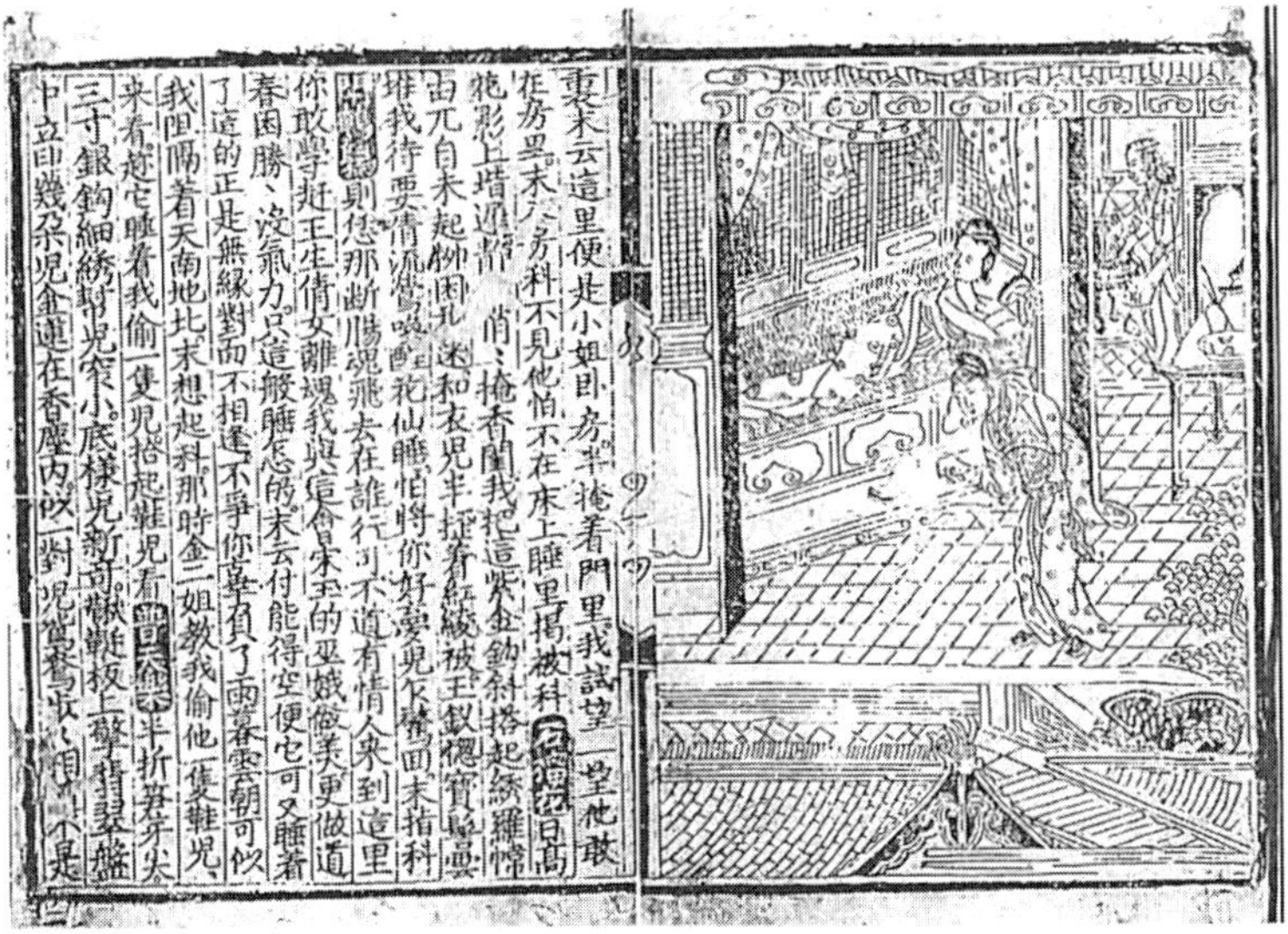

圖①　積德堂刊『新編金童玉女嬌紅記』より
ヒロイン王嬌娘のもとに主人公申純が忍んで靴を盜む場面（以下、題名のうち下線部が劇の題名。他は宣傳文句。京都大學文學部藏。『古本戲曲叢刊初集』による）。

られている內容を、右側の插繪に描いていることが分かる（圖①）。元から明初は、裝丁の方式が胡蝶裝（紙を谷折りにして折り目の部分を糊で閉じる方式。片面印刷なので、二ページごとに白紙と印刷面が入れ替わる）から包背裝（紙を山折りにして、兩端を紙か布で包んで糊付けする方式）に變化していく過渡期に當たる。見開きにして插繪と本文を對應させることを意圖しているであろう點から考えて、『嬌紅記』は元來胡蝶裝を想定して刊刻された可能性が高いものと思われる。

このように一葉の半分ずつを本文と插繪が分け合っているということは、このテキストにおいては繪と本文が全く同等の比重を持っているということを意味する。元代に刊行された「全相平話」シリーズのような上圖下文本においても、すべての葉の上部に置かれた繪は重要な意味を持つが、畫の占める割合は全體の三分の一から四分の一程度であり、『嬌紅記』のように繪と本文が全く同等というわけではない。圖解本以外でこうした體裁を持つ書物は、この時期においては異例といってよい。なぜこのような形態が採用されたのであろうか。これも、『嬌紅記』の刋行目的と關わるものに違いない。ということは、逆にいえば、スタイルからその書物の刋行目的を割り出すことも可能になるはずである。

『嬌紅記』は、本文においても、前章で述べたように、必要以上に詳細なト書きと、非常に説明的なセリフと多くの詩詞、更には主として正末（男主人公）による詩詞を多數含んだ非常に長い語りを具えるという非常に特異なスタイルを取っており、これはこの雜劇の粉本となった元代の文言小説『嬌紅記』に含まれている詩詞を取り込むための措置と考えられる。雜劇『嬌紅記』を刋行した南京の積德堂という書坊については、詳細は不明だが、『嬌紅記』の刋刻の狀態が本文・繪ともにかなり雜で、コストを掛けているとは思えないことから考えて、營利目的の商業出版業者に違いない。その點で、『嬌紅記』は『周憲王樂府』とは性格を異にする。一方、『元刋雜劇三十種』もおそらく營利目的の刋行物であるが、插繪の有無という點で兩者は全く對照的である。これは、想定されている讀者の相違によるものであろう。前述のように、『元刋雜劇三十種』はセリフを非常に輕視しており、雜劇の曲辭を詩詞と同じように鑑賞しようとする人々を對象として刋行されたものと思われる。つまり想定されている讀者は、比較的知識水準の高い人々ということになる。一方、『嬌紅記』はすべてのセリフを具えているばかりか、元來の雜劇には存在しなかったに違いないストーリーの語りと詩詞の引用を大量に含んでいる。これはこれで『元刋雜劇三十種』とは逆の方向で演劇のテキストとしては不自然なものである。このテキストの讀者は、おそらく雜劇『嬌紅記』を演劇テキストというより、曲・詩・詞を多數含んだ讀み物として受容したのであろう。

では、その讀者はどのような人々だったのであろうか。前章で述べたことの繰り返しになるが、それを示唆するのが、毎葉の半分が繪という體裁である。今日このような體裁を持つのは子供向けの本であろう。『嬌紅記』の讀者は、文字だけの書物には耐えられない人々であった。彼らは視覺的な刺激を求めていたのである。半葉ごとに、插繪で物語を確認しながら本文を讀み進める。つまり、『嬌紅記』は繪本であり、本文と繪が別になっているという點でスタイルこそ違うものの、江戸時代の黄表紙などに近い性格を持っているのである。さればこそ演劇テキストを下敷きにする必要があった。小說『嬌紅記』のような本格的な文言で書かれた作品は、この讀者には荷が重すぎた。しかし、元末明初段階ではまだ白話による敍述文は模索段階にあり、『水滸傳』のような流麗な文章を持つ白話の小說は望むべくもない。そこで、教養が高くない者でも理解しやすい白話を用いた文字テキストとして、雜劇の本文が利用されたのであろう。そして、そこに雜劇にはない小說の部分を、登場人物のセリフというやはり語りスタイルの白話で、詩詞もろとも付け加えたに違いない。そこに想定される讀者は、戀愛物という內容から考えてまず上流階級の女性、それに武官・宦官・上流商人などの中下層識字層である。第一章で述べたように、元代に刋行された、體裁こそ違えやはり全葉に插繪を持つ（插繪のレベルは『嬌紅記』より格段に高い）「全相平話」は、おそらくそうした人々のための教養書として刋行された書物であった。それに對して『嬌紅記』は、純粹の娯樂書として刋行されたものと思われる。その際、小說か戯曲かというジャンル意識は當時の人々にはなかったに違いない。そこにあったのは、多くの韻文を含む繪入りの白話讀み物という認識だけだったであろう。

ここに我々は、中國出版史における重要な變化を見て取ることができる。このような書物が刋行されたことは、おそらくは上流階級においても識字率が低かったであろう女性を初めとするあまり高い教養を持っていなかった人々（插繪を通して享受する人々を含めれば、非識字層まで含むかもしれない）にまで讀書習慣が擴がりつつあったこと、學習や教養の取得といった目的ではなく、純粹に樂しむことを目的とする讀書がそれらの人々の間に生まれつつあったこと、そうした書物には插繪が不可缺であったことなど、前の時代にはなかった新しい狀況の出現を示すものなのである。

こうした状況を承けて明代の戯曲刋本が刋行されていくことになる。

三、南京における戯曲刋行物の插繪——讀み物としての演劇テキスト——

明代後期、特に萬曆年間（一五七三～一六二〇）に入ると、出版物の量は劇的に增大することになる。その傾向は戲曲・小說、つまりいわゆる白話文學においてとりわけ顯著であった。この時期戲曲テキストは、南京・杭州・建陽（福建）・徽州（安徽）、それに少數ながら北京においても書坊によって刋行されている。ちなみに、南京・建陽と並ぶ大出版地であった蘇州においては、小說の刋行が盛んであったのに比して戲曲の刋行は少ない。ただし、蘇州周邊では士大夫身分の出版者によって重要な戲曲テキストが刋行されている。まず蘇州府に屬する常熟では、毛晉の汲古閣から『六十種曲』という大部な叢書が刋行されているが、このテキストには插繪がない。一方、鄰接する湖州では、臧懋循による『元曲選』や凌濛初らによる套印本（多色刷り刋行物）などの插繪入り演劇テキストが刋行されている。

これらの刋行地は、それぞれの特色を持つ。例えば徽州においては、萬曆十六・十七年（一五八八・八九）、新安徐氏によって古名家本と呼ばれる雜劇テキストが多數刋行されている。刋刻は精美であり、插繪を持たない。これは、漢文・唐詩を模範とすることを主張する復古派の流行とあわせて、それらと並稱される文學ジャンルとして元曲の評價が知識人の間で高まりつつあった狀況から考えて、高級知識人向けに刋行されたものであったことに由來するものと思われる。(3) 徽州は高級な墨と紙の產地であるとともに、すぐれた刻工を輩出した黃氏一族が住む虬村を領域內に持っており、知識人向けの高級本が刋行される條件はそろっていた。一方で、汪廷訥らこの地の富豪たちによる『人鏡陽秋』などの超高級本刋行の流れに沿って、非常に精美な插繪を持つテキストも刋行されているが、(4) これはむしろ高級な版畫の題材として戯曲が用いられたというべきものであり、本文より繪に主眼があるといってよい。つまり、徽州における戯曲刋本は兩極分化していることになる。ちなみに、湖州の刋行物についても、凌濛初らの套印本は上流階級向けの趣味的な豪華本と位置づけて差し支えない。

一方、南京は『嬌紅記』の刋行地であり、ここで出版された戯曲テキストは、おそらく『嬌紅記』の子孫にあたる可能性が高い。つまり、讀者は演劇の脚本というより韻文入りの讀み物としてこれらのテキストを受容していたものと思われる。

このことは、やはり刋本の內容から見て取れる。南京で刋行された戯曲は、ほとんどが北方系の音樂である北曲を使用する雜劇ではなく、南方系の音樂である南曲を使用したいわゆる傳奇である。傳奇は、四折からなる雜劇とは對照的に、齣數（「齣」は傳奇の用語、幕にあたり、「出」とも表記される）の制限がなく、通常三十齣前後、長い場合には六十齣程度に達する長大なものが多い。そして、南京で刋行されたテキストは、この長大な作品をすべてセリフやト書きまで文字化している。つまり、この刋本を讀めば戯曲の物語を始めから終わりまで知ることができる。今日にあっては當たり前のこの事實は、當時にあっては必ずしも當然のことではなかった。後にふれるように、建陽では様々な戯曲のさわりのみを集めた刋本が制作され、それは清代にまで受け繼がれていくことになるのである。これは、作品の長大さゆえに通しから一段物の上演（「折子戯」と呼ぶ）にシフトしつつあった當時の狀況に見合った動きといえよう。逆にいえば、すべての場面を收錄したテキストは、必ずしも演劇の現場とは密着していないことになる。これは、やはり讀み物として受容されていたことを示すものではなかろうか。

そのことを裏付けるのが插繪の存在と、その形態である。南京の大手出版業者だった唐氏一族が刋行した多くの戯曲テキストは、すべて插繪入りである。唐氏が經營していた書坊である富春堂と世德堂、特に前者は多くの戯曲を刋

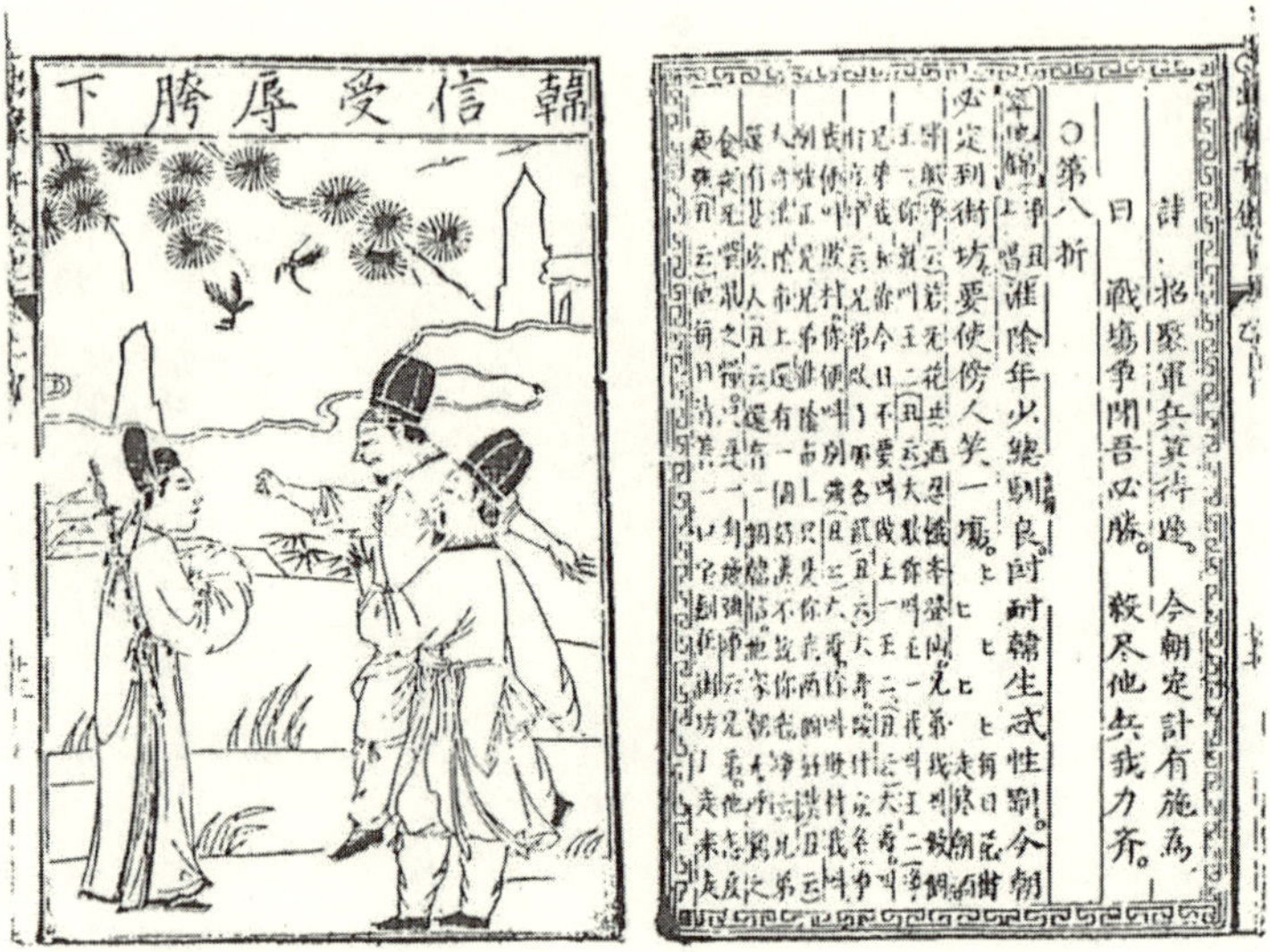

圖②　富春堂刋『新刋出像音註花欄韓信千金記』第八折（「折」は「齣」に同じ）より韓信の股くぐりの場面（『古本戲曲叢刋初集』による）。

行していることで知られており、そのテキストには、かなり多くの插繪が含まれている。例えば、富春堂が刋行した韓信を主人公とする傳奇『千金記』（圖②）は全九十九葉、その中に半葉の插繪が二十八枚、つまり全體の十五パーセント近くが繪ということになる。數ページごとに繪が現れる理屈であり、半分が插繪からなる『嬌紅記』には及ばないまでも、これはかなり高い割合といってよい。そもそも、いくら水增しされているとはいえ、全八折しかない雜劇である『嬌紅記』に比べて、全五十齣に及ぶ傳奇である『千金記』は、本文の量が格段に多い。從って、『嬌紅記』のように半分を繪にしてしまえば、分量が多くなりすぎて、書籍の價格も高くなってしまう。コストを抑えるためには、繪の數をある程度減らさざるをえない。これは『千金記』に限らず、傳奇の刋本全體に共通する事情だったに違いない。富春堂と世德堂による戲曲刋本が傳奇ばかりである以上、半分というわけにはいかず、十五パーセント程度という數字は精一杯のところであろう。つまり、富春堂・世德堂の刋行した戯曲テキストは、可能な限り多くの插繪を含んでいるのであり、その點でやはり繪を要求する讀者を想定して刋行されたものと思われる。事實、繪が入っていることは大きなセールスポイントだったらしく、題名にはいずれも「出像」つまり插繪入りと銘打たれている。

更に興味深いのはそのスタイルである。富春堂・世德堂が刋行した戯曲テキストの插繪は、いずれも半葉全面を用いている。これは、上圖下文を傳統とする建陽本とは異なる江南刋本の傳統に沿ったものといってよい。繪柄は、『西遊記』など世德堂が刋行した小說と類似した比較的稚拙なもので、人物、特に顔を大きく描き、刋刻の容易さゆえか、かぶり物などの黒が目立つという點で概ね共通する。このように、繪・刋刻の狀態ともにさしてよいとはいえないことは、これらのテキストがそれほど高級な刋行物ではなかったこと、つまり當時の出版の常識に從えば、一流知識人を讀者の對象としては想定していなかったことを示すものである。そして、それぞれの繪には何が描かれているか一目でわかるように、畫題というべきものが上部に大書されている。これは繪物語的な受容のパターンがあったことを想定させるものである。

更に、富春堂の刋行物にはもう一つの大きな特徴がある。すべての版木が半葉ごとに區切られており、本文の枠（邊欄）の部分に雉堞形（城壁の銃眼の形。ラーメン鉢の縁によくある圖案）の模様が入っているのである（插繪の部分には通常入っていない）。世德堂の刋本にも少數同樣のものがあるが、これは基本的には富春堂の賣り物だったようである。先にふれた『千金記』などは、題名に「花欄」（模様入りの枠）と大書しており、これもセールスポイントの一つだったものと思われる。ではなぜセールスポイントなのか。當然見た目によいということであろう。しかし、知識人向けの書籍にこのような飾りが附されている例はまずない。つまり富春堂の戯曲刋本は、こうした裝飾を好む、簡潔な上品さを價値あるものと見なす知識人的美意識とは異なる發想を持った人々を對象として刋行されたものなのである。そこに浮かび上がってくる讀者像は、『嬌紅記』において想定したのと同じ人々であろう。

では、なぜ江南においてこの種の書籍が大量に刋行されたのであろうか。この點についても、書坊が想定していたであろう讀者像から推定することが可能かもしれない。當時の男性高級知識人、いわゆる士大夫層はこれらの書物の表立った讀者ではありえなかった。そして、先にも述べたように、刋行されている傳奇の大半は戀愛物である。北曲による雜劇に比して、南曲による傳奇においては戀愛物の比率が著しく高いことはよく知られるところであるが、これは、明代以降の演劇においては戀愛物ばかりが演じられるようになったということを意味するものではない。事實、例えば現在演じられている京劇においては、戀愛物の占める比重は決して高くはないのである。

傳奇刋本に戀愛物が多いのは、一つには明代後期に現在の形になった上流階級、特に高級知識人向けの南曲の劇種である崑曲においては、戀愛物が主要演目の多くを占めていたことに由來するものと思われる。つまり、戀愛物は上流階級の間で人氣があったということになる。崑曲は蘇州郊外の崑山で生まれた劇種である。明王朝の副都として大規模な官僚機構を備えている關係上、高級知識人が集中していた南京は、崑山にも近く、崑曲の本場というべき位置にあった。書籍が高價であった當時（明代においては貸本屋の存在はまだ確認されていない）、戲曲刋本を購入することができたのは上流の家庭に限定されていたに違いない。そして、戀愛物には女性が活躍する場面が多い。

これらの事實と、富春堂が女性受けを狙ったように思われる裝飾過多の版本を刋行していることを考え合わせると、これらの書籍の主たる讀者は、士大夫層を含む上流階級の女性や子供だったものと考えられる。ただ、當時にあっては女性の識字率は非常に低く、高級知識人の家庭も例外ではなかった。これは、女性が字を知っていることは有益ではないという當時の觀念によるものである。例えば、『金甁梅』において主人公西門慶の六人の妻妾のうち、字が讀めるのは潘金蓮一人である。そして、その潘金蓮が一番の惡女とされていることは、ある意味象徵的といえよう。しかし、同じ『金瓶梅』第四十八回には、武官の肩書きを持つ西門慶と、祕書役を務める甥の陳經濟が、邸報（官報）に難しい字が多いため讀めずにいたところに、南方出身の召使の書童がやって來て、簡單に讀んでしまうくだりがある。これは、當時南方人には教養のある者が多いという認識があったことを反映するものであろう。(5)これはある程度女性にも共通することだったに違いない。さればこそ、江南では女性向けの戲曲刋本が多數刋行されたのではなかろうか。女性や子供が主たる讀者として想定されていたとすれば、その中には非識字者や識字能力の低い者も含まれてくる以上、插繪はいよいよ不可缺のものとなる。繪さえあれば、字の讀める讀者の朗讀を聞く等の方法で、あるいは物語の內容を知っていれば、繪を眺めて物語を追っていくという形で、非識字者もこうした書物を享受することができたはずである。

この推定が正しいとすれば、傳奇には戀愛物が非常に多いという認識も修正を要するかもしれない。今日殘っている傳奇の刋本には確かに戀愛物が多く、元來戀愛物ではないはずの題材にまで戀愛の要素が導入されている例も少なくないが、これは書坊が女性讀者の間における賣れ行きを見込んで、女性の比重が重い作品ばかりが刋行された結果かもしれないからである。

しかし、江南の刋本でも性格を異にするものが存在することには注意せねばならない。まず、世德堂の刋本は、同じ唐氏の手になるものであり、同樣の插繪を、同じ程度の割合で含んではいるものの、基本的に「花欄」は使用せず、かわりに邊欄の上に富春堂本にはないスペースが設けられて、そこにかなり詳しい注釋が書き込まれている（圖③）。さまざまな古典を引用したこの注釋は、一見學術的なもののように見えるが、內容をよく檢討すれば、あまりレベルの高いものとはいえない。このような形式の相違は、世德堂の刋本が富春堂の刋本とは微妙に異なる讀者層を想定していたことを示すものと思われる。裝飾のかわりに、本當に教養のある人間であれば相手にしないレベルの注釋が施

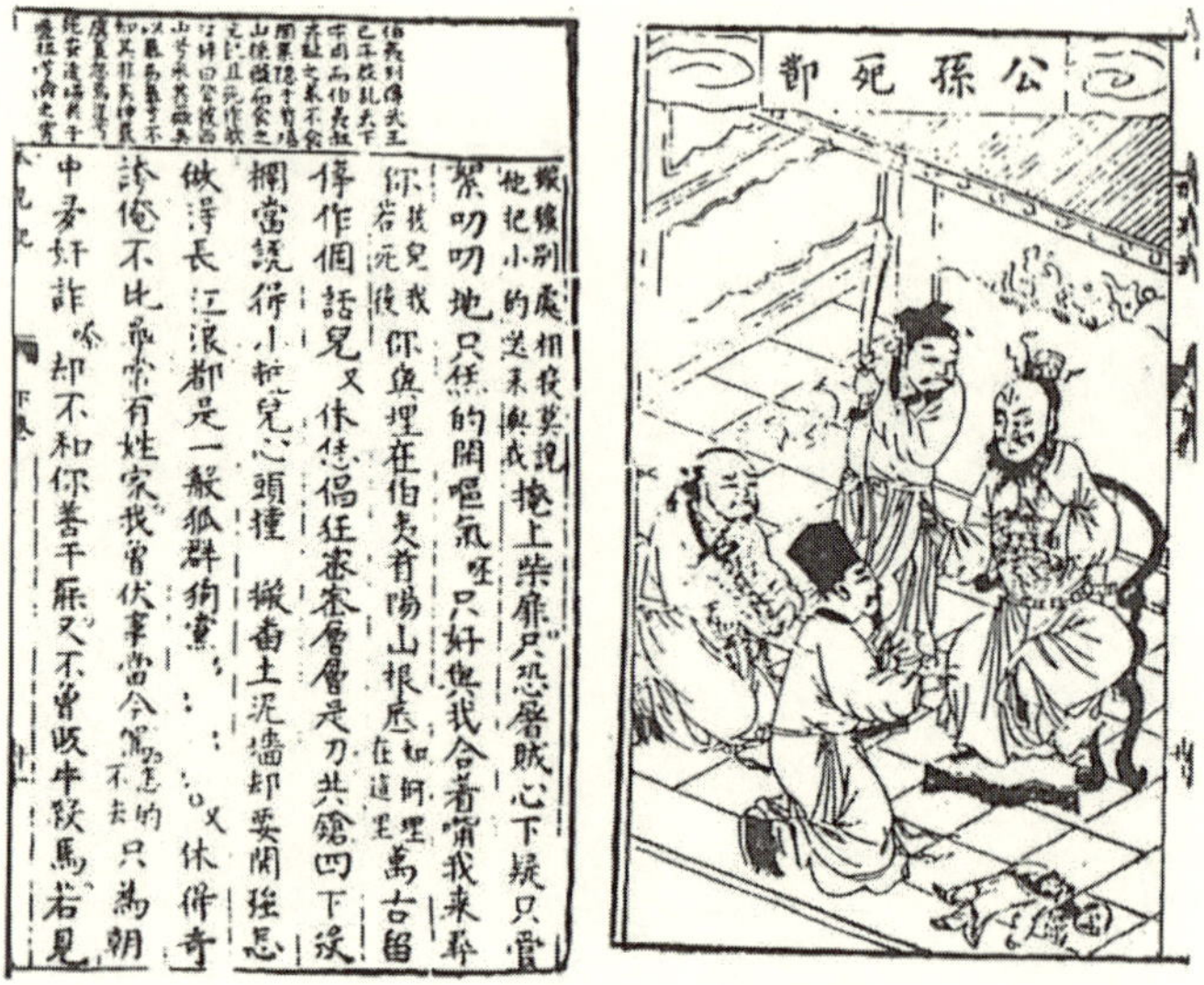

圖③　世德堂刊『新刊重訂出像附釋標註音釋趙氏孤兒記』第三十三齣より
惡役屠岸賈が趙氏孤兒の身代わりの子供を殺す場面(『古本戲曲叢刊初集』による)。

される。これは、女性以外に、字は讀めるがそれほど敎養が高いわけではなく、しかし敎養へのあこがれは持ち合わせている階層、つまり先にもあげた武官・宦官・上流商人といった男性讀者が想定されていることを示しているように思われる。

更に、同じ唐氏の文林閣が刊行した戲曲刊本は全く異なる性格を持っている。『臙脂記』(圖④)を例に取れば、全六十七葉のうち插繪の數は六、先にあげた富春堂本『千金記』に比べると大幅に少ないように見えるが、實はこの六つの插繪はすべて一葉分、ただし版木一枚ではなく、包背裝もしくは線裝(絲綴じ)で裝丁する場合袋綴じになるのに合わせて、前の葉の裏と次の葉の表で一枚の見開きの繪になるように彫られているのである。つまり插繪の割合は約十八パーセントと、分量的には『千金記』と大差ない。しかし、繪が大きくなった分、繪の數、つまりは本文を讀んでいて繪に行き會う頻度は大きく減少している。そして繪柄は、一見すれば明らかなように、富春堂・世德堂の刊本よりはるかに洗練された、

圖④　文林閣刋『新刻全像臙脂記』第三十七齣より
ヒロイン王月英がすれ違いに終わってしまった戀人郭華を思う場面（『古本戲曲叢刋初集』による）。

人物について言えば頭が小さく足が長く目が細い、つまりは頭が大きく目が大きい富春堂・世德堂の人物像とは全く對照的な、後述する杭州刋本の插繪と似たものになっているのである。この當時、優秀な刻工と版下書きは南京・蘇州・徽州・建陽・杭州などの各地の仕事を兼ねて行なっていたようである點からすると、これは杭州系の刻工・版下書きが制作した結果かとも思われるが、たとえそうであるにしても、書坊の營業方針に差があることは間違いない。邊欄の上に附された注も、難しい文字の音を示すのみで、世德堂本のような、結果的に教養が高くないことを露呈するような中途半端な衒學趣味は認められない。また題名も、富春堂の刋行物のように題名の前にむやみと宣傳文句をつけることはせず、シンプルに「新刻全像」と冠するのみである。文林閣は、富春堂・世德堂と同族會社ではあっても、營業方針を異にしていたのであろうか。

ここで注意されるのが、富春堂・世德堂と文林閣の

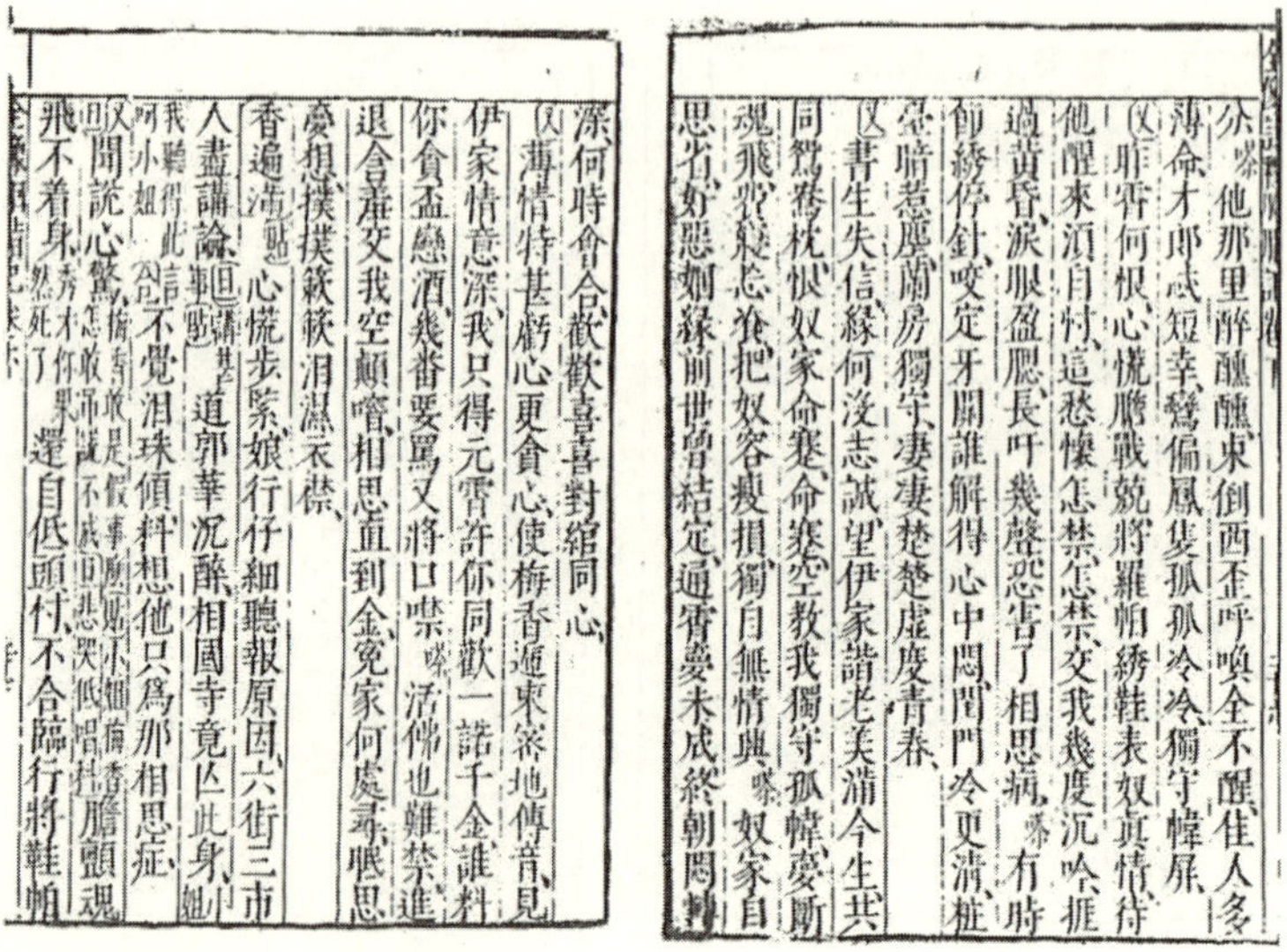
外（唱）他那里醉醺醺東倒西歪呼喚全不醒佳人多薄命才郎忒短幸鸞偏鳳隻孤孤冷冷獨守幃屏
（又）月霄何恨心慌膽戰兢兢將羅帕綉鞋表奴眞情待他醒來須自忖這愁懷怎禁怎禁交我幾度沉吟捱過黄昏淚眼盈盈長吁幾聲恐害了相思病（唱）有時節綉停針咬定牙關誰解得心中悶悶門冷更淸[illegible]疊暗惹塵蘭房獨守凄凄楚楚虚度青春
（又）書生失信緣何没志誠望伊家諧老美滿今生共同鸞鳳枕恨奴家命蹇命蹇空教我獨守孤幃夢斷魂飛[illegible]忘飡把奴容瘦損獨自無情興（唱）奴家自思省好惡姻緣前世曾結定遍霄夢未成終朝悶[illegible]
深何時會合歡歡喜喜對綰同心
（又）薄情特甚虧心更貪心使梅香遍東家地傳音見伊家情意深我只得元霄許你同歡一諾千金誰料你貪盃戀酒幾番要罵又將口噤（唱）活佛也難禁進退含羞交我空顛嗜相思直到金寛家何處尋悵思夢想撲撲簌簌淚濕衣襟
香遍[illegible]心慌步緊娘行仔細聽報原因六街三市人盡講論[illegible]道郎華沉醉相國寺竟亡此身[illegible]不覺淚珠傾料想他只爲那相思症
（又）聞説心驚[illegible]䫉魂飛不着身[illegible]然死了[illegible]還自低頭付不合臨行將鞋帕

圖⑤　文林閣刊『新刻全像臙脂記』第三十七齣より本文（『古本戲曲叢刊初集』による）。

刊本の間に認められる字體の相違である。文林閣の刊本は、毛筆のあとを再現しようとしている富春堂や世德堂のものとは異なり（圖②③參照）、横が細く縱が太く、止めやはねが圖案化された、いわゆる明朝體によっている（圖⑤）。高度な技術を持たなくても讀みやすい文字を彫ることができる明朝體の成立は、印刷史における畫期的な出來事といってよい。その成立時期は、嚴密に絞り込むことは困難であるが、明末、萬曆後期と考えられる。同族會社であるにもかかわらず、全く異なるフォントを使用しているのは、富春堂・世德堂と文林閣の經營方針の違いというよりは、むしろ時期的な問題と見るべきであろう。各版本の成立年代は不明であるが、字體から考えて文林閣刊本はかなり遲れて出版されたものと推定される。つまり、萬曆後期以降、唐氏の出版方針に變化が生じたように思われるのである。唐氏以外の南京の書坊について見ても、やはり萬曆後期以降に戲曲刊本を多く殘す繼志齋の刊行物は、文林閣刊本と類似した形式を取っている。插繪が杭州刊本のものに近い點から考えれば、これは杭州の影響によるものかもしれない。では、杭州の戯曲刋本はどのような性格を持つのであろうか。

四、杭州における戯曲刋行物の插繪――高級知識人の讀者への參入――

杭州において戯曲テキストを刋行していた大手の書坊としては、まず容與堂の名をあげるべきであろう。容與堂は、完全な形で現存する最古の『水滸傳』刋本の刋行者として名高い。この『水滸傳』には、一回あたり半葉二枚ずつ、本文の內容を細部まで忠實に再現した精美な插繪が付されており（圖⑥）、本文の刋刻の狀態もすぐれたいわゆる精刻本である。版型も大型で、當然のことながらかなり高價だったものと思われる。そして、このテキストには「李卓吾批評」が付されている。「批評」とは、本文の內容に關するコメントや讀み方指南などを書き込んだものである。

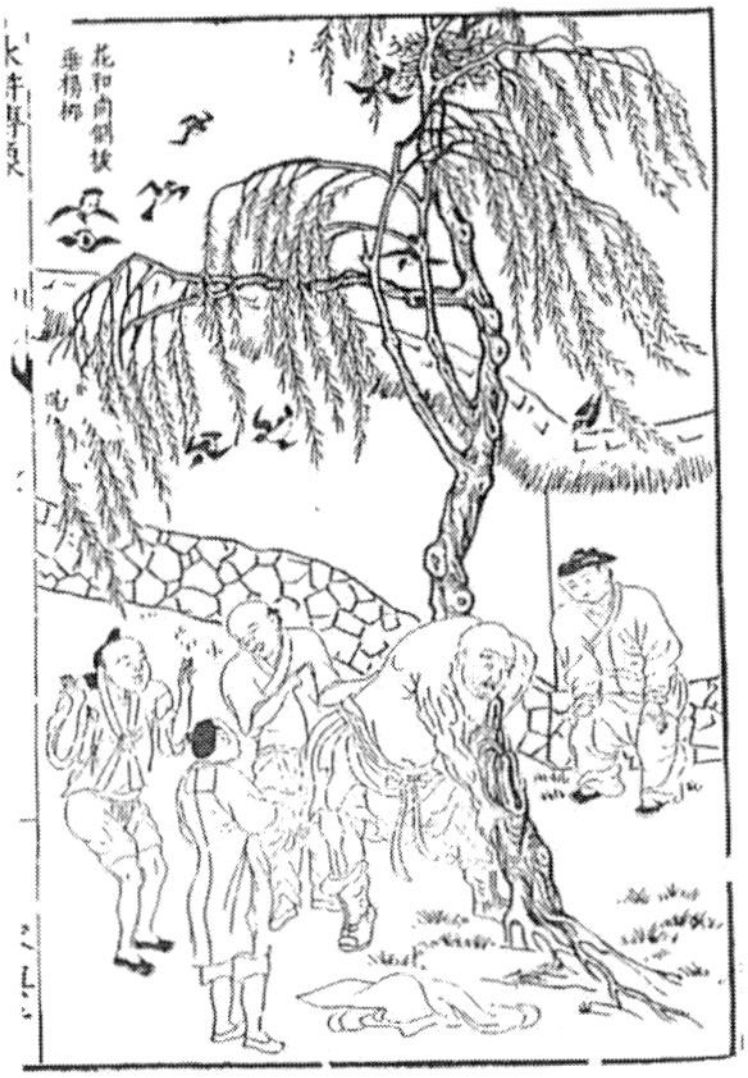

圖⑥　容與堂本『李卓吾先生批評忠義水滸傳』第七回の魯智深が柳を引き抜く場面（『明容與堂刻水滸傳』〔上海人民出版社1973〕による）。

李卓吾（李贄）は、中國史上最も過激な思想家ともいわれるが、實は彼の思想は戯曲・小説を刋行する出版業者にとって非常に好都合な一面を持っていた。李卓吾の有名な童心說は、純粋無垢な幼兒の狀態を理想とし、人間は成長する過程で教育を受け、常識を身につけることによって墮落すると說く。そして、文學作品も童心を表現したものこそが眞の文學だとして、その代表として『水滸傳』と『西廂記』をあげる。通常「盜を勸める」とされた『水滸傳』と、男女の自由戀愛を描いて「淫を誨える」と非難されていた『西廂記』を儒敎の經典より高きに置くというのは、當時としては破天荒な意見であったが、これは『水滸傳』や『西廂記』を賣ろうとしていた出版業者にとっては、絕大な人氣を誇りながら表だっては宣傳しにくかったこの兩書に對して、高名な學者（しかも出す著作が必ず人氣を呼ぶ當時のベストセラー作家でもあった）がお墨附きを與えたという點で、營業上非常にありがたい說であった。當時の書坊が競って「李卓吾批評」の附いた白話小說・戲曲を刋行した（ほとんどは實際には李卓吾が關與していないものと思われる。中には『後三國志演義』のように「李卓吾批評」と題名に銘打ちながら、實際には全く批評がないという悪質な例まである）のも無理はない。

實際、『水滸傳』は確實に賣れることを期待しうる商品であった。李開先（一五〇二～六八）の『詞謔』によれば、萬曆に先立つ嘉靖年間（一五二二～六六）、當時を代表する知識人であった唐順之（一五〇七～六〇）・王愼中（一五〇九～五九）らが『水滸傳』を高く評價していたということであり、「嘉靖八子」に數えられる一流文人であった李開先自身も、第六章で論じたように、梁山泊物の戲曲『寶劍記』を書き（改作したといった方が正確かもしれないが）、地元の縣から刋行してもらっている（ちなみに插繪はない）以上、『水滸傳』を高く評價していたことは間違いない。つまり、李卓吾の說が出てくるにはそれだけの素地があったということになる。容與堂本『水滸傳』は、そうした高級知識人とその周邊の人々を主たるターゲットとして刋行された書物であったに違いない。そこに附された「李卓吾批評」は、もとより李卓吾自身ではなく、葉晝という不良文人の手になるものだといわれる。(6)その眞僞は定かではないが、批評自體はシニカルな味わいを持つ知的なものであり、かなり知識水準の高い讀者を想定しているものと思われる。

そして、容與堂が刋行した戲曲刋本にも、「李卓吾批評」が附されているのである。附された批評の內容は、『水滸傳』と通う性格のものである。插繪は、見開き（前葉の裏と後葉の表で一枚）の大型かつ精美なものが、上下二卷に各七

圖⑦　容與堂刊『李卓吾先生批評琵琶記』第二齣、主人公の蔡伯喈夫婦が兩親の長壽を祝う場面。記されている詩句は王安石「書湖陰先生壁」の有名な一句だが、もとの詩の「送青來」が「青來好」にかわっている（『古本戯曲叢刊初集』による）。

〜十枚、それぞれの場面にふさわしい著名な詩句を添えて、いずれも巻頭に置かれている（圖⑦）。

この插繪が富春堂や世德堂のものとは根本的に性格を異にすることは明らかである。巻頭に置かれている以上、もはや繪物語的受容の仕方は想定されていない。本文にも、知識人向けの批評が付されている。つまり、容與堂の刊行した戯曲刊本は、李卓吾を經た後の、高級知識人向けのものなのである。插繪の質が高いのも、洗練された趣味を持つ知識人に受け入れられることを狙ったために違いない。

この變化は南京にも及んだのではあるまいか。同じ唐氏の刊行物でありながら、文林閣本が富春堂・世德堂本とは全く異なる性格を持つのは、その現れといえよう。つまり、ここに白話文學が高級知識人にも受け入れられはじめるという、明末清初に發生した重大な變化の一端が示されているのである。事實、自身一流の知識人であった臧懋循が、明らかに高級知識人を主たるターゲットとして湖州で刊行した『元曲選』（臧懋循が南京の高官であった友人に、資金不足のため官僚仲間の間で豫約を募ってほしいと依頼した手紙が殘っている(7)も、見開きでこそないが、巻頭に精美な插繪を集めるという類似した形態を取っている。常熟の毛晉の汲古閣が明末清初に刋行した『六十種曲』に插繪がないのは、この叢書が「十三經」「十七史」等の汲古閣による刋行事業の一環として出版されたことからも明らかなように、こうした傾向が更に進んだ結果と考えられる。

一方で、これとは全く異なる流れも存在する。最後に、建陽で刋行された戲曲刋本にふれておきたい。

五、建陽における戲曲刋行物の插繪――實用書の流れの中で――

大衆的商業出版の聖地ともいうべき建陽において刋行された戲曲刋本は、南京・杭州の刋本とは根本的に性格を異にするものが主流を占めている。

建陽本の插繪といえば、上圖下文形式がただちに想起される。この形式の戲曲刋本としては弘治本『西廂記』(圖⑧)が名高いが、これは建陽本とは全く性格を異にする。このテキストについては、前章で詳しく述べたので、ここで繰り返すことはしないが、建陽ではなく北京の岳氏という書坊の刋行物であり、書坊の刋本とはいいながら、聲點(發音を示す記號)があるなど、內府本(宮廷で刋行する書籍)と同じ特徵を持つ點、巻末の牌記に「經書」に基づくとある點から考えて、內府刋行の「經廠本」に基づくものと思われることから、內府本の覆刻ではないかとの說も出されている(8)。聲點は初學者用に廣く要求されるものであり、牌記が單なる宣傳文句である可能性もある以上、これだけを以て內府本由來と斷定することはできないが、美しい插繪と版面、詳しいが學術的な水準は高くない注釋を持ち、始めから終わりまで全篇を收錄するのみならず、多くの附錄まで付けられた豪華本であるこのテキストは、明らかに上流階

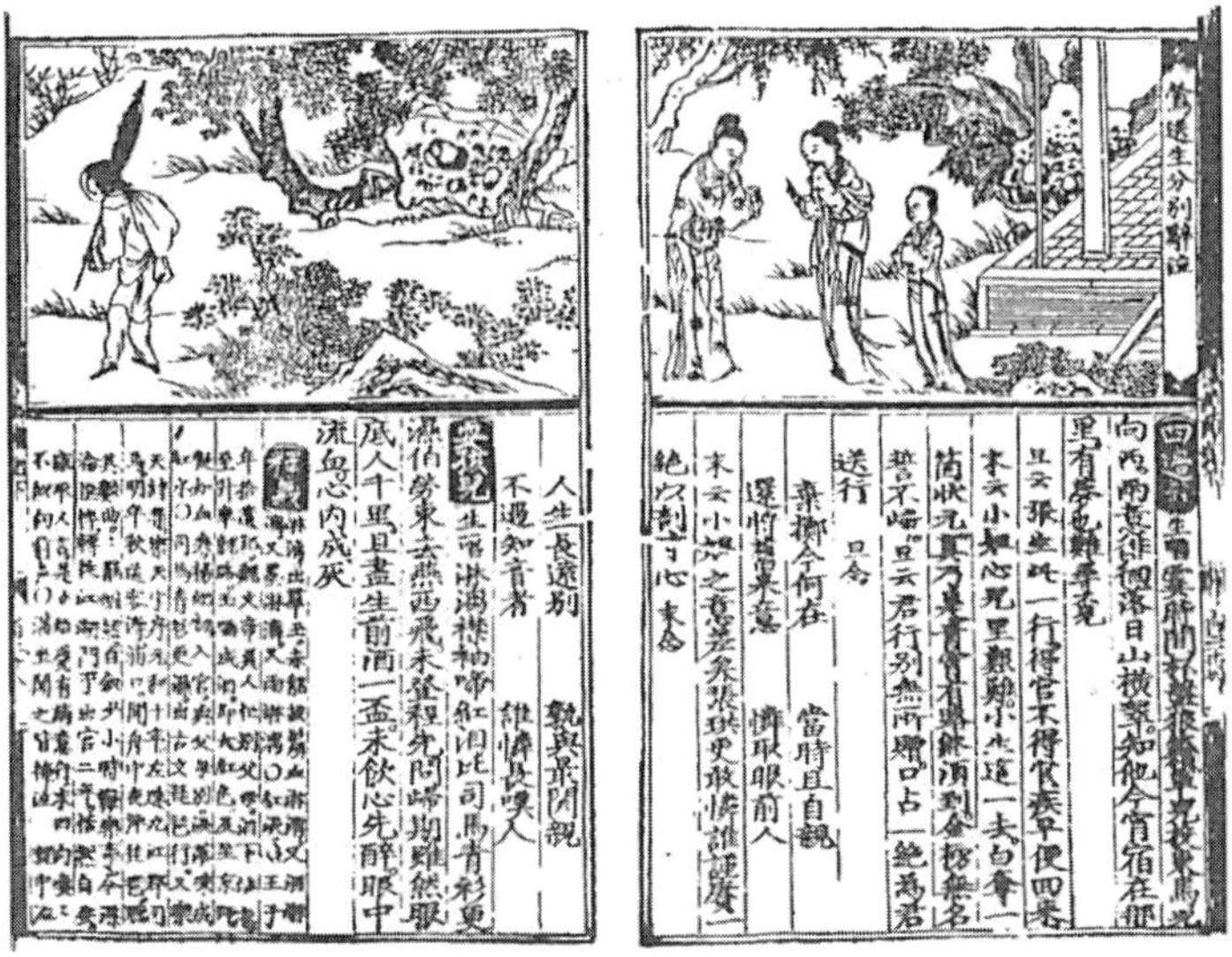

圖⑧　金臺岳氏刊『新刊奇妙全相註釋西廂記』（いわゆる弘治本）巻四第三折より
主人公張君瑞が科擧受驗に旅立つため、ヒロイン崔鶯鶯と別れる場面。繪はこのまま次の葉に續いていく（『古本戲曲叢刊初集』による）。

級の娯樂讀書用に刊行されたものであり、形式こそ違え、書物としての性格は富春堂・世德堂の刊本に近いものと思われる。

それに對して、建陽で刊行された戲曲刊本の主流を占めるのは、いわゆる散齣集である。これは、すでにふれたようにさまざまな戲曲のさわりを集めたものである。從って、これらのテキストを讀んでも演劇の物語内容全體を知ることはできない。つまり、建陽刊本はストーリーを追う讀み物としての性格は薄いことになる。劉龍田喬山堂が刊行した『西廂記』のように、全本を刊行している例もあるが、この本は上圖下文本ではなく、插繪の特徵も含めて世德堂本によく似た外見を持つ。上原究一氏が指摘されている(9)世德堂と建陽の書坊との密接な關係から考えて、南京刊本の覆刻である可能性があり、建陽の戲曲刊本としては例外的なものに屬する。

現存する建陽で刊行された戲曲刊本のうち、時期的に最も早いのは嘉靖二十二年（一五五三）、詹氏進賢堂から刊行された『風月錦囊』（圖⑨）であるが、この段階では建陽における戲曲刋本の右に述べた特徵を十分に看て取ることはまだできない。この書物はすべて上下二段からなり、うたや戲曲の曲辭を下段に、當時流行していた俗曲を中心とした短い歌を上段に配置した初めの一巻の後、三十篇の戲曲のテキストを、ある程度セリフを含む形で下段に置き、上段はそれに對應した繪が、畫題を上に、內容に關わる對句を左右に配置するという形で置かれている。それぞれのテキストは、かなりまとまった分量を持つ。插繪の粗雜な人物と類型的な構圖は、萬曆前期までに建陽で刋行された小說版本と類似しており、內容も最初の一巻以外はある程度ストーリーを追いうるという點で、このテキストは、富春堂などが刋行した戲曲刋本の建陽版といってよいかもしれない。ただ、雜多な作品が不完全な形で詰め込まれている點では、建陽の刋本のパターンに沿っていると見ることもできる。

ところが、萬曆期の戲曲刋本になると様相が變わってくる。多少のバリエーションこそあるが、それらのテキストは本文が基本的に三段からなり、上段には別の戲曲の一段、中段には笑い話や酒令（宴會のゲーム）、更には流行歌や歌訣（知識を記憶しやすいように歌の形にしたもの）などが掲載され、下段に演劇の一段がセリフも含む形で置かれている（圖⑩）。そして插繪は、目錄部分の下段（『時調青崑』）（圖⑪）に置かれる例もあるが、多くは一巻に數枚、半葉の繪が插入されており（圖⑫）、『樂府菁華』のように三段ではなく上下二段の構成をとって、半葉の插繪以外に上段や下段に小さい插繪を入れる事例もある（圖⑬）。この混沌とした形式は何を意味するものであろうか。

實は、これと酷似した形式の書物が、全く異なるジャンルとされているものの中に見出されるのである。建陽の書坊は、通常「日用類書」と呼ばれる大衆向けの日用百科を大量に刋行しており、やはり二段もしくは三段の本文と、各巻冒頭の插繪、時によって上段や下段に插繪を入れ、上段や中段には巻ごとに對象としているジャンルに關わる歌訣などが置かれることが多い（圖⑭）。これら日用類書は、當然ながら實用書として刋行されたものであるが、內容を

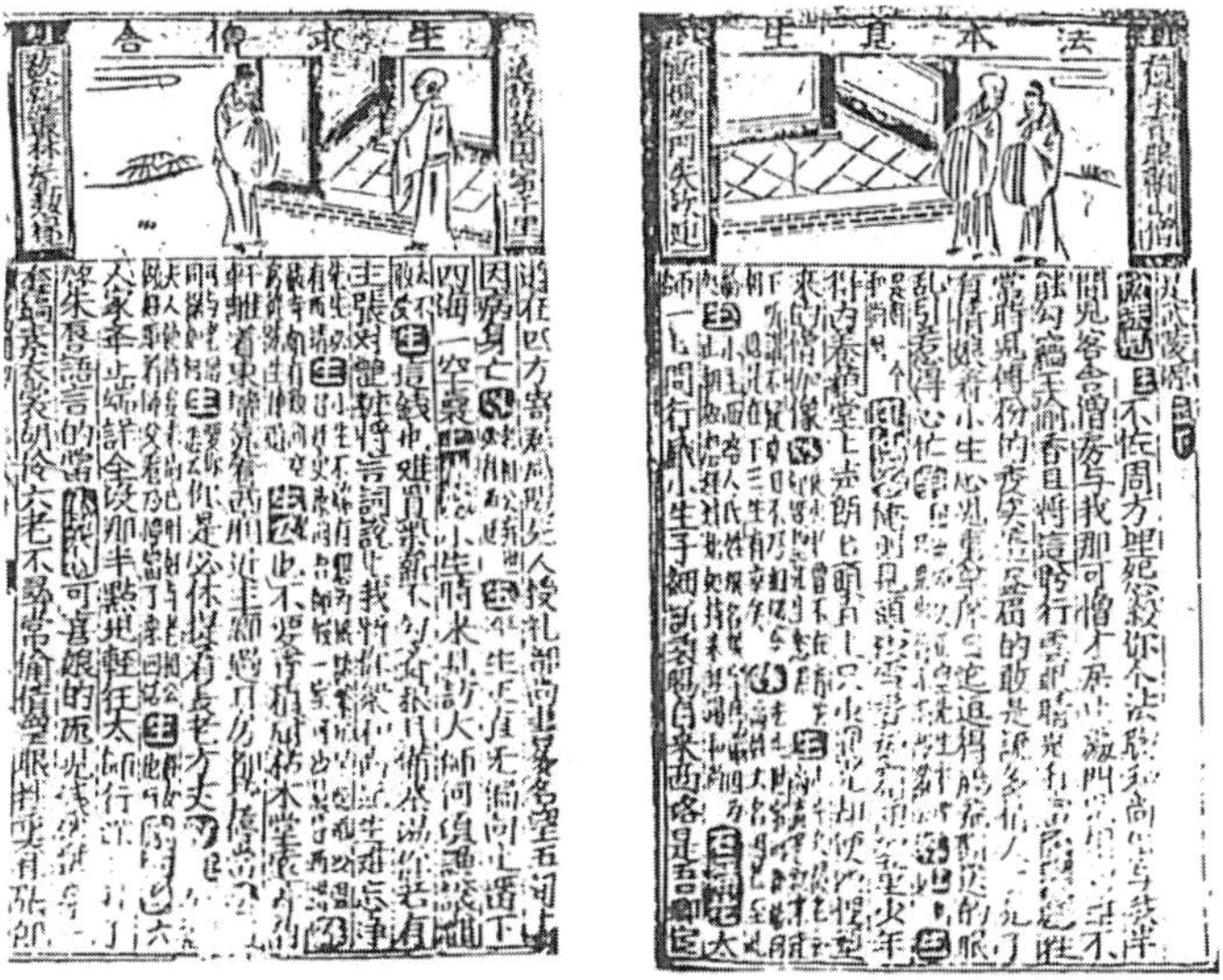

圖⑨　詹氏進賢堂刊『新刋耀目冠場擢奇風月錦囊正雜兩科全集』より
「全家錦囊北西廂」(『西廂記』の一部分)の主人公張生が寺に部屋を借りようとする場面(『善本戲曲叢刊』〔學生書局1984〕による。原本はエスコリアル修道院圖書館藏)。

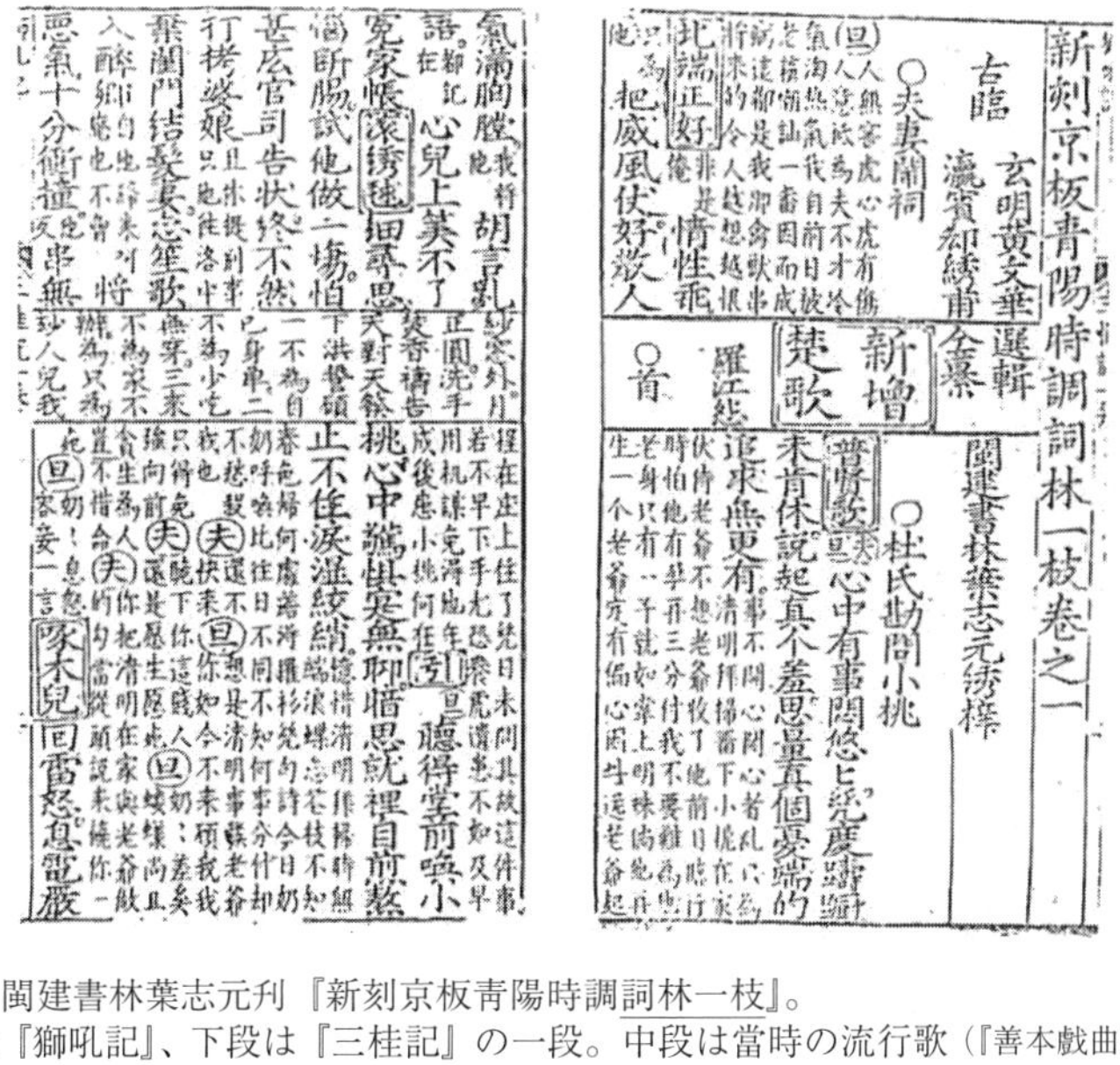

新刻京板青陽時調詞林一枝卷之一
閩建書林葉志元綉梓
古臨　玄明黃文華選輯
瀛賓郗績甫仝纂
新增楚歌
羅江怨
○夫妻鬧祠
○杜氏勸問小桃

圖⑩　閩建書林葉志元刊『新刻京板青陽時調詞林一枝』。
上段は『獅吼記』、下段は『三桂記』の一段。中段は當時の流行歌(『善本戲曲叢刊』による。原本は國立公文書館內閣文庫藏)。

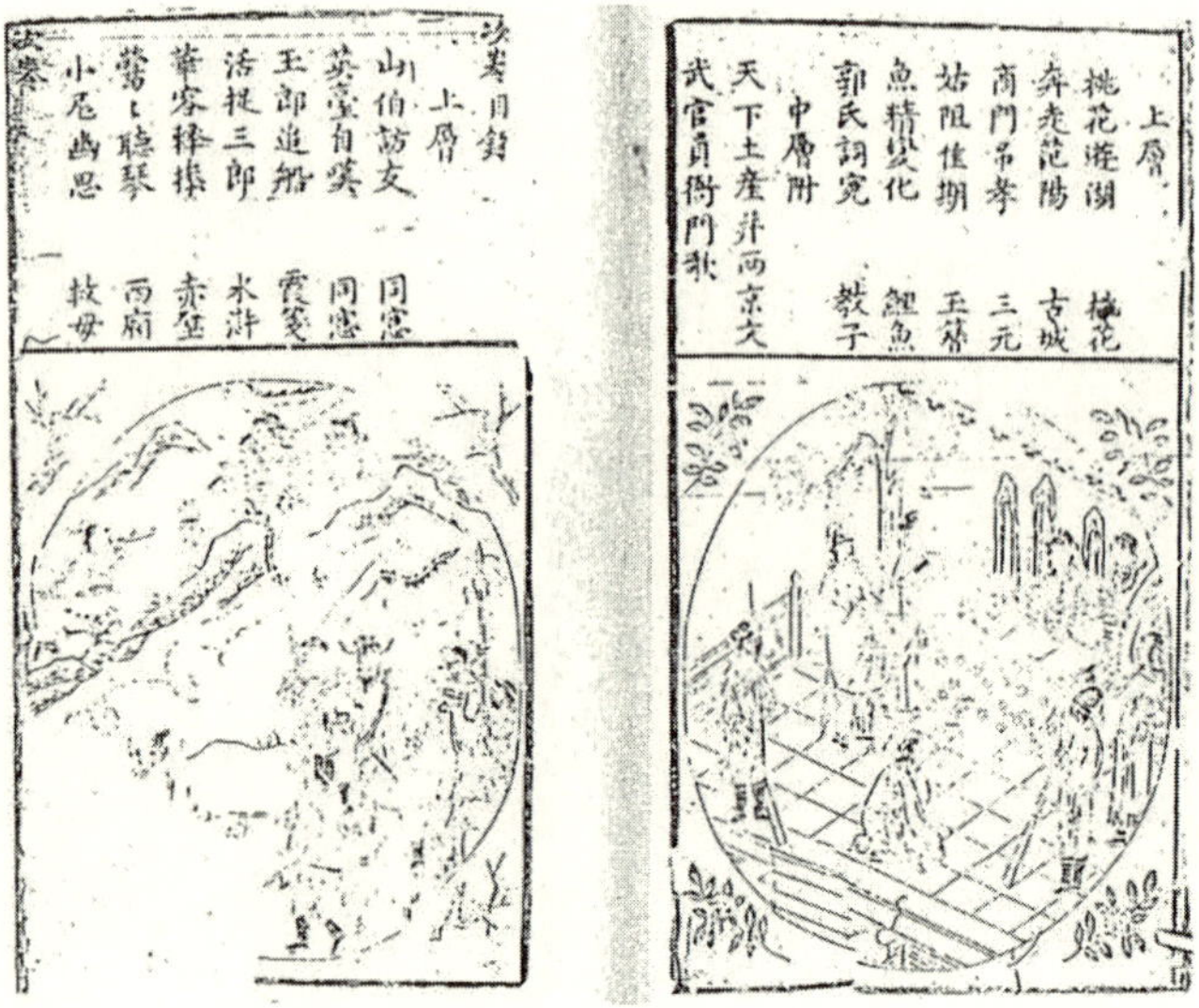

圖⑪　四知館刊『新選南北樂府時調青崑』より目次（『善本戲曲叢刊』による）。

仔細に檢討すると、實際の役に立つというよりは、讀んで樂しむ要素を多く含んでおり、刊行者も雜多な要素を無理矢理につめこんだ感がある。散齣集にしても、題材こそ日用類書より限定されてはいるものの、同樣の傾向を持っている。そして、形式を同じくする兩者は、一見したところジャンルを異にする書物とは思えない。

つまり、建陽から刊行された戲曲テキストは、大衆的商業出版が進展していく中で生み出された中下層識字層向けの雜多な書籍の一つだったものと思われる。おそらく出版者も讀者も、これらの書物について明確なジャンル意識を持ってはいなかったのであろう。當時の出版者は、三段からなる本文に插繪を加えて、樣々な要素を盛り込んだ書物を刊行したのであって、盛り込まれる要素によって、今日の目から見るとさまざまなジャンルに分類しうるにすぎない。

一方で、繪という觀點から言えば、散齣集の半葉の插繪には、建陽本としては精美なものが多いように思われる。これは、ここで扱われている戲曲テキストが、「徽池雅調」

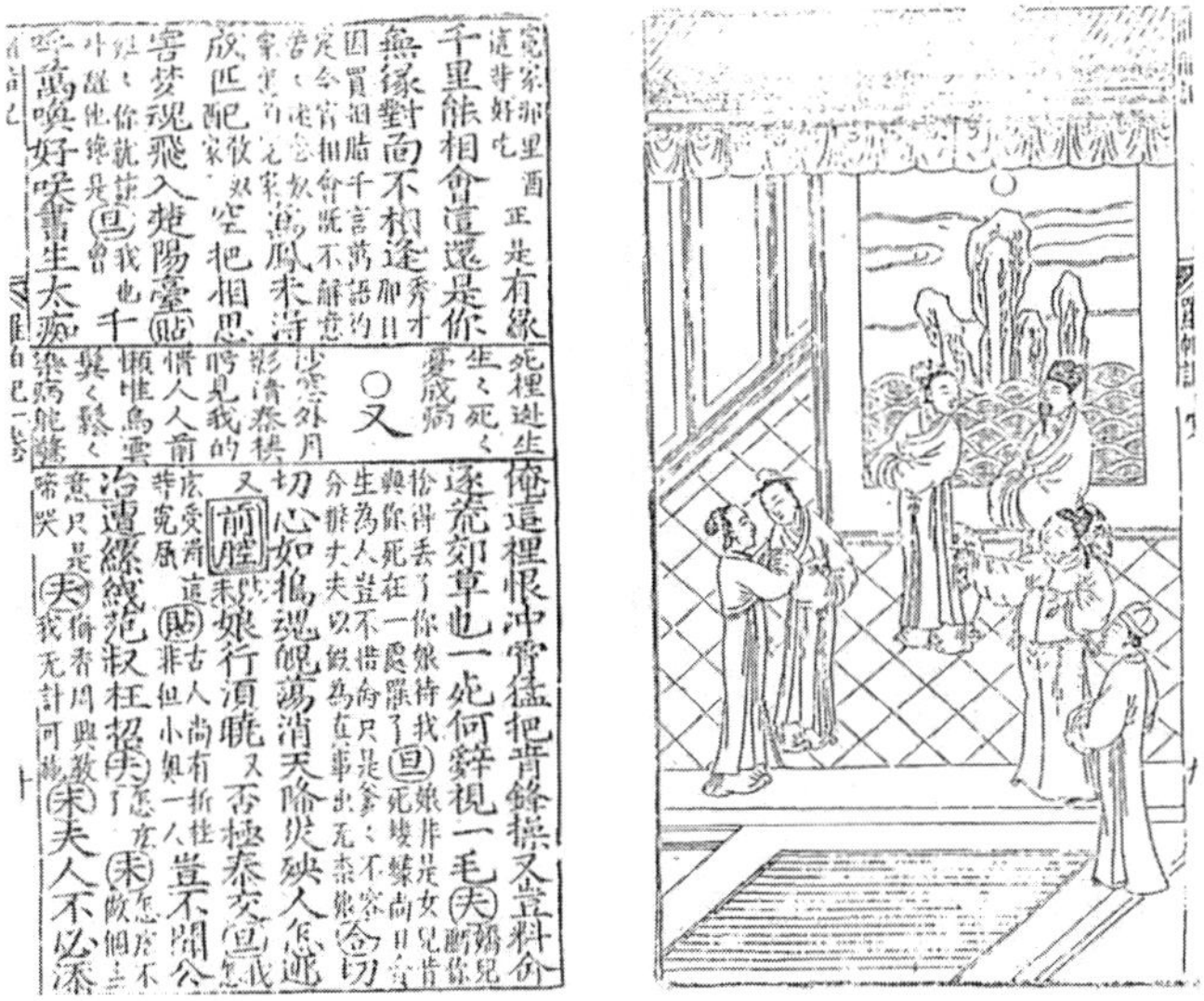

圖⑫　『詞林一枝』より、右が『羅帊記』の部分の插繪。

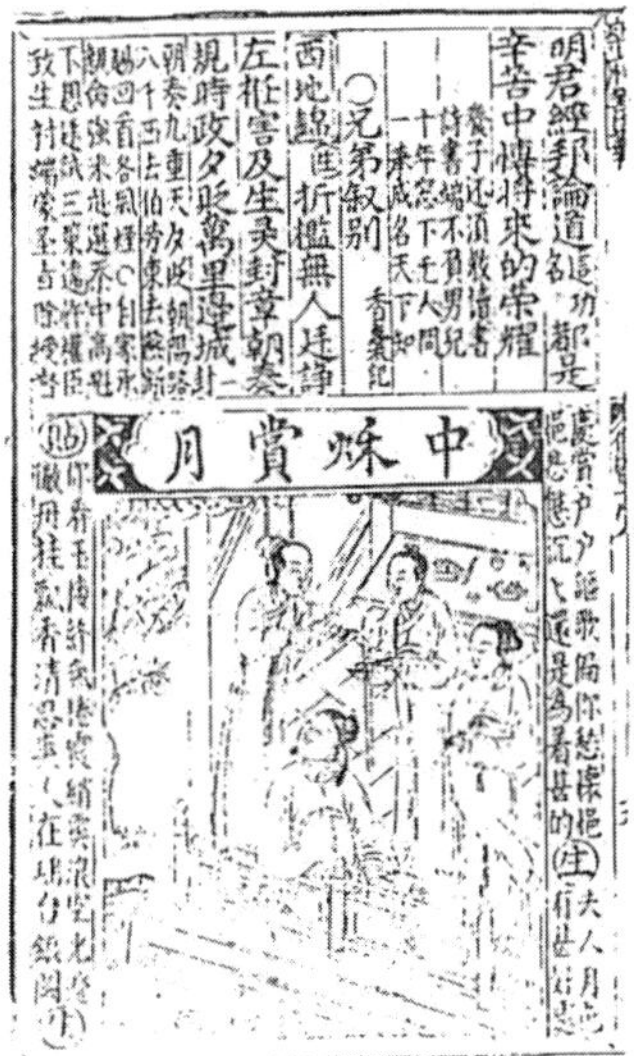

圖⑬　王會雲三槐堂刋『新鍥梨園摘錦樂府菁華』卷一より『琵琶記』の月をめでる場面（『善本戲曲叢刊』による。原本はオックスフォード大學 Bodleian Library 藏）。

と稱される徽州を中心に流行した青陽腔をはじめとするいわゆる弋陽腔系の演劇であることと關わるものと見られる。つまり、散齣集に收められているのは、最も精美な版畫を生み出すことで知られる徽州の人々の間で愛好されていた劇種なのである。そして、それらの演劇の主たる受容層はいわゆる新安商人、つまり鹽などを扱う徽州出身の政商た

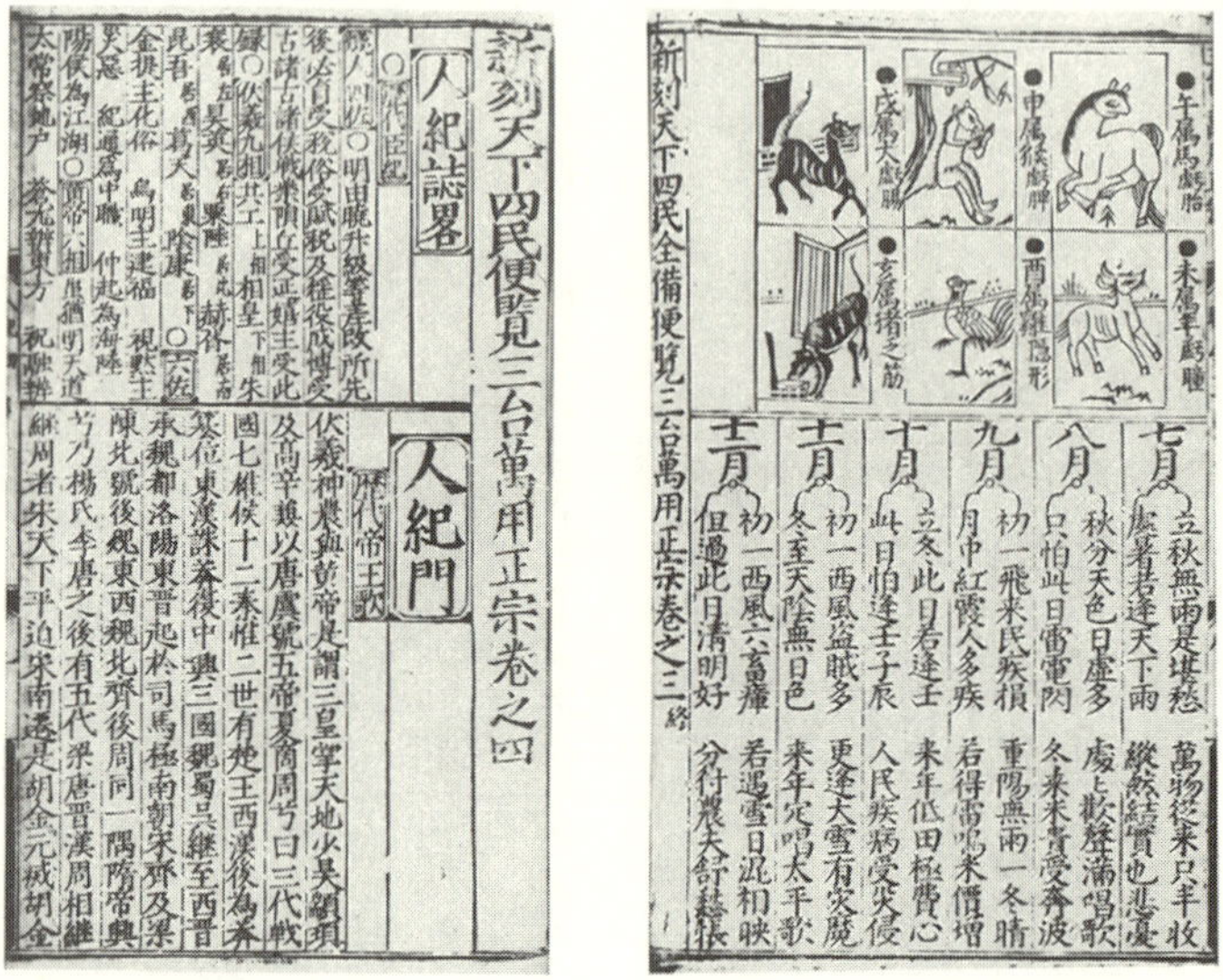

圖⑭　余文台雙峰堂刊『類聚三台萬用正宗』より
右は卷三「時令門」末尾。上段は十二支の圖。左は「人紀門」冒頭。下段は歴代の帝王を覺えるための歌訣（『日用類書集成』〔汲古書院2003〕による。原本は東京大學東洋文化研究所所藏）。

ちであった。先にもふれた汪廷訥はその好例である。彼らの中からは、高級知識人が輩出することもままあるものの、全體としては豊かな富を持ちつつ高い教養はまだ身につけていない、高級な趣味を志向する人々であった。散齣集は、建陽で刊行されたものではあるが、彼らを購買層に想定していたものと思われる。それゆえに、それほど教養が高くない人々の興味を引くようにさまざまなおまけを加えながら、比較的高級な插繪を入れたのであろう。

すでにふれたように、刻工や版下書きは徽州と建陽、更には南京・杭州をも股にかけて活動しており、異なる地域の書坊間にもある程度の提攜關係があった。[10] 插繪は、出版者・購買者・技術者の間の關係に應じて、ダイナミックに變貌していくものだったのである。

六、插繪を規定するもの

以上見てきたように、明代における戲曲刋本の插繪は、刋行された地域ごとに異なる特色を持つように見えるが、それは刋行者が想定していた顧客層の性格により規定されるものであった。逆にいえば、插繪はその書物の顧客として想定されていたのがどのような人々であったかを物語ってくれるものでもある。そして、様々な方向に向かっていた戲曲の插繪は、明末に至って洗練された少數の插繪を伴う、完備したテキストへと收斂していくことになる。これは、白話文學への知識人の參入に伴う、白話小説の刋行形態の變化と連動する動きであった。その一方で清朝に入ると、純粹に庶民向けといってよい「唱本」と呼ばれる、分量も少なく、價格も安く、場合によっては非常に稚拙な插繪を付した書物も出現する。讀者層の多様化によって書物の階層分化が生じ、それぞれに對應した插繪が附されるという方向で、近代に入って石印本の出現により狀況が一變するまで、戲曲刋本は多様な展開を遂げていくのである。

注

（1）赤松紀彦他『元刋雜劇の研究――三奪槊・氣英布・西蜀夢・單刀會』（汲古書院二〇〇七）解說一八～二四頁（小松執筆）。
（2）以下、本章で依據している各作品のテキストについては、圖版のキャプションを參照。
（3）この點については、小松謙『中國古典演劇研究』（汲古書院二〇〇一）Ⅱ　第四章「明刋本刋行の要因」を參照。
（4）萬曆年間に汪廷訥が刋行した一連の『環翠堂樂府』など。
（5）小松謙『中國歴史小說研究』（汲古書院二〇〇一）「序章」七頁。
（6）錢希言『戲瑕』卷三「贋籍」に見える。

（7）詳しくは、小松謙『中國古典演劇研究』Ⅱ 第五章「『元曲選』『古今名劇合選』考」一七五頁を參照。

（8）金文京「弘治本『西廂記』の插繪について」（瀧本弘之・大塚秀高編『中國古典文學と插畫文化』〈勉誠出版二〇一四〉所收）一〇四頁。

（9）上原究一「世德堂本『西遊記』版本問題の再檢討初探――他の世德堂刋本小說・戲曲との版式の比較を中心に――」（『東京大學中國語中國文學研究室紀要』第十二號）など一連の研究。

（10）上原究一氏の前揭論文及び「明末の商業出版における異姓書坊間の廣域的連攜の存在について」（『東方學』第百三十一輯（二〇一六年一月））。

第九章　『麒麟閣』について――隋唐物語と演劇――

明から清にかけて、隋唐の歴史を扱った小説が多數刊行された。それらの小説は、それぞれ微妙に異なる內容を持つ。こうした現象が、藝能で語られていた物語と歷史書の間でどのような性格の書物を作り上げるかという個々の出版者の意圖のずれより生じたものであり、物語の內容の古さは必ずしも出版時期と合致しないことについては、様々な論者がすでに述べ、筆者もかつて論じたところである。(1)

戲曲『麒麟閣』は、こうした議論において重要な鍵を握る存在と見なされてきた。(2) 明末清初に活躍した蘇州派を代表する劇作家李玉（生沒年不詳だが、一六一〇年代に生まれ、一六七一年以降に沒したと思われる）の作とされるこの戲曲は、隋唐物語の多くの部分と重なる內容を持っており、明末清初段階における隋唐物語の狀態を示す貴重な資料と見なされてきたのである。だが、現存する『麒麟閣』のテキストには重大な問題が存在する。まずこのテキストの性格を明らかにしない限り、隋唐物語について考察を加える材料として『麒麟閣』を利用することは危險といわざるをえない。

本章では、『麒麟閣』の內容に詳しい檢討を加え、その性格を明らかにしたい。

一、『麒麟閣』の謎

『麒麟閣』は李玉の作品といわれる。その根據は、淸の高奕が著した『新傳奇品』の「李玄玉（玄玉は李玉の字）」の項にその作品として「麒麟閣」の名が見え、『曲海總目提要』卷十九「麒麟閣」の項に「李元玉（康熙帝の諱を避けるため「元玉」に改めた）作」とあるほか、[3]『傳奇彙考標目』・焦循『劇説』・梁廷枏『曲話』等にも李玉の作として「麒麟閣」の名があげられている點にある。これらの記述から考えて、李玉に『麒麟閣』という作品が存在したことは間違いあるまい。また、『曲海總目提要』が

演秦瓊麒麟閣圖形、與正史多不合。羅藝妻乃孟氏、今以爲秦瓊姑、尤屬悖謬。藝子羅成、亦係撮撰。

秦瓊が麒麟閣に肖像を描かれたことを演じるもので、正史とは一致しない點が多い。羅藝の妻は孟氏であるのに、ここで秦瓊の叔母としているのは、特に大きな誤りである。藝の子羅成もでっちあげたものである。

とある點からすれば、その內容は秦瓊（叔寶）と羅藝・羅成父子の登場するものであり、羅藝の妻が秦瓊の叔母と設定されていたことも確かであろう。そして、以上の設定をすべて含む『麒麟閣』と題する傳奇が現存する以上、それが李玉の『麒麟閣』として認識されてきたのは當然のことであった。

しかし、同じ內容を含む同じ題名の作品であれば、完全に同一のものと見なしてよいものであろうか。この點には、再檢討の餘地が存在するのではないか。

現在目にすることができる『麒麟閣』のテキストは、『古本戲曲叢刊三集』に影印された上海圖書館藏の抄本である。郭英德編著『明清傳奇總錄』（河北教育出版社一九九七）卷四の本劇の說明によれば、この他に中國社會科學院文學研究所圖書館に康熙十七年（一六七八）の抄本があり、また中國藝術研究院戲曲研究所資料室には清南府抄本が十三出のみ殘るという（五二九頁）が、現在ともに見る便を得ないため、ここでは『古本戲曲叢刊三集』所收のテキストのみを對象として議論を進めたい。なお、以下の議論については、かなり複雜な內容になるため、『麒麟閣』について出ごとに詳細に述べた章末の**附表**（二八一頁以下）を參照しながらお讀みいただきたい。

このテキストの性格については、周妙中氏が「毎巻前各有〝提綱〟、寫明各出上場人物和主角姓名。這種做法和內府演出本相同、我很懷疑這一抄本是內府演出本、或抄自內府演出本（各巻の前にはいずれも『提綱』があって、各出の登場人物と演者の姓名が書かれている。この種のやり方は、內府上演本と同じであり、この抄本は內府上演本、もしくは內府上演本を寫したものではないかと疑われる）」と論じ[4]、これを受けて千田大介氏が更に、「開場」の前に天界の場面を配する點が清朝宮廷大戲の形式と一致する點を指摘した上で、避諱や俳優の名前から考えて、道光年間の昇平署抄本であろうと推定しておられる[5]。兩氏の見解は首肯しうるものと思われる。形式から見ても、二本により構成されていることは、數日を要して上演されるいわゆる連臺戲に屬することを意味し、やはり清朝宮廷大戲の性格に合致する。しかし、李玉が清朝宮廷演劇の脚本を書いていた形跡はない。

しかも、この長さは李玉の作品の中では例外的なものである。周氏が同じ箇所で「我所見到的明清傳奇中、除歷史大戲以外、只有《麒麟閣》和董榕的《芝龕記》長達六十出、其餘一般都是三四十出、五十出就算長了（私が目にした明清傳奇の中で、歷史大戲を別にすれば、『麒麟閣』と董榕の『芝龕記』しか六十出に及ぶ長さのものはなく、他は通常いずれも三、四十出で、五十出あれば長い方になる）」と述べておられるように、『麒麟閣』は通常の傳奇よりはるかに長く、全六十一出（『麒麟閣』は「齣」に當たる名稱として「出」を使用している。本章では『麒麟閣』については「出」、一般名詞としては「齣」を使用する）に及ぶ。一方、李玉の他の作品は三十齣に滿たないものが多く、一番長いものでも三十二齣（『意中人』）に過ぎない。つまり、『麒麟閣』は他の李玉の作品のほぼ二倍の長さを持つことになる。

李玉は、蘇州派の代表として名高い明末清初を代表する劇作家である。蘇州派は、上流階級向けの劇種である崑山腔を使用しつつも、平明な言語を用いた比較的庶民的な作風で知られ、その作品は實演、それもおそらく個人の邸宅における堂會演劇よりは劇場（明代には常打ち小屋の存在は確認できないが、廟や寺院などで商業演劇の興行はあったようである）や野外舞臺における不特定多數を對象とした場における上演を想定しているものが多いように思われる。三十齣前後というのは、一日の上演用には好適な長さといえよう。『麒麟閣』は通常の上演には適さない長さを持つ。現存する『麒麟閣』は本當に李玉の作品なのであろうか。しかも、『麒麟閣』の内容には多くの矛盾點が存在するのである。

二、『麒麟閣』の矛盾

『麒麟閣』は二本構成、第一本は三十三出、第二本は二十八出、合計六十一出からなる。各本は更に卷上と卷下に分かれ、第一本卷上は十八出、卷下は十五出、第二本卷上は十三出、卷下は十五出からなる。通常清朝宮廷演劇は、一本が上下各十二齣の合計二十四齣からなるのを基本としており、この齣數の不揃いさは、その原則から大きく外れるものである。

第一本の卷上においては、清朝宮廷演劇の通例である天上の場面の後、プロローグがあり、以下秦叔寶が出張先で單雄信・徐勣らと知り合った後、災難に遭い、燕に配流されて叔母とその夫である羅藝、そして從弟にあたる羅成に巡り會うことが演じられる。この段階までは、物語の內容は一連の隋唐物の小說とほぼ合致する。

ここで、議論を進める上で問題となる隋唐物の小說を確認しておきたい。隋唐を題材とする小說は多數にのぼるが、『唐書志傳』などの歷史書に忠實な內容を持つものは『麒麟閣』との間に密接な關係は見出しがたいため、ここでは對象から除外する。そこで主たる問題になるのは、次の四篇である。

①『隋史遺文』（以下『隋史』と略稱）

十二巻六十回。崇禎六年（一六三三）の吉衣主人の序があり、おそらくこの號を名乗った明末清初の文人で、劇作家としても高名な袁于令の作と思われる。『古本小説叢刊』（中華書局）所收の影印による。

②『隋唐演義』

二十巻百回。康熙三十四年（一六九五）の褚人獲序あり。作者は褚人獲と思われる。『古本小説集成』（上海古籍出版社）所收の影印による。

③『説唐演義全傳』（以下『説唐』と略稱）

六十八回。乾隆元年（一七三六）如蓮居士の序あり。『古本小説集成』所收の影印による。

以上の三種は秦叔寶を主人公とする點で共通する。これから問題にする箇所については、『隋唐演義』は『隋史』の本文と一致することが多いため、特に必要のない場合には『隋史』により兩者を代表させることにする。

④『大唐秦王詞話』

八巻六十四回。諸聖鄰の作。萬曆三十五年（一六〇七）の進士であった陸世科の序あり。「詞話」つまり齊言體のうたにより物語を語っていく藝能テキストであるが、地の文が多く、ほぼ小説と大差ない性格を持つ。この作品においては、秦叔寶らは讀者には周知のものの如く説明なしに登場し、その後に主役として尉遲敬徳が詳しい説明を伴って現れる。『古本小説集成』所收の影印による。

『麒麟閣』第一本上の內容は、『隋史』『隋唐演義』『説唐』の三篇に共通するストーリーとほぼ同じだが、三篇との合致の状況は單純ではない。第一本上巻第十出（以下「1上―10」という形で表記）において秦叔寶が誤って殺す相手の名「張奇」は『隋史』『隋唐演義』と合致し、『説唐』の「吳廣」とは異なる。ところが、續く1上―11で秦叔寶が一旦死罪を宣告され、1上―12で單雄信と徐勣がその知らせを聞き、1上―13で單雄信が袁天罡に訴えて減刑をかちとるという展開は、『說唐』にしかないものである。つまり、基本的には『說唐』と同じだが、一部『隋史』に合致していることになる。『隋史』が『說唐』に近い內容の先行作品を史實に合うように改作したものであることは、筆者が以前に論じた通りである。(6) そして『說唐』の刋行時期は『隋史』より格段に遲い。これらの事實から考えれば、『麒麟閣』の第一本上は『隋史』が基づいたもの、つまり『說唐』の原型と一致している可能性が高いことになる。

第一本下になると、秦叔寶は叔母夫婦に別れを告げて山東に歸り（1下—1～3）、續いて秦叔寶の母の誕生日を祝うため友人たちが集まるくだりになる（1下—4・5）。これは、續く長安の元宵節のくだりと順序が逆になっていることを除けば、『隋史』『說唐』のいずれとも內容的に大差ない。ただ、微妙な違いはある。まず山東で秦叔寶が仕える相手が『隋史』では總管來護兒、『說唐』では節度使唐璧と分かれており、『麒麟閣』は『說唐』の方に合致する。一方、『說唐』では誕生祝いに來るメンバーの中に羅藝によって派遣された羅成が含まれているのに對し、『隋史』では張公謹らのみであるという點については、『麒麟閣』は『隋史』の方に合致する（張公謹の名は張公瑾と表記されている）。『隋史』が秦叔寶の主人を來護兒とするのは、原型における主人である唐璧が實在の人物ではないため、史書に見える來護兒に改めたものと思われる。基本的には『隋史』に一致しながら、この部分のみ『說唐』と合致するということは、やはり『麒麟閣』は『隋史』が修正を加える前の段階の物語、つまり『說唐』の原型に依據している可能性が高い。ここまでは、『麒麟閣』の內容には大きな矛盾がなく、ストーリーもほぼ一貫している。

ところが1下—6から、物語は突然それまでとは矛盾し、かつ小說とも合致しない傾向を示し始めるのである。1下—6の冒頭で登場した秦叔寶は、誕生祝いは終わったが、羅成・尤俊達・程咬金・齊國遠が殘っていると言う。前述の通り、1下—4・5においては羅成は來ていないことになっていたはずである（卷下卷頭に置かれた第四・五出の「提綱」には登場人物一覧に張公瑾の名がなく、かわりに「羅成」とあり、「提綱」と本文でバージョンが異なるようである）。また小說においては、尤俊達と程咬金は誕生祝いの直後に公金を強奪しようとして捕らえられ（『隋史』では單なる公金、『説唐』では靠山王楊林の金。『隋史』が實在しない楊林を抹消したため異同が生じたものと思われる）、『説唐』においてはそれが一同が瓦崗寨に立てこもる「大反山東」へとつながるわけだが、ここでは二人は秦叔寶の上京に同行することになる。事柄の順序が異なることは前述の通りである。しかも、秦叔寶は登場するなり自己紹介して狀況説明を始めるのだが、これは『麒麟閣』では、他には初登場と巻上と巻下の切れ目という、全篇の節目に當たる場面にしかないことである。

また、この場面に續く、一同が上京して元宵節の夜に婦女暴行を働こうとする宇文公子を殺す物語の登場メンバーも、小説の秦叔寶・王伯當・齊國遠・李如珪・柴紹に對し、『麒麟閣』では秦叔寶・羅成・程咬金・尤俊達・齊國遠と大きく異なる。また、後にふれる同行を可能にするために羅成たちが秦叔寶が持っていた公文書を勝手に改變するという『麒麟閣』の展開も、小説にはない。また上京後の物語も、『隋史』『説唐』と大きくは異ならないものの、宇文公子の名が成德（小説では宇文化及の弟で宇文惠及。成德は、『説唐』の主要人物宇文成都と共通する文字を持つ點から考えて、おそらく成都の兄弟、つまり宇文化及の子と設定されているようである）であり、一同が逃れる方法が異なる（『隋史』では騒ぎにまぎれて脱出する。『説唐』では李靖からもらった五粒の豆を投げて、魔法により逃れる。『麒麟閣』では李靖にかくまわれて、李靖の配下に變裝して城門を出る）などの違いがあるが、一番大きいのは、暴行未遂の被害者王婉兒の扱いであろう。『隋史』『説唐』では、王婉兒は暴行を受けた末に、息子の死に怒った公子の父宇文述によって殺されてしまうのだが、『麒麟閣』では救ってくれた羅成と將來を約束することになっているのである。そして、1下―10で脱出してから、燕に歸る羅成と別れた後、秦叔寶の「那魏公李密、獨覇金墉《ママ》、天下好漢歸附者甚衆（かの魏公李密は、金鏞城で覇を唱え、天下の好漢には身を寄せる者がとても多い）」という意見に從って、秦叔寶・程咬金・尤俊達・齊國遠の四人は金鏞城に據る李密のもとに投じる。この展開は、小説には存在しない。

ところが、續く1下—11になると、楊林の十二人の義子（太保）の十二番目にあたる賀芳が登場して、楊林が秦叔寶を招こうとしていると言って憤り、續いて十一太保の上官儀と楊林が登場、濟州の秦瓊が勇猛なので配下に加えると言った後、秦叔寶が登場して楊林配下に加わり、虎翼將軍に任じられた上で、美女張紫烟を與えられる。つまり、前齣で山東に戻らずに金鏞城の李密のもとに投じたはずの秦叔寶が、ここでは山東濟州にいて、楊林の配下に入っているのである。これは明らかな矛盾である。この展開は『說唐』と概ね一致する（ただし楊林が秦叔寶の父の仇という『說唐』の設定は『麒麟閣』には見えない）。1下—12では、楊林・秦叔寶らが守る煬帝卽位祝賀の財寶を程咬金・尤俊達が襲擊して捕らえられる。これも、二人は秦叔寶とともに李密のもとに赴いたという1下—10の設定とは完全に矛盾している。更に問題なのは、この時名を問われた二人が「程達・尤金」と名乘り、楊林が「又是程達・尤金」と言うことである。この後、秦叔寶も「此輩行刼、非止一次。前番長葉林、倒累小將代賠（こやつらが山賊行爲を働くのは、今回だけではありません。この前長葉林では、私が辨償するはめになりました）」と言う。

『說唐』では、秦母の誕生祝いの前に程咬金・尤俊達が楊林の祝賀の財寶を強奪し、守護していた楊林の義子盧方と薛亮が、程咬金が名乘った名前を「陳達・尤金」と聞き間違え、犯人逮捕を命じられながら果たせなかった秦叔寶が打たれることになっている（『隋史』は楊林の登場を缺くものの、內容はほぼ同じ）。『麒麟閣』でもこの場面の前に長葉林のくだりがなければならないはずだが、その場面は存在しない。更に前述の通り、程・尤が捕らえられるのは、小說ではいずれも秦母の誕生祝いの直後になっている。

續く1下—13にも問題がある。ここで賀芳が大反山東の知らせを受けるのだが、謀反を起こしたのは程・尤のほかに、「外邊餘黨有李密・王伯當・羅士信等」であり、謀反人たちは瓦崗寨に入ったと言う。ここで李密が出るのは『說唐』とは異なる（『隋史』には「大反山東」の展開自體が存在しない）。また、羅士信は秦叔寶の仲間で、若くして戰死した實在の人物であるが、『大唐秦王詞話』では羅成の字が士信とされており、『説唐』でもおそらく同一人物という設定になっているものと思われる。史實に忠實な『隋史』『隋唐演義』では、羅士信はかなり後になってから登場し、羅成とは別人とされた結果、後半羅成が宙に浮き、『隋唐演義』では木蘭傳説と結びつけて才子佳人小説風の展開が導入されることになるのだが、これは元來同一人物であった羅成と羅士信を無理に二つに分けたため無理が生じた結果に違いない。(7)『麒麟閣』で羅士信の名が出るのはこの部分のみである。

第一本の終わりで秦叔寶は楊林のもとから逃れて、瓦崗寨の一統に加わる。續く第二本は、2上―1において、拜禮によって旗を立てることのできた者が王となるという約束で瓦崗寨の一同が旗を拜したところ、他の者が拜しても動かなかった旗が、程咬金が拜すると立つので、彼が王に立てられて混世魔王と號することから始まる。これは小說では『説唐』のみに見られる展開である。そして、續く2上―2では、李密（次出で「金鏞魏王」と紹介される）が、楊林が布いた銅旗陣を破るため、「瓦崗寨五虎將秦瓊等」を借り受けようとする。これは李密と瓦崗寨が別の勢力であることを意味し、1下―10において秦叔寶たちが李密に身を寄せるべく金鏞城に向かったこととは完全に矛盾することはもとより、李密が大反山東に參加していたという1下―13のセリフとも合致しない。2上―3で李密の依頼を受け取った程咬金は、李密になめられてはいけないと言って秦叔寶を派遣する。ところが2上―4では、楊林の使者が登場して、西魏王李密が金鏞で卽位し、界牌關・滎陽關・虹霓關・臨陽關を破ったので、泗水關で楊林が八門金鎖陣を布き銅旗を立てたが、李密配下の大將が銅旗を倒しに來るので、羅藝に援軍を賴みに來たと述べ、續く羅藝が各地の情勢を聞く部分では、李密が「拜徐世勣爲軍師」というセリフがある。徐世勣とは徐勣、つまり徐茂公のことである。つまりこの出では、前の出まで瓦崗寨の軍師だった徐茂公が李密配下とされていることになる。

ちなみに『説唐』では、程咬金が王位を投げ出した後、李密が新しい王として瓦崗寨に迎えられて、瓦崗寨を金鏞城と改名することになっており、瓦崗寨と金鏞城は同一の場所である。そして四つの關を破るのは、李密が王となった後のことになっている。

更に、續く2上―5で銅旗を倒すべく登場した秦叔寶は次のように言う。

俺秦瓊。自蒙李藥師指路逃生、卽與衆兄弟投入西秦王駕下、蒙他拜爲掛印先鋒。因聞泗水關設立銅旗、天下英雄束手無爲、因此俺奏過魏王、統領衆部將前來。

私は秦瓊です。李藥師（靖）の導きのおかげで脫出できた後、すぐに仲間たちと西秦王の配下に身を投じて、先鋒に任命していただきました。泗水關に銅旗を立てて、天下の英雄も手の出しようがないと聞きましたので、魏王に申し上げて、諸將を率いてやってまいりました。

「西秦王」というのが不可解であり、西魏王の誤りではないかと思われるが、ともあれこの記述が1下―10における秦叔寶が李密に身を寄せるというセリフと直結するものであることは明らかである。つまり、秦叔寶は李密の部將として登場しているのであり、1下―10と2上―5を見る限り、彼は瓦崗寨に身を置いたことはなく、元宵の騷ぎの後は、一貫して李密のもとにいたことになっているのである。

なぜこのような矛盾が生じたのであろうか。その點を論じる前に、『麒麟閣』の內容を最後まで檢討しておこう。銅旗を倒した後、羅藝が自分の命令に背いて秦叔寶を助けた羅成を處刑しようとするが、王婉兒と沙陀國公主靖璇飛が羅成を救出し、秦叔寶のもとに逃がすという小說には全くない話が續き（2上―7～9）、更に『說唐』にも見える揚州武擧の話へとつながる（2上―9～13）。2上―10で『說唐』のみに「隋朝第一條好漢」として現れる李元覇が、兄李世民とともに登場することは注意される。2上―11で王伯當・齊國遠・尤俊達とともに登場した秦叔寶は、「自從泗水關倒了銅旗、名揚寰宇、仍歸瓦崗寨與衆兄弟結聚、推程咬金爲王（泗水關で銅旗を倒して天下に名を轟かせた後、元通り瓦崗寨に歸って兄弟たちと團結し、程咬金を推して王とした）」と再び前と矛盾した發言をし、更に續いて程咬金自身が乘り込んできて皆から「大王」と呼ばれている。揚州武擧の終わりである2上—13で再び靖璇飛が登場し、甘泉關を守るが、羅成の甘言に惑わされて關を開き、李元覇がその怪力で千斤の落とし戸を支えている間に、豪傑たちは脱出に成功する（『說唐』では雄闊海が落とし戸を支えて、最後に力盡きて死ぬ）。この後、羅成と靖璇飛についての後日談があるべきところであるが、『麒麟閣』の中では何も語られない。

揚州武擧で卷上は終わり、2下—1からは一轉して尉遲敬德の物語になる。以下、2下—13までは基本的に尉遲敬德が主役といってよい。ただ、秦叔寶の妻が柴紹の妻に巡り會う場面（2下—8）と、徐茂公が王世充のもとにいる秦叔寶を招く場面（2下—11）は秦叔寶を中心とする物語であり、秦叔寶と尉遲敬德が戰う場面（2下—12）も、それまでとは一轉して秦叔寶が主役、尉遲敬德は引き立て役になっている點は注意される。

卷下の全體的な性格をもっともよく示すのは2下—13である。單雄信が李世民を襲い、義兄弟の顏に免じて見逃してくれと止める徐茂公の袖を斷ち切るが（割袍斷義）、驅けつけた尉遲敬德に敗れるという有名な場面にあたる。李世民が逃れようとして谷を飛び越すと、後から單雄信と尉遲敬德も同樣に飛び越してついてくるという設定は、通常は尉遲敬德が李世民を追い、秦叔寶がそれを救う場面のものであって、人物が入れ替わっている。更に、この齣の末尾で尉遲敬德は單雄信を殺してしまう。本來秦叔寶の見せ場であったものが尉遲敬德に振り替えられ、前半における主役の一人であった單雄信は、尉遲敬德を引き立てるただの仇役になっている。當然、『說唐』のクライマックスの一つである單雄信が單騎李世民の軍に斬り込みをかける場面は存在しない。

そして、最後の2下—14・15でとってつけたように秦叔寶の一家團圓が演じられて終わる。なお、各本の最初につけられた「提綱」では、2下—15は現行テキストの「團圓」ではなく「麟閣」と題され、秦叔寶・尉遲敬德・徐茂公と提宴官が登場することになっており、功臣の肖像を掲げる場である『麒麟閣』の名にふさわしく、三人の功績を讃えて終わるバージョンが存在したようである。

つまり巻下は、基本的に尉遲敬德の物語を語っており、その他の部分とは異質な内容を持つ。ただその中で、2下—12では秦叔寶が尉遲敬德に勝った後、劉文靜が尉遲敬德の主君劉武周の首を取ったことが報告され、この首で尉遲敬德を降參させようと李世民が言うところに、竇建德が羅藝を襲ったという報せが來て、秦叔寶が救援に出發するところが續く2下—13は、いきなり尉遲敬德がすでに降伏しているところから始まり、降伏に至るまでの詳細や、羅藝と秦叔寶のその後にはふれられない。つまり、主役の尉遲敬德が李世民に降るという重要な場面が存在せず、その一方で前半の重要人物である羅藝の物語は尻切れトンボになっていることになる。

三、李玉作『麒麟閣』の復元と現『麒麟閣』の成立過程

これまで見てきたように、『麒麟閣』には著しい矛盾と混亂が認められる。前に述べたように、李玉は非常に熟達した劇作家であった。彼の作品は實演を前提としているだけに、傳奇としては例外的に贅肉が少なく、伏線を効果的に用いるなど、構成にすぐれることで知られる。(8) 實際、李玉の作品が緊密な構成を持ち、演劇的効果に富むことは、『一捧雪』『永團圓』などの代表作を一見すれば明らかであろう。その彼が、このように矛盾だらけの冗長な戯曲を書くとは思えない。では李玉の作ではないのか。しかし、各種の曲の目録は、いずれも『麒麟閣』を李玉の作とする。どのようにすればこれらの矛盾した状況を説明することができるのであろうか。

この問題を解く鍵は『麒麟閣』のテキストの性格にある。最初に述べたように、現存する『麒麟閣』のテキストは

清朝宮廷演劇に由來するものと思われる。三國志を題材とする『鼎峙春秋』について筆者が論じたように、(9)清朝宮廷で上演されていた大規模な連臺戲（上演に數日を要する演劇）は、複數の作品をつなぎ合わせて構成するのが常である。『鼎峙春秋』より規模こそ小さいものの、『麒麟閣』も同様の性格を持つはずである。

このように考えれば、部位によって明らかな矛盾が認められることも問題なく説明できる。隋唐物語は系統によって內容がかなり異なる。從って、複數の作品をつなぎ合わせると、どうしても矛盾が生じるのである。この點、ストーリーが大筋ではほぼ統一されている三國志物語とは事情が異なる。更にいえば、清朝宮廷大戲の中でも特に重要な作品と認められていた『鼎峙春秋』はかなり入念に制作されたはずであり、性格を異にする複數のバージョンが殘されていることは、(10)この劇が大幅に手を加えて再構成するに値するものと認められていたことを示している。實際、宮廷演劇の上演を管轄していた昇平署には三度にわたる通し上演（三度目は途中で終わってしまったようであるが）の記録が殘されている。(11)それに對して、『麒麟閣』については上演記録もなく（隋唐物折子戲の上演記録はあるが、その內容は必ずしも『麒麟閣』と一致しない）、その重要性は『鼎峙春秋』に較べて格段に低かったものと思われる。從って、制作のしかたも多分に杜撰であった可能性が高い。

つまり、現存する『麒麟閣』は李玉の『麒麟閣』とイコールではないということになる。しかしもとより無關係でもなく、おそらく現存する『麒麟閣』は、李玉の『麒麟閣』に他の作品を附け加えることによって、連臺戲としての體裁を整えたものと思われる。では、李玉が書いた本來の『麒麟閣』はどのようなものだったのであろうか。以下、本來の『麒麟閣』の姿をある程度復元するとともに、現存する『麒麟閣』（以下現『麒麟閣』と呼ぶ）の制作過程を割り出すことを試みてみたい。

ここで參考になるのは、冒頭であげた『曲海總目提要』の記事である。『曲海總目提要』の本文がいつ成立したものかは定かではない。李斗『揚州畫舫録』巻五に引用する黄文暘の『曲海』自序によれば、[12] 黄文暘は乾隆辛丑（四十六年、一七八二）、敕命による「修改古今詞曲」の作業に參加し、一年間の作業を終えた後、この機會に目にした演劇作品の粗筋を記録しようとして『總目』を作ったという。ただ、現在傳わる『曲海總目提要』は、咸豐年間（一八五一〜六〇）管庭芬校録といわれる増補改編本のみで、どこまで原型を傳えているかは定かではない。[13] ただ、『揚州畫舫録』が引く『總目』所收戯曲目録でも『麒麟閣』は「李元玉」の作の中に置かれており、現存の『總目』の內容がどこまで原型を傳えているかについて疑問の餘地はあるものの、ここであげられている內容は李玉の原作のものである可能性が高いものと思われる（以下李玉の『麒麟閣』を原『麒麟閣』と呼ぶ）。そして、さきにあげたように、『曲海總目提要』「麒麟閣」の項には秦叔寶・羅藝夫妻・羅成のことが記されている。これが現『麒麟閣』の第一本巻上と一致する點からすれば、第一本巻上は基本的に李玉の原作に基づいているものと考えられる。事實、この部分については、話に大きな飛躍や矛盾はない。おそらくカットや改編もあまり施されていないのであろう。

では、第一本の巻下はどうであろうか。まず、秦叔寶が歸郷する1下—3までの三齣は、李玉原作の續きと見てよい。1下—4・5の誕生祝いのくだりも續きかと思われるが、張公謹（瑾）について、ト書きでそれまで「張壁」とされていたものがここで「張公瑾」に變わること、單雄信が程咬金について程知節という彼の諱で言及するが、この名は『麒麟閣』では他に2下—12に一度見えるだけであることなど、特異な點があるため、確かなことはいえない。前にふれたように「提綱」では張公瑾が羅成になっている點からすると、これらはこの部分に後から手が加えられた結果である可能性もある。この位置にあるべき程咬金・尤俊達による長葉林での強奪事件については、原『麒麟閣』には存在したはずだが、この事件が起きてしまうとその捜索を秦叔寶が命じられるという展開になり、元宵節の物語を插入することができなくなるので、カットされたのであろう。

續く1下—6～10の長安の元宵節の物語は、すでに述べたように前後と全く矛盾した內容を持つ。李玉の原作がこのように矛盾していたとは考えられない。當然この部分は原『麒麟閣』以外の作品に由來するはずである。それは何であろうか。

幸い、この點は『曲海總目提要』から明らかにすることが可能である。同書巻三十に『鬧花燈』という傳奇が著録されている（この劇名は『揚州畫舫錄』巻五の『總目』所收戲曲目錄にも含まれており、黃文暘が『總目』を制作した段階ですでに存在したことは確かである）。その紹介文の前半には大略次のようにある。

『麒麟閣』が秦瓊を主とするのに對し、『鬧花燈』は羅成を主とする。羅成は幽州の大將羅藝の子で、秦瓊は從兄にあたり、群盜王伯當・程咬金・李如珪・齊國遠と交わりを結んでいた。秦瓊は濟南の大將の配下におり、楊素に贈り物を届けることになる。文書には「一人」とあったのだが、ちょうど秦瓊を訪ねた羅成たちが、一緒に長安に燈籠見物に行きたいと考えて、「一」を「六」に書き換えた。やむなく同行を許した秦瓊が、長安で李靖に贈り物を届けると、李靖は書き換えを見破り、問題が起きたら自分の庭園に隱れるよう勸める。元宵の夜、宇文化及の息子の花花太歲が王婉兒をさらう。婉兒の母の訴えを聞いた羅成たちは、太歲を殺して婉兒を母に返し、李靖の庭園に逃れて地下室に隱れる。

文書の數字を書き換えること、王婉兒を救出すること、李靖の庭園に逃れること、いずれも小說とは異なり、現『麒麟閣』とはほぼ完全に一致する。メンバーは、現『麒麟閣』では王伯當・李如珪がおらず、かわりに尤俊達が入っているが、羅成・程咬金という最も重要な人物が含まれることについては、やはり小說とは異なる一方で、現『麒麟閣』とは合致している。王伯當は現『麒麟閣』には登場するもののほとんど見せ場がなく、李如珪は尉遲敬德に敗れる武將の一人として名が出る程度なので、登場人物のやりくりという至って技術的な理由から、他の部分で重要な役割を果たす尤俊達に差し替えられたものと推定される。

以上の諸點から考えて、この部分は原『麒麟閣』ではなく、『鬧花燈』の長安行きの部分をほぼそのまま（全部ではないかもしれないが）插入したものと思われる。すると、1下―10で秦叔寶たちが李密のもとに身を投じるという展開も、『曲海總目提要』には明記されていないものの、『鬧花燈』の設定を引き継いでいる可能性が高いことになる。なお、『鬧花燈』は、『揚州畫舫錄』の目録では「詞曲佳而姓名不可考者」の中に入れられており、作者は不明、成立年代も黄文暘がこの劇名を記録した乾隆四十七年には存在したという以上のことはわからない。

1下―11から、話は一轉して、秦叔寶が楊林配下に入ること、程咬金・尤俊達が楊林に捕らえられることから、大反山東・三擋楊林という展開になり、第一本の終わりに至る。この部分については、基本的に原『麒麟閣』に基づくものと見てよい理由がある。1下―14・15が、『麒麟閣』と題して『綴白裘』に收錄されているのである。(14)『綴白裘』は、乾隆年間に逐次刋行された散齣集である。その七編（乾隆三十九年（一七七四）序）に、『麒麟閣』というくくりのもとに、1下―14「姫洩」が「激秦」という題名で、1下―15「三擋」はそのままの題名で收錄されているのである。現『麒麟閣』と『綴白裘』所收の本文には細かい異同があるものの、本文は概ね同じといってよい。無論、現『麒麟閣』の成立時期が不明である以上、『綴白裘』が現『麒麟閣』からこれらの場面を拔き出したという可能性もあるようには見える。しかし、それを明確に否定する事實が存在するのである。

第一に、『綴白裘』の「三擋」の前には、現『麒麟閣』にはない楊林らによるセリフのやりとりが存在する。無論、折子戲として上演するため、わかりやすいように新たな場面を付け加えたということもありえなくはないが、どちらかといえば、連臺として現『麒麟閣』をまとめるに當たって、長すぎる部分をカットしたと考える方が自然であろう。

更に、『綴白裘』が基づいたものが現『麒麟閣』ではないことを示す明證がある。實は『綴白裘』七編に『麒麟閣』

と題して収められているのは「激秦」と「三擋」だけではない。その前に「反牢」という一段が存在するのである。ここは大反山東の發端、つまり程咬金と尤俊達が牢を破る場面で、牢番の柳周成（小說の柳周臣）が程咬金らと氣脈を通じて、付（副淨の略。道化役）の演じる典獄を酔わせておいて破獄するという展開だが、内容は付が俗曲である姑娘腔を唱うやや下品な笑劇的場面を主としており、宮廷演劇にふさわしくないため採用されなかったものと思われる。[15]現『麒麟閣』にはないこの場面が收錄されていることは、『綴白裘』が現『麒麟閣』ではなく、原『麒麟閣』もしくはそれに近いテキストに依據していることの證左といってよい。つまり、1下—11から第一本の末尾までは、原『麒麟閣』に依據していることになる。そして、『綴白裘』の「激秦」にも大反山東に李密が參加していることが見え、やはり原『麒麟閣』では、李密は秦叔寶たちと行動をともにしていることになっていたものと思われる。

では、第二本はどうであろうか。前述の通り、2上—2・3における李密から瓦崗寨への依頼という設定は、1下—10において秦叔寶・程咬金らが李密のもとに投じたはずであることと矛盾する。更にいえば、大反山東に李密が加わっていたという原『麒麟閣』ともやはり矛盾している。つまり、この部分は原『麒麟閣』ではありえない。一方、2上—5においては、秦叔寶は李藥師（李靖）に救われて兄弟たちと李密のもとに投じたと言っており、これは逆にすぐ前の2上—2・3とは完全に矛盾する一方で、1下—10とは完全に一致する。つまり、1下—6～10の『鬧花燈』由來の部分と2上—5の內容には整合性があり、1下—11～15（それにおそらくは2上—1もこれに含まれる）の原『麒麟閣』由來の部分はそれとは設定を異にする。そして、2上—2・3はそのいずれとも完全には合致しないことになる。

では、2上—2・3は何なのか。考えうる唯一の説明は、つじつま合わせであろう。第一本の最後の部分と2上—1で、秦叔寶は明らかに瓦崗寨に所屬し、混世魔王程咬金を主と仰いでいる。その秦叔寶が、銅旗陣では李密配下として登場せねばならない。そこで、李密が秦叔寶を借りるという強引な設定がなされた。しかし、細部まで修正するような丁寧なことは行われなかったため、明らかな矛盾が生じることになったに違いない。これは、現『麒麟閣』の制作がかなり杜撰に行われたことを意味するものである。

それでは、2上―4～13の「倒銅旗」の物語もやはり『鬧花燈』に基づくのか。實はそうではないのである。先に引いた『曲海總目提要』の『鬧花燈』の項によれば、元宵の事件の後、話は楊陵（楊林のことであろう）が武擧を開いて程咬金・秦瓊・羅成を殺そうとすることに移り、三人が切り拔けた後、羅藝はこのことに怒って羅成を射殺しようとするが、隋を救援に來た花花公主が金鐃で矢を防いで救い出す。羅成は秦瓊らとともに唐の李靖のもとに身を投じ、羅成は金鐃公主を降して、王婉兒と金鐃公主をともに娶って夫人とするという、傳奇に多く見られる才子佳人小說風の結末に終わっている。

これは、大まかには現『麒麟閣』と似ているが、肝心の「倒銅旗」がないこと、公主の名が靖璇飛ではないことなど重要な要素について異なる。ということは、『鬧花燈』と同系統に屬する別のものに基づいているということになるであろう。それは何か。

同じ『曲海總目提要』巻三十には、その名も『倒銅旗』という傳奇が著錄されている（この題名も、『揚州畫舫錄』では『鬧花燈』と同じ箇所に記錄されており、黃文暘當時すでに存在したものと認められる）。同書によれば、そのあらすじは次のようなものである。

秦瓊と程知節は王世充の配下として泗水關を攻める。楊琳は八門金鎖陣を布き、中に銅旗を立て、東方旺にそれを守らせるとともに、羅藝に救援を求める。羅藝は羅成を派遣するが、羅成は逆に秦瓊を助けて東方旺を殺し、銅旗を倒す。羅藝は羅成を斬ろうとするが、妻と諸將がとりなすので、竿に縛り付けて射殺することにする。以前羅成に救われた王婉兒母子は、ちょうど援軍として楊琳に招かれた飛刀使いの沙陀國公主靜璇妃に出會い、哀願して羅成を救ってもらう。楊琳は武擧を開き、自身と宇文化及が試験官になる。羅成は銭に射當てて狀元に、程知節は鐵の龍を持ち上げて榜眼になり、秦瓊は探花をねらって楊琳の部將左杰を倒す。怒った楊琳を羅成が落馬槍の技で刺す。靜璇妃が守る千斤閘（重さ千斤の扉）も羅成の賴みで開かれ、秦瓊が扉を支える間に皆は脱出し、李元覇が追っ手を退ける。唐建國後、李靖の上奏を受け、勅命により羅成は歸郷の上靜璇妃と結婚、王婉兒は第二夫人となり、羅藝は靖邊侯に封ぜられる。

ほとんど現『麒麟閣』のストーリーと合致していることは明らかである。楊琳は楊林、靜璇妃は靖璇飛のことに違いない。違うのは秦叔寶・程咬金が王世充の配下となっていることと、靜璇妃（靖璇飛）が飛鐃ではなく飛刀使いとなっていること程度である。更に、續く揚州武擧のくだりについても、『鬧花燈』ではなく『倒銅旗』の方が現『麒麟閣』と一致する點が多い。特に、羅成・程咬金・秦叔寶が狀元・榜眼・探花になる事情が完全に一致していることは、現『麒麟閣』が『倒銅旗』に基づいている明證といえよう。

とすれば、靖璇飛・王婉兒と羅成の話が現『麒麟閣』では尻切れトンボになっていることも説明がつく。思わせぶりに登場した二人は、當然羅成と結ばれねばならないはずであるが、現『麒麟閣』にはそのような場面はなく、そもそも羅成自體が第二本巻下になると登場しなくなってしまう。李玉のように伏線を巧妙に用いる作家がこのようなことをするとは考えられない。これは『倒銅旗』の最後の部分を切り落として插入したことに由來するものであるに違いない。このように伏線が生きず、そのままになってしまう事例は『鼎峙春秋』にも認められるものであり(16)、さまざまな作品をつなぎ合わせて制作される清朝宮廷大戯においては一般的な現象といってよい。

そして、『倒銅旗』は『曲海總目提要』によれば「近時人作」である。この記述に信憑性があるとすれば、その成立時期は、黄文暘が『總目』を作った時期よりは以前であることから考えて、清朝中期、乾隆年間あたりではないかと思われる。これが正しいとすれば、現『麒麟閣』でもこの部分は成立が新しいことになる。

では、『倒銅旗』では王世充配下となっているはずの秦叔寶が、現『麒麟閣』の該當箇所ではなぜ混世魔王程咬金配下、後では李密配下となっているのであろうか。『倒銅旗』の設定は、2下―11で徐茂公が王世充に身を寄せていた秦叔寶を迎えに行くことと合致する。つまり、後の展開を自然なものにするため、どこかで秦叔寶は王世充の配下にならねばならないのであり、『倒銅旗』はそれをこの位置においたということなのであろう。しかし、現『麒麟閣』ではそもそも程咬金（程知節）はまだ混世魔王なのであって、ここで王世充の配下に入れるわけにはいかない。しかも、揚州武擧の前に當たる2上―10では、李世民・李元覇の兄弟は王世充を討ちに行くと稱して登場しており、秦叔寶たちが王世充配下とすると、かなり話に無理が生じてくる。そのため、現『麒麟閣』はつじつまを合わせるために設定を變えたものと思われる。ただ、『鬧花燈』と『倒銅旗』が基本的に同一の物語である點からすると、『鬧花燈』を承けて『倒銅旗』でも秦叔寶は李密配下である方が自然であり、『曲海總目提要』の誤りである可能性も否定はできない。

揚州武擧の場面にも混亂が見られる。銅旗の物語の最後に李密の配下として退場した秦叔寶は、ここで再び混世魔王程咬金配下として登場し、その後に混世魔王としての程咬金も自ら現れるのである。これは、あるいは原『麒麟閣』に依據する部分とつじつまを合わせるために附け加えられたものかもしれないが、確かなことは言えない。

續く第二本巻下は一變して尉遲敬徳の物語になる。もとより尉遲敬徳が秦叔寶の好敵手である以上、秦叔寶を主役とする『麒麟閣』に尉遲敬徳を主役とする場面があってもよいわけではあるが、延々と尉遲敬徳の物語だけが續くのは不自然に思われる。とはいえ、原『麒麟閣』にも尉遲敬徳を主役とする場面が存在したことは間違いない。『綴白裘』六編（乾隆三十五年〔一七七〇〕序）に「麒麟閣」と題して「揚兵」という尉遲敬徳の一人舞臺の短い一段が收錄されており、これは現『麒麟閣』2下―9「揚兵」とほぼ同一のものである。『綴白裘』に『麒麟閣』として尉遲敬徳の登場場面が収められているということは、原『麒麟閣』でも尉遲敬德の物語が延々と演じられていたことになるのであろうか。

實は、『綴白裘』に「揚兵」が收錄されているという事實こそが、原『麒麟閣』には尉遲敬德の長い物語が存在しなかったことを示しているのである。「揚兵」において、尉遲敬德は登場するなり、「自家（『綴白裘』では「某」）覆姓尉遲名恭、字敬德、乃朔州善陽人也。力擒虎豹、氣吐虹霓……」と自己紹介を始め、續いてこれまでの戰いの様子を説明し、勇ましい内容の【甘州歌】（現『麒麟閣』では【八聲甘州】）を唱うと、たちまち退場してしまう。ここで唱われている内容は、現『麒麟閣』においてはここまでの場面で演じられてきたものばかりであり、かなり前からずっと主役を務めている人物が突然自己紹介をするのも不自然といわざるをえない。つまり、現『麒麟閣』におけるこの場面は浮いているのである。

傳奇においては、こうした短い場面は通常はそれほど重要ではない人物、たとえば戰いの敵役などを紹介するだけのために使用されるものである。つまり原『麒麟閣』においては、この場面は尉遲敬德を新たな登場人物として紹介するために置かれたものであったに違いない。現『麒麟閣』では、原型に存在する場面を流用しようとしてそれを導入したために不自然になってしまったものと思われる。從って、2下―9以外の尉遲敬德の物語は、『麒麟閣』には存在しなかった可能性が高いことになる。

では、この部分は何に基づいているのであろうか。これについては推測の域を出ないが、やはり『曲海總目提要』卷三十七に著錄されている『投唐記』かもしれない。梗概によれば、この劇はほぼ『大唐秦王詞話』の内容と合致するようであり、現『麒麟閣』における尉遲敬德の履歷がほぼ『大唐秦王詞話』と同じである點から考えて、その可能性は高そうに思われるが、尉遲敬德の履歷自體はよく知られたものであるだけに、斷言はできない。

このように、第二本卷下は基本的に他の傳奇（『投唐記』？）に基づいているものと思われる。ただし、前述の通り、徐茂公が王世充のもとにいる秦叔寶を招く場面（2下―11）と秦叔寶と尉遲敬德が戰う場面（2下―12）は秦叔寶を主役としており、これらの場面は原『麒麟閣』によっている可能性が高い。そして、2下―12末尾で秦叔寶は羅藝のもとに赴くことになっており、原『麒麟閣』ではこの後羅藝夫婦と再會する場面があった可能性が高い。一方、2下―13で前半の準主役であった單雄信が登場するものの、敵役として終始してあっさり殺されてしまうのは、少し前の原『麒麟閣』由來かと思われる2下―11において、單雄信が第一本同様の友情に厚い人物として登場することと考え合わせると、やはりこの部分が原『麒麟閣』とは性格を異にする物語に基づいていることを示唆している。

四、『麒麟閣』と隋唐物語

以上見てきたように、現『麒麟閣』は李玉の原作とは別のものといってよい。正確にいえば、現存する『麒麟閣』は、李玉の『麒麟閣』をベースに、他の傳奇を附け足して制作されたものなのである。そのことは、內容のみならず、形式からも見て取れる。

傳奇においては、各齣の末尾に通常四句、場合によっては二句の詩句が置かれ、それを登場人物が一般的には交互に唱えるのが定例である。ところが現『麒麟閣』を見ると、この詩句がない出の方がむしろ多い。そして、詩句が存在する齣の分布を確認すると、興味深い傾向が認められるのである。プロローグ以外はすべて原『麒麟閣』に由來するものと思われる第一本卷上においては、十八出のうち十一出と、詩句を有する出の方が多く、プロローグの二出（ともに詩句なし）を除外すれば十六出のうち十一出となる。卷下では、詩句があるのは十五出のうち五出に過ぎないが、原『麒麟閣』由來と推定される八出に限っていえば、そのうち四出には詩句がある。ほとんど原『麒麟閣』とは無關係と思われる第二本巻上では、詩句を有するのは十三出中一出に過ぎない。そして、巻下では十五出中二出、いずれも原『麒麟閣』由來かと推定される出である。

間違いなく李玉の作であり、原型通りのテキストを傳えているものと思われる「一人永占」と呼ばれる四作、『一捧雪』『人獸關』『永團圓』『占花魁』を通見するに、詩を伴わないのが原則である家門（プロローグ）を除外すれば、齣末の詩を缺くのは全百十二齣のうち二十三齣に過ぎない。しかもその多くは、最後の曲が複數の人物により唱われるという詩の代用品である場合や、登場人物が一人しかいない時、あるいは主役以外の多數の人間が一度に退場していく場面など、詩を用いる必要がない、あるいは演出上用いるにふさわしくない狀況である。つまり、李玉は基本的に齣末には詩を置くのが定式であると考えていたと見てよい。そして、現『麒麟閣』において詩がある部分は、ほとんど原『麒麟閣』由來の部分と一致しているのである。

では、原『麒麟閣』はどのようなものだったのであろうか。第一本上巻はほぼ原『麒麟閣』に基づいており、內容にも矛盾や飛躍があまりない點から考えて、削除も少ないものと思われる。つまり、まず秦叔寶が幽州に配流され、羅藝一家と知り合って歸ってくるという、『說唐』や『隋史』とほぼ同じ物語が演じられていた。その後には秦母の誕生祝いが續いていていた可能性が高いものと思われるが定かではない。ただ、現『麒麟閣』には存在しない程咬金・尤俊達が長葉林で楊林の財寶を強奪する場面はあったに違いない。それを受けて、現『麒麟閣』1下―11以下の、秦叔寶が楊林の太保となり、程・尤が捕らえられ、大反山東へとつながる物語が續く。『說唐』に見られる楊林が秦叔寶の父の仇という設定の有無は不明である。大反山東には、李密、それにおそらくは羅成も參加していたであろう。その後が、混世魔王程咬金を王とする瓦崗寨の話だったか、それとも李密を主とする金鏞城の話だったかは不明だが、李玉の作品の通常の長さから考えて、ここまでですでに二十齣程度に達している以上、その後の部分が詳しく演じられたとは考えにくい。おそらく、すぐに話が飛んで尉遲敬德の登場、徐茂公による秦叔寶の招聘、尉遲敬德を降して、秦氏一家が團圓し、皇帝から褒賞を受けるという結末で終わっていた可能性が高い。

この推定が正しいとすれば、秦叔寶物語の前半は確かに李玉『麒麟閣』の內容と合致するといってよいが、その後の鬧花燈・倒銅旗・揚州武擧などの物語は原『麒麟閣』には含まれていなかったことになる。このうち、鬧花燈は『隋史』にも見える以上、明末には存在したことは間違いないが、その他の部分については、明末淸初に存在したと斷定することはできない。從って、以前に筆者が論じたように、(17)『說唐』は刊行年代こそ遲れるものの、『隋史』『隋唐演義』のもとになった物語を保存しているものと思われるが、『說唐』が古い物語を殘している範圍については、とりあえず確定しうるのは大反山東あたりまでと考えざるをえない。その後の倒銅旗や揚州武擧の物語については、乾隆頃には存在したといえる程度であり、まして、その間に置かれている伍雲召・裴元慶・尙師徒らの物語の成立時期については、不明としかいいようがない。(18)更にいえば、『隋史』ではすでに備わっていた鬧花燈の物語にしても、『鬧花燈』及び現『麒麟閣』では、羅成に關わる才子佳人物語の要素が導入されて變貌しているようである。『隋唐演義』で羅成に關わる全く別の才子佳人物語が導入されていることともあわせて、異なった類型の物語が導入されて生じる變化の過程や、羅士信との關わりから羅成の人物像がいかに變貌していくかなどについても考える必要があろう。

白話文學作品は、藝能の場や商業出版と密接な關わりを持つため、時として思いもかけない變貌を遂げることがある。こうした狀況は、演劇作品にのみ認められるものではない。白話小說もしばしば類似した複雜な經緯をたどって變化していく。そして、演劇作品や藝能テキストと白話小說の間にも、複雜な影響關係が存在する。明代以降、出版業の介在や文字資料の增加によって、こうした物語生成の場が、生の姿で文字の世界に現れることになった。ジャンルにとらわれることなく精密な分析を加えることによってはじめて、物語がいかに生まれ、展開し、今日知られる姿となったかを明らかにできる。そして、そこからは、そもそも「物語」とは何かを解明する鍵を見出すことも可能になるはずである。

注

（1）小松謙『中國歴史小説研究』（汲古書院二〇〇一）第五章「『唐書志傳』『隋唐兩朝史傳』『大唐秦王詞話』『隋史遺文』『隋唐演義』――平話の存在しない時代を扱う歴史小説の展開――」。

（2）千田大介「李玉の歴史故事傳奇と乾隆期英雄傳奇小説～『麒麟閣』と興唐故事小説とを中心に」（『中國古典小説研究』第一號〔一九九五年六月〕）・氏岡眞士「李玉の傳奇と明清小説――『風雲會』の周邊」（『人文科學論集〔文化コミュニケーション學科編〕』『信州大學』三十三〔一九九九年三月〕）。

（3）『曲海總目提要』の本文は『新編中國古典戲曲論著集成　清代編』（黄山書社二〇〇九）所収の排印本に依據する。

（4）周妙中『清代戲曲史』（中州古籍出版社一九八七）第一章「清朝初年的戲曲」「李玉」一九頁。

（5）注（2）に同じ。

（6）注（1）に同じ。

（7）小松謙注（1）所引論考一六五～一六八頁。

（8）陳古虞・陳多・馬聖貴『李玉戲曲集』（上海古籍書店二〇〇四）「前言」など。

（9）小松謙「清朝宮廷大戲『鼎峙春秋』について――清朝宮廷における三國志劇」（磯部彰編『清朝宮廷演劇文化の研究』〔勉誠出版二〇一四〕所収）五三～六六頁。

（10）小松謙「『鼎峙春秋』古本戲曲叢刊九集本と北平圖書館本の關係について」（磯部彰編『清朝宮廷演劇文化の研究』〔勉誠出版二〇一四〕所收）。

（11）王芷章編『清昇平署志略』（商務印書館一九三五。二〇〇六年の商務印書館文庫本による）第四章「分制」七七～八〇頁。
（12）『揚州畫舫錄』本文は清代史料筆記叢刊本（中華書局一九六〇。ここでは一九九七第二次印刷による）に依據する。
（13）以上については、杜海軍『中國古典戲曲目錄發展史』（廣西師範大學出版社二〇一五）第五章「戲曲目錄的成熟（清代）」一六七～一七三頁の記述に依據する。
（14）『綴白裘』本文は、『善本戲曲叢刊』第五輯（學生書局一九八七）所收の乾隆四十二年（一七七七）武林鴻文堂刊本の影印に依據する。
（15）姑娘腔は山東の民間歌謠であり、蘇州の李玉の作品に見えるのは不自然にも思われるが、道化役である付についてはアドリブでうたやセリフを入れることを認めるのが常であり、上演を前提とした李玉の作品には「隨意……介」という卜書きが随所に見える。『綴白裘』所收のテキストは姑娘腔を用いた上演用バージョンであろう。
（16）注（9）に同じ。蔡文姫の召使たちがその後登場しないことなど。
（17）注（1）に同じ。
（18）『說唐』のこれらの部分が前半とは來歷を異にするであろうことについては、藤川繪里「隋唐もの歷史小說の一考察」（『和漢語文研究』第二號〔二〇〇四年十一月〕）參照。

附表（「回末の詩」の○は四句、△は二句あることを示す）

齣	題	內容	曲牌	曲種	韻	登場人物（脇役は除く）	系統	由來	回末の詩	備考
1上—1	降凡	玉帝命衆星下凡	新水令・雁兒落・得勝令・掛玉鉤・七弟兄・梅花酒	北曲套	方象蒼	玉帝・昭容・左輔・右弼・天蓬・黑煞・青龍・白虎・紫微星		清朝宮廷		
1上—2	開場	家門	六言十句	六言	扶胡謨			清朝宮廷?		
1上—3	友餞	尤程餞秦樊	瑞鶴仙・刷子芙蓉・玉芙蓉・普天錦・尾		表少草	秦瓊・樊建威・尤俊達・程咬金	說唐・隋史	麒麟閣	○	程咬金が尤俊達の家に行く
1上—4	遣魏	楊廣謀襲李淵	引×２・四邊靜		豹到報	楊廣・魏文通	說唐	麒麟閣	△	魏文通後に登場せず
1上—5	臨潼	秦瓊救李淵	出隊滴溜子・新水令・步步嬌・折桂令・江兒水・雁兒落帶得勝令・僥僥令・收江南・園林好・沽美酒帶太平令・尾	北曲套	越血碣	李淵・秦瓊・楊廣・單雄忠・樊建威	說唐・隋史	麒麟閣	○	提綱には魏文通の名があるが、登場せず

1上—6	怒歸	單雄信憤李淵	引・三學士・鷓鴣天・三學士		許都書／霄號高	徐勣・單雄信	說唐・隋史	麒麟閣	○	鷓鴣天のみ別韻
1上—7	賣馬	秦瓊賣馬	粉孩兒・福馬郎・紅芍藥・耍孩兒・會河陽・縷縷金・越恁好・尾		走侯九	秦瓊・單雄信	說唐・隋史	麒麟閣	○	馬の名は忽雷駁
1上—8	跌廟	徐勣救秦瓊	山坡羊・五更轉・玉交枝×2・玉山供・尾		望颺丈	秦瓊・徐勣・單雄信	說唐・隋史	麒麟閣	○	
1上—9	送米	程咬金負米訪秦家	引・九迴腸・一封羅×2		景影省	寧氏・張氏・程咬金・樊建威		麒麟閣	○	
1上—10	誤傷	秦瓊誤傷張奇	六么令・引・皂羅袍・好姐姐		陣門郡	張奇・秦瓊	隋史	麒麟閣	○	張奇、說唐は吳廣
1上—11	審問	蔡清審問秦瓊	引・啄木兒・三段子・歸朝歡		狀光鄉	蔡清・金甲・童環・秦瓊	說唐	麒麟閣	○	蔡清、提綱では蔡勳。說唐は蔡建德
1上—12	報信	單徐聞信	引・不是路・排歌・一封書		繫期契	徐勣・單雄信・童環	說唐	麒麟閣		
1上—13	辯冤	單雄信	引・玉芙蓉・		光章方	袁天罡・單雄	說唐	麒麟閣		この展開說唐のみ／開皇

		控訴袁天罡	紅衲襖・尾		／梟盗到	信				二年辛丑科（辛丑は開皇元年）／紅衲襖から換韻
1上—14	起解	秦瓊起解	哭相思・引・憶多嬌×2・鬥黑麻×2		織滴夕國	童環・單雄信・秦瓊・徐勣	說唐・隋史	麒麟閣		童環の自己紹介あり／哭相思と引は別韻／入聲韻だがパターン不明
1上—15	落店	秦瓊赴擂臺	引・甘州歌		丈廣上	張壁・童環・秦瓊	說唐・隋史	麒麟閣	△	張公瑾の諱は壁
1上—16	擂臺	秦瓊打擂臺	粉蝶兒・剔銀燈×4・尾		強讓鄉	張壁・史大奈・詹必勝・童環・秦瓊	說唐・隋史	麒麟閣		前齣と同韻／史大奈に勝ってしまう
1上—17	轅門	兩尉遲等商量兒棒計	引×4・園林好・江兒水・玉交枝・五供養・川撥棹・尾		霓飛熊	尉遲北・尉遲南・薛彪・秦瓊・童環・杜環	說唐・隋史	麒麟閣		薛彪と杜環は他に見えず。鐵面四天王と朱家兄弟も。羅德は說唐後傳に登場／誕生日のこと小說になし
1上—18	見姑	秦瓊燕山見姑	杏花天・引・小桃紅・下山虎・引・山麻稭・五韻美・蠻牌令・五般宜・江頭送別・江神子・尾		老袍韜	羅藝・杜環・秦氏・羅成・張壁・秦瓊	說唐・隋史	麒麟閣	○	羅藝の號は燕山／小說とは少し展開異なる／教場闘武のくだりなし
1下—1	換鐧	秦瓊題詩	步蟾宮・宜春令×3・鎖南		受宥囚	秦瓊・羅成・羅藝	說唐	麒麟閣		鎖南枝による二十四般鐧法と三十六路槍法の列舉

			枝×2							あり。この設定は說唐のみ／唐璧に紹介は說唐に同じ。隋史と隋唐では紹介先は來護兒
1下—2	辭姑	秦瓊辭姑	引×2・園林好・江兒水・川撥棹・尾		久留愁	羅藝・夫人（秦氏）・羅春・秦瓊・羅成	說唐	麒麟閣		
1下—3	回家	秦瓊回家	引・賺・皂角兒・尾		快方堂	秦母・張氏・秦瓊	說唐・隋史	麒麟閣	○	
1下—4	途會	諸人赴祝壽	引・縷縷金×6・尾		霄餉笑	單雄信・徐勣・柴紹・尤俊達・程咬金・張公瑾・王伯當・齊國遠	隋史	麒麟閣？		小說はいずれも鬧花燈の後／卜書き、張璧から張公瑾に。說唐では羅藝の使者は羅成で張以下が隨行／李淵の使者は柴紹／單雄信が程知節と言う
1下—5	上壽	諸人與秦母慶壽	引×2・梁州新郎・引・梁州新郎・節節高・尾		茅孝繞	秦瓊・秦母・張氏・賈潤甫・單雄信・徐勣・柴紹・尤俊達・程咬金・張公瑾・王伯當・齊國遠	隋史	麒麟閣？		
1下—6	改文	羅尤程	卜算子・引・		忘饗海	秦瓊・羅成・		鬧花燈		張公瑾が祝いに来たはず

		齊改文隨秦瓊	不是路×２・皂角兒×２・尾			尤俊達・程咬金・齊國遠				なのに羅成になっており（說唐に一致）、單雄信・徐勣も見えない。羅成以下の四人が改めて自己紹介。程・尤が登場するも、楊林の銀を奪うことなし（小說では鬧花燈は誕生祝いの前）／メンバーは小說では王伯當・齊國遠・李如珪・柴紹。曲海が紹介する鬧花燈では羅成・王伯當・程咬金・李如珪・齊國遠と本劇にやや近い。文書を改めるのも同劇の展開に同じ
1下―7	餽送	李靖受禮物戒秦瓊	女臨江・懶畫眉・太師引×２		遇珠胥	李靖・秦瓊	說唐・隋史	鬧花燈	△	鬧花燈に同じ。逃れる方法は四句の隱語（說唐とは異なる）
1下―8	玩燈	宇文成德搶王婉兒	水底魚・一剪梅・步步嬌×２・水底魚・風入松×２・急三鎗・風入松・急三鎗・風入松		光央張	老嫗（陸氏）・王婉兒・羅成・尤俊達・程咬金・齊國遠・秦瓊・宇文成德	說唐・隋史	鬧花燈		公子の名は成德。成都との關係から見て宇文化及の子か。小說では惠及で宇文述の子

1下—9	鬧府	五雄打死宇文成德	出隊子・泣顔回×2・千秋歳・越恁好・紅綉鞋・尾		皎喬宵	宇文成德・王婉兒・老嫗・羅成・尤俊達・程咬金・齊國遠・秦瓊・李靖	說唐・隋史	鬧花燈		宇文成德、吳語を使用／羅成、王婉兒と婚約／李靖は家將に紛れ込ませて救う。鬧花燈では地下室に隱れたまま揚州武擧に續くらしい
1下—10	出關	李靖救五雄出關	甘州歌×2		面軟田	羅成・尤俊達・程咬金・齊國遠・秦瓊・李靖	秦王詞話？	鬧花燈？		羅成は河北に歸り、四人は金墉の李密に投じる（2上—5につながる）。この展開は大唐秦王詞話につながる
1下—11	徵聘	楊林聘秦瓊	引×2・桂枝香×2・排歌・尾		王壯煌	賀芳・上官儀・楊林・秦瓊・張紫烟	說唐	麒麟閣	○	秦瓊は楊林の十三太保になっている（前齣と矛盾。說唐の展開）／程尤が楊林の賀禮を奪ったこと（長葉林）に言及／楊林が秦瓊の仇であること見えず／賀芳は說唐に見えず（盧方は登場）、上官儀は說唐三傳に登場
1下—12	醉劫	程尤劫楊林	六么令×3・五馬江兒水・五供養×2・尾		箭鞭傳	尤俊達・程咬金・秦瓊・楊林・賀芳	說唐	麒麟閣		又是程達尤金とあり。長葉林の存在が前提
1下—13	報反	賀芳聞	雙勸酒・江兒	入聲韻	落套却	賀芳・上官儀	說唐	麒麟閣	△	入聲韻ではない／大反山

		山東反報	水・王交枝	踏まず		・楊林				東、メンバーは程・尤のほか李密・王伯當・羅士信。李密は1下—10と矛盾。羅士信も問題
1下—14	姫洩	張紫烟殉秦瓊	鎖南枝×4・撲燈蛾		口香苗	張紫烟・秦瓊	說唐？	麒麟閣	△	綴白裘7に『麒麟閣』としてあり／救うのは張紫烟。說唐では尙義明
1下—15	三擋	秦瓊擋楊林脫身	醉花陰・畫眉序・喜遷鶯・滴滴金・刮地風・鮑老催・四門子・雙聲子・水仙子・尾	北曲套・入聲韻踏まず	壘里迴	秦瓊・上官儀・賀芳・楊林・程咬金	說唐	麒麟閣		綴白裘7に『麒麟閣』としてあり／父の仇との設定なく、逃亡はあくまで讒言のため／「三擋」具體的になし。魏文通登場せず、救うのは王伯當ではなく程咬金／行き先は瓦崗寨
2上—1	拜旗	程咬金拜旗當王	引×3・園林好×2・江兒水・五供養犯・川撥棹×2		繞淆曹	魏徵・徐勣・單雄信・秦瓊・魯明月？・王伯當・柴紹・齊國遠・尤俊達・程咬金	說唐			前齣を受けるか。魏徵はここで初登場
2上—2	借兵	李密寄書求援	引・駐馬聽・尾		驟小猷	李密		（銅旗陣）		李密、銅旗陣に對して瓦崗寨から五虎將を借りようと言う。1下—13で李密が大反山東に參加して

									いることと矛盾。また1下—10で秦瓊らが李密に身を投じたことも別の意味で矛盾／說唐に即して言えばここでかなり話が飛ぶ／ここから銅旗陣かと思われるが、2上—5から見ると、2上—2・3は2上—1までと銅旗陣を接續するため無理に設定された場面か
2上—3	遣助	程咬金 遣秦瓊 拔旗	點絳脣×2・泣顔回×2・千秋歲・尾		尚壯降	徐勣・程咬金・秦瓊その他		（銅旗陣）	金鏞魏王李密の使者→やはり瓦崗寨と金鏞城のつじつまあわせ？
2上—4	看報	羅藝遣 羅成助 銅旗	六么令・錦纏道・普天樂・古輪臺・尾聲		演旋延／狐烏誤	羅藝・羅成		銅旗陣	西魏王李密が界牌關・滎陽關・虹霓關・臨陽關を破ったと言い（說唐では李密の配下で秦瓊たちが破る）、泗水關で楊林が八門金鎖陣を布いて銅旗を東方旺に守らせる。說唐では陣を布くのは楊義臣で、楊林が一字長蛇陣を布くことは前にあり（本劇にない部分で、や

										はり羅成が密かに助太刀。水増しか）／六么令のみ別韻／李密は徐世勣を軍師とし、「天下好漢盡入金鏞……」。前と矛盾し、1下—10には合致。ここから倒銅旗？
2上—5	倒旗	秦瓊三鐧倒銅旗	點絳脣・引・醉花陰・畫眉序・喜遷鶯・畫眉序・出隊子・滴溜子・四門子・鮑老催・水仙子・雙聲子・煞尾	南北合套・入聲韻踏まず	遁縱鋒	東方旺・羅成・秦瓊		銅旗陣		秦瓊、李藥師に救われて兄弟たちと李密に投じたと言う→1下—10からここに續く（ここで自己紹介とこれまでの説明がなされる）
2上—6	斬子	羅藝命斬羅成	六么令×2・引・新水令・歩歩嬌・折桂令・江兒水・雁兒落帶得勝令・僥僥令・收江南・園林好・沽美酒帶太平令・尾聲	南北合套	忙堂惶／謀憂羞(引)	羅成・羅藝・老夫人(秦氏)		銅旗陣		羅藝は靖邊侯（曲海總目提要によれば倒銅旗では唐の臣下となり、羅成の妻となった靖璇飛〔提要は靜璇妃とする〕が羅藝に靖邊侯の敕命を届ける）／引のみ別韻
2上—7	俠救	王婉兒	一江風×4・		殘燦難	王婉兒・靖璇		銅旗陣		1下—9を承ける。曲海

		見靖璇飛求救	朝元歌・尾聲			飛				總目提要によれば、この展開は鬧花燈・倒銅旗に共通するが、靖璇飛（沙陀國王公主）が登場するのは後者（鬧花燈では花花公主または金鐃公主）
2上—8	郊壇	靖璇飛飛鐃救羅成	粉孩兒・福馬郎・紅芍藥・耍孩兒・會河陽・縷縷金・越恁好・紅綉鞋・尾聲	南北合套？	緊瞬身坤	羅成・王婉兒・老夫人・靖璇飛		銅旗陣		羅成が矢で射られる設定、説唐のものとどちらがオリジナルか
2上—9	定計	楊林定計設武舉	引・四園春・皂羅袍×2		端塵穩君	宇文化及・楊林・靖璇飛		銅旗陣	○	鬧花燈にもこの設定あるが、羅成が父の怒りを買うのは武擧でのこととなっており、靖璇飛ではなく花花公主
2上—10	遇英	羅成途遇李世民李元覇	錦堂春・引・芙蓉普天・普天紅・朱奴銀燈・銀燈照芙蓉・尾		灰馳飛	小秦王・李元覇・李藥師・羅成		銅旗陣		李世民と李元覇登場、蕭銑を討ちに行くと言う。李藥師が參謀。王世充に向かいかけて江都に方向轉換
2上—11	滅計	下雨滅鐵烏筒計	歩歩嬌・風入松・急三鎗×2・風入松・		表調草	秦瓊・王伯當・齊國遠・尤俊達・孫韜・		銅旗陣		瓦崗寨で程咬金を王とするという／蘇定方と張須陀登場

			普天芙蓉・朱奴剔銀燈・尾			金勇・蘇定方・張須陀・程咬金・羅成・李元覇・宇文化及				
2上—12	大考	江都武擧羅成奪狀元	點絳唇・混江龍・油葫蘆・天下樂・哪吒令	北曲套	羅鎖可魔	楊林・張須陀・羅成・蘇定方・程咬金・左傑・秦瓊		銅旗陣		羅成が狀元、程咬金が榜眼、秦瓊が探花。羅成が楊林を刺す。これらの展開は倒銅旗と完全に一致
2上—13	賺關	羅成賺甘泉關逃走	水底魚・尾犯序・換頭×3・金錢花・尾		支司兒	靖璇飛・羅成・李元覇・秦瓊その他		銅旗陣		靖璇飛と羅成のその後なし。一部のみの切り取り／また金鏞にいると羅成が言う。秦王詞話のパターン
2下—1	收馬	尉遲恭收伏神馬	菊花新・甘州歌×2・撲燈蛾・尾		衣施威／程虹凌欽	尉遲恭		投唐記？		ここから尉遲敬德の話に變わる。羅成の話は尻切れトンボに／菊花新は別韻／神人から鞭を賜ることは口頭でふれられるのみ（原型にはあったか）
2下—2	贍鞍	六丁神贍鞍轡甲冑	點絳唇・縷縷金・駐雲飛×2・尾	入聲韻踏まず	行命運／路途呼	六丁神・尉遲恭		投唐記？		縷縷金が別韻

2下—3	投軍	尉遲恭投劉武周	點絳唇・風入松・引・鎖南枝×3・尾		生勝縱遁人京	范君章・劉百紀・張萬年・宋金剛・劉武周		投唐記？		
2下—4	出師	劉武周出師討唐	出隊子・一江風×2・傾杯玉芙蓉		銳微威／旄暴梟	劉武周・尉遲恭・范君章・劉百紀・張萬年・宋金剛		投唐記？		傾杯玉芙蓉が別韻
2下—5	破關	劉武周破雁門寧武二關	引・一封書・朱奴帶錦纏・尾		驚成／曹髦堯	張永壽・尉遲恭・劉武周・江榮・江華・范君章その他		投唐記？		引が別韻
2下—6	聞警	李元吉聞報逃走	縷縷金・梁州序・節節高×2		命兵風遁	李元吉		投唐記？		報子、西江月の白
2下—7	奪寨	尉遲恭力破八將	新水令・步步嬌・折桂令・江兒水・雁兒落帶得勝令・僥僥令・園林好・沽美酒帶太平令・清江引	南北合套	疆壯降	尉遲恭		投唐記？		

2下—8	驚像	張氏驚看秦瓊像	引・一江風・引・綉帶兒×2・尾		鞏亘鏡	柴妻李氏・秦夫人張氏		麒麟閣？	○	この齣は麒麟閣の團圓への伏線か
2下—9	揚兵	尉遲恭率兵前去	引・甘州歌		雄動曈	尉遲恭		麒麟閣		『綴白裘』6に『麒麟閣』としてあり
2下—10	五報	五探子報尉遲打敗唐將	北粉蝶兒・上小樓・黃龍滾・撲燈蛾・小樓犯・疊字令・尾		豪表哮	徐茂公・秦王		投唐記？		探子の場のパターンにのっとる。紅青白黃黑の探子。尉遲敬德に敗れるのは、①屈突通・段志雄・史乃（萬）寶・田留安②齊國遠・李汝珪・薛萬徹・邱行恭③李君羨・楊武威・白士讓・劉宏(弘)基④李玄（缺筆）通・程名振・馬三寶・翟長孫・殷開山⑤向善忠・李神通・邱師利・薛萬均／ト書きが徐勣から徐茂公に變わる
2下—11	圓說	徐茂公說聘秦叔寶	浪淘沙×2・引・風入松×2・急三鎗・風入松・急三鎗・風入松		戎風中／颾雙丈	徐茂公・秦瓊・單雄信・程咬金		麒麟閣？	○	大反山東・三擋楊林に言及／浪淘沙×2が別韻

2下—12	較雄	秦叔寶大戰尉遲敬德	引×3・泣顏回×2・千秋歳×2・越恁好×2・紅綉鞋・尾		水夷勢	秦王・徐茂公・秦叔寶・尉遲恭		麒麟閣？		ト書きが秦叔寶に（秦瓊もあり。前齣のト書きは姓のみ）／程咬金を程知節と呼ぶ／三鞭換兩鐧は相互に打ち合う／竇建德に攻められた羅藝を秦叔寶が救援に行くところで終わるが、續きなし
2下—13	奪槊	尉遲恭保秦王殺單雄信	鬪鵪鶉・紫花兒序・禿厮兒・聖藥王・東原樂・尾	北曲套	搜攤斗	單雄信・秦王・徐茂公・尉遲恭		投唐記？		魏武陵を曹操の墓とする／谷を三人が飛び越すのはここに／尉遲敬德、單雄信を殺してしまう／奪槊の狀況なし
2下—14	相逢	柴夫人迎秦母	引×2・桂枝香・不是路・長拍・尾聲		鈿妍眘年	柴夫人・秦母・秦夫人		麒麟閣？		秦母は尤俊達に助けられる
2下—15	團圓	秦瓊一家團圓	泣顏回・引・節節高		雲勤綸贍／泥墀惠	秦母・秦夫人・秦瓊		麒麟閣？		節節高別韻／ト書きまた秦瓊に／提綱では「麟閣」で、秦瓊・胡敬德・徐勣と排宴官が登場のはず

第十章　楊家將物語と演劇の關わり

一、元明の楊家將物演劇作品

中國においては古くから演劇が上演されていたのものと思われるが、第一部で詳述したように、今日殘っている脚本はすべて元（ここでは一二七一年大元という國號が定まる以前のモンゴル期も含めて、便宜的に元と呼ぶ）以降のものである。從って、楊家將に關わる演劇についても、現存する最古のものは元代のものということになる。

現存する元代に制作されたと思われる楊家將物の雜劇は、朱凱の「昊天塔孟良盜骨（傍線部は簡名。以下同じ）」と、作者不明の「謝金吾詐拆清風府」の二篇である。いずれも『元曲選』收錄のテキストのみを殘す。(1)『元曲選』所收の雜劇は、編者臧懋循によってかなり手が加えられているのが常である。(2)實際朱凱の作品の題名は、元代後期の鍾嗣成による曲作家列傳『錄鬼簿』の朱凱の項によれば「孟良盜骨殖」であり、その續編である『錄鬼簿續編』には作者不明の作品の中に「殺人和尚退敵兵　放火孟良盜骨殖」とあって、題名からして『元曲選』段階で變更された可能性がある。從って、本文についてもどこまで元當時の內容を傳えているかについては疑問もあるが、他のテキストが現存しない以上、『元曲選』を利用する以外の選擇肢はない。

明代に入ると北曲雜劇は、南方系音樂である南曲を使用する演劇（「戲文」「傳奇」などと呼ばれる）に取って代わられる。しかし、雜劇はおそらく元の宮廷で演じられていたため、明王朝においてもいわば式樂の地位を占め、宮廷や各地の王府では上演され續けていた。明朝宮廷で演じられていた雜劇テキストの多くは、何らかの行事の際などにその都度制作したものと思われ、(3)文學的價値は低いが、後漢・三國・隋唐などを題材にするものには、明代の歴史小說より古い段階の物語を傳えるものが多く、歴史物語の變遷について考える上では重要な資料といってよい。(4)楊家將を題材とするおそらく明朝宮廷で演じられた雜劇としては、「八大王開詔救忠臣」「楊六郎調兵破天陣」「焦光贊活拿蕭天佑」「黃眉翁賜福上延年」の四篇が現存する。(5)

そのほか、南曲の作品も複數存在したが、いずれも一部分が殘るのみで、施鳳來の『三關記』の粗筋が『曲海總目提要』に記錄されていることを除けば、詳細はわからない。また李玉に『昊天塔』の作があり、現存するといわれるものの、現段階では本文を目にすることができない。

では、これらの作品の內容は、明代に刊行された楊家將を題材とする小說である『楊家府世代忠勇通俗演義』（以下『楊家府演義』と略稱）『北宋志傳』や、現在上演されている演劇などとどのような關係にあるのであろうか。

二、なぜ楊家將物の雜劇が存在するのか

元明期に成立したと思われる六篇の雜劇は、いずれも楊家將物語の前半を題材とし、『楊家府演義』などと大きく離れるものではない。ただ、その中には楊家將物語の生成過程について考える上で重要な要素が含まれている。

まず興味深いのは、何ゆえに元代の北曲により演じられた雜劇に楊家將物が存在するのかという點である。今日楊家將物が中國演劇の最も主要なレパートリーとなっている以上、當然のことだと思われるかもしれない。しかし、元による統一以前の金・モンゴルと南宋による南北朝體制という狀況を考えると、これは決して當然のこととはいえな

いのである。

南宋における講談の種本集と思われる羅燁『醉翁談錄』[6]の「小説開闢」に列擧されている當時の講談の題名に「楊令公」「五郎爲僧」が見える點から考えて、南宋において楊家將の物語が語られていたことは間違いないものと思われる。これは、南宋の首都臨安（杭州）の瓦舍（盛り場）が、殿前司（近衞軍）の司令官だった楊存中によって北方出身の軍人の娯樂用に創設されたこと、そして楊存中が楊家將の一族であったことと關わるものであることについては、筆者が以前に論じたところである。[7]その後も、明代中期の葉盛は「楊六使文廣」の物語を「南人」が好むと述べ、[8]明代後期の沈德符は浙江紹興において差別を受けていた「丐戶」の起源は楊延昭の部將焦光贊の配下が罪により流されてきたことに由來するという當時の傳承を紹介している（『萬曆野獲編』巻二十四「丐戶」）[9]。これらは、楊家將物語が北方を舞臺としながら、實は南方で發達したことを示すものである。[10]

事實、楊家將物語において最も鮮明に示されている權臣と軍閥の對立という構造は、秦檜と岳飛の對立において典型的に示されているように、南宋特有の政治狀況を如實に反映したものである。[11]そして、『水滸傳』などの後に小説としてまとめられる物語が南宋で形成されたものと思われる點からすると、[12]楊家將物語も南宋で形成された物語が明代に小説化された可能性が高いものと思われるのである。

無論、北方でも楊家將の物語が全く知られていなかったというわけではない。陶宗儀『南村輟耕錄』巻二十五の「院本名目」に「打王樞密爨」という院本（金においては演劇のこと。元では雜劇に對しより短い笑劇の類を指す）の題名が見え、[13]これはおそらく楊家將の敵役である奸臣王欽若（または王欽）を毆る（「謝金吾」には長國姑が王欽若を毆る場面がある）ことを題材とする笑劇だったものと推定される。ただ、『南村輟耕錄』に記錄されている院本は、しばしば誤解されるように金代のものではなく、おそらく元において、雜劇に對して、能に對する狂言のような位置づけで演じられていた演劇の目錄と思われる。從って、金代においてもこのような劇が演じられていたかは定かではない。

そもそも楊家將は宋の遼に對する戰いを主題とする。南宋と金の南北朝體制になれば、敵役の遼が金のアナロジーとなるのは必然であろう。實際、南宋において金と戰った武人たちの間で成長した楊家將物語においては、遼との戰いの場面では金との戰いが意識されていたに違いない。それゆえに、南宋では楊家將物語が發達した。逆にいえば、金において楊家將物語が發展するとは考えにくいことになる。

では、なぜ北方系の藝能である北曲を使用する雜劇が楊家將物語を題材とするのか。ここで注意されるのは、作者の素性である。「昊天塔」の作者朱凱は、『錄鬼簿』において著者鍾嗣成が彼の作品には「皆余作序」と述べているところから考えて、杭州在住の鍾嗣成と密接な關係にあったようである。從って、朱凱自身も杭州、もしくはその近邊に在住していたものと思われる。また、『錄鬼簿』に題名が記錄はされているものの、今日では失われてしまった「楊六郎私下三關」の作者王仲元も杭州の人であり、鍾嗣成とは「交有年矣」の關係であった。今日題名が傳わっている楊家將物の元雜劇としては、他に關漢卿の作とされる「孟良盜骨」がある。關漢卿はおそらく南宋滅亡以前から北方で活動していた人物であるが、この作品は『錄鬼簿』等には見えず、明末淸初に李玉が編集した『北詞廣正譜』に二曲引かれているところに題名が注記されているのみで、眞僞の程は疑わしい。つまり、作者が確實にわかっている楊家將物の元雜劇は、いずれも杭州在住、つまり舊南宋領民の手になるものだったのである。

元雜劇は、通常一二七六年臨安陷落から少し遲れる時期を大まかな畫期として、前期と後期に分かれるとされ、前期は大都（今の北京）を主とする北方、後期は杭州を主とする南方を中心とするといわれる。しかし、考えてみれば南宋滅亡までは金以來の南北朝體制が繼續しているのであり、いわゆる中國についていえば、南宋滅亡と元による統一により新しい時代に入ったと考えるべきであろう。(14) 金代以來、北方の知識人たちにとって、白居易や蘇軾が嘆賞してやまなかった杭州は、訪れることのかなわぬ憧れの地であった。南宋の滅亡とともに、進駐軍の軍人・官僚として、あるいはそれらの人々の取り巻きとして、北方人士は大擧して杭州に赴いた。彼らは、當然南方においても北方の藝能である雜劇を愛好し、南方人士もその嗜好に合わせて、自分たちの言語には適合しない北曲を作った。そこで、はるか昔にやはり北方人が杭州に持ち込んだ楊家將の物語がその題材として採用されることになったのであろう。元代後期は、久々の中國統一に合わせて、杭州を主たる舞臺として南北文化が融合する時期だったのである。(15)

そのことは「昊天塔」の內容からも見て取れる。楊六郎（名は景、字は彥明とされている）の夢に楊令公と楊七郎の亡靈が現れ、令公の骨が幽州（今の北京）の昊天塔にさらされて、毎日百人の兵士が三本ずつ矢を射かけるので苦しくてたまらないから、骨を取り戻してくれと訴える（第一折）。六郎はへそ曲がりの孟良をわざと怒らせてこの任務を志願させ（第二折）、六郎と孟良は寺僧を殺してまんまと骨を盜み出し、孟良に後詰めをまかせて六郎は脫出する（第三折）。歸りに五臺山興國寺で休息した六郎は、この寺で出家していた五郎（名は朗）に巡り會う。そこに韓延壽が五千の兵を率いて追跡してくる。五郎は韓延壽を欺いて寺內に誘い込んで撲殺する。そこに、先に歸った孟良から報せを受けた寇準が現れ、皇帝の命で令公と七郎の墳墓を築くと傳える（第四折）。

この物語には、地理的に見て著しく不自然な點が認められる。六郎は幽州、つまり今の北京から脫出して本據地である三關、つまりほぼ眞南にあたる今の河北省南部にあった瓦橋關などに向かったはずなのに、なぜか全く見當違いの方角である西側の五臺山に着く。そこに韓延壽が追いかけてくるというのも、五臺山が宋領であったことを考えると、極めて深刻な國境侵犯行爲であり、いささか問題があるように思われる。更に、寇準が突然現れるのも、幕切れに敕使が突然やってきて敕命を傳えるのが定型とはいえ、距離の遠さを考えると（後詰めになったはずの孟良が、開封に直行したので先に着いてしまったという點は不自然ではないのは皮肉であるが）、さすがに唐突に過ぎるであろう。

これらは、『水滸傳』が南方の地理については正確である一方で、北方の地理については全くでたらめであることと軌を一にする。先にも述べたように、『水滸傳』は南宋で成長した梁山泊物語に基づくものと推定されるが、「昊天塔」にも同様のことがいえるのではなかろうか。「謝金吾」についても、實際には直線距離にしても六〇〇キロ程度離れている三關と開封の間を登場人物たちが簡單に行き來するなど、やはり北方の地理に對する知識不足が認められる。(16)

以上の諸點から考えて、楊家將物の元雜劇は、南宋で成長した物語が、元による南北統一をきっかけに、北方系の藝能である雜劇にも取り入れられて生まれたものと思われる。その結果、北方にも楊家將物語は波及し（先に見た院本「打王樞密爨」はこの狀況を承けて元代に生まれたのかもしれない。無論、梁山泊物語が金・モンゴルにおいて南宋とは異なるパターンで發達していたように、統一以前の北方でもある程度楊家將物語が演じられていた可能性もある）、明代の北京宮廷における雜劇上演、ひいては今日における京劇等における盛行に至ったのであろう。

三、元雜劇の內容

元代のものと推定される二篇の雜劇のうち「昊天塔」は、先にも見たように楊令公の遺骨を取り戻す話であり、孟良がこの任務を果たすという點では『楊家府演義』『北宋志傳』と共通するが、小說における遺骨所在地が紅羊洞（今日の京劇等では洪羊洞）であるのに對し、雜劇の設定は、前述の通り楊令公と七郎が昊天塔で苦しみを受けていること、楊六郎も同行すること、五臺山で六郎が五郎とめぐり會い、二人で韓延壽を殺すことなどの點で小說とは異なる。

では「謝金吾」はどうであろうか。王欽若が楊氏の「淸風無佞樓」を謝金吾に破壞させ、それを知った楊六郎が止めるためひそかに三關から開封に向かうが、同行した焦贊が謝金吾一家を皆殺しにしたため捕らえられてしまうというところまでは、ほぼ小說と同じストーリーといってよい。しかし、最後に王欽若が遼のスパイだと暴露されてハッピーエンドに終わるのは、結末を團圓に持ち込まねばならない演劇の約束事に合わせるための場當たり的な改變と考えられるが、謝金吾が王欽若の婿であること、處刑されそうになった六郎と焦贊を救うのが長國姑であることは、設定自體が小說とは異なることを意味し、輕視するわけにはいかない相違である。

長國姑は、六郎の義母に當たる女性であり、第三折におけるセリフによれば「太祖皇帝的妹妹、太宗皇帝的姐姐、眞宗皇帝的姑姑、柴駙馬的渾家、杜太后的閨女、柴世宗皇帝的媳婦」、つまり太祖趙匡胤の妹にして太宗趙匡義の姉、後周の世宗の息子の妻である。そして、その娘がつまり六郎の妻である柴郡主ということになる。小說において常に楊家將の守護神の役割を果たす八王ではなく長國姑が登場するのは、一つにはこの雜劇が女性を主役とする旦本である以上、男性の八王というわけにはいかないという當然の事情によるものであろうが、それにしても長國姑が小說や後世の演劇に全く姿を見せないのは不審である。

考えてみれば、小說を讀む限り、いつ六郎が柴郡主と結婚して「郡馬」になったのかははっきりしない。『楊家府演義』『北宋志傳』のいずれにおいても、眞宗が卽位した段階で初めて「楊郡馬」という語が出る點から考えて、これより以前の出來事であろうと推測されるのみである。しかし、史實と關わりなくわざわざ柴郡主の夫と設定する以上、六郎の結婚に關する物語が存在しなかったとは思えない。事實、今日秦腔の人氣演目である「狀元媒」（豫劇には「困銅臺」という少しストーリーが異なる演目がある）は、柴郡主を連れて銅臺に遊んだ太宗が遼に包圍されたため、八王と呂蒙正が郡主との結婚を餌として六郎に救出させ、その後郡主の婚約者傅金魁とのトラブルなどを經て、最後に結婚を果たすというものである。小說では、銅臺で包圍されるのは眞宗であり、時期も異なる。楊家に敵對する傅氏一族（中山王または青山王とされる）も小說には登場しない。これらの事實から、小說とは系統を異にする楊家將物語がかつて存在したことが看て取れる。その系統の物語においては、六郎と柴郡主の結婚は重要な要素であり、郡主の母である長國姑はその登場人物だったに違いない。つまり、小說に長國姑が登場しないのは、この系統の物語が小說には取り込まれなかった結果と考えられる。

更に、「謝金吾」第三折において、長國姑は【么篇】[17]で「你道是楊和尚破天陣吃了些虧。却不道救銅臺是靠着伊誰（おまえは楊和尚が天陣を破るのにちょっとまずいことだったというが、銅臺で救われたのは誰のおかげだ）」と唱う。小說では、銅臺・天門陣ともにこの事件より後のことであり、しかも楊五郎が敗北の中で出家したのは、天門陣ではなく金沙灘の時のことである。このうたは、やはり銅臺事件が「狀元媒」のような內容を持っていた可能性を示唆するとともに、「五郎出家」「銅臺」「天陣」といった事件の名稱は決まっていても、發生する順番や詳細は必ずしも確定していなかったことを示唆するものである。楊六郎らの名前に搖れがあることも、物語の內容が固定していなかったことを示すように思われる。

こう考えると、通常「謝金吾」と同じ內容を扱っていると考えられている（同一作品とする說すらある）王仲元の「楊六郎私下三關」の內容にも疑問が生じてくる。「私下三關」という物語はあるが、その內容は固定していなかったのではないか。その可能性を示唆するのが、明朝宮廷の雜劇である。

四、明宮廷の楊家將雜劇

宮廷で演じられていた雜劇のうち、これまで最も注目されることが少なかったのは「上延年」である。楊六郎が母佘太君の誕生祝いをして、仙人黃眉翁から仙酒・仙桃を贈られるというだけの內容のこの雜劇は、おそらく宮中における何らかの誕生祝いの際に演じられた單なる慶壽の劇であって、ほとんど劇的內容を持たない以上、問題にされなかったのも當然であろう。ただ、第一折で楊六郎と配下の面々がしきりに無斷で「下三關」しては王樞密に讒言されるのでまずいと話し合い、第二折で孟良らを寇準のもとに派遣して許可を求めるという展開は注意される。この雜劇は、「私下三關」をいわばパロディ化して、許可を得ていれば太平無事という內容にしたものなのである。ここでも、「私下三關」のみが一人歩きして、どのような狀況下であるかは必ずしも固定していなかったことがうかがわれる。では、他の三篇はどうであろうか。

「蕭天佑」については、單に楊家將と遼軍の戰いを描いただけで、格別論ずべき點はないが、殘る二篇、「救忠臣」と「破天陣」は、小說とほぼ共通する內容を持つ點で注意される。

「救忠臣」は、楊令公の死と、それに續く潘仁美の處罰を題材とする。內容的には概ね小說と合致するが、興味深いのは『楊家府演義』『北宋志傳』という二篇の小說の間で內容を異にする要素について、時には『楊家府演義』、時には『北宋志傳』と一致することがあって、どちらか一方とのみに合致はしないという點である。

「救忠臣」において楊令公とともに出擊する武將は賀懷簡・劉君期であり、ともに「國舅」とされ、潘仁美と共謀して楊父子を陥れる。これに對し、『楊家府演義』ではともに出擊するのは王侁・劉均期・賀懷であり、楊父子を陥れる役割はもっぱら王侁が擔っているにもかかわらず、報復を受ける段階では王侁は登場せず、雜劇同樣潘・劉・賀の三人が六郎に殺される（經過はほぼ同じだが、雜劇では八王がわざと六郎に無禮を働かせて牢內に送り込み、三人を殺させるという、更に手の込んだ展開になっている）。一方、『北宋志傳』では、同行する武將は劉君其・賀國舅（懷浦）・秦昭慶・米敎練であり、米敎練が惡役で、賀懷浦は楊令公に同情し、行動をともにして最後には戰死するという善玉になっている。潘仁美らは免職・流罪になるのみで、六郎に殺されるという展開はない。

一見錯綜した狀況に見えるが、歴史書と對照してみれば事情は明らかである。史書によれば、楊繼業を陷れた主犯格は王侁であり、また賀懷浦は實際に太祖趙匡胤の最初の妻だった賀皇后の兄、つまり「國舅」であり、楊繼業と行動をともにして死んでいる。つまり、『楊家府演義』『北宋志傳』はともに歴史書に基づいて、オリジナルの話に手を加えていることになる。

『楊家府演義』において、首謀者が王侁であるにもかかわらず、報復を受けるのは賀・劉であることは、楊繼業が陷れられる場面のみを歴史書に基づいて書き改めた結果生じた矛盾であろう。賀懷浦は國舅であったために、外戚を惡人とする類型（これも南宋において韓侂冑・賈似道という權臣がともに外戚だったことのあらわれかもしれない。明代には外戚が權力を握るという事例はない）ゆえに惡役にされてしまった（潘仁美も外戚であった）。『北宋志傳』はそれを史實通りに改めた。これは、趙匡義と潘仁美が共謀して趙匡胤を暗殺した後、賀皇后が卽位した太宗趙匡義を罵り、太宗はなだめるために賀皇后の子である八王に「上打皇親與國戚、下打文武二班臣」の凹面金鐗を與えるという京劇の「賀后罵殿」[18]に見られるように、賀皇后が八王の母として潘仁美に對抗する役割を擔いはじめることと關わるものかもしれない。そして、潘仁美らの殺害も歴史書にあわせて削除された。しかし、一方で楊七郎が目で矢を反らすことのできる「瞅箭法」を身につけていたことは、「救忠臣」と『北宋志傳』のみにあって『楊家府演義』にはない。

以上の事實を總合すれば、『楊家府演義』『北宋志傳』は、それぞれに「救忠臣」の物語を改變したものということになる。とすれば、「救忠臣」の内容こそが、現存する文字テキストの中では最も楊家將物語のオリジナルに近いものということになる。

「破天陣」については、楊六郎を救う汝州太守の名が、小說では張濟であるのに對し、「破天陣」では胡祥となっていることなど、多少の相違はあるが、前半の内容はほぼ小說と同じといってよい。後半の天門陣のくだりは、簡單に勝利に持って行くという雜劇パターンにおさめねばならない關係上、著しく簡略化されているため、比較は困難である。ただ、小說では鍾離權の鼻をあかそうとした呂洞賓が、下界に下って遼の軍師になり、天門陣を布くことに設定されているのに對し、「破天陣」にはそのような設定は存在しない。一見この點で「破天陣」は小說とは內容を異にするように見えるが、ここで問題になるのは、「破天陣」に登場する遼の軍師の名が顏洞賓であることである。この名前は、明らかに呂洞賓をもじったものであり、小說のような設定がなければこうした名の人物が登場するとは考えられない。雜劇においては、一つには呂洞賓の話を持ち込むと、展開が複雜になりすぎて四折には收めにくくなるため、もう一つには、呂洞賓が遼に味方し、結局は破られるという設定は、神仙を侮蔑するものと感じられたため、かわりに呂洞賓もどきの道化キャラクター（顏洞賓は道化役の淨により演じられる）に置き換えたものと思われる。つまり、「破天陣」も基本的には小說と同じ設定に基づいているのである。

以上のように、明の宮廷演劇においては、小說とほぼ同じ內容の楊家將物語が固定しつつあったようである。また、明末の施鳳來の『三關記』も、『曲海總目提要』卷十一に記された粗筋によれば、謝金吾から始まって、澶淵に包圍された眞宗を楊六郎が救出し、王欽若を捕らえるまで、細かい異同はあるものの（たとえば六郎を救う汝州知府の名は、ここでは胡援となっている）、基本的には小說とほぼ同じ內容を持つ。

どうやら明代後期には、文字の世界では楊家將物語の內容はほぼ固まっていたといってよい。しかし、ここで固まった物語は、今日一般に知られている穆桂英らを主役とする楊家將物語とは內容を大幅に異にする。これはなぜか。

今日一般に知られている楊家將物語のイメージは、京劇・豫劇などの演劇によって形作られている。そして、それらの演劇のほとんどが詩讚系、つまり七言齊言體の歌詞を使用するものであることは注意される。詩讚系の演劇は、樂曲系、つまり長短句の歌詞を使用する雜劇・南曲などの演劇よりより知識水準の低い階層から生まれてきたこと、それゆえに、早くから存在したものと推定されるにもかかわらず、文獻の表面に浮上する時期が樂曲系より大幅に遅く、清代後期になってはじめてテキストの文字化などを確認できることについては、著者が以前に詳しく述べたところである(19)。

つまり、詩讃系演劇において演じられている物語は、知識人をはじめとする比較的教養の高い階層の人々を主たる觀客とする雜劇・傳奇などの樂曲系演劇に比べて、より民間レベルに近いところで傳承・釀成されてきたものであった。上流階級の觀劇對象が樂曲系演劇に獨占されていた間は、讀み書きするのは基本的に上層の知識人を中心とする人々であった以上、文字に固定された形で殘されるのは樂曲系演劇のテキストのみであったが、清代後期になると、京劇が清朝宮廷に食い込んでいったことに示されるように、詩讃系演劇の地位が向上しはじめる。その結果として、詩讃系演劇で演じられている內容も表面化するのである。

詩讃系演劇で演じられている穆桂英らを中心とする物語の體系がいつから存在したかについては、現在のところでは知る術がない。ただ、穆桂英の姿が不十分ながら小說に見える點からすると、元明期にはすでに現在知られる物語にある程度近い內容のものが存在した可能性が高いものと思われる。藝能で語られていた物語があまりにも史實から遠いため、ある程度の改變を施した上で文字化され、そのフィルターを通したものだけが、上流の人々を主たる對象とする文字の世界では定着した。しかしその一方で、元來の物語は民間藝能の中で繼承され、變貌を續けていた。それが、今日知られる京劇などの楊家將物語なのである。

注

(1)　『元曲選』の本文は『國學基本叢書』(臺灣商務印書館一九六八)の影印による。

（2）赤松紀彦「『元曲選』がめざしたもの」（『田中謙二博士頌壽記念中國古典戲曲論集』（汲古書院一九九一））など。
（3）小松謙『中國古典演劇研究』（汲古書院二〇〇一）Ⅱ　第三章「『脈望館抄古今雜劇』考」一二六～一三四頁。
（4）小松謙『中國歴史小説研究』（汲古書院二〇〇一）第四章「劉秀傳説考」一〇二～一〇五頁・第五章『唐書志傳』『隋唐兩朝史傳』『大唐秦王詞話』『隋史遺文』『隋唐演義』『説唐全傳』――平話の存在しない時代を扱う歴史小説の展開――」一七一～一七四頁など。
（5）以上の雜劇の本文は『古本戲曲叢刊四集』所收の影印による。
（6）この點については本書第一章二四頁を參照。
（7）『中國歴史小説研究』第六章「『楊家府世代忠勇通俗演義傳』『北宋志傳』――武人のための文學――」。
（8）詳しくは第一章五六頁參照。
（9）『萬暦野獲編』本文は、元明史料筆記叢刊本（中華書局一九五九、ここでは一九九七第三次印刷による）による。
（10）注（7）に同じ。
（11）詳しくは本書第一章一四～一五頁を參照。
（12）詳しくは本書第五章一七〇～一七六頁を參照。
（13）『南村輟耕錄』の本文は、元明史料筆記叢刊本（中華書局一九五九、ここでは一九九七第三次印刷による）による。
（14）詳しくは本書第一章一四頁を參照。
（15）詳しくは本書第一章四二～四四頁を參照。
（16）この點については、本書第五章一七四頁～一七六頁を參照。
（17）正確には【寨兒令】の後半。雜劇では後半を切り離して【么篇】と稱する例が多い。
（18）「賀后罵殿」の本文は『戲考大全』（一九一五～二五刊の『戲考』第三三册。上海書店一九九〇の影印による）に依據する。
（19）小松『中國古典演劇研究』Ⅲ　第四章「詩讚系演劇考」。

第十一章　『平妖傳』成立考

『平妖傳』は、明代に成立した長篇小說である。北宋の慶曆七年、王則らが引き起こした貝州の叛亂を題材とし、叛亂に關係した「妖人」たちの履歴からはじまって、鎭壓に至るまでの經過を興味深く語る物語として、日本でも『平妖傳』は江戶時代以來廣く讀まれてきた。各種版本はいずれも羅貫中を作者と稱するが、多くの羅貫中作と題する小說同樣、眞僞の程は定かではない。

その最古のテキストである二十回本については、古くからその敍述には不十分な點があるといわれてきた。このことは、改訂版として刋行された四十回本、『天許齋批點北宋三遂平妖傳』の敍において早くも指摘されている。

余昔見武林舊刻本止二十回、首如暗中聞砲、突如其來。尾如餓時嚼蠟、全無滋味。且張鸞・彈子和尚・胡永兒及任・吳・張等、後來全無施設、而聖姑〻竟不知何物、突然而來、杳然而滅。疑非全書、兼疑非羅公眞筆。

私は昔武林（杭州）で早くに刋行されたテキストを見たことがあるが、それは二十回しかなく、出だしはまるで闇の中で砲聲を聞くかの如くに突然始まり、終わりは腹を空かせたときに蠟をかむかの如く、何の味わいもない。しかも張鸞・彈子和尚・胡永兒や任遷・吳三郎・張琪といった面々については、後の方では何も設定されておらず、聖姑姑も結局のところ何だったのか分からずじまいで、急に現れたかと思うとすっと消えてしまう。完全なテキストではないのではないか、更には羅貫中の眞筆ではないのではないかと疑わしく思っていた。

實際、譯の分からないうちに始まり、あれよあれよという間に終わってしまうというのは、二十回本を讀んだ者が等しく抱く印象であろう。第一回で現れる美女の繪と、それを持參した道士とは何者なのか、なぜその繪から胡永兒が生まれるのか、聖姑姑とは何者なのかといった問題に解決が與えられず、手間暇掛けて登場させた人物の多くについても、最終的にどうなったかがはっきり書かれていない。これらの問題を解決するため、すべてに整合性を持たせた四十回本が現れ、通行本となるに至ったのも當然であった。

なぜこのような問題點が生じたのか。その點について考えるためには、どのようにして『平妖傳』が成立したのかについて考えねばならない。しかし、テキスト以外に手がかりがない狀態で、そのようなことが可能なのか。

二十回本『平妖傳』を讀んで奇妙な印象を受ける理由はもう一つある。物語を讀み進めていくにつれて、明らかに感觸が變わっていくのである。これは、部位により文體や語り口が變化することに由來するものと思われる。本論では、この點を手がかりに、『平妖傳』の成立過程を探るとともに、四十回本に隱された問題點をも明らかにしてみたい。(1)

一、四十回本に關する問題――「敍」の日付の謎を巡って――

『平妖傳』のテキストは二系統に大別される。一つは、『三遂平妖傳』と題する四巻二十回本（以下二十回本と略稱）であり、天理圖書館と北京大學圖書館に所藏される二本を殘すのみである。(2)兩者は、ともに半葉九行行二十字、殘缺の狀況等まで一致する點から見て、同版と推定されるが、天理圖書館本の方がやや狀態がよい點から考えて、北京大學圖書館本は後刷りではないかと思われる。(3)刊行年は不明である。(4)刊行者については、巻一～三の巻頭には「錢塘（杭州）王愼脩校梓」、巻四巻頭には「金陵（南京）世德堂校梓」と見える。この點について、胡萬川氏は世德堂の舊版に基づき、補刻重印したものとされるが、(5)天理圖書館本についていえば、巻四の刊行者名の部分には、埋木改刻を行った形跡が認められる。なお、封面には「馮猶龍先生增定」とあるが、これは明らかに後述の四十回本が刊行された後に附されたものである。また、長澤規矩也氏以來、(6)しばしば巻一のすべてと巻二の第十七葉までは清代の補刻であろうという推定がなされており、北京圖書館本についても同様のことがいわれる。(7)筆者は直接これらの版本を調査したわけではなく、この點について意見を述べる能力はないが、補刻といわれる部分も內容的には明らかに四十回本より古く、おそらくはその原據となったものと推定される本文を持つこと、版式が一致し、字形も比較的似ていること、後述するように用字法が完全に一致すること、第一回の插圖に、第十一回の插圖同樣「金陵劉希賢刻」という刻工名が見えることなどから考えて、補刻であるにせよ、原本の忠實な覆刻と見なしてよいものと思われる。

もう一系統は、明代末期に刊行された四十回本である。現存する二種の明刊本は、ともに國立公文書館內閣文庫に藏されている。「天許齋批點」と題する『北宋三遂平妖傳』(以下天本と略稱)と、本文には同樣に「天許齋批點」と題しながら、封面には「墨憨齋手授　新平妖傳」と題する嘉會堂本である。なお、天本は封面を缺く。

現存最古の四十回本とされるのは天本の方である。ただ、このテキストの刊行年代については再檢討を要するように思われる。從來、冒頭に掲げられた「明隴西張無咎」なる人物の敍に見える「泰昌元年長至前一日」の日附に依據して、この書は泰昌元年(一六二〇)刋とされてきた。序の日附を刊行年と同一視することが危險であることはいうまでもないが、更にこの日附自體にも實は大きな問題がある。

「長至」とは夏至のことをいう。ところが、泰昌元年には夏至は存在しないのである。萬曆四十八年七月に神宗萬曆帝が死去し、八月一日、光宗泰昌帝が卽位する。しかし、「紅丸案」として知られる怪事件の末に、九月一日、在位わずか一ヶ月で泰昌帝は死去し、熹宗天啓帝が卽位することになる。やむなく、この年のみ踰年改元の定めを破って、萬曆四十八年八月以降を泰昌元年とすることが定められた。(8)この年の八月一日は、陽曆の八月二十八日に當たる。夏至が陽曆六月二十二日ごろであることはいうまでもない。つまり、「泰昌元年長至」は存在しないのであり、この年の夏至に書いたものであれば「萬曆四十八年長至」でなければならないはずである。この點から考えても、この敍が現實に一六二〇年に書かれた可能性はない。とりあえず刋行年は不明とせざるをえない。

嘉會堂本は天本とほぼ完全に同じ版面を持つ。半葉九行行二十一字、左右雙邊、上下單邊の白口本というところまで兩者は合致する。ただ、詳細に見れば同版ではないことは明らかであり、おそらくは一方が他方に基づいて覆刻したものと思われる（もとより部分的に版木を流用した可能性は否定できない）。では、どちらがどちらに基づいたのか。

この點について考える上で鍵となりうるのは、插繪と避諱である。まず插繪について見ると、天本の插繪が一回につき二枚、合計八十枚あるのに對し、嘉會堂本の方は二十枚しかない。從って、天本の方が數ははるかに多いわけだが、嘉會堂本にあるが天本には該當するものが存在しない插繪も二枚ある。殘り十八枚は、明らかに一方が他方を踏襲していると思われるもの十一枚、ある程度似ているもの四枚、題材は同じだが圖柄は異なるもの二枚、天本の二枚を一つにしたような插繪が嘉會堂本にある例が一つとなる。特に嘉會堂本のはじめの二枚は、天本の該當する插繪と酷似する。

全體に、天本が人物を大きく描くのに對し、嘉會堂本は人物を小さく、背景を細かく描くという違いはあるが、どちらが先行するものであるかは、圖柄だけからは定めがたい。しかし、二十回本の插繪と比較してみれば、兩者の關係はただちに明らかになる。

天本の八十枚の插繪のうち、十枚は明らかに二十回本の插繪をもとにしたものであり、また四枚は完全に一致はしないものの、比較的圖柄が似ている。そして、これらのうち嘉會堂本にも類似した繪柄の插繪が存在するのは、前者十枚のうち三枚のみなのである。天本が嘉會堂本に依據しながら、嘉會堂本を飛ばして二十回本と一致する插繪を持つことはほとんど考えられない。とすれば、插繪については天本は二十回本に依據しつつ、一部の插繪を差し替え、更に大量の插繪を加え、嘉會堂本は基本的に天本の插繪に依據したに違いない。

では本文はどうであろうか。ここで注目されるのが避諱の狀況である。

明朝最後の二帝、天啓帝と崇禎帝は兄弟にあたり、諱を前者は由校、後者は由檢という。そして、天本と嘉會堂本を見比べると、天本が「由」字をそのまま用いているのに對し、嘉會堂本においては、「由」が「繇」に書き換えられている。更に、「校」と「檢」について調査すると、「校」はいずれにおいてもそのまま用いられているが、「檢」は、天本がそのまま使用しているのに對し、嘉會堂本は原則として「簡」に改めている（第七回の回則「楊巡檢迎經逢聖姑」は改められていないが、目録では「楊巡簡」となっており、本文も「巡簡」となっている點からして、これは單なるミスと判斷して差し支えない）。

沈德符『萬曆野獲編』巻一「避諱」に、「古來帝王避諱甚嚴、……唯本朝則此禁稍寬（古來帝王の諱を避けることは非常に嚴格に行われていたが、……本朝だけはこの禁が少しゆるやかである）」とあるように、明王朝は、宋や清とは對照的に、皇帝の諱を避けることについては寬容であるが、避諱が全く行われなかったわけではない。實際、天啓・崇禎年間に刋行もしくは刋行準備された「三言」・崇禎本『金瓶梅』においては、「由」を「繇」に書き換えることがある程度實行されており、刋行時期が明か清か微妙である金聖歎本『水滸傳』においては、ほぼ遺漏なく「常」は「甞」、「洛」は「雒」（この二字は泰昌帝の諱「常洛」に當たる）、「由」は「繇」、「校」は「較」、「檢」は「簡」に改められており、少なくとも版下は明滅亡以前に完成していたものと推定される。

嘉會堂本第七回の回則で「檢」が放置されていることからも分かるように、取り締まりは甚だ不徹底なものであったようであるが、避諱が意識されていたこともまた間違いない事實である。そして、天本では全く避諱がなされておらず、嘉會堂本では「由」「檢」が避けられている。これは、嘉會堂本が崇禎年間に刋行されたこと、一方、たとえ清朝に入って印刷されたものであろうと、金聖歎本『水滸傳』の例から見ても避諱をわざわざ元に戻すことは考えがたい以上、天本は避諱をしなくてもよい時期に刋刻されたものであることを示すものである。つまり天本の本文は嘉會堂本に先行することになる。

では、なぜ天本の敍は日附を僞っているのか。嘉會堂本の敍の內容を考えれば、この點について考えることがいかに重要であるかが見えてくる。

嘉會堂本には、天本にはない封面があり、前述の通り「墨憨齋手授　新平妖傳」と題されているほか、左側に次のように記されている。

　舊刻羅貫中三遂平妖傳二十卷、原起不明、非全書也。墨憨齋主人曾於長安復購得數回、殘缺難讀、乃手自編纂、共四十卷。首尾成文、始稱完璧、題曰本新平妖傳、以別於舊。本坊繡梓、爲世共珍。金閶嘉會堂梓行。

　舊刻本の羅貫中『三遂平妖傳』二十卷は、發端がよくわからず、完全なテキストではない。墨憨齋主人は長安で數回分を購入したことがあるが、殘缺が多くて讀むことが困難だったので、自身で編纂し、全四十卷とした。始めから終わりまで文章の形をとって、はじめて完全なものというにふさわしいものになり、「新平妖傳」と題して、舊本と區別することにした。本社で插繪入りの刋本を作り、世の人が皆で珍藏することができるようにする。蘇州の嘉會堂刋。

「長安」はおそらく西安ではなく北京のことと思われる。更に、嘉會堂本にも張無咎敍が附されているが、天本が「隴西張譽無咎父題」とするのに對し、嘉會堂本は「楚黃張無咎述」と、出身地が異なる。文面は天本とほぼ同じだが、一部異なり、天本の敍には馮夢龍の名はどこにも見えない。特に末尾の四十回の來歷に關する部分が、天本は「聞此書傳自京都一勳臣家抄本、卽未必果羅公筆、亦當出自高手（聞くところでは、この書は北京のある勳臣の家（武功を立てて爵位を世襲する家）の抄本から出ているとのことであるから、羅貫中の眞筆とは限らないが、名手の手になるものであるに違いない）」とあるのに對し、嘉會堂本では「書已傳于泰昌改元之年、子猶宦游、板毀于火、余重訂舊敍而刻之（この書は泰昌改元の年に傳えられていたが、子猶（馮夢龍の字）が地方官として赴任している間に、版木が焼けてしまったので、私がもう一度前の敍に手を入れて刊行することにした）」となっている。また敍の後に置かれた「引首」のはじめにも、天本は「宋　東原　羅貫中　編／明　隴西　張無咎校」とあるのに對し、嘉會堂本は「宋　東原羅貫中　編／明　東吳龍子猶　補」と馮夢龍の筆名龍子猶が記され（ただし「引首」の本文題は「天許齋批點」のままであり、この點からも嘉會堂本が天本に依據していることが看て取れる）、更に「目錄」の題名にも「墨憨齋批點」と馮夢龍の號が冠されている。

つまり、通常四十回本『平妖傳』の增補者とされる馮夢龍の名は、嘉會堂本において初めて現れることになる。そして嘉會堂本は明らかに天本に基づき、遲れて刊行されたものである。つまり、嘉會堂本の位置づけは、『平妖傳』の增補者は本當に馮夢龍なのかという問題にも關わってくることになる。

この點について陸樹崙氏は、天本より前に馮夢龍の名を出したテキストがあり、その版木が泰昌元年に焼け、それを再度刊行したものが嘉會堂本であって、天本はその敍を書き換えて刊行したものとされる[9]。嘉會堂本の敍に「泰昌改元年」と見える點から考えて、天本がこの記述に合わせて原本に見せかけるために、敍に手を加えて泰昌元年の日附を入れたと見れば、確かに辻褄は合う。從って、天本の敍が泰昌元年に書かれたと僞裝しているという事實は、陸氏の説を補強するもののようにも思われる。しかし、この場合決定的な問題となるのは、嘉會堂本の本文と插繪が明らかに天本に依據して改變を加えたものであることである。つまり、天本が嘉會堂本をもとに刊行されることはありえないわけであり、陸氏の説は成り立ちえない。

では、なぜ天本は泰昌元年刋本を僞裝せねばならなかったのか。ここでもう一度避諱について考えねばならない。先に述べたように、明王朝における避諱の取り締まりは非常にゆるやかであった。[10] 萬暦年間に刋行された容與堂本『水滸傳』などには、萬暦帝の諱に當たる「鈞」が平然と使用されており、どうやら萬暦までは取り締まりはなきに等しかったようである。實際、『明實錄』（「崇禎實錄」を含む）を通見すると、皇帝・諸王の諱を避けることに關する記事は全部で十六條にすぎず、しかもその多くは、自分の名が帝の諱を犯すため改名したいと臣下が願い出たという記事と、上奏文・科擧の試驗問題において諱が犯されていたことに關する處理の記事である。このうち、改名を求めるのは、皇帝の側近く使える官僚としては當然のことと思われる。問題になるのは上奏文・科擧試驗問題の事例であるが、その多くは政敵を失脚させる口實として用いられているケースであり、また同じような例が何度も見えることから考えて、こうした皇帝の眼に直接觸れる可能性のある文獻においてすら十分な避諱がなされないことが日常化していたものと思われる。

この點について、避諱研究の古典である陳垣『史諱擧例』（一九二八年初刋、一九五六年改訂版刋行。ここでは一九七一年漢文出版社版による）は、「第八十一　明諱例」で「按明律雖有上書奏事犯諱之條、然二字止犯一字者不坐。明諸帝多以二字爲名、故不諱也（明律には上奏にあたって諱を犯すことの條があるものの、二字のうち一字だけを犯した者はおとがめなしであった。明の諸帝には二字名が多いので、避けなかったのである）」としている。このことを公式文書で確認することは可能であろうか。

さきにあげた『明實錄』に見える十六の記事のうち、洪武十四年七月乙酉の項に早くも『禮記』「曲禮上」「檀弓下」に見える「二名不偏諱」、つまり二文字の諱については、一文字ずつで避諱を強要することはしないという原則が示されており、文字の獄が續發した洪武年間において、すでに避諱については非常に寛容な態度が表明されていたことが分かる。そして、太祖洪武帝が定めた祖法であった以上、この原則は以後も受け繼がれていった。宣德元年七月辛亥には、このことを踏まえて、「今各處錄進、或以他字代之、不成文理（各地からの文書において、〔諱を〕他の字に換えたために意味をなさないものがある）」ので、「不偏諱」の原則に從って改めさせたいという禮部からの上奏を裁可したとの記事が見える。これは、むしろ嚴格な避諱を禁じた事例といってよい。

つまり、明代にあっては、高級官僚の世界においてすら避諱はあまり意識されていなかったものと思われる。まして、「二名不偏諱」であれば、よほどのことがない限り諱を犯す危険自體なかった。これは、明に先立つ元代、皇帝がモンゴル人であった以上當然のこととして、避諱がほとんど意識されなかったことを承けたものかもしれない。

ところが、陳垣が前掲書で「萬曆而後、避諱之法稍密（萬曆以後、避諱の規則は少し嚴密になった）」と述べているように、狀況に變化が生じ始める。では、その變化は具體的にはいつ發生したのか。

前述の通り、崇禎本『金瓶梅』や金聖歎本『水滸傳』においては「由」が避けられている。そこで『明實錄』を檢證すると、果たして「熹宗實錄」卷五、天啓元年正月甲戌に次のような記事が見えるのである。

禮部奏准、凡從點水加落字者、俱改爲雒字。凡從木旁加交字者、俱改爲較字。惟督學稱較字未妥、改爲學政。各王府及文武職官、有犯廟諱御名者、悉改之。

禮部の上奏が認可された。「氵偏に『落』字（洛のことであろう）は、すべて『雒』字に改める。木偏に『交』を付けたもの（校）は、すべて『較』に改める。ただ、督學が『較』ではよくないと申し立てるので（督學の正式名稱は提督學校官である）、學政に改めることにする。各王府と文武の官職で、先帝及び今上の諱を犯すものは、すべて改める。

實は、これが『明實錄』に見える最初のはっきりと避諱を命じた法令なのである。『明史』巻五十一「禮志五」の「廟諱」の項にも、唯一この記事のみが記録されている。ここで問題になっている「洛」は泰昌帝の諱「常洛」の一字、「校」は天啓帝の諱「由校」の一字である。そして、ここに明記されてはいないが、實際の出版物の狀態から見て、「由」も避諱の對象になったことは間違いない。つまり、天啓年間に至ってはじめて、「二名不偏諱」の原則は破られ、一字單位でも避諱が要求されるようになったのである。もとよりその嚴しさのレベルは宋や清とは比較にならない域にとどまるもので、前述の通り嘉會堂本には崇禎帝の諱「檢」を改め忘れている箇所があり、また天啓帝の諱「校」や泰昌帝の諱「常洛」が避けられている樣子もない。これだけ見ると、先の天啓元年の敕令の規制力は天啓年間に限られ、崇禎年間には崇禎帝の諱「由檢」以外を避けることは求められなくなっていたように見える。

顧炎武『日知錄』巻二十三「已祧不諱」に「崇禎三年、禮部奉旨、頒行天下、避太祖成祖廟諱、及孝武世穆神光熹七宗廟諱、正依唐人之式、惟今上御名、亦須廻避（崇禎三年（一六三〇）、禮部が敕旨を承けて天下に實施した。太祖・成祖の諱と孝宗・武宗・世宗・穆宗・神宗・光宗・熹宗の諱を避けるについては、唐人のやり方に從う。ただ、今上陛下の御名はやはり避けねばならない）」とある。(11)「唐人之式」というのは、『舊唐書』巻二「太宗本紀上」に「令曰、依禮二名不偏諱。近代已來、兩字兼避、廢闕已多、率意而行、有違經典。其官號人名、公私文籍、有世民兩字不連續者、並不須諱（以下のように命を下した。「禮によれば二文字名は一文字ずつについて避諱することはしない。近い時代になって、二文字ともに避けるようになり使えない字が多くなったのに、氣ままに避諱を實行しているのは、經典の決まりに違うものである。官職名・人名・公私の文書において、「世」「民」の二字があっても連續して用いていないものは、一切避諱する必要はない」）」と見えるように、「不偏諱」のことに違いない（なお、周廣業『經史避名彙考』巻十五〔上海古籍出版社二〇一五に依據する〕に見えるように、この方針が唐代を通じて維持されたわけではない）。ここでは今上の諱のみ避けよとして、その他は從來通り不偏諱と述べているのである。顧炎武は「已祧不諱」、つまりすでに專門の廟を設けなくなった皇帝の諱は避けないことの事例としてあげており、おそらく孝宗弘治帝以前の諸帝については、太祖・成祖以外は避けなくてよいということになるものと思われる。

つまり崇禎三年、今上つまり崇禎帝以外の諱は再び「不偏諱」となり、天啓初年の變更に手が加えられたことになる。金聖歎本『水滸傳』が泰昌・天啓・崇禎三帝の諱をすべて避けていることから見ても、この法令は必ずしも守られてはいなかったようであるが、崇禎帝の諱「由檢」のみが避けられているという嘉會堂本の狀況とは合致する。これは嘉會堂本の刊刻が崇禎三年以降のものであることを示すものである。ともあれ、天啓年間から一文字單位で避諱が要求されるようにはなったものの、その嚴格さはそれほどのものではなく、新たな出版物が當代の皇帝の諱を避けねばならない程度であったらしい。

とすれば、天本が泰昌元年刋であることを僞裝した理由も見えてくる。おそらく取り締まりは天啓以前に刋行された書籍にまでは及ばなかったのであろう。天本の刋刻は萬曆年間にある程度進行していたが、先の敕令により思いがけず避諱の必要が生じたため、「由」「校」「常」「洛」を改めることから生ずるコスト增を避けるために、天啓帝卽位前に刋刻したものと僞裝しようとしたのではないか。

では、馮夢龍は『平妖傳』の增補者ではないのか。この點について明確な結論を出すことは困難である。二番目の版本になってはじめて馮夢龍の名が現れるということは、實は增補者が馮夢龍ではないことを意味するようにも見える。しかし、元來馮夢龍が增補していたが、最初の刋行に當たっては何らかの理由でその名を伏せねばならず、彼の名を入れずに刋行した可能性ももとより否定はできない。四十回本の增補の出來映えがかなりすぐれたものであることは衆目の一致するところであり、增補者は白話小說制作について相當高い能力を持っていたものと考えられる。その點でも、馮夢龍が增補者にふさわしいことは事實である。

馮夢龍が增補者だとすれば、なぜ名を祕す必要があったのか。想定しうるのは、この時期まで馮夢龍が自分の名を出して白話文學の作品を刋行したことはないという事實と關わる可能性である。萬暦四十八年（泰昌元年）、彼は李卓吾がかつて滯在したことで知られる黄州麻城に赴き、『麟經指月』を刋行しているが、これは『春秋』に關する科擧受驗參考書である。『古今譚概』もこのころ刋行されたようであるが、これも文言による笑話集である。つまり、馮夢龍は當時ようやく本を出すことができるようになりつつあったところであり、白話文學に自分の名を載せて評判を落とすことを避けようとした可能性は十分にある。また書坊としても、まだ大物とはいいがたい馮夢龍の名前を大書したところで、宣傳效果はあまりなかったのではあるまいか。嘉會堂本が刋行された崇禎年間には、すでに馮夢龍は戯曲關係の編著を幾つも出しており、著者の側にも自分の名を出すことをいとう必要性は乏しく、出版者にとっては馮夢龍の名は宣傳材料としての意味を持つものに變わっていた。そこではじめて馮夢龍の名が表に出たと見ることは可能である。天本の敍にいう「勳臣」の家から出た抄本というのは、『三國志演義』『水滸傳』の刋行に武定侯郭勛が深い關わりを持ち、(12)『金瓶梅』『元曲選』のテキストの出所が錦衣衛指揮劉承禧の家と推定されることからすると、(13)いかにもありそうなことに思われるが、逆に出處をぼかすためにありそうなことを書いただけである可能性もある。

このように、『平妖傳』の增補者が馮夢龍であるか否かについては、決定的な證據がない以上、斷定することは困難であるといわざるをえない。とりあえず現狀では、馮夢龍が增補者ではない可能性がある一方で、馮夢龍の在世中に、彼のお膝元である蘇州で嘉會堂が馮夢龍を增補者であると明記したテキストを刋行している以上、馮夢龍が增補者である可能性も十分にあるというにとどめるべきであろう。

では四十回本は、何に增補を加えたものなのか。天本の敍には「余昔見武林舊刻本止二十回」、卽ち「舊刻本」は杭州で刊行された二十回本であったという記述がある。そして、現存する二十回本は、回數においてこの記述と一致するのみならず、巻一～三に「錢塘王愼脩校梓」と杭州刊であることが明記されている點からして、刊行地についても一致すると考えてよい（前述の通り、巻四巻頭には「金陵世德堂校梓」と南京刊であることを示す刊記があるが、この部分には明らかに埋木改刻の形跡が認められる）。つまり、天本は二十回本に依據している可能性が高いことになる。

この推定が正しいとすれば、四十回本と二十回本の關係から、二十回本についても新しい事實を引き出すことができるのではなかろうか。

二、二十回本に關する問題

冒頭にも述べたように、二十回本を讀むと、部位により文體や語り口が變化している印象を受ける。これは、二十回本の本文が均質なものではないことを示すものである。本文の性格が部位により異なるということは、各部位が異なった時期に現在の形になったことを意味する。つまり、既存のものに付け加えたか、異なるものをつなぎ合わせたか、あるいは既存のものに部分的な改變を加えたか、そのいずれかということになる。

しかし、印象を目に見える形で客觀的に證明することは容易ではない。そこで、文體や語り口の差異を具體的に反映するものとして、二つの基準により分析を加えることにしたい。

まず一つは、白話小説に用いられるさまざまなテクニカルタームや定型表現の使用分布を調査すること。これは、筆者が以前『水滸傳』の分析に當たって用いた手法である[14]。テクニカルタームや定型表現をどのように用いるかは、明末清初に固定したパターンができあがる以前においては、成立事情や時期をある程度反映して明確な相違を示すことが多い。

もう一つは、四十回本との異同を調査することである。臧懋循の『元曲選』、金聖歎の『水滸傳』など、明末清初に行われた白話文學作品の編集作業においては、當時確立しつつあったものと思われる白話文の語法や表記法、更には編者が考える白話文學作品のあるべき姿に合致する方向への改變がなされるのが常である。やはり馮夢龍の手になるといわれる「三言」においても、『清平山堂話本』などとの比較の結果として、そうした傾向をはっきりと看て取ることができる。(15)『平妖傳』の改作者（馮夢龍であるか否かはここでは問わない）も、おそらく同様の意識を持って作業を行ったに違いない。つまり改作者は、長篇白話小說の文體とスタイルについて、そのあるべき姿を頭の中に持った上で、原本を書き改めたはずである。とすれば、逆にいうと、どの部分が多く改變を加えられているかを見れば、改作者がどの部分により大きな違和感を抱いたかを明らかにすることができるのではないか。そして、改作者が規範と見なす文體との距離の差によって、それぞれの文體の相違、どちらが改作者にとって拙いと感じられるものであったかが浮かび上がることになる。規範から遠い文體、それは通常白話文の書き方が安定する以前の舌足らずなスタイルを意味する。

ただし、四十回本は二十回本のストーリーを大きく改變しており、二十回本には存在しない脇筋なども附け加えているため、單純に違いだけを見るわけにはいかない。眞に原文に改變を加える必要を感じて改めた箇所と、ストーリーの都合上改めた箇所は本來區別せねばならないが、この點について明確な線引きを行うことは困難である。ただ、ストーリーの都合による改變は、一段丸ごとの變更になることが多い。そこでここでは、異同箇所を數え上げていくに當たって、一段すべてについて全面的に文章を書き換えた部分や、二十回本にはない一段を插入した場合は別に計算し、その他の異同をすべて拾うことにした。ただし、一文字單位の違いを全部カウントすると、誤差範圍程度の違いまで數に入れることになり、かえって混亂する恐れがあるので、四文字以上の異同がある事例だけを數え、更に十文字以上とそれ未滿で異同の長さを區分することにした。また、回の切れ目が異なる場合、當然回末の決まり文句の有無などで違いが生じるが、これはカウントしないことにした。表には、回の切れ目が一致しているか、用字の問題として、「箇」を「个」と表記している箇所があるかについても項目に立てることにした。

以上の二點について調査した結果が次頁からの表である。

まず顯著に認められるのは、四十回本との異同のありように大きな偏りがあることである。具體的には、第一〜三回においては文章が改められている箇所が非常に多いのに對し、第四回から異同が減少し、第八〜十四回は少ない狀態が續く。特に異同が少ない第十〜十三回は、第十七回を別にすれば最も葉數が多く、この部分における異同出現の割合は、それ以前の部分に比べれば比較にならないほど低いといってよい。しかし第十五回から異同が激增し、特に第十六回以降は、文面が全く異なる部分が多く、第二十回に至っては、二十回本原文が不完全であることを差し引いても、ほとんど同じ箇所はないといっても過言ではない。

そして興味深いことに、こうした異同レベルの違いによる區分は、他の要素の區切れ方と一致しているのである。二十回本は四卷二十回からなる。長篇白話小說の分卷は機械的になされることが多く、この場合も二十回を四卷に區分するのであれば、一卷を五回單位で分けるのが普通であろう。事實、一卷は第五回まで、二卷は第十回までと、五回ずつを一卷にまとめている。ところが、三卷は第十四回までの四回、四卷は第十五〜二十回の六回となっているのである。これは不自然といってよい。

これだけならば、三卷に含まれる四回のうち、第十一〜十三回が特に長いという分量による說明も可能かもしれな

表①

回數	葉數	回頭詩日の後	只見	只聽得	話休煩絮	話說	話分兩頭	且說	却說	不在話下	四六	詩（回頭回末以外）	但見	怎生・怎見得	その他
1	11.5	話說	7	2		1			3	4	4		2	怎生打扮・怎見得有許多好處	且不說×２・說不盡・一日×２
2	7.5	當夜	4					1		1	2			怎見得這火大・怎見得這雪大	
3	12	當夜	4	1						1					古人原說
4	10？	缺	3		1				1						
5	16？		3		1（絮煩）			1	3	1	2		1		雙注あり
6	10.5	豈不聞	4	2				1	1						
7	10.5	衆人	3						1	1	3		3		且不說・不見～只見～
8	12	當時	7	1					2		1		1		卜吉・董薛の說明詳しい
9	8.5	且說	5	4				1				眞箇是７×２・何謂～７乙×２			

10	15.5	當下	20	5							4		4		
11	14.5	話說	10	1			1		2		1				可霎做怪・いきなり四六
12	17	溫殿直	14	5					1						說話的・千不合・詳しい報告1、省略2
13	16	這李二	14	1				1	1	1	1		1	不射時萬事俱休	
14	7	那王則	4	1								滿郡人罵他 7×2			一夜無話
15	6.5	當日	3						1	1					不見～只見～
16	4	却說							2	1					
17	7	却說	2						2	1	1		1	怎見得早朝	則見1あり
18	6.5	却說	10						2	1					
19	17.5	且說	5	驀聽得				1	1	1	2		1		正似（四六）・可霎做怪・可煞做怪
20	？	當夜	2								1		1		

表②

回數	內　容	減少	增加(長)	增加(短)	變更(同)	變更(長)	變更(短)	移動	話の追加	一段改變	个	切れ目
1	焚仙畫	5	17	10	6	8	5		1		△	×
2	傳授玄女法	4	18	10	11	11	1		2		△	○
3	燒如意册	3	18	8	9	10	1	1	1		△	×
4	剪草爲兵	1	9	4		2			1		△	×
5	嫁憨哥走鄭州	8	7	4	5	3		2	2		△	×
6	客店變相・落井	3	8	5	4	2					△	×
7	卜吉遇聖姑姑	1	9	7	3	5	1				△	○
8	張鸞救卜吉		6	3	5	3					×	○
9	任張吳追左黜		3	2		1					×	○
10	莫坡寺入佛肚	1	1	2	3 (但見)	3					×	○
11	攝善王錢・杜七聖		5	1		1					×	○
12	李二哥跌死		1		1	1					×	○
13	賣泥燭	1	2	2	2 (但見)		2				×	○
14	王則被拿		6	3	1	2			1		×	○
15	救王則・劉彥威	2	12	4	5	7	2		3	1	×	×
16	王則造反	2	1	1		4			2	3	×	×
17	文彥博下貝州	2	2	3	1	6	2	1	1	3	×	×

18	飛磨打文彦博	2	2	3	2	2	2	1	1	4	×	×
19	遇諸葛遂智	4	13	10	8	15	2		3	3	×	×
20	平妖									ほぼ全體	×	

い。しかし、三巻と四巻の間で切れている要素が他にも存在するのである。

四十回本においては、二十回本にない插話などが書き込まれていることもあって、回の區切れの位置が二十回本とは必ずしも一致しない。しかし、全體を通してみると、區切れが一致する箇所にもまとまりがあることが明らかになる。區切れが一致するのは第七～十四回、つまり三巻はすべて一致し、四巻はすべて一致しないことになる。そしてこの切れ目は、先に述べた不自然な巻數の切れ目と合致する。

一方、前半についていえば、第二回を例外として、回の區切れは第六回までは一致せず、第七回から一致しはじめる。そしてこの切れ目は、「箇」と「个」の使い分けの切れ目とほぼ一致しているのである。

量詞「ge」については、「个」「箇」「個」という三通りの表記が用いられる。佐藤晴彦氏が指摘しておられるように[16]、このうち「個」は明代後期になってはじめて用いられるようになる新しい表記である。殘る二つは早くから使用されてきたものであるが、『元刊雜劇三十種』や「全相平話」のような元代の白話文獻では「个」が用いられている。そして二十回本『平妖傳』においては「个」と「箇」が併用されているが、その使い方にははっきりとした區分が存在するのである（ちなみに、天本では「個」に統一されている）。

具體的にいえば、第八回以降においては、「个」は一つも使われていない。一方、第七回までは「箇」と「个」が混用される傾向にある。混用といっても、完全に區別なく用いられているわけではなく、同じ回の中で「箇」が用いられるまとまりがしばらく續いた後、「个」のまとまりにかわり、しばらくするとまた「箇」に戻るといったパターンで周期的に變化するのである。全體的に見ると、各回のはじめの部分では「箇」が用いられ、途中で「个」に變わるという例が多いことから考えて、本來「箇」と書くべきであるという規範意識はあるものの、書きやすい方に流れているという傾向があるのではないかと推定される。ところが、第八回以降こうした傾向はぴたりと影をひそめることになる。

先にも述べたように、二十回本の二巻第十七葉までは清代の補刻ではないかといわれており、「个」が用いられている範圍がちょうどこれと一致する點からすると、清代補刻の際に起きた混亂に由來するという考え方も成り立つ。しかし、二巻十七葉までの他の用字法は、使役の「jiao」にすべて「交」を使用するなど、清代の文獻ではありえないものが多く、二十回本の他の部分と見比べても特に矛盾はない、というより、容與堂本『水滸傳』に認められる不統一な用字法(17)と比較すると、はるかに矛盾の少ない一貫したものとなっているのである。従って、この部分は假に補刻本であっても、原本に忠實に覆刻されたものと考えられる。

そして、「个」が現れなくなるのは第七回途中からである。これは、前述の通り、回の切れ目が一致しはじめる境目とちょうど一致する。そして、これも前述したように、異同は第一～三回には非常に多く、第四回から減少しはじめ、第八回以降非常に少なくなる。つまり、二十回本と四十回本の回の切れ目が合致するようになると異同も減少し、「个」が使用されなくなるのである。

以上の事實を総合すると、次のような狀況が明らかになる。二十回本のうち第三回までは、四十回本とは大きく異なるが、第四回以降違いが少なくなり、第七回の途中あたりからほぼ一致するようになる。その後、第十五回からまた內容は離れはじめ、第十六回以降大幅に異なるようになる。つまり逆にいえば、四十回本は、第七回の途中から第十四回までは、二十回本の本文をほぼそのまま採用しているのである。そして、この部分では二十回本は統一的に「箇」を使用している。

以上の結果を踏まえた上で、次に目安となりうるような語彙の使用状況を調査してみよう。その結果を示すのが次頁の表である。

なお、「正是」は回末を缺く第五回・第二十回以外のすべてにおいて、各回末尾の詩を導くために用いられているが、それはここでは數えないことにする。また、やはり「正是」について、無印のものは諺などを導く事例、「＊」を付しているのは、「まさしく〜であった」という事例を示す。

語彙の使用について、まず一見して明らかに認められる事實は、第十五回以降においては、ここで問題とした語彙の用例が全體に非常に少ないことである。「我們」のようなごく一般的な語彙ですら、第十五回を除けば一度も用いられていない。一見するとこれは、四巻の部分は一回の長さが短い傾向があることに由來するもののようにも思われる。しかし、四巻の中にあっても、第十九回は全篇の中でも一番長い回である。にもかかわらずどの語彙についてもほとんど用例がないという事實は、やはり四巻部分の文章が他の部分とは異質であることを示すものである。

では、四巻の文はどのような特徴を持つのか。まず語彙の面から看て取ることができるのは、先にふれたように「我們」の使用が第十六回以降皆無であること、一方で「吾」の用例が、第十八回に集中してはいるものの、多く認められることである。ここで指標とした一連の語彙が、「吾」「汝」を除けばいずれも白話語彙であることを考え合わせると、四巻は全體に白話語彙の使用が少ない、つまり文言的であるということになる。

更に、表①に示したテクニカルタームや定型表現の使用状況を重ねあわせてみよう。まず注意されるのは、四巻に屬する第十六〜十八回はいずれも回頭詩の後が「却說」、第十九回は「且說」から始まることである。三巻までにおい

表③

回數	我們	汝	自家	吾	怎生	怎麼	怎的	恁般	恁地	這般	這等	這樣	兀自	兀誰	正是
1					1			1	1		1				1
2	1				1		1		1	1			1	1	1
3	6		2				1		3	3		1	3		
4	3						1		1		1		1		1 *
5	12		2				1		5	4	2	2	1		1
6									4	1	3				
7									2	6			1		
8	16	2					1		2	2			1		
9	1						2		1	1	2		2		1
10	22			3		1			3		1			2	4 *
11			2	8					2	2	1				1 *
12	8			1	詩 1		2	1	1	5	1			1	1 *
13	3			2					1	2			1		
14	5			1			2		2	1			1		1 *
15	5						1								1 *
16		1													
17				1						1					1 *
18				9					2						1
19									1						1 *
20															1 *

ては「却說」の例はなく、わずかに「且說」が第九回で一度用いられているだけであることを考えると、これもやはり四巻が他の部分とは性格を異にすることを示すものといってよい。四巻においては、第二十回を除いて各回がいずれも「さて」という形で始まることになる。しかも、同じく第二十回以外のすべての回においては、回頭以外の文中においてもたびたび「却說」が「不在話下」とペアで用いられている。これは、この部分の語り口が「そのことはさておき、さて話變わって」と話を淡々とつないでいく比較的單調なものであること、そして「却說」が「話變わって」というニュアンスを持つ點からすると、四巻は全體として連續した一續きの話という長篇らしい形態を取っていることを示すものと思われる。

ここから看て取ることのできる四巻の性格とはどのようなものであろうか。まず、敍述が單調であり、一つの物語を續けて語っていくというスタイルを取っていること。次に、語彙が文言的であること。これらの事實は、この部分が白話小說の中でも初期に屬する歷史小說に近い本文を持つことを示すもののように思われる。そして、諺などを導く「正是」の用例が回末を除けば一つしかないことも、『水滸傳』の後半や『三國志演義』と一致する點から見て、やはり歷史小說系と共通する特徵といってよい。つまり、四巻は初期段階の歷史小說に近いスタイルを持つことになる。[18]ここで語られている內容は、小說の題名である「平妖」そのものである。そして、おそらく南宋期の藝能の狀況を反映しているものと思われる『醉翁談錄』巻一「小說開闢」に見える『平妖傳』と關わる講釋の題名は、「貝州王則」である。つまり、初期段階の『平妖傳』物語は、胡永兒ではなく王則を主人公にしていた可能性が高い。事實、四巻の部分においては胡永兒の影は著しく薄くなっている。

こうした諸點を考え合わせれば、四巻はおそらく二十回本の中では最も古層に屬する本來の『平妖傳』ともいうべき部分だったのではないかと推定される。それゆえ、早い時期に成立した白話小說にありがちな生硬な文と單調な構成を持っていたために、四十回本に改作される段階で全面的に書き換えられることになったものと思われる。この部分において二十回本と天本の異同が極端に多いことは、大幅な書き換えが施されたことを示すものである。

當初の『平妖傳』は、文字通りの『三遂平妖傳』、つまり「三人の『遂』が妖賊を平らげる物語」だったに違いない。ところが、やがてそこに胡永兒の物語が加わることになる。四巻とそれ以外の部分との間に認められる文體の相違は、兩者が元來由來を異にするものであったことを物語っている。では、胡永兒の物語はどのようにして『平妖傳』に入り込んだのか。

そもそも胡永兒の物語が、『平妖傳』とは別個に發生し、後に結び付けられたものなのか、あるいは『平妖傳』發展の過程で生まれてきたものなのかは、定かではない。ただ、『平妖傳』への胡永兒物語の流入が二段階にわたるものだったことは確かである。先に見たように、二十回本のうち初めの三回については、四十回本との異同が非常に多いが、その後異同は減少し、第七回あたりからはほとんど異同がなくなるに至る。そしてこの變化は「个」の使用の有無とも合致する。この點から考えて、第一回から第六回までの部分、つまり胡永兒の生い立ちから鄭州に赴いて聖姑姑と行動をともにするまでを、一つのグループと考えてよかろう。第七回に入ると、ここまで終始胡永兒を中心に展開してきた物語は、これ以降様相を變え、主人公は他の人物に移って、胡永兒は聖姑姑グループの一員として姿を見せるのみになってしまう。當然ながら敍述のパターンも變化し、ここまでは主として胡永兒の目を通して物語が語られてきたのに對し、これ以後（具體的には卜吉との出會いが境目になる）胡永兒は、他の人間の目を通して語られる得體のしれない魔法使に變わってしまうのである。

そして、語彙の面でも、四巻の場合ほど鮮明ではないにせよ、第六回までの部分はある程度の特徴を持つ。先にも見た「正是」により成語などを導く手法は、第一・二・五回に例があり、この部分では多く用いられているといってよいが、その他では第九・十八回に各一度見えるのみである。また「怎生」は第一・二回のみ（うち第一回の用例は美文を導く讀者への語りかけ）、「怎見得」は第一・二回と第十七回のみ（いずれも美文を導く讀者への語りかけ）と、地の文で用いられるこれらの決まり文句もやはりこの部分に集中している。こうした讀者への語りかけによって美文を導くという手法は、藝能の模倣といってよい。また四巻に多く見られた「不在話下」も、二巻・三巻では各一回しか使用されていないのに對し、この部分では七回も用いられている。これは、四巻同樣、この部分においても、朴訥な口調で長篇の物語を語っていくというスタイルが取られていることを意味する。一方、語彙の面では、四巻とは異なり、全體に白話的である。

これらを總合すれば、六回までの部分は、藝能を模倣した單調な長篇の語り口を用いていることになる。そして、四十回本作成にあたり、特に第一・二回において大幅な改變が施されていることは、この部分が改變者にとって滿足できる文體ではなかったことを意味する。事實、第一・二回の語り口は、唐突な展開や說明不足の敍述など、全體に生硬なものといってよい。特に問題なのは、第一回で美女の畫を持ってくる道士の登場がいかにも唐突で、何の說明もなく、正體も明かされないままに終わることである。美女の畫がどのような來歴を持つものであるかもわからない。四十回本では、この道士は張鸞ということになっており、描かれている美女の正體は胡媚兒で、胡永兒は胡媚兒の生まれ變わりであることが明示されている。二十回本の背後にも同じような事情があるものと思われるが、その點についての說明が一切ないため、確かなことが分からない。つまり、二十回本の六回までの部分には、讀者に配慮した形跡が認められないのである。これは、敍述法として成熟したものとは言い難いであろう。

これに對して第七〜十四回、つまりほぼ二・三巻に該當する部分においては、大きな變更は加えられていない。特に第九〜十二回の、任・張・吳の三人組に關わる部分から彈子和尚が開封を騷がせるくだりの終わりまでは、全體に非常に異同が少なく、四十回本はほとんど二十回本の本文をそのまま流用したといっても過言ではない。これは、改作者がこの部分の本文に問題を感じなかったこと、換言すれば、この部分の文體が四十回本の基調と一致していることと、更にあえて踏み込んでいえば、改作者が四十回本を作成するに當たって、モデルとして選んだのがこの部分の文體であったことを示唆するものである。そして、右にも述べたように、この中でも第七・八回、つまり卜吉を主とする部分と、第十三・十四回、つまり王則を主とする部分の二つは、その間にはさまれた第九～十二回とはやや性格を異にするようである。事實、間にはさまれたこの部分は、內容的にいっても、胡永兒がほとんど登場しないという點で、一巻とは全く性格を異にする。そしてこのことは、二十回本においては部位により聖姑姑の呼稱が變わるという新枝奈苗氏の指摘とも一致する。(19)卜吉のくだりと四巻においては聖姑姑が「仙姑」「姑姑」と呼ばれるのに對し、第九～十二回においては聖姑姑は「婆婆」と呼ばれているのである。

三、『平妖傳』の成立過程

以上の事實から、多少大膽な推測も含めながら、想定しうる二十回本に至るまでの『平妖傳』の成立過程を再現してみよう。

『醉翁談錄』の記事から見ても、おそらく南宋の頃には「貝州王則」の物語が講釋の場で語られていた。その內容は、おそらく妖賊王則の平定、つまりは「平妖」を主とした、妖術と合戰を主體とする活劇だったに違いない。いつの頃からか、それが文字化され、「三遂平妖傳」と名付けられる。それはおそらく今の四巻に近い內容を持つものだったであろう。胡永兒や左黜に當たる登場人物がその段階ですでに登場していたか否かは定かではない。ただ、二十回本の四巻に全く聖姑姑が登場しないことは、この段階では聖姑姑が物語に關係していなかったことを示唆するように思われる。

やがてそこに、王則のもとで活動する妖人たちの銘々傳が加わってくる。それは『水滸傳』ができあがってくる中で、梁山泊の物語にそれぞれの人物の銘々傳が附加されていく過程と類似する。ただ、『水滸傳』においても認められるように、それぞれの人物の物語は語りやすくても、全體として行動する段階になってそれぞれの個性を際だたせることは容易ではない。四巻で、王則と左黜以外の人物がほとんど登場すらしないことは、彼ら（彈子和尚・張鸞・卜吉・任遷・張琪・吳三郎）が當初から活躍するキャラクターではなかった、もしくは當初の物語ではそもそも存在していなかったことを示すものである。從って、四十回本では矛盾を來すことを避けて、彼らの多くは王則のもとを去ることになる。前述の通り、まことに不自然なことに聖姑姑も四巻には全く姿を見せない。胡永兒と左黜は登場するが、前者には見るべき活躍がない。これも、前半部の主人公であるために登場させざるをえなかったものの、新たに見せ場を用意するに至らなかったということなのかもしれない。左黜のみは、元來の「貝州王則」で活躍していた人物の名殘である可能性がある。ただ、そうであったとしても、彼の素性が『平妖傳』におけるものと同じであった可能性は高くない。

銘々傳は、それぞれ微妙に異なる特徵を持つ點から見て、さまざまな由來を持つ物語（この點については、ハナン氏・胡萬川氏による詳細な研究がある[20]）を寄せ集め、辻褄を合わせることにより組み上がっていったものと思われる。その中でも早い時期に成立したのは、初めの胡永兒の物語だったに違いない。美人畫の物語の不自然さから考えて、おそらくそれは、ハナン・胡兩氏が指摘しておられるような原據をもとにできあがっていた何らかの長い物語から、この場面だけを切り取ったものである可能性が高い。そうでなければ、道士と畫の説明がついにないことが不自然に思われる。一方、卜吉の物語、任・張・呉の物語、彈子和尙の物語は、おそらくそれぞれ獨立したものを、聖姑姑という絲でつなぎ止めたものと思われる。そして、これらの物語と元來の「平妖傳」をつなぐために、第十三・十四回の物語が作られる（この部分にも原據がある可能性があることはいうまでもない）。

おそらくこうした過程を經て、「平妖傳」物語は長篇化した。しかし、つぎはぎの結果として、文體の落差や辻褄の合わない箇所が多數生じることになった。それを解決し、更には第一回における美人畫の話にも說明を與えることを企圖したのが四十回本だったのではないか。その際に文體の基準となったのは、第九～十二回で語られる任・張・呉及び彈子和尙の物語であった。これはおそらく、彈子和尙の物語が後に單獨で『百家公案』などに取り込まれていくことにも示されているように[21]、この部分（というよりむしろこの部分の原據となったもの）が、安定した文體による完備した敍述を行っていたことによるものと思われる。そして、古めかしい生硬な敍述形式を持ち、主要人物の出番を缺く四卷の部分は全面的に書き換えられて、各登場人物がたどる最終的な運命が追加される。

一方、前半にもいくつかの插話が追加される。その多くは新たに附け加えられた部分との整合性を保つためのものと思われるが、陳善が胡一家を助けることなどは、特に必要とは思えず、比較的單調な物語に起伏を與え、そしておそらくは商業上の理由から分量を增やすために附加されたものと思われる。あわせて、前半で胡永兒をはじめとする反亂者側によりそって敍述を進めていたものが、後半になると彼らを謀反人として討伐する物語になってしまうという矛盾を解決するため、胡永兒・王則らをより惡人らしくする方向への書き換えが施される。これは、物語の矛盾を解消して整合性の取れたものにするという意味でも、藝能の世界で成長した江湖の物語が持つ反逆者にシンパシーを持つ方向性を排除し、體制寄りの內容に書き換えるという意味でも、知識人が關與した結果として必然的に生じた變化であった。こうして『平妖傳』は、より完成度が高く、また內容的にも穩健な、つまりは知識水準の高い讀者にも受け入れやすいものへと變貌したのである。この結果『平妖傳』は、確かに統一の取れた作品になり、完成度は格段に上がったが、二十回本が持っていた反逆精神や、社會的弱者に對する共感は、大幅に弱まることになった。こうした傾向は、清朝宮廷で演じられた大戲『如意寶册』において、更に徹底的に推し進められることになり、二十回本では活潑でやさしい少女だった胡永兒は、當初から非道な女として描かれることになるのである。(22)

ここで行った『平妖傳』の成立に關する推定が正しいとすれば、『平妖傳』もまた明代後期に成立した多くの長篇白話小說と同樣の過程を經て成立したことになる。卽ち、第一段階として、原據となった簡潔かつ生硬な敍述を持った物語が文字化され、第二段階として、多樣な來源を持つ物語群が附加されて、長篇小說の體裁を取るものの、部位によって文體・形式にばらつきのあるものが作られて刋行され、第三段階として、そのばらつきを修正し、矛盾點を解消するよう書き換えたテキストが成立し、これが流布本になる。『列國志』をはじめとする一連の歷史小說は、いずれもこうした經過をたどって成立した。(23)また、『三國志演義』についても、井口千雪氏が緻密に論證されたように、ここであげたモデルをより複雜化した形で成立したことが明らかになっている。(24)『水滸傳』についても、容與堂本は非常に高い完成度をもってはいるものの、やはり多樣な原據の痕跡をとどめていることについて、筆者は論じたことがある。(25)

樂しみとしての讀書を求める讀者と、それに對應する小說の出現は、世界文學史上の重要問題である。そして、中國はその動きが早い時期に、劇的に進行した地域であった。その初期段階における長篇小說制作手法はどのようなものであったのか。その點を解明するためには、『平妖傳』は、比較的早い時期に成立したテキストを傳える長篇白話小說として重要な位置を占めるものといってよい。ここまで論じてきたように、その過程は、經濟原理に基づく書坊による制作と、讀者に對應する、換言すれば讀みやすさをめざす修正という過程をたどるものであったように思われる。

こうしたパターンは、かなりの程度まで當時の長篇白話小說に一般化可能である。ここから、我々は當時の小說の制作者、そして讀者について、一定の見通しを得るとともに、小說というもののあり方が確立していく過程、つまりは大衆向けの刋行物がどのようにして讀むに値するものとなっていったか、ひいては現代中國語の基本となった白話文がどのようにして確立していったかを看て取ることもできるはずである。この點については、今後『水滸傳』本文の變遷を徹底的に跡づけることにより、より詳細に明らかにする豫定である。

注

（1）以下、二十回本のテキストは、『天理圖書館善本叢書　漢籍之部』第十二卷（八木書店一九八一）の影印本を使用する。なお、同書には横山弘氏の周到な解題が附されており、一々注記はしないが、隨所で參照させていただいた。四十回本のうち天許齋本については『古本小說叢刋』第三十三輯（中華書局一九九一）所收の內閣文庫所藏本の影印、嘉會堂本については『馮夢龍全集』卷十六（上海古籍出版社一九九三）の內閣文庫所藏本の影印によった。また、『平妖傳』についての概說的說明としては、太田辰夫氏が譯された『平妖傳』（『中國古典文學大系』三十六　平凡社一九六六）に附された同氏の手になる「解說」があり、やはり一々注記はしないが、隨所で參照させていただいた。

（2）他に傅惜華舊藏の殘本があり、同一の版本ではないかともいわれるが、現在のところ公開されていない。

（3）『三遂平妖傳』（張榮起による校訂・解說。北京大學出版社一九八三）「後記」一八五頁。

（4）佐藤晴彥「《三遂平妖傳》は何時出版されたか？——文字表現からのアプローチ」（『神戶外大論叢』第五十三卷第一號〔二〇〇二年九月〕）は、用字法から見て嘉靖年間（一五二二〜六六）の刋行ではないかと推定する。

（5）胡萬川『平妖傳研究』（華正書局一九八四）第一篇「平妖傳的版本與作者　二、二十回本平妖傳」。

（6）長澤規矩也「馬琴舊藏『平妖傳』について」（『ビブリア』第八號〔一九五七年八月〕、ここでは『長澤規矩也著作集』第五卷「シナ戲曲小說の研究」〔汲古書院一九八五〕に依據する）。

（7）注（3）前揭書「前言」Ⅷ頁。

（8）『明史』巻二十二「神宗紀二・光宗紀」。

（9）陸樹崙『馮夢龍研究』（復旦大學出版社一九八七）「通俗文學　二　通俗小説」一〇一～一〇三頁。

（10）以下で述べる明代の避諱に關しては、井上進『明清學術變遷史　出版と傳統學術の臨界點』（平凡社二〇一一）第五章「明末の避諱をめぐって」で論じられている。本章初稿が出た二〇〇七年の段階で、井上氏のこの部分に關する初稿は二〇〇一年に『名古屋大學東洋史研究報告』二十五に發表濟みであったが、著者の不勉強で氣づかぬまま本章初稿を發表してしまった。ここに記して、井上氏におわびしたい。

（11）『日知錄』の本文については、「人人文庫」本（臺灣商務印書館一九七八）による。

（12）井口千雪『三國志演義成立史の研究』（汲古書院二〇一六）序章「諸版本の體裁から見た刋行經緯と受容のあり方――武定侯郭勛刋本の位置づけ――」。

（13）小松謙『「四大奇書」の研究』（汲古書院二〇一〇）第四部第二章「『金瓶梅』成立と流布の背景」。

（14）小松謙『「四大奇書」の研究』第三部第二章「『水滸傳』成立考――語彙・テクニカルタームからのアプローチ――」（この章は高野陽子氏との共著）。

（15）佐藤晴彦「『清平山堂話本』『熊龍峰四種小説』と『三言』――馮夢龍の言語的特徴を探る――」（『神戸外大論叢』第三十七巻第四號〔一九八六年十月〕）。

（16）注（4）所引の佐藤論文及び佐藤晴彦「元明期の文字表記――〈個〉の出現をめぐって」（『神戸外大論叢』第五十一巻第六號〔二〇〇〇年十一月〕）。

（17）達富睦「用字の違いから見る『水滸傳』の成立」（『和漢語文研究』創刊號〔二〇〇三年十一月〕）。

（18）注（14）に同じ。

（19）新枝奈苗「聖姑姑から九天玄女へ――『三遂平妖傳』の改作をめぐって――」（『中國中世文學研究』〔第二十六號（一九九四年四月）〕）。

（20）パトリック・ハナン「《平妖傳》著作問題之研究」（初出は“The Composition of the Ping-yao Chuan” Harvard Journal of

Asiatic Studies, 31（1971）、ここでは『韓南中國小説論集』〔北京大學二〇〇八〕による）及び胡萬川前掲書第二篇「平妖傳本事源流考」。

(21) パトリック・ハナン「《百家公案》考」（初出は"Judge Bao's Hundred Cases Reconstructed" Harvard Journal of Asiatic Studies, 40-2（1980）、ここでは『韓南中國小説論集』〔北京大學二〇〇八〕による）一三四頁。

(22) 小松謙「『如意寶册』について」（磯部彰編『清朝宮廷演劇文化の研究』〔勉誠出版社二〇一四〕所收）四七二～四七三頁。

(23) 小松謙『中國歴史小説研究』（汲古書院二〇〇一）第一・二章を參照。

(24) 井口千雪『三國志演義成立史の研究』は全體にこの問題を扱っている。

(25) 小松謙『「四大奇書」の研究』第三部第一章「『水滸傳』成立考——内容面からのアプローチ」。

終　章

以上、第一部においては、白話文學草創期ともいうべき元代に何が起きたのかについて曲を中心に論じ、第二部においては、初期白話文學における最も重要な二つの作品、『三國志演義』と『水滸傳』について、その物語の原型や成立過程に關する検證を行い、その過程で、これらの物語を題材とする演劇作品との關わりを論じた。第三部においては、明末清初において刋行された戯曲刋本がどのような性格を持ち、どのような讀者を對象としていたのかを論じ、更に『三國志演義』『水滸傳』以外の小說について、戯曲との關わりをふまえつつ論じた。

以上の議論の結果、序章で提示した三つの問いに對する答は、かなりの程度まで明らかになった。

第一の問い、士大夫にとっては文言が唯一の書記言語であったはずであるにもかかわらず、なぜこの時期に白話文學が出現するのかという點に關しては、第一部で示した內容が答となる。まず大きな要因としては、元代にはモンゴル人支配の結果、白話文が公用語として使用されたことがあげられる。更にそれにあわせて、モンゴル人・色目人・漢人武人などの、中國文化を基準にすれば高級知識人とは言い難い人々が新たな支配層を形成したため、高い教養を持つ人間が社會の上層を占めるという從來の常識が瓦解し、それに伴って、特に南宋社會で強く意識されていた雅俗觀念が崩壞して、意識のシャッフルが進行した。その結果、白話で書かれた曲が士大夫の重要な文學ジャンルとして浮上し、それが文字化されるという動きが生じる。その一方で、吏から官への昇進という道筋が示され、その中で「儒吏兼通」が求められたことが影響し、南宋において大量の準知識人ともいうべき人々が生まれつつあったこととあわせて、娯樂性の強い教養書の刋行と、その質の向上を促す。そこから、「全相平話」、更には『三國志演義』のような作品が生まれることになる。

以上が白話文學出現のきっかけである。更に、第二部・第三部で述べたことを踏まえてその後の展開の素描を試みよう。明代に入ると、歴史を題材とした白話文學作品が賣れ筋商品となった結果、書坊は內容の更なる洗練を目指し、作品の質も向上する。武官や宦官のような、社會の上層部を形成する人々の間に多くの讀者が生まれ、その中から郭勛のような作品の制作・刋行に關係する人物も出現する。そして、彼らが高級知識人と密接な關わりを持っていたこと、作品の質自體が向上したことが相まって、讀者層は高級知識人にまで擴がっていくことになり、やがて高級知識人が作者に參入した結果、作品の質は更なる向上をとげることになる。

一方で、元刋雜劇の大字本に見られるような、白話による讀み物も發生する。それは、明代にはいると插繪を伴った多くの演劇や說唱などの藝能テキストという形で、おそらくはいわゆる「婦女子」を主たる讀者として擴がる。一方で、『夷堅志』のような文言小說を愛讀していた知識人對象に、『六十家小說』のような白話短篇小說集が刋行されはじめ、その一方では『國色天香』のような、比較的知識水準の低い讀者に向けたものと思われる文言小說集も刋行され、これらが渾然一體となって、幅の廣い識字層を對象とする、白話を主としつつ、文言作品をも含む出版物市場を形成し、明末に至って「三言二拍」『今古奇觀』の刋行により、知識人の讀み物としても確立するに至る。同時に、二つの流れは『金瓶梅』の成立により融合し始め、淸代に入って『儒林外史』『紅樓夢』『兒女英雄傳』などの、知識人の手になる洗練された長篇小說を生むことになる。

第二の問い、文字の形で刋行されたテキストを讀む時、當時の人々、刋行者や讀者にとって小說・戲曲・語り物は別のジャンルだったのかという點に關しては、第七章で論じたことがその主たる回答となる。當時の人々にとっては、多少のジャンル意識はあったかもしれないが、基本的には兩者はともに白話で書かれて、插繪の入った娯樂的讀み物という範疇に屬するものであり、明確な區別はなされていなかったようである。しかし、戲曲刋本の初期の讀者は、『三國志演義』や『水滸傳』とは異なり、いわゆる「婦女子」を主體としていたように思われる。そういった意味でのジャンル意識は存在したかもしれない。しかしそれらがやがて融合していくことは、上に述べた通りである。

第三の問い、原型となる物語とはどのようなものだったのか、その物語は、小說や演劇により變貌していくのかという點については、第二部・第三部で詳細に檢討した通りである。原型となる物語は、おそらくより史實からかけ離れた內容を持つものであったが、文字の形に固定される際に改變が施される。その改變は、より史實に近づけるとともに、より知識人の感覺に近いものへと變化させるという方向性を持つ。これは、文字を操る人々の感覺に合わせると同時に、特に歷史物においては、教養書としての性格にふさわしいものにしようという商業上の目的をも持つものである。しかし、民間や藝能の世界では原型が維持されるため、しばしば後出の藝能作品により古い內容が保存されるという事態が生じる。その一方で、文字化されたものが藝能に影響していく動きもあり、兩者はフィードバックを繰り返すことになる。清代になると、更に讀者層の分化に應じた多樣な刋行物が出現し、藝能に近い內容を持つ小說や、語り物などの藝能のテキストが刋行されるとともに、藝能の世界で傳承されてきた內容を持つ演劇・藝能が表面化する。しかし、それらの演劇・藝能は、一方では文字化された作品の影響を受けているという複雜な關係にある。

こうして、「讀書」は始まった。一流の知識人ではない人間が、樂しみのために本を讀むという現象、そして、出版社が不特定多數の讀者のために書物を編集し、刋行するということ、今日では當たり前と考えられているこれらの行爲が發生した過程、それを促したメカニズムは、ここにほぼ明らかになったといってよい。それは、歷史的な變動と、そこから生じる社會の變化から生じた、極めて複雜な動きであった。しかし、いかに複雜であれ、事態はかくあるべき方向へ、人間が知識と樂しみを普遍的に求めようとする方向へと向かったのである。それこそが文學の「近代」の誕生であった。

あとがき

この本は、單著としては私の五册目の著書に當たります。最初の『中國歴史小說研究』を刊行したのは二〇〇一年のことでしたから、もう十五年の月日が流れたことになります。その間は、試行錯誤の連續でした。

『中國歴史小說研究』とほぼ同時に『中國古典演劇研究』を刊行したことに示されているように、私は研究の出發點から小說と演劇の雙方を研究對象としてきました。知的エリート以外の人々が樂しみとしていたものは何だったのかという點に最も強い關心を持っていたので、自然に教養が高くない人でも讀むことのできる白話の小說や、字が讀めなくても樂しめる演劇について考えていくことになったのです。それぞれの作品や、テキスト群（たとえば雜劇の『元曲選』・內府本など）の成り立ちについて研究を重ねるうち、やがて全體を大きな構圖のもとにとらえねばならないと考えるようになりました。細部の研究は、徹底して實證的になされねばなりません。それを缺いた研究は、砂上の樓閣に過ぎません。しかし、細部の研究のみに終始したのでは、その作品が持つ眞の意味を知ることは決してできないということも分かってきました。

學問とは「眞理」の探求だといいます。「眞理」は、もとはギリシア語から出た言葉ですが、日本や中國で用いられている漢字表記の意味に從えば、「物事をかくあらしめているもの」という意味になります。そのように考えれば、確かに學問は眞理の探究にほかなりません。文學作品についていえば、なぜその作品が存在するのか、なぜそのような內容を持ち、なぜそのような言語で書かれ、なぜそのような形で文字化され、なぜ刊行（もしくは書寫）されたのか、なぜその本はそのような形態を取っているのかなど、一つの作品についても無數の問題が發生します。それらをことごとく明らかにすることが研究の目的であり、從って研究とは終わりのない行爲、果てしない眞理の探究ということになります。

これらの問題を解明するためには、個々の作品に閉じこもっているわけにはいきません。特に、作者を固定できず、絶えず變化する本文を持ち、出版と結びつき、白話という新しい書記言語とともに成長してきた白話文學の研究においては、社會や言語との關わりが極めて重要なものになります。また、一つの作品だけですべてを語ることができるはずもなく、一つのジャンルに限定することもできません。

こうしたことに氣づく中で、描寫と文體という面から中國文學を通史的にとらえ直そうと試みたのが『「現實」の浮上』でした。更に、『中國歴史小說研究』では正面から扱わなかった（扱えなかったという方が正確でしょう）四大奇書に取り組んだ結果が『「四大奇書」の研究』になりました。また、この間に三冊刊行した共著書『元刊雜劇の研究』においては、細部の讀解を徹底し、傳統詩文や當時の社會的狀況と結びつけることに勉めてきました。最後の「范張雞黍」譯注で、この作業はどうにか滿足すべき段階に達したように思います。

こうして書物の形で自分の考えを世に問うてはきましたが、後から見れば不十分な點が多く、とても自慢できるようなものではありません。その中で、それでも目指すべきものは少しずつ見えてきたように思います。それは、近代的な意味での「讀書」という行爲がなぜ發生し、展開したのかを明らかにせねばならないということです。不特定多數を對象として文學作品を作り上げ、それを出版し、不特定多數の人々がそれを樂しみのために讀むという、現代では極めて當たり前の狀況は、なぜ、どのようにして發生したのか。これを問うことは、不特定多數の人間が讀んで理解できる言語、つまり「俗語」と總稱される言語による文學作品の創作と流布がなぜ發生し、擴大したのかという問題に直結するものです。つまり、小説史・演劇史・出版史・語學史、そしてそれらの背景にあるものとして當時の社會の狀況、つまり社會史がすべてここに集約されるのであり、逆にいえばこれらすべてを集約して研究することが求められることになります。これは、世界のほぼすべての地域に當てはまる問題であり、かつ現代の狀況に直結するという點では、すぐれて今日的な問題でもあります。そして、印刷と製紙をともに發明した中國は、これらの狀況が最も早く展開した地域として、絶好のモデルケースになるはずです。

こうして、どうやら研究は「眞理の探究」と呼ぶにふさわしい問題にたどりついたように思えます。これは、もとより一人の人間の手に餘ることではありますが、全力を果たして、殘りの人生で可能な限りの解明をしていきたいと思っています。このような巨大な問題に立ち向かうことには、ドン・キホーテ的な喜劇性を感じないわけにはいきませんが、あえてその道を進む覺悟です。

幸い、元來私の教え子だった井口千雪さんは、獨自に同じような問題意識を持つに至って、とりあえず『三國志演義』を中心に精力的な研究を進めておられます。井口さんは今年『三國志演義成立史の研究』という大著を刊行されました。本書でも隨所でこの書物を引かせていただいていることからも分かるように、今では私の方が多くの影響を受けているような狀態です。敎育に攜わる者について、こんなに幸せなことはありません。ここに感謝の意を表させていただきます。その他にも、きっと私の研究を踏まえて、更に上へと進んでいってくれる人々が現れることと思います。そうした人々のために礎石を置くことができれば幸せだと思っております。

最後にお斷りしておかねばならないことがあります。あるいはお氣づきの方もおられるかもしれませんが、本書の序章の「文學の「近代」が始まる時」、終章の「文學の「近代」の誕生」という言い回しは、淺井香織氏の著書『音樂の「現代」が始まる時――第二帝政下の音樂家たち』（中公新書一九八九）の影響のもとに使用したものです。淺井氏の著書は、上流階級・知識人以外の人々がコンサートに出かけて音樂を聽くという狀況が發生することに「音樂の「現代」」の開始を見出すべく、第二帝政下パリの音樂狀況を詳細なデータをもとに描き出したもので、以前にこの書物を讀んで、私は大きな感銘を受けるとともに、大衆が「讀書」に參與することを文學の「近代」と考えるきっかけを與えられたように思います。ここでは、淺井氏へのオマージュとしてあえて同じ言い回しを使用させていただきました。淺井氏にはお會いしたことがありませんが、ここに記して感謝の意を表するとともに、表現を使わせていただいたことについてご諒解いただければと存じます。

本書各章の初出は以下の通りです。各章とも、かなりの加筆修正が加えられています。

序章　書き下ろし

第一部

第一章　書き下ろし

第二章「元代散曲考」(『和漢語文研究』第十二號(二〇一四年十一月))

第三章「元雜劇を生んだもの――散曲との關わりを中心に」(『京都府立大學學術報告　人文』第六十六號(二〇一四年十二月))

第二部

第四章「三國志物語の原型について――演劇からの視點――」(『林田愼之助博士傘壽記念　三國志論集』(汲古書院二〇一二))

第五章「梁山泊物語の成立について――『水滸傳』成立前史――」(『中國文學報』第七十九册(二〇一〇年四月))・「水

許雜劇の世界——『水滸傳』成立以前の梁山泊物語」（稻田篤信編『アジア遊學『水滸傳』の衝擊　東アジアにおける言語接觸と文化受容』（勉誠出版二〇一〇））
第六章「『寶劍記』と『水滸傳』——林冲物語の成立について」（『京都府立大學學術報告　人文』第六十二號（二〇一〇年十二月））

第三部
第七章「讀み物の誕生——初期演劇テキストの刊行要因について——」（『吉田富夫先生退休記念中國學論集』（汲古書院二〇〇八））
第八章「明代戲曲刊本の插繪について」（瀧本弘之・大塚秀高編『アジア遊學中國古典文學と插畫文化』（勉誠出版二〇一四））
第九章「『麒麟閣』について——隋唐物語と演劇」（『日本中國學會報』第六十五集（二〇一三年十月））
第十章「元・明演劇における楊家將物語」（岡崎由美・松浦智子編『楊家將演義讀本』（勉誠出版二〇一五））
第十一章「『平妖傳』成立考」（松村昂編『明人とその文學』（汲古書院二〇〇九））
終章　書き下ろし

「元代に何が起こったのか」と題する第一章の書き下ろし部分が大變長くなっておりますが、これはやはり書き下ろしで『「四大奇書」の研究』の冒頭に置いた「明代に何が起こったのか」と對になるものです。少し考えが變わった點もありますが、あわせてご覽いただければ幸いです。

最後になりましたが、出版をご快諾くださった汲古書院の三井久人社長と、いつもながらの周到なサポートをしてくださった編集の小林詔子さんに、心からなる感謝の意を表させていただきたいと思います。あわせて、轉載をご快諾下さった勉誠出版にも謝意を表させていただきます。

本書は、平成二十五～二十七年度日本學術振興會科學研究費助成事業　基盤研究（C）「元・明・清における演劇と白話小説の關係に關する研究」（課題番號25370401）の成果であり、平成二十八年度日本學術振興會科學研究費　研究成果公開促進費（課題番號16HP5055）による助成を受けて刊行されたものです。

著者略歴

小松　謙（こまつ　けん）

1959年西宮市生まれ。

京都大學大學院文學研究科博士後期課程中退。

富山大學助教授を經て、京都府立大學教授。

文學博士。

著書

『中國歷史小說研究』『中國古典演劇研究』『「現實」の浮上――「せりふ」と「描寫」の中國文學史――』『「四大奇書」の研究』（ともに汲古書院）、

『『董解元西廂記諸宮調』研究』（赤松紀彥ほかとの共著　汲古書院）、

『圖解雜學　水滸傳』（松村昂ほかとの共著　ナツメ社）、

『元刊雜劇の研究――三奪槊・氣英布・西蜀夢・單刀會』『元刊雜劇の研究（二）――貶夜郎・介子推』『元刊雜劇の研究（三）――范張雞黍』（赤松紀彥ほかとの共著　汲古書院）、
ほか。

中國白話文學研究
――演劇と小說の關わりから――

平成二十八年十一月二十二日　發行

著　者　小　松　　謙
發行者　三　井　久　人
整版印刷　中台整版
日本フィニッシュ
モリモト印刷

發行所　汲　古　書　院
〒102-0072　東京都千代田區飯田橋二―五―四
電　話〇三（三二六五）九七六四
ＦＡＸ〇三（三二二二）一八四五

ISBN978－4－7629－6577－7　C3097

The Study of the Chinese Colloquial Literature

by
Ken KOMATSU

2016

KYUKO-SHOIN
TOKYO

索　引